Ja, inkw

Wie

fabryka słów
WYDAWNICTWO

JACEK

PIEKARA

Ja, inkwizytor

Wieże do nieba

Ilustracje
Dominik Broniek

fabryka słów®

Lublin 2015

O Mordimerze Madderdinie

1. Świat inkwizytorów. Płomień i krzyż – tom 1
2. Ja, inkwizytor. Wieże do nieba
3. Ja, inkwizytor. Dotyk zła
4. Ja, inkwizytor. Bicz Boży
5. Ja, inkwizytor. Głód i pragnienie
6. Ja, inkwizytor. Kościany Galeon
7. Ja, inkwizytor. Sługa Boży
8. Ja, inkwizytor. Młot na czarownice
9. Ja, inkwizytor. Miecz Aniołów
10. Ja, inkwizytor. Łowcy dusz

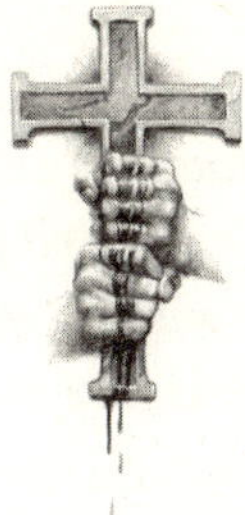

Dziewczyny Rzeźnika

„Upojny zapach leśnych konwalii rozchodził się wszędzie wokół, a słowicze trele pieściły nasze uszy. Wzbijały się dźwięczną kaskadą pod niebo zaróżowione od zachodzącego słońca, którego promienie spijały z liści ostatnie krople rosy".

Taaak... Zapewne wolałbym w ten sposób rozpoczynać moją opowieść. Ale jestem inkwizytorem, a nasze historie, historie inkwizytorów, zazwyczaj zaczynają się troszkę inaczej...

Krew była wszędzie. Na ścianach, na podłodze, nawet na suficie. Można by pomyśleć, że w tym pokoju pracował szalony lub pijany malarz, który upodobał sobie technikę polegającą na rozbryzgiwaniu przeróżnych odcieni czerwonej farby, od niemal różowego po wpadający w brąz. Można by tak pomyśleć, gdyby nie smród. Smród zastarzałej, zaschniętej krwi i rozprutych wnętrzności.

Kto tego rodzaju smród poczuł chociaż raz w życiu, ten nigdy nie pomyli go z niczym innym.

– Jelita – burknął z obrzydzeniem Albert Knotte i trącił czubkiem buta zwinięte na posadzce kłębowisko, przypominające legowisko rozprutych żmij. – A ja wczoraj jadłem krwawą kiszkę... – dodał z jeszcze większym obrzydzeniem i splunął.

Ciało zamordowanej leżało pod ścianą. Głowa wygięta była pod nienaturalnym kątem i dopiero po chwili zorientowałem się, że oprawca niemal oderżnął tę głowę od tułowia. Czy kobieta jeszcze żyła, kiedy ją katowano? Czy na twarzy zastygł grymas przedśmiertnej męki? Tego nie udało mi się dostrzec, gdyż ofiara nie miała twarzy. Morderca zdarł z niej niemal całą skórę, pozostawiając jedynie zakrwawioną maskę, nieprzypominającą już nawet ludzkiego oblicza.

Bujne włosy pokryte były zaskorupiałą czerwienią i zwinięte w grubo spleciony kłąb. W pierwszym momencie pomyślałem, że podobnie musiała wyglądać głowa Gorgony Meduzy, kiedy już odciął ją od szyi miecz Perseusza.

– Jezus Maria! – wystękał Thaddeus Leghorn i wybiegł za próg.

Słyszałem, jak wymiotuje.

– Delikatne żołądki ma nasza szlachta – stwierdził z szyderstwem Knotte.

Towarzyszący nam młody mężczyzna rzeczywiście był szlachcicem, zaufanym margrabiny, do której należało miasto wraz z okolicznymi wsiami. Elżbieta von Sauer wysłała go, by uważnie patrzył nam na ręce.

– To nie nasza sprawa. – Knotte raz jeszcze rozejrzał się po pokoju. – Co nas to wszystko może obchodzić? Tylko apetyt z tego wszystkiego straciłem – westchnął z wyraźnym rozżaleniem.

– Nie dziwię się – mruknąłem, gdyż nie mogłem się zdecydować, czy widok jest gorszy od smrodu, czy smród gorszy od widoku.

– No to dupa w troki, Mordi. – Knotte otrząsnął się niczym mokry pies, a raczej, zważywszy jego posturę, jak taplający się w błocie tucznik. – Zabieramy się stąd.

Co najmniej kilka razy starałem się grzecznie mu wyjaśnić, że mam na imię Mordimer, jednak wydawał się tym faktem zupełnie niezainteresowany. Poza tym był moim przełożonym i od niego zależała moja przyszła promocja, więc jeśli chciał, mógł mnie nawet nazywać swoim słodkim cukiereczkiem, a i tak przymknąłbym na to oczy. Bo i co innego miałbym uczynić?

– Nie radzę – usłyszeliśmy głos naszego towarzysza, który zdołał już opanować wymioty i stał teraz blady niczym śmierć na progu.

– A to czemu?

Knotte spojrzał na szlachcica takim wzrokiem, jakby ten powiedział nie tylko coś wielce niestosownego, lecz wręcz obraźliwego. Zresztą pewnie tak właśnie było, gdyż my, inkwizytorzy, nie potrzebujemy rad szlachetnie urodzonych. Szczerze mówiąc, nie potrzebujemy niczyich rad. Zwłaszcza wypowiadanych podobnie aroganckim tonem.

– Ta dziewczyna pracowała jako bieliźniana pani margrabiny. Ulubiona bieliźniana – mocno zaakcentował słowo „ulubiona". – Pani chciała ją wydać za jednego z pomniejszych dworzan i ustaliła nawet posag.

– To nas nie obchodzi. – Knotte wzruszył ramionami. – Tu nie ma śladu herezji czy pogańskich lub satanistycznych praktyk. Zwykłe rzeźnictwo. Nieprawdaż, Mordimerze? – Obrócił w moją stronę twarz napuchniętą po wczorajszym pijaństwie.

– Tak jest, mistrzu Albercie – zgodziłem się z nim, ponieważ po pierwsze, moja pozycja nie pozwalała na publiczne oponowanie twierdzeniom przełożonego, po drugie, również uważałem, że Święte Officjum nie ma w tym wypadku nic do roboty. A po trzecie, byłem mu wdzięczny, iż raczył tym razem użyć mojego imienia bez zdrobnień.

– Pozwalam sobie twierdzić, że na tyle znam panią margrabinę, by wiedzieć, że nie oszczędzi sił oraz kosztów, żeby tylko doprowadzić mordercę do kata – rzekł Leghorn pompatycznie.

– W takim razie powodzenia i do widzenia. – Knotte zamachał figlarnie tłustą dłonią, a ja uśmiechnąłem się w duchu, gdyż domyślałem się, jaki będzie dalszy przebieg rozmowy.

– Zaręczam wam, inkwizytorze, że pani margrabina nie będzie zachwycona, słysząc podobną odpowiedź – stwierdził szlachcic lodowato. – A kiedy pani margrabina jest nie w humorze, stara się, by odczuli to wszyscy wokół.

Inkwizytor wydął pogardliwie usta.

– Ojojoj – powiedział sztucznie wysokim głosem, tak niepasującym do jego zwalistej postury. – Już się boję...

Potem roześmiał się chrapliwie.

– Ale widzisz pan, panie Leghorn, to co prawda nie jest robota dla Inkwizytorium, jednak zawsze możemy z twoją panią porozmawiać o prywatnym zleceniu. – Przymrużył porozumiewawczo oko. – A jeżeli jej kiesa jest równie wielka jak gniew i pragnienie zemsty, dogadamy się niczym amen w pacierzu.

Szlachcic skinął głową.

– Pani margrabina na pewno chętnie was przyjmie – powiedział, a jego głos nie ocieplił się nawet na krzynę.

– Teraz. Zaraz – rozkazał Knotte. – A ty, mały – znowu zwrócił się do mnie – zostań i dopilnuj, żeby nic nie rozwłóczyli, nie posprzątali czy co tam...

Wiedziałem, że mistrzowi Albertowi nie tyle chodzi o zachowanie porządku na miejscu zbrodni, ile o to, by się mnie pozbyć na czas rozmowy z margrabiną. Rozmowy, w której zostanie przecież ustalona wysokość honorarium. Knotte był pijakiem i dziwkarzem, ale nawet jego chęć i chuć ustępowały przed jego chciwością. Dlatego nie sądziłem, bym z nagrody, którą przyzna nam margrabina, zobaczył więcej niż jedną dziesiątą. A i to jedynie w wypadku, jeśli mistrz Albert będzie w dobrym nastroju.

Nie zamierzałem oczywiście tkwić wśród tego całego bałaganu oraz smrodu, więc wyszedłem przed dom i przysiadłem na schodach, wcześniej tylko kazałem stanąć przy drzwiach gołowąsowi z miejskiej straży, który nam towarzyszył. Inkwizytorzy, nawet tak niedoświadczeni jak ja, są przyzwyczajeni do widoku krwi, wszelakiego odoru produkowanego przez ludzkie ciała oraz fluidów z niego się uwalniających, lecz nie znaczy to, że mamy się delektować podobnymi widokami czy zapachami. Zwłaszcza że zostałem pobłogosławiony, może lepiej powiedzieć: dotknięty przekleństwem, nadzwyczaj czułego zmysłu powonienia.

Na stopniach wychodzących na wąską uliczkę nie czułem się wiele lepiej niż wewnątrz. Gorące, wilgotne powietrze zdawało się oblepiać całe ciało niewidzialnym, zatykającym dech w piersiach całunem, a złożona z odpadków i nieczystości breja schła w promieniach słońca. Schła i schnąc, nieprawdopodobnie śmierdziała. Wszędzie wokół unosiły się chmary tłustych much o zielonych odwłokach i błyszczących skrzydłach. Bzyczenie, które wydawały, doprowadzało mnie do szału. Już się zastanawiałem, czy nie wrócić do pokoju i nie wybrać jednak towarzystwa martwej kobiety, kiedy podszedł do mnie krępy starszy mężczyzna. Okolona wianuszkiem siwych włosów spocona łysina błyszczała mu w słońcu.

– Jestem ojcem – powiedział cicho i spojrzał na mnie wzrokiem zbitego psa.

– Gratuluję – odparłem ironicznie. – Ale to chyba powód do dumy, nie żalu?

I nagle uświadomiłem sobie, jaką popełniłem niezręczność. Zerwałem się ze schodów.

– Jesteście ojcem tej dziewczyny?

Skinął głową.

– Elżbieta. Miała na imię Elżbieta – wyrzekł głucho. – Elżbieta Holz.

No to nie dość, że dziewczyna była ulubioną służącą jaśnie pani, to jeszcze jej imienniczką. Niedobrze. Margrabina von Sauer naprawdę mogła mieć do sprawy bardzo osobisty stosunek, co oznaczało, że szczególnie intensywnie przyjrzy się pracy zatrudnionych inkwizytorów. Zwłaszcza że mistrz Albert wydusi od niej fortunę.

– Przykro mi.

– Chociaż oczy jej zamknę na wieczny odpoczynek.

Wolałem mu nie mówić, iż w takim celu nie ma po co wchodzić do środka, gdyż jego córka nie tylko nie ma oczu, ale w zasadzie w ogóle nie posiada już twarzy. Uznałem jednak, że byłoby to co najmniej niedelikatne, a w końcu nawet jeśli nie ma się szczególnego szacunku dla ludzkiej boleści, nie warto chociaż okazywać ostentacyjnego lekceważenia.

– Nie wolno – rzekłem stanowczo. – Wybaczcie, to rozkaz jaśnie oświeconej pani margrabiny.

Rozpłakał się. Bezdźwięcznie. Nie zachlipał, nie załkał, nie zaszlochał. Po prostu po jego steranej, pomarszczonej twarzy zaczęły płynąć wielkie jak groch łzy. Jedna za drugą, jakby biły z tego samego źródła, nad którym rozpaczała Niobe, kiedy bogowie raczyli pofatygować się na ziemię i wybić jej potomstwo.

– Moja mała dziewczynka – wyszeptał wreszcie. – Światło moich oczu. Jedyny sens życia.

– Nie macie innych dzieci?

– Miałem. Miałem, ale pomarły w niemowlęctwie. Ona mi jedna została. Taka słodka, taka dobra, taka piękna...

Ująłem starego pod ramię.

– Pozwólcie ze mną, jeśli łaska – poprosiłem. – Na życzenie dostojnej pani margrabiny prowadzę śledztwo w sprawie śmierci waszej córki. Pomóżcie mi, proszę, by można było schwytać i osądzić bestię, która jej to uczyniła.

Dał mi się zaprowadzić do najbliższego szynku, którego właściciel wystawił przed drzwi, na pełne gnijących odpadków podwórko, dwa stoły i dwie ławy. Przysiedliśmy.

– Kto mógł to zrobić? – zapytałem prosto z mostu. – Podejrzewacie kogoś? Może skarżyła się wam na jakiegoś mężczyznę? Może miała wrogów?

– Gdzie tam Elżunia mogłaby mieć wrogów! – nawet się nie oburzył, tylko zdumiał. – A mężczyźni? Ci tak za nią wodzili oczami jak pies za kością. Prawda to jest. Ale to była cnotliwa dziewczyna. Dobrze ją wychowałem. W szacunku dla praw boskich i ludzkich.

No cóż, w podobny sposób najczęściej myślą rodzice o ulubionych pociechach. I często dopiero tragiczne wydarzenia zdzierają im łuskę z oczu. Być może właśnie tak rzecz wyglądała w tym wypadku, ale być może naprawdę Elżbieta była niedościgniony ideałem piękna, szlachetności oraz niewinności. A może, jak to zwykle bywa, prawda leżała gdzieś pośrodku?

– Wiecie, z kim się przyjaźniła? Miała narzeczonego?

– Mówiłem jej: „Nie idź na dwór. Człowiek powinien znać swoje miejsce, a twoje jest wśród równych stanem, a nie wśród wielkich panów" – nie odpowiedział na pytanie. – Ale ona tylko się śmiała. „A może jakiś szlachcic mnie pokocha i się ze mną ożeni?", mówiła. „Może będziesz miał herbowe wnuki, tatku?"

Tak, tak, oto marzenia większości panien służebnych. Jednak najczęściej te imaginacje lepszej przyszłości kończyły się na małym poważaniu i wielkim brzuchu. Chociaż od powyższej reguły bywały, rzecz prosta, wyjątki.

– Miała przyjaciółkę? Kochała się w kimś? Ktoś się w niej kochał?

– Urodziłeś się w chlewie, mieszkaj w chlewie, urodziłeś się w stajni, mieszkaj w stajni, urodziłeś się w gnieździe, mieszkaj w gnieździe. Ale jak świnia wdrapie się do gniazda, to jej skrzydła od tego nie wyrosną. A i latać się nie nauczy.

Naprawdę lubię ludzi odpowiadających na zadawane im pytania, a nie ignorujących mnie i wypowiadających banialuki godne wioskowych przygłupów. Rozumiałem, że śmierć córki wstrząsnęła mężczyzną, ale skoro wcześniej pomarły mu inne dzieci, powinien już być bardziej zahartowany.

– Panie Holz – rzekłem ostrzejszym tonem – bądźcie łaskawi odpowiedzieć na moje pytania.

Spojrzał na mnie przestraszony, niczym zabiedzony kundel, któremu pogroziło się kijem.

– A mówiliście coś? Nie dosłyszałem, wybaczcie.

– Pytałem, czy miała przyjaciół. Może narzeczonego? Może ktoś się do niej zalecał?

– Wszyscy się do niej zalecali – westchnął. – Ciągnęli jak pszczoły do miodu. Tak bym chciał mieć chociaż jej konterfekt, malutki jakiś, na pamiątkę... – Znowu się rozpłakał.

– Matko Boska Bezlitosna – szepnąłem do siebie, gdyż powoli zaczynałem tracić cierpliwość.

– A powiedziała, że da mi swój portret, biedactwo. Nie zdążyła...

– Jaki portret? Skąd portret? – uchwyciłem się tego słowa jak pies żebraczej nogawki. – Kto miał ją malować?

– A jakiś tam malarz – tym razem wyjątkowo usłyszał moje pytanie.

– Podejrzewam, że malarz – odparłem jadowicie. – A nie perukarz, łaziebny ani stajenny. Wiecie, o kogo chodziło?

Podniósł na mnie pełne łez oczy.

– Nie krzyczcie na mnie – poprosił zbolałym głosem. – Uszanujcie ojcowską żałość i wiek sędziwy.

Miałem ochotę trzepnąć go w ucho, lecz się powstrzymałem. Przecież miałem zostać inkwizytorem, a inkwizytora musi cechować cierpliwość co najmniej równa żarliwości oraz pobożności.

– Panie Holz, ja tylko próbuję pomóc – powiedziałem najłagodniejszym tonem, na jaki mogłem się zdobyć. – Nie przywrócę życia Elżbiecie, mogę jednak schwytać jej krzywdziciela. Pomóżcie mi, proszę...

– Neubaum – rzekł wyraźnie. – Tak nazywa się ten malarz. Znajdźcie go. – Ucapił mnie za rękaw. – Może skończył portret? Może odsprzeda? Zapytajcie, błagam was... Chociaż popatrzę sobie na moją dziewczyneczkę...

– Zapytam. – Uwolniłem się i wstałem. – Bywajcie, panie Holz. Szczerze wam współczuję.

Zostawiłem go siedzącego przy stole i zraszającego łzami nieheblowane, poplamione deski. Rozstawałem się z nim z ulgą, z jaką zawsze człowiek beztroski żegna się z człowiekiem przytłoczonym nieszczęściem. Miałem nadzieję, że trop, który zostawił, dokądkolwiek mnie doprowadzi. Zatrzymałem się opodal niewielkiego zbiegowiska przy drewnianym kramie.

– „Serce mu przebijem włóczniom, takoż zrobiem jego uczniom” – usłyszałem gromki głos.

Przecisnąłem się przez tłum, pomagając sobie szturchańcami, i zobaczyłem, że ktoś wystawił scenę z kukiełkami. Słowa te wypowiadała potrząsająca zaostrzonym kijem kukła, która zapewne miała symbolizować rzymskiego legionistę. Przynajmniej z ramion zwisał jej kawałek czerwonego płótna, a na głowie tkwiło coś, co przy dużej dozie dobrej woli można było wziąć za hełm.

– „Bedzie Herod bardzo rad, że pódzie Jezus na tamten świat" – przemawiał Rzymianin do widzów.

Za jego plecami wznosił się krzyż z przybitą na belce postacią odzianą jedynie w biodrową przepaskę.

– „Bedzie sanhedryn ucieszona, kiej se Jezus dzisia skona" – opowiadał legionista, a ja skrzywiłem się, bo wedle wszelkiej mojej wiedzy „sanhedryn" był słowem męskiego rodzaju, więc mógł być co najwyżej „ucieszony", nie „ucieszona". No ale w wypadku trzymania się reguł gramatyki należałoby wymyślić nowy rym, a tego najwyraźniej nie potrafił wierszokleta przygotowujący sztukę. – „Ja z dziewkami siem zabawie, ten tu niech se gnije w trawie" – Rzymianin podzielił się z publicznością planami na dzisiejszy wieczór, co wywołało gniewne buczenie.

Nagle na tyłach kramu huknęło coś przeraźliwie, a zabrzmiało to tak, jakby uderzono z całych sił dwiema patelniami. W każdym razie mało nie podskoczyłem, a otaczający mnie ludzie zareagowali dużo bardziej gwałtownie. Obsługujący kukły lalkarz wykorzystał tę chwilę dekoncentracji, by błyskawicznie zdjąć ze sceny krzyż z rozpiętą na nim półnagą postacią i zamienić go na kukiełkę rycerza w srebrnej zbroi z obnażonym mieczem w prawej dłoni.

– „Jam jest Bogiem wszytkich ludzi, dam zbawienie, kto za mną pódzi" – wyrecytował odmieniony Chrystus i tak zapalczywie machnął mieczem, że gdyby ostrze wykuto z żelaza, niechybnie odciąłby sobie nim lewe ramię.

– „Moja włócznia się postara, zarżnem cie w imie cezara!" – zagroził Jezusowi legionista, jednak wyraźnie cofnął się w stronę krawędzi sceny, a i głos miał niezbyt pewny.

– Uciekaj, on cię zabije! – krzyknęło stojące pod sceną dziecko, które najwyraźniej widziało już wcześniej sztukę i z nieznanych mi przyczyn wolało ostrzec Rzymianina, niż sprzyjać Jezusowi. Cóż, gdyby był to człowiek dorosły, zapewne zainteresowałbym się, z jakich to powodów postać Zbawiciela nie wzbudza w nim uczuć miłości i szacunku.

Odsunąłem się, ponieważ widziałem już wiele podobnych przedstawień i domyślałem się, co wydarzy się dalej. Zresztą nie trzeba było się domyślać, gdyż nawet byle lalkarze czy wędrowni aktorzy pieczołowicie przestrzegali zgodności swych przedstawień ze świętymi pismami. Tak więc Jezus musiał prosić legionistę lub legionistów, by przyłączyli się do Niego i uznali Go za Boga, a kiedy legioniści wzgardzili tą propozycją, wtedy Jezus nie miał innego wyjścia, jak skrócić ich o głowy. W zależności od tego, jak dobrze przygotowany i jak bogaty był wystawiający widowisko, do Chrystusa bądź przyłączali się apostołowie i część wiernego ludu, bądź też narrator opowiadał o zwycięskiej kampanii Armii Jezusowej i o zdobyciu Rzymu, by przejść do finalnej sceny ukazującej ścięcie cesarza Tyberiusza, którą to zresztą egzekucję nasz Pan raczył przeprowadzić własnoręcznie.

Oczywiście czasami zabawnie było posłuchać dialogów wymyślanych przez aktorów albo lalkarzy, przyjrzeć się strojom, wykonaniu kukiełek czy ich otoczenia. Ale teraz nie miałem czasu na zabawę, choć sądząc po jakości rymów, mogłaby być całkiem udana. Postanowiłem załatwić jeszcze jedną sprawę. Na tyłach kramu stał zażywny jegomość z kapeluszem w dłoni i coś mi powiedziało, że to właśnie on jest właścicielem teatrzyku.

– Jeśli wolno mi wam doradzić – zbliżyłem się do niego i odezwałem uprzejmie. – „Sanhedryn" jest słowem rodzaju męskiego, więc sanhedryn nie może być „ucieszona", jak mówi wasz aktor.

– A co tacy mądrzy jesteście? – Zmarszczył krzaczaste brwi i spojrzał na mnie takim wzrokiem, jakbym był czymś, co przykleiło mu się do podeszwy.

– Takich i innych rzeczy uczą nas w Akademii Inkwizytorium – wyjaśniłem łagodnie. – Ale wasza rzecz, co uczynicie z moją radą.

– O mój Boże... – Jego twarz sflaczała niczym kiszka, z której wyciśnięto mięso. – Wybaczcie, błagam was, na miłość Chrystusa.

– Nie ma czego wybaczać. Zastąpcie słowo „sanhedryn" słowem „rada Żydów", a będziecie mieli i rym, i uczynicie grzeczność zasadom gramatyki.

– Oczywiście! – Klasnął i spojrzał mi przymilnie prosto w oczy. – Natychmiast zastosuję się do waszej światłej rady, mistrzu inkwizytorze.

Nie byłem jeszcze co prawda mistrzem Inkwizytorium, jednak nie widziałem też powodu, by prostować słowa tego uprzejmego człowieka. Skinąłem więc głową i odszedłem.

Stary Holz pomylił się lub przejęzyczył. W każdym razie źle zapamiętał nazwisko malarza, gdyż ten nazywał się nie Neubaum, lecz Neumann. Jednak wpadłem na jego ślad bez trudu, ponieważ wystarczyło znaleźć jakiegokolwiek malarza, a ten już bez omyłki wskazał mi, gdzie mieszka Neumann. Przy okazji zresztą zdążył mnie ostrzec, cóż to za beztalencie jest z Neumanna, opowiedział o zawalonych przez niego kontraktach, wyśmiał sposób dobierania kolorów oraz szydził z Neumannowej umiejętności zachowania proporcji ludzkiego ciała. Ha, jak widać, taki to już zwyczaj u artystów, by w podobnie obrazowy i bezpośredni sposób przedstawiać kolegów po fachu. Rzeczony malarz zdążył jeszcze zaproponować mi swe usługi jako portrecista, a gdy nie wyraziłem zainteresowania, dodał, że u niego w pracowni czekają właśnie dwie prześliczne modelki, które za doprawdy niewartą wspomnienia gratyfikacją zechcą umilić mi dzisiejszy dzień. Pożegnałem go w końcu z ulgą przed kamienicą, w której mieszkał Neumann, obiecując, że z całą pewnością pójdę z nim wieczorem na wino.

– Czekaj tatka latka – mruknąłem do siebie i wszedłem do ciemnej sieni, w której wyraźnie śmierdziało uryną.

Neumann wynajmował kwaterę na poddaszu, więc wdrapałem się po stromych schodach, stanąłem przed drzwiami jego mieszkania i zastukałem. Raz, drugi, trzeci, a ponieważ nikt mi nie raczył otworzyć, nacisnąłem klamkę. Zakląłem, bo niemal przykleiły mi się do niej palce, a kiedy na nie spojrzałem, mogłem mieć tylko nadzieję, że to, co je zabrudziło, jest niczym gorszym niż brązową farbą.

Nigdy do tej pory nie odwiedzałem pracowni malarskiej i nie wiedzieć czemu wyobrażałem sobie, że będzie to przestronny, słoneczny pokój o ścianach i meblach z jasnego drewna. Na środku będą stać sztalugi, na nich rozpięte śnieżnobiałe płótno, przed którym ujrzę mężczyznę w czerni badawczym wzrokiem przyglądającego się pędzlowi trzymanemu pomiędzy kciukiem a środkowym palcem. Niestety, w pracowni Neumanna nic nie zgadzało się z moimi wyobrażeniami. Była to izba co prawda obszerna, lecz ciemna, zagracona i śmierdząca. A śmierdziało w niej skiśniętym winem i gnijącymi owocami. Przynajmniej jeśli chodzi o źródło tego ostatniego zapachu, od razu zobaczyłem, w czym rzecz. Otóż na stole stała wielka gliniana patera pełna winogron, jabłek i gruszek. Wszystkie owoce były już pomarszczone i zbrązowiałe, a pochylał się nad nimi złamany, umierający słonecznik. Nad paterą unosiły się całe chmary maleńkich muszek. Kichnąłem, kiedy jedna z nich wpadła mi do nosa.

Chwilę po tym głośnym kichnięciu w rogu poruszyło się coś, co początkowo wziąłem za kłąb odzieży, a co okazało się chudym mężczyzną okutanym w szary płaszcz. Jęknął, uniósł się wpierw na kolana, pomacał dłońmi podłogę, po czym z sapaniem i wysiłkiem wstał na nogi. Zatoczył się w stronę okna i rozwarł okiennice, które uchyliły się z potępieńczym zgrzytem. Potem obrócił się w moim kierunku, spoglądając na mnie nieprzytomnym wzrokiem. Każdy ruch zdawał się sprawiać mu taką trudność, jakby mężczyzna pływał w gęstej mazi. Ale kiedy wpuścił do pracowni trochę dziennego światła, mogłem się wreszcie rozejrzeć. Zobaczyłem między innymi sztalugi z rozpiętym zamalowanym płótnem, na którym pyszniła się soczysta żółciutka gruszka, wielkie winogrona i czerwoniutkie jabłko, któremu z ogonka figlarnie wystawał zielony listek. Zwróciłem wzrok na stół i leżącą na nim paterę, porównując obraz z rzeczywistością. Cóż, teraz winogrona przypominały napuchnięte zgnilizną rodzynki, sczerniała gruszka zapadła się w sobie, a jabłko wyglądało, jakby ścisnął je w palcach ktoś, kto miał dłonie umazane kałem. Wszystko to świadczyło, że pan artysta ładne kilka dni temu przerwał malowanie. Jak mogłem się domyślić po wszechobecnym odorze rozlanego wina, miał lepsze rzeczy do roboty. Na sofie w drugim kącie pokoju zobaczyłem skuloną nagą kobietę. Wypinała w naszą stronę zmięte pośladki i ciastowate białe uda. Najwyraźniej spała, gdyż usłyszałem, że z jej ust wydobywa się coś pomiędzy chrapaniem a bulgotaniem. Ech, artyści...

– Gdybyście namalowali te owoce tak, jak wyglądają teraz, to dopiero okazałoby się interesujące – zauważyłem tonem towarzyskiej pogawędki. – A jednocześnie stanowiłoby jakżeż alegoryczne przedstawienie nieuchronności losu każdego żywego organizmu.

Zamrugał oczami, jakby nie był pewien, czy jestem istotą z krwi i kości, czy zaledwie jego pijackim zwidem. Podejrzewałem, że wolałby tę drugą ewentualność.

Usłyszałem szmer pod ścianą i szybko obróciłem głowę, tylko po to, by dostrzec węszącego szczura. Zdumiewające, że nie umknął, słysząc nasze głosy czy kiedy do pracowni wdarło się słoneczne światło. Trzeba przyznać, że szczury robiły się coraz bardziej bezczelne. Nawiasem mówiąc, przypominały w tym ludzi.

Spokojnie, wolno wyciągnąłem zza pazuchy nóż, zważyłem go w dłoni i cisnąłem.

– Ha! – zawołałem, gdyż udało mi się trafić szczura prosto w tłusty kałdun. Ostrze przybiło zwierzę do drewna.

Malarz podskoczył, jakby czubek noża wbił się w jego własne ciało, i pisnął w zupełnie niemęski sposób. Podszedłem do truchła, wyciągnąłem nóż i chwyciłem martwego szczura za cienki ogon.

– Patrzcie no, jak pasuje. – Uśmiechnąłem się, rzucając ścierwo na paterę ze zgniłymi owocami. – Namalujcie to, mówię wam... Martwa natura jak się patrzy.

– Zabierzcie to coś! – rozdarł się Neumann, na poły wściekły, na poły przerażony. – Zabierzcie!

Zamachał rękoma, potem wycofał się rakiem, najwyraźniej chcąc się znaleźć jak najdalej zarówno od martwego szczura, jak i ode mnie. Wzruszyłem ramionami, jednak posłusznie znowu chwyciłem truchło za ogon i cisnąłem na ulicę przez uchylone okno.

– Albo ją namalujcie. – Odwróciłem się i pokazałem palcem chrapiącą kobietę. – I nazwijcie obraz na przykład... „Odpoczynek portowej ladacznicy".

– Czy wyście oszaleli?! – jego głos z dyszkantu przeszedł w niemal basowy pomruk. – Co wy mi tu za bzdury opowiadacie? Kto by chciał na obrazach oglądać kurwy? A poza tym to nie żadna ladacznica, tylko moja narzeczona – dodał wyniosłym i obrażonym tonem.

Później wgapił się we mnie, mrużąc oczy, najwyraźniej miał kiepski wzrok.

– A w ogóle, na świętą dupę Belzebuba, kim wy jesteście i co tu robicie?

– Mordimer Madderdin, inkwizytor – przedstawiłem się nie do końca zgodnie ze stanem rzeczywistym, gdyż Bogiem a prawdą oficjalnie nie otrzymałem jeszcze inkwizytorskiej nominacji. Ale przecież nikt nie będzie wnikał w podobne niuanse. Zresztą w duchu, sercu i umyśle czułem się już funkcjonariuszem Świętego Officjum, chociaż nie miałem podpisanych ostatnich dokumentów.

– Inkwizytor – powtórzył już bez złości i opadł na siedzenie. – Wiecie, z tym Belzebubem to tylko takie powiedzonko...

Wiedziałem, ponieważ różne powiedzonka zdobywały popularność w różnych częściach naszego kraju i w różnych środowiskach. Artyści przodowali w wymyślaniu coraz to nowych niedorzeczności, na przykład w zaklinaniu się na części ciała diabłów czy w wysławianiu niesamowitej męskości charakteryzującej jakoby szatańskie pomioty.

– Powiedzonko nie powiedzonko, niemniej grzech – stwierdziłem. – Widziałem już ludzi, którzy za mniejsze przewiny trafiali do naszych lochów.

Mimo półmroku panującego w izbie zauważyłem, że zrobiło mu się naprawdę nieswojo. Zbladł, a dłoń, którą sięgnął po kubek, najwyraźniej drżała.

– No co wy, no co wy, przecież wiecie... – wystękał jedynie.

– Ale nie w tej sprawie do was przyszedłem – oznajmiłem po chwili, kiedy już usłyszałem, jak zęby dzwonią mu o krawędź kubka. – I nie by was oskarżać, lecz uprzejmie prosić o pomoc.

– Dopraw-wdy? – zdołał wyjąkać.

– Malowaliście portret niejakiej Elżbiety Holz, bieliźnianej pani margrabiny, czyż nie?

– Elżbieta, Elżbieta... Nie wiem. Wiecie, naprawdę nie wiem, nie przywiązuję wagi do imion i nazwisk, zapamiętuję, wiecie, same twarze. Pokażcie mi portret, a przypomnę sobie nawet kogoś, kogo nie widziałem od wielu lat.

– Czego kłamiesz, szakalu? – z łóżka zazgrzytał głos narzeczonej Neumanna, która jak widać, właśnie się przebudziła.

Obróciłem się w jej stronę i zauważyłem, że półleży podparta na lewym łokciu i przygląda się nam. Miała podpuchnięte oczy, skołtunione włosy i wyraźne ślady po ugryzieniach na obwisłych piersiach.

– Jakie kłamię, jakie kłamię? – obruszył się malarz. – Idź spać, wywłoko!

– A kogo żeś ujeżdżał, ty kurwisynu, co? Miotłą ją musiałam wyganiać, ledwo suknie zdążyła zabrać...

– Ach! – Neumann z rozmachem klepnął się w czoło. – To to była Elżbieta Holz?! Patrzcie, patrzcie, a ja, wiecie, znałem ją po prostu jako Lizkę.

– Daj wina, szakalu – poprosiła narzeczona malarza zbolałym tonem. – Bo już nie wydolę, tak mnie suszy.

– „Znałem" – powtórzyłem. – Czemuż to, jeśli wolno wiedzieć, użyliście czasu przeszłego?

– C-co takiego? A bo nie widziałem jej od czasu, jak ta tutaj – ruszył podbródkiem, gdzie leżała narzeczona – mi ją przegnała z pracowni. Portretu nie dokończyłem...

– Portretu?! – wrzasnęła kobieta. – Jakiego portretu, ty ochlajmordo?! Cycki i dupę żeś jej malował, nie portret!

– Macie ten obraz?

– Gdzie tam – burknął. – Spaliła mi go, wywłoka. A stworzyłem takie piękne dzieło, wierzcie mi. Bo wiecie, kiedy Lizka wchodziła do pracowni, to miałeś wrażenie, jakbyś wpuścił do niej słoneczne światło – dodał nieoczekiwanie poważnie i z rozmarzeniem.

Cóż, jeśli słowa Neumanna o urodzie zamordowanej były prawdziwe, trzeba przyznać, że dokonał wyjątkowo niekorzystnej zamiany. Ale tak to czasem bywa, że kromka zakalcowatego chleba lepsza jest od pszennych bułeczek, jeśli dają ją za darmo i na każde życzenie.

– Wina – znowu jęknęła kobieta.

Opuściła stopy na podłogę, najwyraźniej usiłując wstać z sofy, lecz kiedy tylko podniosła się na moment, zaraz zad pociągnął ją z powrotem i klapnęła, rozkraczając nogi. Bez żenady podrapała się najpierw po sflaczałym brzuchu, a potem między udami. Odwróciłem wzrok, gdyż narzeczona Neumanna z całą pewnością nie była wcieleniem Wenus i nie przypominała w tym momencie bogini miłości wyłaniającej się z morskiej piany. Nigdy nie czułem sodomicznych zapędów, lecz przysięgam, że gdyby mnie już ostatecznie przycisnęła żądza, wolałbym spędzić upojne chwile ze schludnym młodzieńcem zamiast z tym potworem sprawiającym wrażenie, jakby niewprawna dłoń ulepiła go z rozłażącego się ciasta.

– Każcie jej się wynosić – poleciłem. – Mam z wami do pogadania.

– Wynosić?! – wrzasnęło monstrum z łóżka. – Jakie wynosić?! Póki ja tu płacę czynsz, nikt nie będzie kazał mi się wynosić. Wy sami fora ze dwora!

Śmiało zabrzmiały te słowa, zważywszy na fakt, że kierowano je do inkwizytora, jednak nie miałem zamiaru sprzeczać się lub przepychać z pijaną kurwą. Zresztą Neumann szybko podskoczył w moją stronę.

– Wybaczcie jej, wybaczcie – zamamrotał. – To pijana zdzira jedna, wstydu mi, wiecie, narobiła. Pozwólcie no, proszę, pogadamy sobie przed domem, może gdzieś na winko zajdziemy. – Spojrzał mi w oczy z przestrachem, lecz najwyraźniej bał się nie mnie, a swojej towarzyszki. Ciekawe, gdyż zwykle w towarzystwie inkwizytora ludzie nie lękają się już nikogo innego. Można powiedzieć, że jesteśmy kwintesencją ich bojaźni. Wręcz jej symbolem. A tu proszę bardzo, zostałem na głowę pobity przez skacowaną dziwkę.

– A więc wyjdźmy – zgodziłem się.

Jeszcze na schodach ścigały nas wrzaski kobiety, która na przemian a to groziła malarzowi, a to przyrzekała mu nadzwyczajne łaski, jeśli przyniesie jej butelkę wina.

– Naszczam na ciebie! – zaryczała w końcu, a ja zastanawiałem się, czy to groźba, czy raczej może obietnica nagrody. Wiadomo bowiem, iż ludzie wyczyniają różne rzeczy pod wpływem namiętności, a wszelakiego pokroju artyści są pierwsi, by lubować się w godnych pożałowania perwersjach, odstręczających porządnych obywateli.

Wyszliśmy na rozpaloną słońcem ulicę i Neumann aż się wzdrygnął, kiedy słońce poraziło go w oczy.

– Na kutafona Lucyfera, co za pogoda!

Potem zerknął na mnie szybko i już chciał się kajać, lecz nie dałem mu dojść do głosu.

– Mówcie sobie, co chcecie – zezwoliłem wyrozumiale. – Abym się od was dowiedział czegoś o Elżbiecie.

Obok zaturkotał rozpędzony wóz, zostawiając nas w chmurze dławiącego pyłu.

– Co za w rzyć chędożony! – zajęczał Neumann i zaczął wygrażać woźnicy. – Widzieliście, widzieliście? – zapiszczał, zwracając się do mnie. – O mało nas nie rozjechał! Zróbcie coś z tym, w końcu jesteście inkwizytorem!

Nawet nie chciało mi się skomentować tego żądania, więc chwyciłem malarza za ramię i pociągnąłem w spokojny, wąski zaułek. Domy skłaniały się ku sobie tak, że sąsiedzi z przeciwległych stron ulicy spokojnie mogliby sobie podać dłonie, jeśli wychyliliby się przez okna. Przynajmniej było tu trochę cienia, no i mogłem być pewien, że nie zakończę życia pod kołami wozu kierowanego przez kolejnego szalonego woźnicę.

– Opowiadajcie – rozkazałem.

Przysiedliśmy na schodkach przy jednym z domów. Obok siedziało kilkuletnie dziecko i przyglądało nam się z uwagą, ssąc palec.

– Co by tu tam... – zaczął. – Bo wiecie, tak na sucho trudno mi zebrać myśli...

– Interesuje mnie Elżbieta Holz, nie wasze pragnienie.

Westchnął rozdzierająco, po czym zastanawiał się chwilę.

– Młodziutka była i niedoświadczona, ale wiecie, pełna żaru – cmoknął z uznaniem. – A tak chętna do nauki jak kotka w rui. Aż piszczała do tych zabaw.

Rozmarzył się, lecz tylko na moment, bo zaraz potem machnął ręką i westchnął.

– Co z tego, skoro nawet nie zdążyłem jej porządnie wybatożyć...

– Wybatożyć? – powtórzyłem.

Zerknął na mnie skonfundowany.

– Nie, nie, nie w tym sensie, co sobie pomyśleliście – zastrzegł szybko. – Tym batogiem, co go, wiecie, noszę w portkach. – Klepnął się w przyrodzenie i uśmiechnął, obnażając popsute zęby.

Nie lubiłem Neumanna. Sam nie wiedziałem dokładnie dlaczego, jednak nie lubiłem. Może dlatego, że był artystą, a przecież dobrze wiedziałem, że artysta może być gruby, śmierdzący i głupi, a i tak młodziutkie, piękne dziewczęta aż przebierają nogami, by z nim pobaraszkować. Może pić i bić, a one i tak będą zabijały się, by zostać jego muzą. Tak widać został już stworzony świat i ludzkie charaktery... Może więc po prostu zazdrościłem Neumannowi lekkiego życia bez obowiązków, powinności, służbowej hierarchii. Niczym motyl... Spojrzałem na niego z ukosa. No cóż, akurat Neumann bardziej niż motyla przypominał szarą ćmę.

– Mówicie więc, że nie wiecie, co się z nią stało?

– Wystraszyła ją ta moja – burknął niezadowolony. – Nic to, może się jeszcze rzecz odwróci.

– Elżbieta nie żyje – powiedziałem. – Zamordowano ją.

– No co wy... – Rozdziawił gębę i potrząsnął głową. – Naprawdę czy tak tylko gadacie?

– Oprawca rozkawałkował ją niczym świniaka w rzeźni – rzekłem, przyglądając się uważnie malarzowi. – Nawet zdarł jej skórę z twarzy.

Ku mojemu zaskoczeniu Neumann przeżegnał się zamaszyście.

– Panie, świeć nad jej duszą – wymruczał i znowu potrząsnął głową. – Na gwoździe i ciernie, trzeba by się napić z tego smutku. Za pamięć Lizki – westchnął.

– Wypić zawsze można – zgodziłem się z nim.

– A wy co, szukacie mordercy? Ale zaraz... Przecież jesteście inkwizytorem, to niby dlaczego wy...

Wgapił się we mnie, a na jego twarzy odbił się prawdziwie bolesny proces myślenia.

– Margrabina poprosiła o pomoc mnie i mistrza Knottego ze Świętego Officjum – wyjaśniłem. – Elżbieta była jej służącą.

– Ano tak, ano tak. – Podrapał się po kilkudniowym zaroście, aż zachrzęściło. – Przecież nawet prosiłem ją, żeby rzuciła o mnie na dworze słówko tu i tam. Wiecie, jak jest. Talent talentem, a koneksje koneksjami. Nagrody wygrywają jedynie ci, co mają układy wśród sędziów. Poznasz się z takim, napijesz z nim jak trzeba, postawisz jedną, drugą kolejkę, powiesz, jaki jest zasłużony dla wspierania kultury. – Zaśmiał się chrapliwie. – I już się kanalia topi w twoich dłoniach jak wosk.

Akurat z tym twierdzeniem nie sposób było się nie zgodzić.

– Wiecie o niej coś jeszcze? Z kim się zadawała? Może miała zazdrosnego narzeczonego?

– A gdzie tam. Sam z niej zrobiłem kobietę. – Uśmiechnął się do wspomnień, jak widać, całkiem miłych. – A to w ogóle, wiecie, była dobra dziewczyna. Nie wiem, komu by tak mogła zaleźć za skórę, żeby mordować, i to takim sposobem, jak mówicie.

– Może kogoś wyśmiała? Odrzuciła? Nie mówiła wam o tym? Nie wspominała o jakimś mężczyźnie, który pragnął zyskać jej względy, a którego ona sama lekceważyła?

– Wiecie, myśmy w ogóle mało gadali...

No tak, podobnej odpowiedzi mogłem się spodziewać. Nadal więc nie wiedziałem, czy młodziutkiej bieliźnianej nie zamordował zawistny narzeczony lub odrzucony amant. Zresztą gdybym miał wybierać między tymi dwoma wariantami, wybrałbym właśnie drugi. Któż mógł zmasakrować dziewczynę z takim okrucieństwem i z taką wyraźną chęcią zniszczenia jej urody, jak nie wyśmiany, zlekceważony konkurent? A dziewczyny, nawet młode i niedoświadczone, potrafią przecież używać swych języków na podobieństwo brzytwy i takową brzytwą przerzynać nie tylko męskie serca, ale i męski honor. Może więc z podobnym wypadkiem mieliśmy do czynienia w tej chwili? Tak czy inaczej, ani ojciec, ani malarz nie okazali się szczególnie pomocni przy wyjaśnianiu sprawy.

– Opowiadała wam może o jakiejś przyjaciółce? – zaryzykowałem jeszcze jedno pytanie. – Słyszeliście o kimś, komu się zwierzała?

Neumann zamyślił się, potem pokręcił głową.

– Musicie wypytać na dworze – odparł. – Ja naprawdę nic nie wiem. Tyle z nią znajomości co chędożenia. No i trochę malowania, ale też ledwo zdążyłem szkic zrobić... Nie pomogę wam.

Wydawało mi się, że słyszę w głosie Neumanna prawdziwy żal, jednak nie zamierzałem wykreślać go z listy podejrzanych. Szczerze mówiąc, na razie na tej liście był punktem nie tylko pierwszym, lecz również jedynym.

– Dziękuję wam za pomoc. Jeśli coś mi jeszcze przyjdzie do głowy, odwiedzę was.

– A ten tam, może napijemy się po szklaneczce wina? – ożywił się. – Wiecie, ku pamięci biednej Lizki.

– Napijcie się za siebie i za mnie. – Skinąłem mu ręką i poszedłem, by podzielić się z mistrzem Albertem plonem dzisiejszych rozmów. A plon to był, niestety, co tu dużo gadać, nieszczególny.

Wieczorem zreferowałem mistrzowi Albertowi wszystko, czego zdołałem się dowiedzieć od ojca i od malarza. Knotte wydął usta.

– Niewiele z ciebie pożytku – mruknął niechętnie. – Ale może by przycisnąć tego pacykarza, co? Chociaż narzędzia mu pokazać, na ławie rozpiąć, hmmm...

Wiedziałem, że nie pyta mnie o zdanie, lecz zadaje pytania sam sobie, więc roztropnie postanowiłem się nie odzywać. Zwłaszcza iż widziałem, że dzisiejszego dnia sterowana przez niego łajba musiała żeglować po niezmierzonych wręcz oceanach trunków. Słowa wypowiadał zaskakująco wyraźnie, lecz kiedy wstał z fotela, musiałem skoczyć i go podtrzymać, gdyż inaczej niechybnie by się przewrócił jak długi. Rzecz jasna, nie podziękował mi, jedynie z nerwowym sapnięciem strącił moją dłoń ze swego ramienia. Przy okazji zionął na mnie tak intensywnym oparem wina, że myślałem, iż jeszcze moment, a sam się upiję.

– No nic, z tym zawsze zdążymy – zdecydował.

Pomyślałem, że Neumann nawet nie wie, jakie w tej chwili miał szczęście.

– Wolno mi zapytać, mistrzu – zacząłem grzecznie – czy uzyskał pan jakieś istotne informacje na dworze margrabiny?

– Wolno, czemu nie? – odparł beztroskim tonem Knotte. – Gęś z truflami czy kaczka w słodkim winie i rodzynkach, hmmm? – Spojrzał na mnie badawczo, a raczej chciał spojrzeć badawczo, gdyż nie bardzo potrafił skoncentrować wzrok na jednym punkcie.

Nie miałem do tej pory okazji jeść ani jednego dania, ani drugiego, więc zaproponowałem ostrożnie:

– Może i to, i to?

Mistrz Albert zaklaskał.

– Słuszna uwaga, Mordimerze! Po cóż sztucznie się ograniczać? Na pytanie brzmiące, czy napiłbyś się piwa, czy wina, należy zawsze odpowiadać: i gorzałki. Właśnie tak! Racjonalny punkt widzenia, mój chłopcze.

– Dziękuję, mistrzu.

– No tak. – Potarł palcami podbródek. – To idź i powiedz temu, co czeka w karczmie, że ma być i kaczka, i gęś, i jeszcze niech przygotują mi raki albo polewkę z żółwia, bo w końcu mamy post, a post należy uszanować.

– Tak jest. To w naszej karczmie, jeśli wolno spytać, tak dobrze karmią?

– A gdzie tam! Kazałem, żeby mi przynosili posiłki z kuchni margrabiny. Tutaj łajdak ma je tylko podgrzewać, żebym nie katował brzucha zimnym posiłkiem.

Rozpiął pas, opuścił spodnie i kucnął nad stojącą w kącie cynową miską. Wypróżnił się z wielkim hałasem, a niewiarygodny wręcz fetor rozszedł się po pokoju niczym sztormowa fala.

– Co do pytania, które zadałeś – odezwał się, kiedy już skończył – to nie miałem sposobności i czasu, by przeprowadzić stosowne śledztwo. Pozostawię je na razie twojej roztropności i mam nadzieję, że się nie rozczaruję.

– Na pewno nie, mistrzu – odpowiedziałem, starając się oddychać samymi ustami.

– Wybierzesz się jutro na dwór i pogadasz z kim trzeba. Margrabina przykazała, by wszyscy dworzanie służyli nam informacjami oraz pomocą, więc nikt nie ośmieli się odmówić rozmowy. Rozejrzyj się, pogadaj, posłuchaj, potem zdasz mi raport.

– Oczywiście, mistrzu.

Domyślałem się, że w czasie kiedy będę pracował na honorarium mistrza Knottego, on sam znajdzie sobie bardziej odpowiadające mu zajęcie. Na przykład zajmie się degustacją win lub jeszcze przyjemniejszą degustacją wdzięków miejscowych dziewek. A zapewne zarówno jednym, jak i drugim. W końcu miał co świętować, gdyż byłem pewien, że zdołał wytargować od margrabiny niezłą sumkę za nasze usługi.

Mistrz Albert dopiął pas i odetchnął z głębokim, nieskrywanym zadowoleniem.

– No, zrobiłem miejsce na tę gęś i kaczkę – uśmiechnął się.

Potem zerknął na misę.

– Bądź tak dobry, mój chłopcze, i wylej to na podwórze, a potem przynieś czystą, bo jeszcze pewnie będzie mi dzisiaj potrzebna.

Na koniuszku języka miałem oburzone stwierdzenie, że do obowiązków młodych inkwizytorów nie należy wynoszenie odchodów swoich przełożonych i mycie ich nocników. Ale zmilczałem, gdyż po pierwsze, nie byłem jeszcze inkwizytorem, a po drugie, Knotte mógł się postarać, bym nigdy nim nie został. Dlatego też uśmiechnąłem się, starając się, by ten uśmiech wypadł szczerze oraz naturalnie. Kiedy trzymałem już misę w rękach, mistrz Albert poklepał mnie po policzku. Zapewne uznałbym ten gest za miły, gdyby nie fakt, że tą samą dłonią wycierał sobie przed momentem tyłek.

Śledztwo, które przeprowadziłem na dworze naszej zleceniodawczyni, nie przyniosło żadnych istotnych informacji. Elżbietę, Lizkę, Elkę czy Elunię, bo różnie ją tam nazywali, wszyscy lubili, wszystkim się podobała, dla wszystkich była miła. A przy tym pracowita, porządna i sumienna. No wypisz, wymaluj ideał. Tylko jak przychodziło do bardziej szczegółowych pytań, okazywało się, że nikt jej bliżej nie znał, rozmowy ograniczały się do ploteczek o pracy i stwierdzeń: „Jakiż to piękny dzień dzisiaj mamy!" albo: „Paskudnie dziś pada, może jutro będzie lepiej?". O tym, że pozowała Neumannowi, nikt nie słyszał, narzeczonego podobno nie miała, nóg podobno przed nikim nie rozkładała, trunków podobno nie piła. Taką na dworze zastałem kopalnię informacji, że pozostawało zakopać się w niej i wyć. W dodatku nie odniosłem wrażenia, iż ktokolwiek stara się przede mną cokolwiek ukrywać, że morderstwo Elżbiety jest spowite jakowąś nieprzeniknioną mgłą tajemnicy, jest sekretem znanym wszystkim przesłuchiwanym, ale niedostępnym dla ludzi z zewnątrz. Dworzan w większości przypadków szczerze zmartwiła śmierć dziewczyny, lecz nie byli w stanie wiele o niej powiedzieć. I tyle.

– Skoro była ładna, porządna i miała miły charakter, czemu nikt się o nią nie starał? – zadałem pytanie ochmistrzyni, która wyglądała na rozsądną kobietę.

– Sama się nad tym zastanawiałam – odparła. – Bo jak jest, tak jest, różni ci mężczyźni są. Jedni jak zwierzaki, aby tylko dopaść nas, niewinne, i upolować, drudzy niby chcą się żenić i przychodzą z ładnymi słowami i narzeczeńskim gościńcem...

– A do niej ani tacy, ani tacy – poddałem.

– No właśnie – przyznała i splotła na podołku pulchne dłonie. – Coś w niej było, co trzymało z dala – powiedziała wolno, jakby dziwiąc się własnym słowom. – Bo ci, co szukali grzesznej rozrywki, wiedzieli, że to nie taka dziewczyna, a ci, co chcieliby ją może do ołtarza, to nie mieli ośmielenia. Że taka piękność i w ogólności...

Pokiwałem głową ze zrozumieniem, gdyż sam niegdyś spotkałem dziewczynę, jedną z pięciu sióstr, która w przypływie szczerości powiedziała mi: „Co z tego, że jestem najładniejsza i najbystrzejsza, skoro mężczyźni się boją, że jestem dla nich za dobra, że ich odrzucę...". Tak, tak, oto piekło pięknych i mądrych kobiet, będące jednocześnie marzeniem głupich i brzydkich. I jak tu ludziom dogodzić?

Na dworze margrabiny nieoczekiwanie natknąłem się na mistrza Alberta. Siedział w izbie czeladnej roześmiany, spocony i niemal w trupa pijany. Zacinając się, opowiadał jakąś anegdotkę i sam chichotał w momentach, które wydawały mu się najbardziej zabawne. Poza tym usilnie starał się podszczypywać pewną jasnowłosą dziewuszkę, a ta uciekała z piskiem, lecz zdaje się, że nie była aż tak bardzo obojętna na te karesy.

– I właśnie za to pani margrabina płaci – syknął mi zza ramienia Leghorn. – Wstyd! I wam powinno być wstyd, że macie takiego głupca i opoja za towarzysza.

– Ściślej mówiąc, za przełożonego – odparłem. – Więc rozumiecie, że w związku z tym stanowczo zaprotestuję przeciwko wypowiadanym przez was kalumniom.

– A protestujcie sobie, protestujcie – burknął lekceważąco, zwłaszcza iż musiał usłyszeć, że mój ton nie był nazbyt surowy. – Powiedzcie lepiej: doszliście do czegoś?

– Zbieram informacje – odpowiedziałem oględnie.

Zmarszczył brwi.

– Pani margrabina nie będzie zadowolona z takiej odpowiedzi.

– Panie Leghorn, przecież pracujemy nad tą sprawą dopiero drugi dzień – rzekłem pojednawczo. – Nie jesteśmy cudotwórcami, nie można się po nas spodziewać natychmiastowych efektów. Są śledztwa, które ciągną się tygodniami, miesiącami, ba, latami, zanim znajdą satysfakcjonujący finał. Lub nawet nigdy go nie znajdują...

Spojrzał na mnie surowym wzrokiem, potem wystudiowanym gestem przygładził sobie długie włosy, cały czas przypatrując mi się spode łba.

– Wiecie co, inkwizytorze, dla waszego dobra radzę wam, byście nigdy nie używali podobnego argumentu, jeśli kiedykolwiek będziecie mieć szczęście rozmawiać z margrabiną. Zaręczam wam, że nie chcielibyście zobaczyć jej napadu furii.

Pomyślałem, że pewnie ma rację, więc skinąłem głową.

– Zastosuję się do waszej uprzejmej rady.

Trzy dni po zabójstwie Elżbiety Holz znaleziono następnego trupa. Kolejną dziewczynę. I tak samo jak w przypadku Elżbiety, morderca zostawił po sobie zmasakrowane ciało, obryzgane krwią ściany oraz pęta flaków rozwłóczone na podłodze.

– A może to jednak jakiś kultysta? – zamyślił się Knotte.

Przywlókł się na miejsce zbrodni dopiero kilka godzin po mnie, ponieważ odsypiał wesołą noc. O świcie słyszałem, jak wtaczał się do karczmy, zresztą nic dziwnego, musieli go słyszeć chyba wszyscy mieszkańcy dzielnicy. Teraz tępo wpatrywał się w szczątki dziewczyny.

– Może zabijając, oddaje hołd mrocznym bóstwom? Może zabiera... – Z wysiłkiem pstryknął palcami. – Właśnie, Mordi, miałeś sprawdzić, czy zabiera jakieś części ciała. No co tam z tym?

– Nie, mistrzu. Z tego, co zdołałem się zorientować, niczego nie brakowało.

Skrzywił się, gdyż moja odpowiedź najwyraźniej nie pasowała do koncepcji, która właśnie zrodziła się w jego umyśle.

– Nic? Oczu? Serca? Wątroby? Może oderżnął i zabrał kończyny?

Niestety, sprawdziłem wszystko bardzo dokładnie, co, wierzcie mi, nie było zajęciem przyjemnym, zważywszy na stan, w jakim znajdowały się zwłoki.

– Nie, mistrzu – powtórzyłem. – On tylko brutalnie morduje. Nic poza tym.

– A krew? – ożywił się Knotte. – Może potrzebna mu ich krew?

– Nie sądzę – westchnąłem. – Zważywszy na to, ile jest jej wszędzie.

– No tak, no tak. – Potarł usta palcem wskazującym, wyraźnie niezadowolony. – A ślady wokół?

Wiedziałem, co miał na myśli. Gdyby dziewczyny poświęcano w demonicznej ofierze, powinniśmy znaleźć pogańskie czy heretyckie symbole wyrysowane na podłodze lub ścianach, może jakieś świece, jakieś posążki, jakieś wizerunki. No cokolwiek. Tymczasem pokoje, w których zamordowano dziewczyny, wyglądały najzwyczajniej w świecie. A może raczej ujmijmy to tak: wyglądałyby najzwyczajniej w świecie, gdyby nie mnóstwo krwi oraz zmasakrowane zwłoki. Poza tym Knotte był doświadczonym inkwizytorem. Mógł sobie być pijakiem, obżartuchem i dziwkarzem, lecz potrafił, tak jak wszyscy inkwizytorzy, wyczuwać obecność mrocznych sił. Gdyby w miejscach morderstw uprawiano czarną magię, z całą pewnością nie umknęłoby to jego uwadze. Ośmielałem się sądzić, że nie umknęłoby również mojej, chociaż, rzecz jasna, potężni czarnoksiężnicy potrafili zamaskować się przed czujnym wzrokiem nawet najbardziej bystrych funkcjonariuszy Świętego Officjum. Tu jednak mieliśmy do czynienia nie z czarownikiem lub wiedźmą, a ze zwyczajnym zbirem, któremu radość sprawiało obserwowanie, jak życie wycieka z jego ofiar w fontannach krwi, spazmach, krzyku i przerażeniu.

– Niedobrze – podsumował Knotte i przetarł dłonią zszarzałą z niewyspania twarz. – Bardzo niedobrze. Ta suka będzie wściekła.

Domyśliłem się, że mówi w ten sposób o naszej chlebodawczyni, margrabinie von Sauer.

– Przecież nie sądziła chyba, że odnajdzie... – zawahałem się ledwo dostrzegalnie, gdyż najpierw chciałem

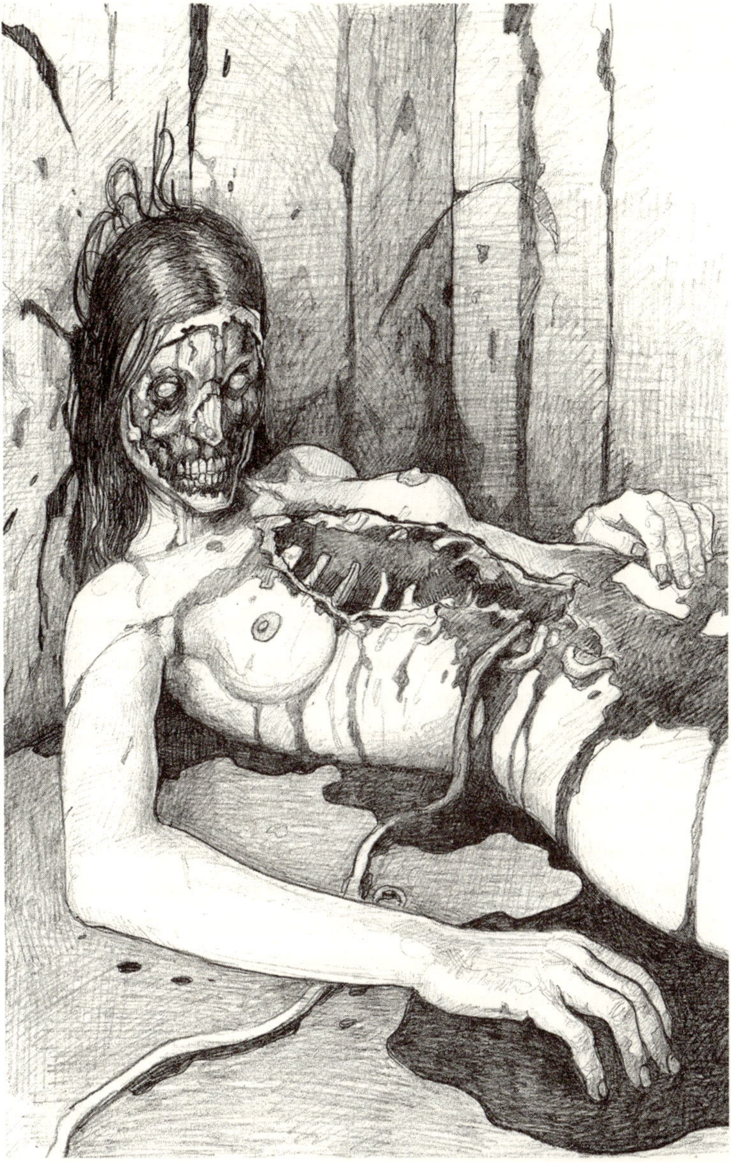

powiedzieć „odnajdziemy" – ...cie mordercę następnego dnia. Rzecz wymaga czasu.

Mistrz nie skomentował moich słów, w zamian za to postąpił krok do przodu i nachylił się nad zmiażdżoną głową dziewczyny.

– Kim jest ta tutaj?

Oczywiście zdążyłem sprawdzić, jak nazywała się i co robiła zabita. Wiedziałem, że Knottemu nie spodoba się moja odpowiedź.

– Katarzyna Kassel, mistrzu. Jedna ze szwaczek na dworze pani margrabiny.

– Jezusie najsroższy! – westchnął Knotte. – A to się babsko ucieszy.

– Młoda i ponoć bardzo ładna – dodałem. – Zupełnie jak Holzówna.

– Że też nie mógł sobie pochędożyć dziewki jak zwyczajny człowiek – warknął Knotte. – Choćby i siłą zabrać, co chciał i co z męskiej natury mu się należy... Musiał mi tyle kłopotów narobić... Bydlak!

W głosie mistrza Alberta zabrzmiało takie rozżalenie, że z trudem udało mi się pohamować uśmiech. Cóż, najwyraźniej miał knottocentryczne spojrzenie na świat i wszystko rozpatrywał w kategorii własnych korzyści lub piętrzących mu się pod stopami niewygód. Morderca oraz zamordowana byli tymi właśnie przeszkodami. Gdyby nie oni, mógłby zainkasować w spokoju ducha sumę, którą wytargował od margrabiny, i wrócić do Koblencji.

Posapywał jeszcze przez chwilę rozdrażniony, aż w końcu obrócił na mnie spojrzenie przekrwionych oczu.

– Co tu jeszcze robisz, Mordi?

– Czekam na rozkazy, mistrzu Albercie – odpowiedziałem pospiesznie.

– Rozkazy – powtórzył takim tonem, jakby było to słowo nader nieprzyzwoite, które należy wypowiadać ze stosownym obrzydzeniem. – Kiedy będziesz szedł do wychodka, też mam ci dawać rozkazy, jak masz zdejmować portki?

Zmilczałem i pochyliłem głowę.

– Wypytaj sąsiadów, czy czegoś nie widzieli albo nie słyszeli. Wypytaj o nią. Z kim się zadawała, czy ma rodzinę, męża, narzeczonego, czy ktoś ją, na gwoździe i ciernie, chędożył, a jeśli tak, to kto?! Raz-dwa, Mordi! – Utopił we mnie złe spojrzenie. – Bardzo mnie dzisiaj rozczarowałeś, chłopaku.

Po raz kolejny miałem ochotę przywalić kułakiem w tę zapuchłą, naburmuszoną mordę. Wyrażając tym uczynkiem zarówno moje estetyczne obrzydzenie dla stanu, do jakiego się mistrz Albert doprowadzał, jak i czysto prywatną nienawiść, którą budziły jego niesłuszne oskarżenia. Zwłaszcza że przecież pomyślałem, by przeprowadzić śledztwo wśród sąsiadów. Powiedziałem o tym Knottemu. Rzecz jasna, o śledztwie, nie o chęci rozprawienia się z nim samym.

– No tak, nic nie widzieli i nic nie słyszeli, jak zwykle – burknął. – A co to w ogóle za dziura? – dodał, mając na myśli budę, w której znaleziono dziewczynę.

– Ktoś ją wynajmował na mały skład, jednak nie płacił czynszu i właściciel zamknął wszystko na cztery spusty.

– Co to za człowiek?

– Ma tu jeszcze dom niedaleko, też go wynajmuje. Taka najtańsza, zapuszczona czynszówka. Właściciel, kiedy się dowiedział o wszystkim, tak się przeraził, że mało nie narobił w portki.

– Każ straży, żeby go aresztowała – zdecydował Knotte po namyśle.

– Ale...

– Czy ja wydałem ci rozkaz, chłopcze, czy prosiłem o komentarz?

– Wydał pan rozkaz, mistrzu – odparłem ponuro.

Knotte odetchnął głębiej, a jego twarz nieco się rozluźniła.

– Kogoś musimy aresztować, Mordi – rzekł zmęczonym tonem. – Najwyższy już na to czas. Przesłuchaj go potem w lochu, ale nie torturuj. Na razie...

– Tak jest.

– Gdzie ta dziewczyna mieszkała?

– W pałacu. Dostała wolne dwa dni, żeby spotkać się z rodziną. Leghorn mi to powiedział.

– Spotkała się?

– Tego jeszcze nie wiem, mistrzu. Czekałem tu na was i...

Knotte zbliżył się do mnie niezwykle szybko jak na swoją tuszę. Ująwszy za podbródek twardymi palcami, nachylił się nade mną tak, że poczułem jego zgniły oddech.

– Z ciebie to będzie taki inkwizytor jak z koziego kutafona baletnica – warknął. – Dymaj, chłopaku, i dopytaj się o wszystko, bo ciupasem odeślę cię do Koblencji. – Zmrużył przekrwione oczy. – Ze stosowną opinią – dodał.

– Oczywiście, mistrzu. Proszę mi wybaczyć.

Niemal w tym samym momencie pojawił się blady Leghorn, który godzinę temu zdążył już się porzygać na progu, a potem natychmiast pobiegł do pałacu, by donieść swej chlebodawczyni o ostatnich wydarzeniach. Teraz stanął w taki sposób, by nie patrzeć na zwłoki, a do nosa przyciskał uperfumowaną chusteczkę.

– Margrabina pana zaprasza, panie Knotte – obwieścił tonem, który nawet przy dużej dozie dobrej woli trudno było uznać za grzeczny.

– Oczywiście – odparł mistrz Albert. – Jakżeby inaczej.

Położył mi na ramieniu ciężką dłoń.

– Załatw tu wszystko jak trzeba, Mordimerze – przykazał, a potem się odwrócił.

Wyszedł, szurając butami, a kołysał przy tym zadem niczym zdychający ze starości niedźwiedź.

– Czy możemy stąd wyjść? Na słówko? – spytał dworzanin margrabiny, kiedy ucichły już kroki mistrza Alberta.

– Czemu nie...

Opuściliśmy śmierdzącą krwią budę i odeszliśmy w cień rzucany przez ścianę kamienicy. Leghorn wyjął zza pazuchy manierkę i pociągnął z niej solidny łyk. Odetchnął głęboko.

– Jak wy możecie tak tam siedzieć i patrzeć... I ten odór... – wzdrygnął się.

– Kwestia przyzwyczajenia – odparłem.

– No jak to? – Otworzył szeroko oczy. – Dużo takich spraw widzieliście?

– Uczestniczyłem w przesłuchaniach. – Wzruszyłem ramionami. – I wierzcie mi, że to jeszcze gorsze, gdyż macie do czynienia z żywym, cierpiącym człowiekiem, a nie z trupem jak tutaj.

– Mówicie tak, jakbyście współczuli tym, których badacie. – Otworzył oczy jeszcze szerzej.

– Mam nienawidzić grzech, nie grzesznika – wyjaśniłem spokojnie. – A powiedzcie, któż jest bardziej godny litości, jak nie człowiek, który zboczył ze ścieżki Pańskiej?

– Coś takiego – zdziwił się.

– Nie mówmy jednak o mnie, powiedzcie lepiej, czy znaliście tę dziewczynę?

– W pałacu jest tyle służby, że można się pogubić, próbując zapamiętać twarze czy imiona – rzekł. – Ale ją i owszem, pamiętam. Niedawno pani margrabina rozmawiała z nią przy mnie o jakiejś sukni. No, łajała bardziej, niż rozmawiała, bo dziewka coś zepsuła. Aż się popłakała.

Zrozumiałem, chyba słusznie, że popłakała się Katarzyna Kassel, nie margrabina von Sauer.

– Słyszałem, że była ładna i młoda? Prawda to?

Przymrużył oczy, jakby próbował wywołać pod powiekami obraz z przeszłości.

– Z tego, co pamiętam, tak – odpowiedział w końcu. – Chcecie jednak wiedzieć coś bliżej, wypytajcie inne szwaczki. Ja mógłbym wam poopowiadać o pannach z fraucymeru. – Uśmiechnął się. – Co tam mogę wiedzieć o dziewuchach ze szwalni?

– Oczywiście – odparłem.

– Co teraz zamierzacie, jeśli wolno wiedzieć?

– Wydam rozkaz aresztowania właściciela tej rudery, potem go przesłucham.

– Ach! To znaczy, że wreszcie macie podejrzanego?

– Być może.

Oczywiście ten człowieczek był w takim samym stopniu podejrzany co wszyscy obywatele miasta. Może nawet mniej, gdyż miał na karku co najmniej sześćdziesiątkę, nie sięgał mi do ramienia i z wyglądu przypominał żywiącego się korzonkami eremitę. Jakim cudem ktoś o podobnej posturze miałby poradzić sobie z młodymi, silnymi dziewczynami? Jednak mistrz Knotte kogoś chciał i musiał aresztować, więc los padł na tego właśnie nieszczęśnika.

– Wiesz, co to babsko śmiało mi powiedzieć?! – grzmiał Knotte.

Jego policzki pokryły się krwistymi plamami, a ja pomyślałem, że wygląda tak, jakby miał go zaraz na miejscu szlag trafić. Nie żebym miał coś przeciwko podobnemu obrotowi spraw...

– Powiedziała, bym nie ośmielił się aresztować niewinnego, wmówić jej, że to Rzeźnik, i ulotnić się z honorarium. Co za parszywa wiedźma!

– Rzeźnik? Tak go nazwali?

Knotte dyszał ciężko przez chwilę, a purpura powoli odpływała z jego spuchniętej twarzy.

– Ano Rzeźnik – odpowiedział niemal już spokojnie. – W sumie trafnie. Ale żeby tak potraktować mnie, inkwizytora!

Założyłbym się, że mistrz Albert myślał o podobnym rozwiązaniu problemu, na wypadek gdyby sprawy się skomplikowały. Jednak, jak widać, margrabina von Sauer nie była w ciemię bita. Zaczynałem ją szczerze lubić. Zresztą ja to polubiłbym nawet wesz, aby tylko żarła Knottego ile wlezie.

– Myślałem, że załatwimy sprawę jak trzeba, raz-dwa, ale... – urwał na moment i obrócił wzrok na mnie. Jego oczy się zwęziły, a ja domyślałem się, co nastąpi dalej. – Skoro nie mam pomocy od najbliższego współpracownika, jak to ma wyglądać, co?! Obijasz się, łobuzie, od rana do wieczora, a ja zbieram za ciebie obelgi od takiej suki.

Zastanawiałem się, czy sam wierzy w to, co mówi, czy też poprawia sobie jedynie humor, znajdując kozła ofiarnego. Knotte był wyższy ode mnie i cięższy o co najmniej pięćdziesiąt, może sześćdziesiąt funtów. Ale mogłem się założyć, że skopałbym mu zadek, zanim najbardziej wymowny księżulo zdołałby odmówić zdrowaśkę. Tyle że potem nie miałbym czego szukać w Akademii Inkwizytorium. Musiałem więc zagryźć zęby i położyć uszy po sobie.

– Bardzo mi przykro, mistrzu Albercie, że macie ze mnie tak mało pociechy. – Spuściłem głowę.

– Jesteś leniwy, chłopcze. Leniwy, tępy i bez inicjatywy – mówił, wyraźnie akcentując pojedyncze słowa, tak jakby każde z nich miało być sztychem wbijanym prosto w moje serce.

– Postaram się, mistrzu. Naprawdę się postaram.

Prychnął pogardliwie i machnął dłonią.

– Ze świni orła nie zrobisz.

Odwrócił się ode mnie.

– Idź do karczmarza, niech mi tu zaraz podeśle jakieś dwie dziewczki i kilka flach – rozkazał. – Człowiek trochę się porusza, to chociaż złe fluidy wypoci.

– Oczywiście.

– Tylko mają być ładne i młode – przykazał.

– Sam tego dopilnuję.

– No! Nadaj się w końcu na coś, nicponiu.

Nieco już rozchmurzony wytargał mnie przyjaźnie za ucho, a potem wypchnął za próg.

Jeżeli Knotte myślał, że swoim rubasznym, niesprawiedliwym czy obelżywym zachowaniem sprowokuje mnie do niewłaściwej reakcji, był głupszy, niż sądziłem. Miałem zbyt wiele do przegrania, by dać się ponieść emocjom. Poza tym inkwizytor musi mieć gorące serce i chłodny umysł, zawsze nam to powtarzano, więc nie zamierzałem postępować inaczej, niż wymyślili mądrzejsi ode mnie. Zszedłem na parter do karczmarza i na dzień dobry od razu przyłożyłem mu w ucho. Cóż, przynajmniej w taki sposób mogłem powetować sobie nieprzyjemności doznane od Knottego.

– Za co? Za co? – zapiszczał i próbował uciec pod szynkwas.

Złapałem go za kołnierz.

– Gdzie są dziewczyny dla mistrza Knottego? – warknąłem.

– Jakie dziewczyny, nic nie mówił o dziewczynach... – Karczmarz szamotał się w moich rękach niczym przyszpilony karakan.

– Kiedy masz za gościa mistrza Inkwizytorium, dziewczyny mają być gotowe na każde zawołanie, rozumiesz? – Pchnąłem go na ścianę.

– Rozumiem, rozumiem...

– Mają być ładne i młode – przykazałem. – Pozostała jedna sprawa. – Nachyliłem się do ucha karczmarza, jakbym chciał mu się zwierzyć z sekretu. – Nie muszą, a powiem więcej, nie powinny być nazbyt domyte. Mistrz Knotte lubi taki specjalny, he, he, zapaszek...

Oberżysta roześmiał się przymilnie.

– Oczywiście, mistrzu, załatwię to jak trzeba, raz-dwa.

– No! – Trąciłem go wskazującym palcem w nos.

Przyznam, że nie wykoncypowałem szczególnie finezyjnej zemsty, lecz jedynie na taką w danej chwili było mnie stać. Przynajmniej napsuję Knottemu trochę krwi i może nieco pomieszam szyki na dzisiejszy wieczór. Bo o Knottem wiele złego mogłem powiedzieć, ale powonienie miał czułe. Wydawało się, że nie przeszkadza mu odór własnego potu lub fekaliów, lecz sam pamiętałem, jak pewnego dnia chyba z godzinę pastwił się nade mną, że z ust (paszczy, jak to uprzejmie wyraził) cuchnie mi niczym ze świeżo otwartego grobu. Co oczywiście nie zawierało w sobie ani ziarna prawdy.

– Ach, mistrzu! – zawołał oberżysta, widząc, że odchodzę. – Raczcie powiadomić mistrza Knottego, że przedwczoraj z samego rana wysłałem pocztą gildii listy, które mi przekazał. Trafią niezawodnie i błyskawicznie, tak jak polecił.

– Jakie listy?

– A ja to skąd mam wiedzieć? – oburzył się. – Czy ja cudze listy czytam? Jeszcze, nie daj Boże, jegomości inkwizytora?! Przecież by pasy ze mnie kazał drzeć!

– To akurat prawda. Sami go powiadomcie, bo ja się dzisiaj już z nim nie zobaczę. Czemu zresztą do tej pory mu nie powiedzieliście?

– Jakże nie? Mówiłem dwa razy – rzekł płaczliwym tonem karczmarz. – Ale wasz mistrz nie zapamiętał i jeszcze mnie sprał za opóźnienie. To powiedzcie mu z łaski swojej, może wasze słowa zapamięta. Przedwczoraj. O samym świcie. Proszę was...

Westchnąłem i pokiwałem głową, gdyż jak widać, nie tylko ja miałem krzyż pański z tym durniem.

– Zrobię, co się da – mruknąłem.

Zastanawiałem się przez chwilę, cóż to za pisma i do kogo skierowane mógł wysyłać Knotte, lecz nie zamierzałem się dopytywać ani jego samego, ani karczmarza. W końcu to nie moja sprawa, a choćby posłał i tysiąc listów, nie pomogłoby nam to w rozwiązaniu zagadki Rzeźnika.

Kolejny tydzień nie należał do przyjemnych. Mistrz Knotte co prawda najczęściej pił i obżerał się na dworze margrabiny, więc nie miałem okazji się z nim spotykać, ale kiedy już na niego trafiałem, to traktował mnie jak Herakles zawartość Augiaszowej stajni. W dodatku musiałem wypuścić właściciela komórki, w której znaleziono zwłoki Katarzyny Kassel, bo nawet dla wyjątkowego idioty było jasne, że nie ma on nic wspólnego z zabójstwami. Nic mu się zresztą nie stało poza tym, że musiał przespać kilka nocy w chłodnej celi. Może nawet w tej celi spędził czas przyjemniej niż w zwykłym mieszkaniu, gdyż w mieście panowały takie upały, że odechciewało się żyć. Nie spotkałem człowieka, który nie czekałby na deszcz, nie było takiego, który z przekleństwami nie wpatrywałby się w bezchmurne, świetliście lazurowe niebo. Upały, jak zwykle, powodowały również niesłychaną wprost intensyfikację przeróżnych smrodów. Śmierdzieli ludzie, śmierdziały ich kał i ich uryna, śmierdziało wyrzucane przez nich jedzenie. Do pobliskiej farbiarni oraz garbarni zbliżali się jedynie ci, którzy musieli, oraz ci, których nozdrza wydawały się nieczułe na wszelkie zewnętrzne bodźce. Z tego, co wiedziałem, przez pierwsze tygodnie ludzie szukali ochłody w przepływającej środkiem miasta rzece, ale od kilku dni nad całą powierzchnią wody (dodajmy, nie za wielką powierzchnią, gdyż rzeka zamieniła się w rozlewisko złożone z płytkich kałuż) unosił się już nieznośny fetor gnijących odpadków.

– Co za czasy, co za czasy – labiedził mój karczmarz. – Jak żyję, nie widziałem takich upałów. Wiecie, że to już jedenasty tydzień, jak nie spadła jedna kropla deszczu?

– Wola Boża – odparłem.

Byłem w o tyle uprzywilejowanej sytuacji, że przynajmniej nie musiałem wystawać w kolejkach przed studniami. Bowiem w mieście wyschła już większość z nich, a do tych, które działały, ustawiały się tłumy. Ja na szczęście po prostu kazałem karczmarzowi, by zapewnił nam wodę, i nie interesowało mnie, w jaki sposób tego dokonuje, aby tylko każdego wieczora widzieć efekt w postaci napełnionej po brzegi balii.

– Zachorujecie od tego pławienia się, mistrzu inkwizytorze – pokręcił kiedyś głową, z obrzydzeniem przypatrując się lustru wody. – Toż nie wiecie, że woda uwalnia pory, przez które wnikają potem złe miazmaty powodujące gorączkę? Oooch, mówią też, że wszelkie zarazy i morowe powietrze to wina zbyt częstych kąpieli...

– Proszę, proszę, a wy skąd poznaliście podobne mądrości?

– Wielu doktorów tak mówi. Mieszkał tu u mnie jeden taki, co choćby kropli wody bał się niczym najgorszego plugastwa. Pot, mówił, i brud pokrywają naszą skórę jakby naturalnym pancerzem, dzięki któremu strzały moru nie wnikną do ciała – przymknął oczy i wygłaszał tę tezę z takim namaszczeniem, iż byłem pewien, że cytuje swego dawnego lokatora.

– Jak rozumiem, ten doktor nie woniał zbyt pięknie?

– Ale zdrowy był jak byk, póki nie umarł!

– A na co umarł?

– Czy ja tam wiem? Kasłał, kasłał, aż się i na śmierć zakasłał. Ale choroba go żadna nie tknęła! Tylko ten kaszel...

– No popatrzcie, no... – Pokręciłem głową.

– Mówią też, za przeproszeniem waszym, że czyste ciało i czyste odzienie kryją nieczystą duszę.

Westchnąłem jedynie i pogoniłem go z pokoju, by nie zakłócał i obrzydzał mi kąpieli podobnymi komentarzami oraz uwagami. Nie żebym nie słyszał ich już przedtem, tak jak dowcipnej uwagi, że prawowiernemu chrześcijaninowi wystarcza jedna kąpiel w życiu, a jest nią obrzęd chrztu świętego.

Jak już wspominałem, śledztwo nie ruszyło nawet na krok, za to po mieście szalały coraz bardziej nieprawdopodobne plotki. A to ktoś widział wilkołaka przemykającego pod murami i wyjącego w stronę księżyca w pełni, a to ktoś obserwował gigantyczną postać w skórzanym fartuchu, która sunęła środkiem ulicy, ciągnąc za sobą dwuręczny topór, potępieńczo zgrzytający po kocich łbach, a to ktoś inny znowu dostrzegł w wieczornym zmierzchu skrzydlatego demona przycupniętego na kościelnej wieżycy. Który to demon pożądliwym wzrokiem wpatrywał się w przechodzących na dole ludzi.

– Skąd wiecie, że wzrok demona był pożądliwy? – spytałem człowieka opowiadającego tę historię i zadarłem głowę. – Jak mogliście to dojrzeć o zmierzchu?

– Ślepia pałały mu szkarłatem tak ognistym, że zdawał się zrodzony w samym wnętrzu piekielnych czeluści! – wykrzyknął.

Przesunąłem wzrok z kościelnej wieży na pucułowatą, zaczerwienioną twarz.

– Jesteście poetą?

– Nie, jeszcze nie – zawstydził się nagle. – Ale staram się, bo moja narzeczona...

– Dobrze, dobrze. – Klepnąłem go w ramię. – Dziękuję wam za informacje.

No i na prowadzeniu takich właśnie oraz podobnych konwersacji upływał mi dzień za dniem. Ale nie zaniedbywałem niczego, starałem się być wszędzie i rozmawiać ze wszystkimi, choćby rozmówca wydawał się królem idiotów albo księciem łgarzy. Przesłuchałem również pewnego mężczyznę, który ustrzelił z kuszy postać zakradającą się przez okno do sypialni żony, ale okazało się, że trafił nie Rzeźnika, a gacha własnej połowicy. Zresztą sam nie wiedział, czy być z tego wypadku zadowolonym, czy nie, gdyż gach okazał się wieloletnim przyjacielem domu.

Nie żałowałem jednak poświęconego tym idiotyzmom czasu. Jak przyjdzie co do czego, będzie wiadomo, kto starał się wyśledzić zabójcę, a kto żarł, chlał, chędożył dziewki i pierdział w poduchy.

– I znowu nic, prawda, chłopcze? – mistrz Knotte każdego wieczora powtarzał tę formułę.

I każdego wieczora w jego oczach widziałem pogardę. Pogardę dla mnie, dla moich umiejętności, dla moich starań. Raz na dwa dni kazał mi przedstawiać szczegółowy pisemny raport ze wszystkiego, co zrobiłem, a udało mi się zauważyć, że raport ten przynajmniej raz odegrał w życiu mistrza Alberta ważką rolę. Mianowicie dostrzegłem skrawek papieru wystający z miski, która służyła Knottemu za nocnik. Nie sądziłem, by przed użyciem raczył chociaż rzucić okiem na pismo.

Każdego dnia spodziewałem się, że usłyszę wiadomość o śmierci kolejnej dziewczyny. Budziłem się i jedząc śniadanie, niemal ze strachem zerkałem na drzwi, zastanawiając się, kiedy wbiegnie posłaniec margrabiny albo choćby jakiś przerażony obywatel i zakrzyknie: „Rzeźnik! Rzeźnik wrócił!". Dlatego w dzień, w który rzeczywiście usłyszałem te słowa, poczułem wręcz ulgę. Odbyło się to co prawda nieco inaczej niż w mojej imaginacji, bowiem złe wieści zdybały mnie na środku ulicy. Jakiś człowiek wypadł prosto na mnie zza rogu i wczepił się palcami kurczowo w moją koszulę.

– Wiecie już? – wychrypiał. – Wiecie już? Rzeźnik... Rzeźnik tu jest... Wrócił...

Potem puścił mnie i potoczył się naprzód niczym zaczadziały. Nie wiem czemu, ale od razu wiedziałem, że nie mam do czynienia z szaleńcem. W głosie tego mężczyzny brzmiały tak szczere żal oraz przerażenie, iż zyskałem pewność, że musiał widzieć ofiarę na własne oczy. Niedługo później i ja ją zobaczyłem.

– Posłaliśmy właśnie po was, mistrzu inkwizytorze – rzekł strażnik, kiedy tylko mnie ujrzał. – Wszystkich pognałem z izby, więc jak chcecie, możecie iść. Leży tam...

Twarz człowieka, który wypowiadał te słowa, była szara jak popiół, a oczy błędne i rozszerzone strachem.

– Wiadomo, kim jest... kim była...?

Wzdrygnął się za całą odpowiedź, chwilę potem potrząsnął głową.

– Może po sukniach kto ją pozna, bo chyba po niczym innym.

Jednak nawet wygląd strażnika i te słowa nie przygotowały mnie na widok, który zastałem w środku domu.

– Matko Święta! – wyrwało mi się całkowicie bezwiednie, gdy zobaczyłem wnętrze izby.

Trzecią ofiarę poszatkowano tak dokładnie, że na podłodze nie dostrzegłem kawałka ciała większego niż kadłub kurczaka. Tylko głowa zachowała się w całości (stąd łatwo mogłem poznać, że szczątki należały do człowieka), lecz oprawca znowu zdarł skórę z twarzy. Strażnik wspomniał, iż dziewczynę można będzie poznać po sukni, a to dlatego, że nieporwana suknia wisiała na wbitym w ścianę gwoździu. A więc oprawca kazał wpierw dziewczynie się rozebrać lub też rozebrała się ona z własnej woli. Ale co w takim razie stało się z bielizną? Z butami?

Musiałem przemóc odrazę i przyjrzeć się dokładniej szczątkom. Może Rzeźnik zostawił coś po sobie? Chociaż strzęp szaty? Ozdobę? I kiedy tak przyglądałem się podłodze oraz rozwłóczonemu po niej ludzkiemu mięsu (bo ciężko przecież to nawet nazwać zwłokami), nagle uderzyła mnie jedna rzecz: dziewczyna została pozbawiona włosów! Oprawca zdarł skórę nie tylko z twarzy, ale również z czaszki, zabierając ze sobą coś na kształt maski połączonej z owłosionym hełmem. Po co mu to było? Czy ta potworna pamiątka miała stanowić trofeum, które będzie oglądał w samotne długie wieczory? A może oczyści i dokładnie spreparuje skórę, by móc zakładać na swoją głowę twarz tej dziewczyny i samemu przed lustrem udawać, że jest kobietą? Ciężko było człowiekowi tak prostolinijnemu i prostodusznemu jak ja odpowiedzieć na podobne pytania, dotyczące przecież skażonego, pogrążonego w mroku umysłu.

Wyszedłem z ulgą na zewnątrz i zobaczyłem zbliżającego się szybkim krokiem Leghorna. Był najwyraźniej niewyspany, ponury, stwierdziłem też, że ubierał się w pośpiechu, gdyż jego stroju nie nazwałbym pieczołowicie dobranym. Dość powiedzieć, że zamiast butów miał

na nogach miękkie pantofle z wygiętymi noskami, które może nadawały się do chodzenia po pałacowych posadzkach, ale nie po ulicach miasta.

– Nie wchodźcie tam lepiej – poradziłem szlachcicowi, kiedy już zbliżył się do mnie.

Spojrzał tępym wzrokiem.

– Pani kazała, sługa musi – burknął. – Myślicie, że z własnej woli przekroczyłbym ten próg? Aż tak jest źle? – dopytał po chwili, uciekając oczami.

– Gorzej niż kiedykolwiek – odpowiedziałem szczerze.

Westchnął, wyjął z zanadrza uperfumowaną chustkę i przytknął ją sobie do nosa. Cóż, nie sądziłem, by mu to szczególnie pomogło... I oczywiście miałem rację, ponieważ odgłos wymiotów usłyszałem, jeszcze zanim zdążyłem dostrzec powracającego z inspekcji szlachcica. Wybiegł, potykając się i rzygając sobie pod nogi. Zerknąłem na strażnika, lecz na jego przerażonej twarzy nie pojawił się zalążek uśmiechu. Być może wcześniej sam zwrócił posiłek na widok tak obrządzonego trupa i daleko mu było do tego, by z powodu podobnej słabości wyśmiewać innego człowieka.

– Co to za dom? – zapytałem. – Wiesz, do kogo należy?

Strażnik cofnął się, jakbym go uderzył.

– Nie wiem, nic nie wiem...

Rozejrzałem się uważnie wokół. Budynek przylegał do sklepu z ogromnym godłem noża i tasaka – znakiem gildii miejskich rzeźników. A więc izba, w której zamordowano dziewczynę, była zapewne nieużywanym magazynem tego sklepu.

– Dowcipniś – mruknąłem. – Rzeźnik zarżnął dziewczynę w rzeźniczym sklepie. Co za poczucie humoru...

– Co tam? Co tam mówicie? – Blady jak śmierć Leghorn stał obok mnie. Trzęsły mu się ramiona.

– Zabił dziewczynę obok sklepu rzeźnika. – Wskazałem palcem na szyld. – Podejrzewam, że to coś w rodzaju żartu. A zważywszy jeszcze, w jaki sposób ją posiekał...

– Myślicie, że słucha, co się o nim mówi na mieście?

– Musiałby być głuchy, żeby nie słyszeć wszystkich tych bajań o Rzeźniku. – Wzruszyłem ramionami. – Ale być może rzeczywiście jest to człowiek, którego bawi obserwowanie przerażonych mieszczan, wysłuchiwanie opowieści, które o nim powstają, śledzenie, jak usiłujemy go złapać, co na razie, szczerze mówiąc, wygląda więcej niż żałośnie... – wypowiedziałem ostatnie zdanie, zanim ostrożność kazała mi przygryźć sobie język. Bowiem nie powinienem w ten sposób mówić do nikogo, a z całą pewnością, przede wszystkim i poza wszelkimi wątpliwościami nie powinienem w ten sposób mówić do przedstawiciela margrabiny. Leghorn jednak pokiwał głową.

– Wszystko to wina tego waszego pożal się Boże przełożonego. Od pierwszego dnia przekonywałem margrabinę, że najmując go, wyrzuciła pieniądze w błoto.

Trudno było się nie zgodzić z powyższą tezą, jednak zgodziłem się z nią jedynie w duchu.

– Albert Knotte jest doświadczonym inkwizytorem. Z całą pewnością poradzi sobie z rozwiązaniem tej trudnej sprawy – powiedziałem, starając się, by Leghorn nie usłyszał, że nie wierzę we własne słowa.

– Tak, tak, a ja zaprzęgnę do wózka żurawie i polecę nimi na księżyc – burknął, a potem przez jego twarz przebiegł skurcz i wzdrygnął się. – Wiecie, że kilka dni temu ten osioł wprosił się do moich komnat i pół dnia przesiedział, żłopiąc wino i wygadując różne bzdury? A potem zasnął w moim własnym łóżku!? I nie dał się przenieść! – Na twarzy szlachcica malowała się szczera pasja zmieszana z obrzydzeniem.

Cóż mogłem zrobić, jak nie westchnąć. Mistrz Albert zdawał się człowiekiem przysparzającym kłopotów wszystkim, którzy się do niego zbliżyli. Trzeba też przyznać, że nie wzbudzał u bliźnich nadmiernie ciepłych uczuć.

– Chrystusie najmściwszy, co za jatka, co za jatka – dodał szeptem Leghorn, już bez śladu rozgoryczenia czy zdenerwowania w głosie. – Wiecie już, kto to jest? Co to za dziewczyna?

– Jeszcze nie – odparłem. – Ale jak znam moje szczęście, okaże się następną służącą margrabiny.

– Aby nie to – jęknął Leghorn. – Bo co ja w tym wszystkim jestem winien, powiedzcie no sami? A pani piłuje mnie od rana do wieczora, żebym lepiej się starał, żebym was pilnował, żebym myślał... – Zamachał ręką zrozpaczony.

Skąd ja to znam, pomyślałem, jednocześnie współczując szlachcicowi i odczuwając przewrotne zadowolenie, że nie tylko ja jestem traktowany niczym chłop pańszczyźniany.

– Kiedy ostatnio powiedziałem pani, że może ich być kilku, to cisnęła we mnie szklanym jabłkiem. Ledwie się uchyliłem!

– Jak to... kilku? – Zagapiłem się na szlachcica.

– No wiecie, takie przypuszczenie. Mordują na zmianę, żeby nikogo nie podejrzewano. Albo inaczej: jeden zajmuje się przygotowaniem wszystkiego, zwabieniem dziewek, a drugi zabija. Albo jeszcze inaczej: morderstwo po przyjaźni! – Uniósł palec.

– Co macie na myśli? – stropiłem się.

– Ja morduję osobę wam niemiłą, a wy w zamian za tę przysługę zabijacie mojego wroga.

– Nieee tam! – machnąłem ręką. – Bajdurzycie. Jakich strasznych wrogów mogły mieć te dziewczyny, żeby posunęli się do podobnie wyrafinowanych praktyk?

– No, rozważyć trzeba wszystkie ewentualności – powiedział Leghorn takim tonem, jakby co najmniej raz w tygodniu rozwiązywał wielce zawiłą kryminalną zagadkę.

Pokręciłem głową, gdyż jego przypuszczenia wydały mi się więcej niż absurdalne. Ale chcąc nie chcąc pomyślałem, że jeśli zabójca działa w porozumieniu z innymi osobami albo zabójców rzeczywiście jest kilku, to szykuje nam się praca cięższa, niż sądziliśmy.

Trzecia dziewczyna nazywała się Agata Boeck i była, jak się słusznie domyślałem i jak się obawiałem, służącą margrabiny. To już nie mógł być przypadek. Komuś najwyraźniej pani von Sauer zalazła za skórę i postanowił odegrać się na niej w taki właśnie sposób. Szkopuł tkwił jednak w tym, że margrabinę znano jako kobietę zdecydowaną, stanowczą i surową, więc przez dość długie już życie zdążyła sobie narobić całe stada wrogów. Począwszy od dworzan i żołnierzy, którym nie wybaczała żadnych uchybień, poprzez obłożonych wysokimi podatkami kupców oraz rzemieślników aż po wszelkiego rodzaju miejski motłoch. Z tego, co wiedziałem, również właściciele okolicznych włości nie darzyli margrabiny życzliwością, gdyż z większością prowadziła spory i procesy. Tak więc konstatacja mówiąca, że zbrodni dokonuje osobisty wróg pani von Sauer lub ktoś, kto sądzi, słusznie lub nie, że wyrządziła mu ona krzywdę, bynajmniej nie przybliżała mnie do rozwiązania sprawy. Ponieważ gdyby człowiek na rynku w Lahstein rzucił kamieniem, miałby niemal stuprocentową pewność, że trafi w kogoś, kto nie żywi przyjaznych uczuć do margrabiny. Co nie znaczyło, że nie była ona dobrą gospodynią, o czym świadczyła chociażby zawziętość, z jaką zdecydowała się ścigać Rzeźnika.

Tymczasem miasto ogarnęła najprawdziwsza panika. Kto tylko mógł, zabierał rodzinę albo przyjaciół i wyprowadzał się na wieś. Część młodych szlachcianek z fraucymeru margrabiny uznała, że musi jak najszybciej odwiedzić rodziny, a służące rezygnowały z pracy w takim tempie, że jak powiedział mi Leghorn, nie było już komu prać odzieży, bo w pralni została jedna stara kobiecina, która uznała, że Rzeźnik jej nie zagraża. Pewnie zresztą rozumowała słusznie, gdyż jak na razie morderca polował na ładne, młode dziewczęta. Co prawda nikt nie powiedział, że jego gusta nie ulegną jeszcze zmianie...

W mieście zwiększono liczbę patroli, w których uczestniczyli zarówno żołnierze margrabiny, jak i milicja miejska oraz przedstawiciele cechów.

– Ani chybi zwalą całą winę na nas – wyburczał mistrz Knotte, kiedy go spotkałem w południe następnego dnia. – Jeszcze nas tu zarżną albo ukamienują.

Najpewniej przesadzał, ponieważ za morderstwo popełnione na inkwizytorze groziły kary odstraszające większość zuchwalców. Nie na darmo mówiło się przecież: „Kiedy ginie inkwizytor, czarne płaszcze ruszają do tańca". Jednak musieliśmy liczyć się z perspektywą, że zdesperowani mieszkańcy znajdą w końcu kozła ofiarnego. I z braku Rzeźnika na tym właśnie ofiarnym koźle powetują sobie swój strach i swoją rozpacz. No i jeśli nam miałaby przypaść ta niewdzięczna rola, wpierw nas zamordują, a potem dopiero zastanowią się, jak okropne konsekwencje przyniesie ten czyn im samym, ich rodzinom i całemu miastu. Gdyż Święte Officjum nigdy nie puszczało płazem win popełnionych wobec swych funkcjonariuszy i w takich wypadkach wolało być nazbyt surowe niż łagodne.

Byłem pewien, że mistrz Knotte chętnie dałby nogę z miasta, ale wiązałoby się to ze zwrotem wydębionej od margrabiny zaliczki, a na to nie pozwalała mu ani chciwość, ani też prosty fakt, że wszystkie pieniądze zdołał już przehulać. Może też pozostały w nim jakieś śladowe resztki zawodowej ambicji, która podpowiadała mu, że ucieczka skompromituje zarówno jego samego, jak i całe Święte Officjum?

Mistrz Albert nie wyglądał najlepiej. Zawsze był tłusty niczym świnia, ale wielodniowe nieumiarkowane opilstwo uczyniło jego twarz chorobliwie spuchniętą. Miał podkrążone oczy i drżały mu dłonie. Szczerze mówiąc, ciężki szlag mnie trafiał, iż właśnie moim zwierzchnikiem musiał zostać człowiek o pomyślunku odwrotnie proporcjonalnym do obyczajów (a obyczaje miał niezwykle lekkie, nie było chyba dnia, by nie zabawiał się z dziwkami).

Knotte wlał sobie wino do kubka, rozlewając część trunku na stół. Przez chwilę otumanionym wzrokiem wpatrywał się w czerwoną kałużę na blacie, tak jakby nie za bardzo pojmował, skąd ona się tam wzięła. Wreszcie podniósł na mnie oczy.

– Co mamy robić, chłopaku? – w głosie mistrza Alberta po raz pierwszy, od kiedy go znałem, zabrzmiała bezradność.

Ba, gdybym to ja wiedział, co mamy robić! Oczywiście mogliśmy zacząć aresztowania znajomych, przyjaciół czy sąsiadów zamordowanych dziewcząt, licząc, że poszczęści nam się i czyjeś zeznania przybliżą nas do rozwiązania sprawy. Ale czy takie aresztowania uspokoiłyby nastroje w mieście? Wcale tego nie byłem pewien. Jednak na pewno rozgniewałyby margrabinę, zwłaszcza że musiałyby dotyczyć osób z jej otoczenia. A przecież pani von Sauer nie zaangażowała mistrza Knottego, by ten zamiast profesjonalnego śledztwa rozpoczął chaotyczne polowanie z głośną nagonką. Coś tam byśmy w czasie tej nagonki upolowali, lecz czy na pewno Rzeźnika?

Mistrzowi Albertowi bezradność szybko jednak przeszła. Miałem wrażenie, że teraz jest tym bardziej rozgniewany, iż pozwolił sobie na słabość względem kogoś, kogo nie znosił i kim pogardzał.

– Nie-u-dacz-nik – wyraźnie zaakcentował każdą sylabę. – Zawsze będziesz tylko bezwartościowym darmozjadem, chłopaku. Nic z ciebie nie będzie, jakem Knotte. A ja – chwycił mnie za ramiona i zionął w twarz odorem wina – znam się na ludziach. Widziałem wielu uczniów i wielu szkoliłem. Ty jesteś najbardziej leniwym, zarozumiałym i durnowatym sukinsynem, jakiego spotkałem.

Oskarżenia Knottego były tak niesprawiedliwe, tak rażąco odbiegające od mojego mniemania o własnych umiejętnościach oraz własnych dokonaniach (bo JA jednak starałem się w Lahstein czegoś dokonać!), że musiałem całą siłą woli się powstrzymać. Sam nie wiem przed czym. Czy przed tym, żeby się nie rozpłakać, czy przed tym, żeby nie zamalować Knottego w wykrzywioną nienawiścią mordę. Ale jeśli zacząłbym się nad sobą użalać, Knotte zniszczyłby mnie szyderstwami, a wierzę też, że po naszym powrocie do Koblencji cała Akademia wiedziałaby, co się stało. Natomiast jeślibym go uderzył, mógłbym już w ogóle do Koblencji nie wracać. Dlatego też opanowałem nerwy.

– Mam nadzieję, że uda mi się jeszcze poprawić, mistrzu Knotte – powiedziałem i dopiero wymawiając to zdanie, zdałem sobie sprawę, że cedzę słowa przez zęby.

Inkwizytor puścił mnie i zatoczył się w stronę łóżka.

– Won! – rozkazał tylko. – A! – krzyknął jeszcze, kiedy znalazłem się już przy drzwiach.

Odwróciłem się, wtedy bez słowa wskazał mi nocnik zasłonięty od góry deską. Uśmiechnąłem się najbardziej promiennie, jak w tak upokarzającej chwili można się uśmiechnąć, lecz obiecałem sobie święcie, że przyjdzie czas, kiedy chwycę Knottego za resztkę tych zatłuszczonych kudłów, które sterczą mu ze łba, i wyczyszczę nocnik jego własną gębą. A potem każę, żeby mi za to podziękował.

Siedziałem w swoim pokoju i z trudem powstrzymywałem się przed chęcią zejścia do karczmarza i zabrania kilku flaszek wina. Schlałbym się i zapomniał o całym świecie. Zarówno o szalonym Rzeźniku, jak i o nienawidzącym mnie Knottem. Byłbym pijany i szczęśliwy, a wszystkie troski uleciałyby niczym Furie przed mieczem Heraklesa. Ale ostatkiem sił zwalczyłem tę chęć. Bowiem najważniejszym ze wszystkich zadań na świecie było doczołganie się do inkwizytorskiej promocji. Za wszelką cenę. Jeżeli miałbym gryźć palce ze złości albo lizać Knottemu tyłek, zrobię to. Potem policzymy, co kto komu jest winien i ile. Ale dopiero potem. Gdy zostanę pełnoprawnym inkwizytorem. Gdybym teraz się upił, pomogłoby to na chwilę, może na jedną noc. W zamian za to dałbym Knottemu do ręki kolejny argument przeciwko mnie. Na taką słabość nie mogłem sobie pozwolić. Dlatego też kontentowałem się wodą, którą pomimo wszechwładnego upału piłem bardziej z nerwów niż z rzeczywistego pragnienia.

I wtedy wydarzyło się coś, co odmieniło moje życie w Lahstein. Przyznam, że ten niezwykły przypadek trafił się w samą porę, by wyrwać mnie z gęstwy złych myśli i marazmu. Oczywiście jedynie na początku wydarzenie to odbierałem w kategorii przypadku, potem zdałem sobie sprawę, iż stanowiło ono element czyjejś gry. W każdym razie przez okno mojego pokoju wpadł kamień, a raczej zawiniątko, w którego środku znajdował się właśnie kamień. Ale to nie ten okruch był istotny, istotny był kawałek płótna, w który go zawinięto, a na którym ktoś koślawo napisał sadzą: „dom malarza". Przyznam, że nie podskoczyłem z radości, gdyż przede wszystkim przemknęła mi myśl, iż jeśli ktoś tak łatwo cisnął w moje okno kamieniem, mógł to uczynić kamieniem większym i w dodatku trafić mnie w głowę.

Po drugie, dość już mieliśmy fałszywych tropów i prowadzących donikąd oskarżeń. Kiedy w mieście, wielkim czy małym, zdarzają się tak okrutne, tajemnicze i jednocześnie wzbudzające grozę zbrodnie, naturalnym jest, iż wielu ludzi szuka wtedy pretekstu do oskarżenia swych wrogów. A czasami również przyjaciół... Cóż trudniejszego, niż rzucić cień podejrzenia na konkurenta lub złego sąsiada, a nawet na sąsiada dobrego, tylko po to, by przez okno obserwować, jak blady i zesztywniały ze strachu tłumaczy się przed śledczymi. Takie rzeczy zdarzają się, zdarzały i zdarzać się będą, ponieważ ludzka natura jest, jaka jest, i wielu ludzi najbardziej raduje się wtedy, gdy uda im się unieszczęśliwić bliźniego lub chociaż zobaczyć go w opałach. W Lahstein mieliśmy już sporo błędnych informacji oraz anonimowych fałszywych donosów, które pieczołowicie sprawdzałem. Bez szczególnej nadziei, że gdziekolwiek mnie zaprowadzą, ale ze zwykłego poczucia obowiązku. Nie ukrywam też, że pieściłem w myślach wizję ukazującą mi zdumioną twarz Knottego, gdy okaże się, że to ja (właśnie JA!) doprowadzę Rzeźnika przed oblicze sprawiedliwości.

Kiedy przeczytałem wrzuconą mi do pokoju wiadomość, pomyślałem, że kamieniem cisnął albo któryś z rywali Neumanna, albo też jego odstręczająca kochanka. Cóż, ona na pewno sprawiała wrażenie osoby, która nie zawahałaby się przed popełnieniem żadnej podłości, gdyby tylko miało to wyrównać rachunki z kimś, kogo uważała za swego krzywdziciela. A związek z malarzem chyba nie do końca ją zadowalał... Westchnąłem, gdyż najwyraźniej szykowała mi się wycieczka do domu Neumanna, a w mieście panowała taka pogoda, że człowiek najchętniej siedziałby w piwnicy. I to jeszcze jakby go polewano wodą. Nie podobała mi się sama myśl o wyjściu na rozpalone słońcem, duszne i śmierdzące ulice. Ale cóż, chyba nie miałem innego wyjścia...

Na progu karczmy wpadłem na rozzłoszczonego Leghorna. Spływał potem (no, zresztą kto w Lahstein nie był w tamte dni spocony?), miał napuchniętą, czerwoną twarz i koszulę rozchełstaną na piersi.

– Gdzie się podziewa ten wasz kamrat, do jasnej cholery?

– Dzień dobry, panie Leghorn – odparłem łagodnie.

Spojrzał na mnie i oklapnął.

– Dzień dobry, dzień dobry – mruknął. – Nie wiecie, gdzie znajdę tego pijaczynę?

– A nie we dworze?

– Gdyby tam był, tobym go nie szukał! Następny geniusz się znalazł! – złość szybko przywracała szlachcicowi siły.

– Sądzę, że nie widuję mistrza Knottego częściej niż wy, a ostatnio nie zwykł również spowiadać mi się ze swych planów – rzekłem spokojnie. Spokojnie, bo jak widać, mistrz Albert skutecznie mnie już przyzwyczaił do ludzkiej opryskliwości.

– Święty Piotrze Okrwawiony, gdzie ja mam szukać tego łazęgi?!

Nie powiem, że nazywanie Knottego pijaczyną i łazęgą nie brzmiało niczym śpiew dla moich uszu, lecz musiałem zachować pozory.

– Mówicie o mistrzu Inkwizytorium, panie Leghorn – powiedziałem ze zgorszeniem. – I proszę was o odrobinę szacunku.

– Na szacunek trzeba sobie zasłużyć – skrzywił się. – A wy gdzie się wybieracie? Jeśli wolno wiedzieć... – dodał po chwili nieco uprzejmiej.

Opowiedziałem mu o przyczepionej do kamienia wiadomości. Wzruszył ramionami.

– Strata czasu.

– Też tak myślę – westchnąłem.

– A może, może wasz przełożony dostał taki sam donos, co? Może wybrał się do domu Neumanna i nic wam o tym nie powiedział?

Hmmm... Sądziłem raczej, że Knotte zachowałby się wręcz odwrotnie i kazałby mnie tam iść, gdyż samemu nie chciałoby mu się fatygować i sprawdzać prawdziwości donosu. Ale... Kto go tam wie...?

– Czy ja wiem? – Zerknąłem w czyste, jasne niebo. – Od tego upału już nie jestem w stanie myśleć – poskarżyłem się, zanim zdążyłem przygryźć język.

– Jak my wszyscy – pocieszył mnie. – Dobra, pójdę z wami, a potem zaproszę was na szklankę zimnego wina.

– O, miło z waszej strony – ucieszyłem się, że będę miał towarzysza w nieszczęściu, zwłaszcza że sam się zaoferował.

W sieni domu Neumanna nadal śmierdziało uryną, lecz tym razem odór zdawał się przewiercać nozdrza i zatykał dech w płucach. Zauważyłem, że Leghorn szybko wyciąga z kieszeni chusteczkę i przyciska ją do nosa. Ja co prawda chusteczki nie miałem, starałem się za to oddychać przez usta. Drzwi do mieszkania malarza były zamknięte, nie zamierzałem jednak czekać, aż Neumann czy jego narzeczona zechcą wrócić. Kopnąłem w nie silnie, niesiony również przez złość wynikającą z faktu, że muszę włóczyć się po śmierdzących norach, zamiast leżeć sobie spokojnie we własnym łóżku, albo lepiej wylegiwać się w balii pełnej chłodnej wody.

Pracownia wyglądała niemal tak samo żałośnie, jak ją zapamiętałem z czasu pierwszej wizyty. Nawet na leżącej na stole paterze gniły kolejne owoce, a wokoło rozchodził się odór skwaśniałego wina. Jedyną różnicą było to, iż sofa pod ścianą pozostawała pusta. Tym razem nie spała na niej narzeczona Neumanna, a kłębiła się tam jedynie mocno przybrudzona pościel.

– Nie sądzicie, że warto by było przyjść ze strażnikami? – wyszeptał Leghorn i zauważyłem, że nerwowo spogląda w ciemne kąty pomieszczenia.

– W końcu wy jesteście ze mną, panie Leghorn – powiedziałem pokrzepiającym tonem. – I wierzę, że nie od parady nosicie ten miecz.

Mojemu towarzyszowi rzeczywiście kołysało się u boku coś wyglądającego raczej na długi nóż niż miecz, gdyż nasza szlachta słusznie uznała, że noszenie ciężkiego oręża obijającego się o łydki jest wielce niewygodne, i zadowalała się krótką, sięgającą połowy uda bronią. A to też głównie dlatego, by pochwalić się pochwami wyszywanymi złotymi nićmi lub paradnymi rękojeściami zdobionymi w szlachetne kamienie.

– No, rzecz jasna. – Leghorn wyraźnie się wyprostował i znacząco położył dłoń na krzyżowej rękojeści.

Westchnąłem w duchu. Gdybym miał liczyć na niego w wypadku walki z Rzeźnikiem, równie dobrze mogłem przewrócić się na plecy i zamknąć oczy. Na szczęście miałem w zanadrzu coś lepszego od jakiegokolwiek oręża, a mianowicie woreczek z zielem sherskenu. Shersken to niezwykle dowcipnie spreparowany proszek. Ciśnięty człowiekowi w twarz pozbawia go natychmiast wzroku i wywołuje tak upiorne swędzenie, że jedynie ludzie obdarzeni nadzwyczaj silną wolą potrafią powstrzymać się od tarcia oczu. A ci, którzy się nie powstrzymają, wcierają shersken jeszcze głębiej i zdarza się, że tracą wzrok raz na zawsze. Ziele to służyło również w maleńkich dawkach jako lekarstwo, a w większych jako niemal błyskawicznie działająca trucizna. Człowiekowi przyłapanemu z sherskenem w kieszeni groziło co najmniej surowe przesłuchanie, a najczęściej po prostu wieszano go (rzecz jasna, człowieka, nie woreczek) na najbliższym drzewie. Jak łatwo się domyślić, podobne procedury nie dotyczyły inkwizytorów. Tak czy inaczej, Rzeźnik mógł sobie być człowiekiem o wielkiej sile, a shersken i tak zrobi z niego skamlącego szczeniaczka... No a poza tym, gdyby przyszło co do czego, trzymałem za pazuchą wyostrzony puginał z hiszpańskiej stali, którego nauczono mnie całkiem zgrabnie używać.

Przetrząsnęliśmy mieszkanie Neumanna, jednak nie natknąłem się na nic, co mogłoby budzić podejrzenia. Zeschnięte resztki jedzenia, kawałki wysmarowanego farbą płótna, parę zmiętych szkicowników, kilkanaście mniej lub bardziej sztywnych i obgryzionych pędzli, pusty, lecz nieprawdopodobnie śmierdzący nocnik oraz mnóstwo opróżnionych flaszek – oto wszystko, na co natknęliśmy się w czasie naszych poszukiwań. No i w kącie przy drzwiach wisiały ubrudzone farbą fartuchy.

– A więc ktoś sobie zażartował – stwierdził Leghorn. Miał nadspodziewanie ponury i zawiedziony głos, więc domyśliłem się, iż zapewne dokonał właśnie bilansu zysków i strat i uznał, że chwała, jakiej zazna, będąc człowiekiem, który schwytał Rzeźnika, z naddatkiem zrekompensuje mu ryzyko natknięcia się na tegoż właśnie Rzeźnika.

– Cholerni artyści – burknąłem. – Każdy zawsze patrzy, jak drugiemu świnię podłożyć.

Szlachcic zdjął dłoń z rękojeści broni i wyraźnie się rozluźnił. Nawet lekki uśmiech pojawił się na jego twarzy.

– Wracamy – raczej stwierdził, niż spytał.

– Ano wracamy – odparłem rozczarowany, gdyż po cichu liczyłem, że w doniesieniu jest chociaż ziarenko prawdy i sprawa może jeśli nie ruszy z kopyta, to chociaż przesunie się w odpowiednim kierunku.

Leghorn ze złością kopnął nóżkę wieszaka, na którym sztywniały brudne fartuchy, i zaraz odskoczył, gdyż wieszak najpierw zachybotał się, a potem przewrócił z głośnym hukiem. Obaj ze szlachcicem wytrzeszczyliśmy oczy, kiedy zobaczyliśmy, co kryje się pod brudnymi ubraniami. A krył się tam ni mniej, ni więcej, tylko topór. Postawiony na trzonku sięgał mi do piersi, a był tak ciężki, że mógłbym nim władać jedynie dwoma rękoma, i to też nie powiem, że bez trudu. Broń miała dwa ostrza, po obu stronach drzewca. Dotknąłem żelaza palcem i pomyślałem, że ktoś zadał sobie wiele trudu, by tak naostrzyć ten oręż. Rzeczywiście można sobie wyobrazić, że trzymany przez odpowiednio wyszkolonego lub nadzwyczaj silnego mężczyznę mógł jednym ciosem odrąbywać kończyny i przecinać kości niczym gałązki.

Szkopuł tkwił jedynie w tym, że Neumann z całą pewnością nie miał tyle siły, a dałbym sobie odciąć prawą rękę, że nie przechodził również szkolenia. No, może w sztuce malowania, ewentualnie w sztuce chędożenia dziewek. Z trudem, bo z trudem zgodziłbym się, iż malarz mógł opanować walkę sztyletem albo obciążoną ołowiem laską. Ale dwuręcznym, dwuostrzowym toporem? Bronią, która w niewprawnej dłoni stanowiła równie wielkie zagrożenie dla napastnika co dla ofiary? Przecież ten człowiek prędzej odrąbałby sobie własne nogi, niż kogoś trafił! Oczywiście istniało prawdopodobieństwo, że się mylę i Neumann jest niedoścignionym mistrzem topora, a jego szczupłe ciało skrywa sploty mięśni. Istniało także równie wielkie prawdopodobieństwo, że przylecą dzisiaj po mnie święci pańscy i żywcem zabiorą do nieba, wyśpiewując psalmy w trakcie trwania tej miłej wycieczki.

Ostrożnie odstawiłem topór do kąta, lecz potem wziąłem go znowu w ręce i ułożyłem na płask pod ścianą. No cóż, ta broń naprawdę robiła wrażenie i nawet pozostawiona samotnie roztaczała wokół niezaprzeczalnie intensywną aurę grozy.

Jeżeli jesteś w to zamieszany, drogi panie malarzu, to na pewno nie ty jesteś Rzeźnikiem, pomyślałem. Ale czemu nie miałbyś być jego pomocnikiem? Czemu nie miałbyś narajać mu dziewcząt i przechowywać obciążających dowodów? A w takim razie pięknie nam wyśpiewasz, kto Rzeźnikiem jest...

– Chryste najmściwszy! – wyszeptał Leghorn. – W życiu czegoś takiego nie widziałem. Katowski czy co?

Pokręciłem głową.

– Katowski nie potrzebuje drugiego ostrza. To topór bojowy, ale dzisiaj nikt już takich nie używa. Niewygodny, ciężki, nieporęczny. Szybki, uzbrojony przeciwnik sto razy by wam przekłuł brzuch, zanim zdążylibyście się zamachnąć.

Nie zamierzałem kontentować się samym znalezieniem topora, gdyż szczerze powiedziawszy, nie mógł stanowić pewnego dowodu w sprawie. Przecież Neumann był malarzem i ta broń mogła mu być potrzebna jako rekwizyt do któregoś z dzieł. Ba, mogła to być sentymentalna pamiątka albo własność oddana Neumannowi na przechowanie. A przynajmniej tak właśnie nasz artysta mógłby się tłumaczyć. Sam topór, okrwawiony czy nie, nie dawał mi pewności (nawiasem mówiąc, głowy bym nie dał, czy to nie jest tylko zaschnięta czerwona farba). Przecież w tym mieście każdy rzeźnik posiadał topór, może nie tak niezwykły jak ten, który leżał przede mną, ale nikomu nie przyszłoby do głowy zamknąć w związku z tym do więzienia wszystkich rzeźników.

– No to mamy winnego. – Leghorn zatarł dłonie.

– Dziwnie na widoku trzymał narzędzie zbrodni – mruknąłem.

– Na widoku nie na widoku – wzruszył ramionami – grunt, że macie, co chcieliście.

Machnąłem ręką.

– To za mało. Może któryś z rywali Neumanna widział u niego ten topór i postanowił donieść? Żebyście wiedzieli, ile ja już musiałem sprawdzać podobnie bzdurnych donosów – dodałem. – Rzecz jasna, wypytam go, ale jeśli będzie miał dobre wytłumaczenie? Mam brać na tortury każdego w tym mieście, kto trzyma w domu siekierę?

– Straszna zawziętość kryje się w ludzkich sercach. – Leghorn westchnął tak boleśnie, jakby sam tej zawziętości co dzień doświadczał.

Skinąłem głową.

– Pomyślcie, gdzie moglibyśmy schować się przed słońcem – zaproponował szlachcic. – Napijemy się jednego czy drugiego w tajemnicy przed moją panią i tym waszym bydlakiem.

– Czekajcie, czekajcie... – Zatrzymałem się w progu. Usiłowałem skupić myśli, gdyż coś zaczęło mi świtać w głowie, ale przez ten przytłaczający upał i potworny zaduch nie byłem w stanie należycie się skoncentrować.

– Mój Boże! – powiedziałem. – Zaczekajcie no jeszcze chwilę.

– Co tam wymyśliliście?

– Zaraz, zaraz, przecież powinienem poszukać skrytki. Jeśli Neumann jest winien, na pewno ma tu przemyślną kryjówkę! – Klepnąłem się w czoło. – Mój Boże, to słońce mnie wykończy!

Szlachcic rozejrzał się z powątpiewaniem.

– Ściany chcecie ostukiwać czy co?

– Chociażby – mruknąłem.

Uklęknąłem i na początku zacząłem pukać w podłogę w nadziei, że przy którymś stuknięciu usłyszę pusty, głuchy odgłos sygnalizujący, iż natknąłem się

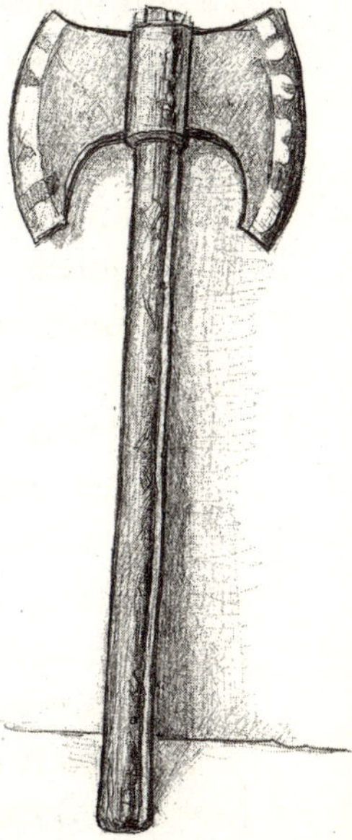

na skrytkę. Leghorn rozsiadł się na jednym z krzeseł i pogwizdywał sobie, a ja pieczołowicie przebadałem wszystkie ściany oraz całą podłogę od okna po drzwi i na wszelki wypadek raz jeszcze od drzwi do okna. Spociłem się przy tym zajęciu tak, że czułem się, jakbym wyszedł z parowej łaźni.

– Nic? – Leghorn przerwał wygwizdywanie melodyjki.

– Nic! – odburknąłem.

– A myśleliście, że niby co znajdziecie?

Usiadłem na podłodze i otarłem pot z twarzy oraz z czoła. Z niespecjalnym efektem, gdyż dłonie miałem tak mokre, jakbym wyciągnął je z wody.

– Przecież ostatniej dziewczynie zdarł twarz i zabrał włosy – powiedziałem. – Pewnie trzyma je w charakterze obrzydliwego trofeum. Jak myśliwy czy co...

– I sądzicie, że przechowuje je w domu – stwierdził szlachcic, a w jego głosie trudno było nie usłyszeć powątpiewania.

Zerknąłem na niego.

– Myślicie, że nie?

– Pomyślcie, inkwizytorze. Przecież widzieliście i ja widziałem, jak on zabija. Wyobrażacie sobie, ile wtedy jest krwi wokół? Jak ta krew bluzga na wszystkie strony? Również na ubranie, na włosy, na ręce. Człowiek, który morduje w taki sposób, musi mieć kryjówkę, by się w niej przebrać i umyć, by później bezpiecznie wrócić pomiędzy ludzi. Sądzicie, że Neumann wracał do swej narzeczonej zlany od stóp do głów posoką?

Zagapiłem się w Leghorna.

– Mój Boże! – rzekłem. – Nie pomyślałem o tym.

Później zdałem sobie sprawę, że nie powinienem tak beztrosko przyznawać się do błędu, ale po pierwsze, było już za późno, a po drugie, szlachcic nie wydawał się czynić mi wyrzutów, lecz jedynie przedkładał własne przemyślenia. Złapałem się jednak na myśli, że ten człowiek, niepoddany przecież wyczerpującemu szkoleniu w Akademii, miał w tym wypadku lepsze pomysły niż ja. Cóż, jedyne, co mogło mnie tłumaczyć, to ten piekielny upał, który zdawał się rozmiękczać mi mózg.

– W porządku. – Wstałem. – Wyślę za Neumannem człowieka. Niech się zamieni w jego cień. Jeśli jest winien i jeśli rzeczywiście ma kryjówkę, prędzej czy później nas do niej zaprowadzi.

– Bardzo logiczne rozumowanie – stwierdził Leghorn. – To co, łykniemy sobie winka?

Zanim poszliśmy do oberży, musiałem jeszcze porozmawiać z jednym z dowódców straży.

– Posłuchajcie – rzekłem temu człowiekowi. – Weźcie kogoś najbystrzejszego i najbardziej odpowiedzialnego. Niech chodzi za Neumannem jak pies. A jeśli – zniżyłem głos – jeśli się zdradzi czy w rozmowie, czy durnym zachowaniem, to i wy, i on zapoznacie się z lochami Świętego Officjum.

Dowódca poczerwieniał i chciał coś odpowiedzieć, lecz w tym momencie do rozmowy włączył się Leghorn.

– Lochy Inkwizytorium na nic się nie przydadzą – rzekł. – Bo pani margrabina każe z nich żywcem pasy zdzierać, jeśli zawiodą.

– Ano widzicie. – Zauważyłem, że strażnik tym razem pobladł, i pomyślałem, że może imię pani von Sauer sprawia większe wrażenie niż groźba inkwizytora.

– Będzie zrobione jak trza – obiecał. – Mam takiego huncwota. Jest jak szczur i nie uwierzycie, wielmożni panowie, jak kiedyś...

– Do roboty! – Leghorn przerwał ten rozpoczynający się słowotok i na osłodę wcisnął mężczyźnie srebrną monetę w dłoń.

Następnego dnia po południu z meldunkiem przybiegł ów huncwot z miejskiej straży. Z wyglądu przypominał zaaferowanego szczurka węszącego za odpadkami. Nawet wąsy miał cienkie i sterczące.

– Strasznie się krył, tak przemykał po ulicach, żeby go nikt przypadkiem nie zobaczył. Wiecie, panie, jak jest, duchota taka, nie ma czym...

– Do rzeczy! – przykazałem mu ostrym tonem.

– No jakżeby inaczej, jak nie do rzeczy! – niemal się obraził i aż westchnął sobie ciężko. – Co to ja tutaj? Aha! Więc w kapturze, w płaszczu, pod murami, a ja za nim, jak cień, panie... Niewidoczny, bezszelestny...

Chwyciłem go za ucho. Strażnik był co prawda ze dwa razy starszy ode mnie, ale czyż wiek świadczy o mądrości? O nie! Wiek świadczy jedynie o tym, że człowiek leciwy popełnił więcej głupstw, niegodziwości oraz pomyłek od człowieka młodego. I czasami nauczył się zręcznie z tych głupstw, niegodziwości oraz pomyłek tłumaczyć przed samym sobą i przed innymi. Tak więc nie miałem nadmiernej estymy dla wieku i nie wahałbym się mojego strażnika wytargać za ucho, także gdyby był dostojnym starcem o srebrnej brodzie. Zresztą on nawet się nie obruszył, wychodząc ze słusznego założenia mówiącego: jeśli ktoś mnie bije, znaczy, że mu wolno.

– Oj, już, oj, już, panie! Puśćcie, bo ucho urwiecie!

– No to gadaj wreszcie do rzeczy!

– Wszedł do jednego z magazynów na nabrzeżu, drzwi otworzył sobie kluczem. To ja żem na wszelki wypadek podparł te drzwi kołkiem, coby ptaszek nam z klatki nie wyfrunął, i biegusiem do waszej miłości – wyrecytował huncwot.

– Bardzo dobrze – pochwaliłem go. – Prowadź do tego magazynu.

Na lahsteińskim nabrzeżu stały całkiem przyzwoite składy, murowane i dwukondygnacyjne, ale im dalej od portu, tym budynki stawały się bardziej zaniedbane i obskurne. Magazyn, do którego wszedł malarz, znajdował się właśnie w tym bardziej upośledzonym rejonie, chociaż sam drewniany barak prezentował się dość solidnie. A przynajmniej był na tyle solidny, że Neumann nie mógł sobie poradzić z jego opuszczeniem. Słyszeliśmy jedynie bębnienie w drzwi oraz przytłumiony głos. Ale i drzwi trzymały dobrze, i podpierający je kołek spisywał się znakomicie.

– Zuch chłopak. – Klepnąłem w policzek huncwota ze straży. – Leć teraz po najbliższy patrol i każ im, żeby tu przybiegli. Tylko jak na skrzydłach!

Nie bałem się samemu stawić czoła Neumannowi, zwłaszcza że nawoływania ze środka magazynu brzmiały raczej żałośnie niż groźnie, ale uznałem, że lepiej będzie mieć świadków tego, co zastanę wewnątrz. O ile oczywiście cokolwiek wewnątrz się znajduje oprócz samego malarza. Może miał tu drugą pracownię, w której malował obrazy urągające wszelkiej przyzwoitości? A może chędożył tutaj jakieś stare portowe ladacznice, z którymi wstydziłby się pokazać na ulicy? Ludzie mają wiele tajemnic i najczęściej nie są to tajemnice ani groźne, ani niebezpieczne, a tylko odrażające lub wstydliwe. No ale cóż, trzeba było sprawdzić, jak rzecz się ma w tym wypadku.

Usiadłem w cieniu pod ścianą i z braku czegoś lepszego do roboty wsłuchałem się w labiedzenie Neumanna, który płynnie przechodził od błagania i żałości do przypochlebnego zaśmiewania się, jakiż to komuś żarcik się udał i że „najwyższy już czas wybrać się na wino, bo wiecie, co tak tu siedzieć będziemy w skwarze". Nie brzmiało mi to jak słowa, których spodziewałbym się po okrutnym Rzeźniku, ale cóż... przecież Neumann mógł być utalentowanym aktorem. Niegdyś w Koblencji widziałem sztukę, w której aktor jednego wieczora grał Jezusa Chrystusa, natomiast drugiego wcielił się w postać szalonego Kaliguli. I w obu tych przedstawieniach wypadł nadzwyczaj wiarygodnie. Nawiasem mówiąc, reżyser został napomniany w kwestii obsadzania tego samego komedianta w dwóch tak dalece odmiennych rolach i postanowiono, że jego wrażliwość religijna zostanie na nowo ukształtowana w lochach Inkwizytorium.

Kiedy tak sobie rozmyślałem o kwestiach wiary, sumienia i wolności słowa, usłyszałem w końcu tupot miejskich strażników. Poza moim szczurowatym huncwotem biegło ich jeszcze dwóch: tłuścioch o twarzy tak czerwonej, że wydawało się, iż krew zaraz tryśnie mu wszystkimi porami, i chudy jak szczapa starzec o sumiastych wąsach, wyglądających, jakby unurzano je przed momentem w świeżym mleku.

– Jes...teś...my – wydyszał huncwot.

Wąsacz i tłuścioch tylko oparli się o ścianę i chwytali powietrze z takim trudem i tak jednocześnie łapczywie, jakby na całym świecie było tego powietrza dla nich za mało.

– No, no, atleci, odpocznijcie sobie – przykazałem wielkodusznie. – Teraz nigdzie nam się już nie spieszy.

– Hej, hej! Jest tam kto? – zabrzmiał stłumiony głos z wnętrza magazynu. – Otwórzcie no, proszę was. Dam dukata! – Neumann czekał chwilę. – Hej! Słyszeliście? Dwa dukaty! Wypuśćcie mnie, na pięść Asmodeusza!

– Słyszeliście? – Spojrzałem znacząco w stronę strażników. – Przyzywa diabła na pomoc.

– Jezusie Maryjo! – Tłuścioch przeżegnał się tak zamaszyście, aż strzelił wierzchem dłoni w nos swego siwowąsego sąsiada, lecz ten przejął się na tyle, że nawet nie zareagował, tylko opędził się jak od bzykającej przy uchu muchy.

Pozwoliłem nieco odsapnąć dzielnym strażnikom, po czym odsunąłem kołek. Szarpnąłem za skobel.

– Bogu dziękować! Bogu dziękować! – Neumann wypadł na zewnątrz, kiedy tylko w drzwiach pojawiła się szpara. Musiał się nieźle wypocić w tej komórce, a poza tym pewnie się zastanawiał, ile jeszcze czasu przyjdzie mu w niej spędzić. Chwyciłem go za kołnierz i zatrzymałem. Potknął się i o mało nie wywrócił.

– Malarz Neumann?

Okręcił się, by spojrzeć na mnie, i jego spocona, czerwona twarz rozjaśniła się w uśmiechu. Oj, niedługo ty już będziesz taki wesoły, bratku, pomyślałem.

– A któż by inny? – zaśmiał się głupkowato. – Nie poznajecie mnie, mistrzu inkwizytorze? Popiliśmy przecież po śmierci biednej Lizki...

Jak widać, najwyraźniej coś mu się przywidziało albo też zbudował w swej imaginacji nową historię naszej pogawędki, gdyż ja byłem pewien, że nie tylko z nim nic nie wypiłem, ale jasno i dobitnie odmówiłem odwiedzin w karczmie.

– Ach, jak to dobrze, żeście mnie znaleźli! Całe szczęście, mistrzu, że właśnie wy...

– Ale kanalia – na poły ze zgrozą, na poły z podziwem mruknął szczurowaty strażnik.

Otworzyłem drzwi na oścież, tak by wpuścić jak najwięcej światła do wnętrza, i wszedłem do środka. Zaduch tam panował iście piekielny, taki jaki może panować w niewielkim, ściśle zamkniętym pomieszczeniu wystawionym przez cały dzień na promienie słońca.

Rozejrzałem się wokół, nie dostrzegłem jednak niczego podejrzanego. Poza jednym faktem. Wewnątrz magazyn wydawał mi się nieco mniejszy niż z zewnątrz. Czy miałem do czynienia ze złudzeniem spowodowanym grą światła i cienia, czy też jedna ze ścian otwierała się na sekretne pomieszczenie? Wyszedłem, by rzucić okiem z drugiej strony, i upewniłem się w mych podejrzeniach.

– Rozwalcie mi tam ścianę – rozkazałem. – Tę po prawej stronie od drzwi.

– Kiedy siekiery nie mamy...

– To własnym łbem ją rozwal – przykazałem. – Raz-dwa, już!

Niechętnie i z ociąganiem wleźli do środka, a Neumann, widząc ich miny, parsknął złośliwym śmieszkiem. Cóż, najwyraźniej ni w ząb nie zdawał sobie sprawy z własnej dramatycznej sytuacji.

– No wiecie, co mi się przydarzyło... – zaczął.

Zerknąłem kątem oka na szczurowatego. To był rzeczywiście cwany huncwot. Podłapał moje spojrzenie i od razu wiedział, co robić. Kopnął Neumanna czubkiem buta w łydkę. Na ciele człowieka istnieje kilka punktów, gdzie uderzenie wywołuje skutki nieproporcjonalne do siły tegoż uderzenia. Mięsień uda, jądra, miejsce nad żołądkiem, pomiędzy żebrami, grdyka i właśnie mięsień łydki. Celny kopniak paraliżuje nogę na pewien czas. Malarz dał nam tego najlepszy przykład.

– Co wy, co wy! – zawrzeszczał z ziemi. – Co on robi, na jaja Mefista!?

– Zamknij mordę, Neumann – rzuciłem ostro, gdyż ten człowiek zaczynał mnie już naprawdę wyprowadzać z równowagi. A wszystko przez ten piekielny upał...

Z wnętrza magazynu słyszałem uderzenia, łomot i mnóstwo przekleństw, najwyraźniej rozbijanie drewnianej ściany nie szło chłopakom ze straży tak sprawnie, jak powinno. Ale wreszcie wyszli na zewnątrz. Grubas tulił do piersi pokrwawioną dłoń, a siwowąsy klął wielce wymyślną nieprzerwaną litanią i pocierał palcami szerokie zadrapanie na twarzy.

– No, chłopie, pół cala w prawo, a byś stracił oko. – Pokręciłem głową z uśmiechem. – Szczęściarz z ciebie.

– Lepiej... lepiej tam wejdźcie, mistrzu – wydyszał tłuścioch. – Sami... sami zobaczcie...

W jego oczach i w jego twarzy zobaczyłem coś takiego, co kazało mi natychmiast pomyśleć, że cała zabawa w śledzenie Neumanna nie poszła jednak na darmo. I może dzień nie okaże się aż tak podły, jak początkowo sądziłem...

Kiedy wyszedłem z magazynu, z trudem powstrzymywałem triumfalny uśmiech.

– W imieniu dostojnej pani margrabiny von Sauer kładę na was areszt – oznajmiłem Neumannowi surowym tonem. – Zabierzcie go do lochu – rozkazałem strażnikom. – Tylko włos ma mu nie spaść z głowy. Odpowiadacie za to własnym życiem, zrozumiano?

Wąsaty ponuro skinął głową. Najwyraźniej moje zastrzeżenia bardzo mu się nie spodobały, gdyż byłem pewien, że chętnie wzięliby Neumanna pod obcasy w jakimś zaułku albo zabawili się z nim jeszcze przed oficjalnym przesłuchaniem. Ale ja na przesłuchaniu chciałem mieć zdrowego i myślącego człowieka, a nie strzęp wyrwany spod strażniczych butów. No, inna sprawa, czy taki zdrowy i jasno myślący będzie po przeprowadzonym przeze mnie śledztwie, lecz to zależało już tylko od niego samego i jego umiejętności rozpoznania oraz wybrania właściwej drogi. Oczywiście przez cały czas będę obok niego, by do wyboru tej odpowiedniej drogi żarliwie zachęcać.

– Ale czemu? Co ja takiego zrobiłem? – wykrzyczał malarz, a jego twarz skurczyła się ze strachu. Z tego strachu zapomniał nawet o rozmasowywaniu sobie obolałego mięśnia łydki.

– Po co tu przyszedłeś? Czego szukałeś w tej komórce?

– No wiecie...

– Powiem ci, czego szukałeś, bydlaku!

Chwyciłem Neumanna za ramię i wciągnąłem do zatęchłego pomieszczenia.

– Przyszedłeś napawać się własnym triumfem, tak? Obejrzeć jeszcze raz pamiątki, jakie sobie zostawiłeś po tych biednych dziewczynach. A może powdychać smród krwi, którym przesiąkły twoje fartuchy?

Zatoczył się na ścianę i rozejrzał wokół nieprzytomnym spojrzeniem.

– Jakie pamiątki? Jakie fartuchy? Ja nic nie wiem!

– To po co tu przyszedłeś? – wysyczałem, zbliżając twarz do jego twarzy.

– Wiecie, pewna dama chciała ze mną...

Odwróciłem się.

– Zabierzcie to ścierwo – rozkazałem strażnikom, którzy ciekawie gapili się przez otwarte drzwi.

Mistrz Albert siedział na kanapie zarzuconej poduchami, poduszkami i poduszeczkami. Ba, siedział... Mało powiedziane! On się tam rozpierał niczym sułtan na rycinach, które widziałem w pewnej zajmującej książeczce noszącej tytuł „Trzysta nocy sułtana Alifa". Bogu przynajmniej dziękować, że w odróżnieniu od władcy z tej opowieści był na tyle ubrany, że odzienie zakrywało mu co wstydliwsze miejsca. Zresztą w przypadku Knottego wszystkie miejsca były wstydliwe...

Jeśli gdzieś w cichości ducha liczyłem na to, że wiecznie skwaszona, nalana twarz Knottego opromieni się uśmiechem, a sam mistrz Albert serdecznie uściśnie moją prawicę, zasadniczo się myliłem. Jeśli ośmielałem się łudzić nadzieją, że Knotte uderzy się w piersi, prosząc mnie o wybaczenie wszystkich nieprzyjemności, jakich zaznałem z jego strony, myliłem się również. Inkwizytor słuchał mej relacji, nie mrugnąwszy powieką. W momencie kiedy doszedłem do wstrząsającego momentu odkrycia olbrzymiego topora, mistrz Albert westchnął teatralnie.

– Szybciej, Mordi, szybciej, bo mnie tu na śmierć zanudzisz, chłopaku.

Szczerze przyznam, że ta nieoczekiwana reakcja zaskoczyła mnie tak bardzo, iż całą historię dokończyłem już pospiesznie, nieskładnie i bez aktorskiego zacięcia.

– No i co? Kazałeś aresztować tego gnojka?

– Oczywiście, mistrzu. Przybyłem zapytać, czy zechcecie poprowadzić inwestygację?

– No a co, tobie to zostawię? – zarechotał nieprzyjaźnie. – Żeby ci Neubaum skonał na stole?

– Neumann – poprawiłem go bezwiednie.

– Jeden czort. Przygotuj wszystko na jutrzejsze południe i zabieramy się do roboty.

– Tak jest, mistrzu. Czy powinienem zawiadomić margrabinę?

Zerwał się z kanapy, znowu zaskakując mnie swoją zręcznością, i chwycił mnie boleśnie za ucho. Szarpnął, a ja z trudem powstrzymałem jęk.

– Posłuchaj, Mordi – zasyczał. – Ty sobie margrabiną głowy nie zawracaj. Trzymaj gębę na kłódkę, co i kiedy będziemy robić.

Domyśliłem się, że Knotte chce zaprosić margrabinę w momencie, gdy oskarżony będzie już urobiony i gdy będziemy mogli zaprezentować go przedstawiającego jasne, logiczne zeznania, a nie plączącego się w wyjaśnieniach, kłamiącego, spazmującego i mdlejącego z bólu.

– Jak rozkażecie, mistrzu Albercie – odparłem.

– Właśnie tak rozkazuję. – Odwrócił się do mnie plecami i widziałem, że nie zamierza mi już poświęcić ani chwili ze swego czasu.

Wszystkie lochy na świecie, a przynajmniej wszystkie lochy, które miałem okazję odwiedzić, mają kilka wspólnych cech. Mianowicie jest w nich zimno, wilgotno, ciemno oraz śmierdzi. Nigdy nie przyzwyczaiłem się do podobnych warunków. Do spazmatycznie drgających płomieni świec, które bardziej męczyły wzrok, niż oświetlały wnętrze, do kropel skapujących po brudnych ścianach, do mokrych, nierównych podłóg. My, przesłuchujący, siedzimy zwykle na zbitych byle jak zydlach lub krzesłach, mamy przed sobą rozchwierutane stoły, a na blatach tych stołów stoją niemiłosiernie kopcące świece. Światło drga, dym gryzie w oczy, wszędzie czuć odór krwi, ropy i wymiocin... Czy tak mają wyglądać godne warunki pracy? Czy tak poważna rzecz jak przesłuchiwanie oskarżonych nie mogłaby się odbywać z troską o choć odrobinę komfortu? Prosty stół, jasne światło, suche ściany i podłoga, czy to tak wiele? No, może jeszcze jakieś kadzidła, by nie drażnić smrodem naszych nozdrzy. Jestem pewien, że również przesłuchiwany czułby się w takich warunkach godniej.

Wszystko to przyszło mi na myśl, gdyż lochy znajdujące się pod miejskim ratuszem nie odbiegały od pożałowania godnej reguły. A kat? Czy kat nie mógłby być schludnie ubranym, domytym i ogolonym człowiekiem? Czy każdy kat musiał wyglądać jak ten, który stał przede mną: osiłek o postrzępionej brodzie i potarganych włosach, odziany w poplamiony skórzany fartuch? Westchnąłem, ale odpowiedziałem na jego ukłon uprzejmym skinieniem głowy.

– Słyszałem, że będę wam potrzebny, mistrzu inkwizytorze? – wychrypiał.

Cóż, „potrzebny" może nie było właściwym słowem. Gdyby zaszła taka konieczność, tortury potrafiłby zastosować mistrz Knotte, a i mnie przecież nauczono tego i owego. Ale my, inkwizytorzy, unikaliśmy osobistego dręczenia ludzi, kiedy tylko istniała możliwość wyręczenia się kimś innym, fachowo do tej profesji przygotowanym. Woleliśmy uważać się za przyjaciół oskarżonych i powierników ich najgłębiej skrywanych tajemnic, a łączenie przyjaznych słów z przypalaniem genitaliów czy szarpaniem ciała cęgami nie zawsze wydawało się iść w dostosowanej parze.

– I owszem – odparłem więc. – Przygotujcie stół i narzędzia, tak abyśmy mogli rozpocząć po południu przesłuchanie.

– Macie jakieś specjalne życzenia?

Pokręciłem głową.

– Nie sądzę, by były konieczne szczególne przygotowania. Mam nadzieję, że wystarczy pokazać mu narzędzia i objaśnić ich działanie.

Rzeczywiście sądziłem, że człowiek pokroju Neumanna załamie się przy pierwszym przesłuchaniu, co najwyżej zgniecie mu się kciuki albo przypali podeszwy stóp. W przypadku torturowanych heretyków, kacerzy lub czarnoksiężników chodziło nie tylko o to, by przyznali się do winy, lecz również by poprzez ból przybliżyć ich do wyznania wszystkich grzechów oraz szczerego żalu za te grzechy.

W tym jednak wypadku nie obchodziło nas, czy Neumann będzie żałował, a chcieliśmy jedynie, żeby się przyznał oraz żeby wydał wspólników, jeśli tacy oczywiście istnieli. Ja sądziłem, że istnieć musieli, gdyż malarz nie wydawał mi się zdolny do popełnienia tak brutalnych zbrodni. Był tylko małym szczurkiem usiłującym nażreć się ze śmietnika, zanim nie odpędzi go większy drapieżnik. Uwierzyłbym, że Neumann mógłby po pijanemu zadźgać wroga albo konkurenta, choć sądzę, że prędzej nasrałby mu pod drzwi i zadowolił się tym sposobem zemsty.

Inna jednak sprawa, że gdyby wszyscy mordercy mieli wypisane na czołach „zabijam", to nikt nie miałby kłopotów z ich odnajdywaniem.

– Na rany Pana Naszego Jezusa Chrystusa, na niepokalaną cześć Najświętszej Panienki, to nie ja, inkwizytorze, to nie ja!

Neumann wpatrywał się we mnie z napięciem, a oczy niemal wychodziły mu z orbit. Proszę, proszę, jak to się ludzie zmieniają pod wpływem dramatycznych okoliczności. A więc już nie zaklinał się na kutafona Lucyfera ani na świętą dupę Belzebuba, tylko Jezusa i Jego Matkę. Ha, jak widać, w duszy tego człowieka pozostała odrobina przyzwoitości.

– Powtarzam wam: to nie ja. Pomyliliście się, przysięgam wam tutaj i przysięgnę przed ołtarzem!

W jego głosie brzmiało zarówno błaganie, jak i z trudem udawana pewność siebie, tak jakby tą właśnie teatralnie wywołaną pewnością zamierzał przekonać mnie o prawdziwości własnych słów. Ileż ja słyszałem podobnych zapewnień i zaklinań. Wypowiadanych zarówno głosem rozsądnym i opanowanym, jak i wywrzaskiwanych z przerażeniem lub nienawiścią. Spytajcie, mili moi, czy to komuś pomogło? Czy kiedykolwiek pod wpływem żarliwych zaprzeczeń winy i równie żarliwych zapewnień niewinności inkwizytorowi drgnęła nawet nie ręka, lecz choć jedna struna w duszy? Zaręczam wam, że nie drgnęła.

– Nie wy, więc kto? – spytałem życzliwie i położyłem dłoń na ramieniu malarza, jakbym chciał dodać mu otuchy.

– Nie wiem, Bogu przysięgam, nie wiem! Nigdy bym nikogo nie skrzywdził, przysięgam wam!

Leżał ubrany jedynie w sięgające kolan kalesony, a w lochu było naprawdę zimno. Podejrzewałem jednak, że dreszcze przeszywające ciało Neumanna brały początek w innym uczuciu niż uczucie chłodu.

– Wiecie, że nigdy nie zapytałem, jak macie na imię? – wyznałem tonem przyjacielskiej pogawędki. – Powiecie mi?

– Tomas, mistrzu, Tomas Neumann to ja. Jestem dobrym człowiekiem, wierzcie mi, naprawdę jestem dobrym człowiekiem! Muchy bym nie ukrzywdził, żebym tak...

– Ciiii... – Położyłem mu dłoń na ustach. – Spokojnie, Tomasie, pogawędzimy sobie o wszystkim. O złych ludziach i o dobrych ludziach, a jeśli jesteś dobrym człowiekiem, wyjdziesz stąd oczyszczony ze wszystkich zarzutów.

– Bogu dziękować, Bogu dziękować. – Rozpłakał się serdecznie i zdążył jeszcze pocałować mnie w rękę.

– Muszę ci jednak o czymś powiedzieć, Tomasie. Jest pewien warunek naszej rozmowy, warunek konieczny, którego przestrzeganie spowoduje, że nie pogniewam się na ciebie...

Wpatrywał się we mnie wybałuszonymi oczami, a jego ciało dygotało, jakby dopiero co wydostał się z przerębli.

– Bo wiesz, co by się stało, gdybym się pogniewał? – rzuciłem ostro.

Pokręcił głową tak mocno, jakby chciał ją zerwać z ramion.

– Musiałbym zawołać tego człowieka. – Dałem znak, wtedy kat wyszedł ze swego kąta i stanął w taki sposób, by Neumann mógł mu się dobrze przyjrzeć. A rzeczywiście było się czemu przyglądać, gdyż stał przed nim mężczyzna rosły, barczysty, czarnobrody, o topornej, zwierzęcej twarzy. Na ramiona zarzucony miał skórzany fartuch poznaczony rdzawymi plamami, a w dłoni trzymał cęgi. Wyszczerzył zęby w czymś, co zapewne miało być uśmiechem, a co uczyniło jego okrutną twarz jeszcze groźniejszą.

– Nieee! – rozdarł się Neumann. – Nie każcie mnie torturować! Błagam was!

Dałem znowu znak katu, by odszedł na bok i zniknął z pola widzenia malarza.

– Wcale nie chcę cię torturować, Tomasie – powiedziałem. – Myślisz, że męczenie człowieka, którego uważam za przyjaciela, sprawi mi satysfakcję? Muszę tylko wykonać swój obowiązek, a tym obowiązkiem jest rozmowa z tobą.

– Wszystko powiem. – Widziałem, że próbował zrobić taki gest, jakby chciał uderzyć się pięścią w pierś, lecz sznury powstrzymały ten ruch.

– Wspaniale. To dobrze, że tak świetnie się dogadujemy. Nie można by go rozwiązać? – Obróciłem się w stronę stołu. – Niechby sobie usiadł jak człowiek...

– Nie! – warknął Knotte. – Prowadź dalej przesłuchanie, Mordimerze. Szybciej, bo zaczyna mi być zimno.

Nachyliłem się do ucha Neumanna.

– Uważajcie, co mówicie – szepnąłem – bo jeśli rozgniewacie mistrza Alberta, sam się za was zabierze. A to by wam na dobre nie wyszło. Póki jestem obok, jakoś was wybronię, ale...

Zdołał ruszyć dłonią na tyle, że chwycił mnie za palce.

– Dziękuję wam, dziękuję – również wyszeptał.

– Tomasie, przyjacielu, musisz nam opowiedzieć o Elżbiecie, Katarzynie oraz Agacie. Wiesz, o których dziewczętach mówię, prawda?

– Wiem, mistrzu, ale przysięgam, żebym tak żywy nie...

– Tomas! – podniosłem głos. – Masz odpowiadać tylko na pytania. Znałeś te dziewczyny?

– Znałem jedynie Lizkę! Żebym tak uświerkł, żeby mnie cholera wzięła, żebym... – Przełknął ślinę z trudem, jakby w ustach zamieniła mu się w wielką, lepką kulę.

– Nie przeklinaj, Tomasie – rzekłem stanowczo i tonem zdecydowanej nagany. – W twojej sytuacji nic ci nie pomoże więcej niż szczera spowiedź. Pamiętaj o tym.

– Pamiętam, pamiętam, ale żeby mnie tak... Znaczy się, wiecie, tego, nie znam ich, nie znałem. Jedynie Lizkę...

– Zostańmy więc na razie przy Lizce – zgodziłem się. – Przy pięknej, biednej i uczciwej Elżbiecie Holz. Malowałeś jej portret, prawda?

– Zacząłem, bo potem ta moja, wiecie sami...

– Czy uprawiałeś cudzołożne stosunki z tym słodkim, niewinnym dziewczątkiem? Czy niecnie i bezbożnie wykorzystywałeś ją, by nasycić swą grzeszną chuć? – Pochyliłem się nad nim. – Odpowiadaj, Tomasie!

– Taaak. – Łzy popłynęły znowu po jego brudnej, posiniaczonej twarzy. – Nic więcej, przysięgam. Z Lizką spotkałem się kilka razy, ale z tamtymi nigdy nie, bo wiecie, ja nawet...

Uderzyłem Neumanna w twarz. Niezbyt mocno, nie po to, by sprawić mu ból, lecz by powstrzymać jego słowotok i by zrozumiał, że ma tylko odpowiadać na pytania. Zwięźle.

– Nie bijcie mnie, proszę... – Popatrzył na mnie wielkimi, smutnymi oczami przerażonego psa.

– W twoim mieszkaniu znaleziono ogromny topór, a w twojej kryjówce złoty medalik z literami E.H., zakrwawioną kobiecą bieliznę i pokrwawione włosy. Czy medalik należał do Elżbiety Holz?

– Nie wiem, panie, przysięgam wam na serce mojej mateczki i na dzieci nigdy nienarodzone. Ten topór to ja mam od lat, nawet nie pomnę już, skąd się wziął. Przedać go kiedyś chciałem, ale kupiec powiedział, że...

Tym razem uderzyłem go mocniej. Tak mocno, że zaskowyczał z bólu.

– Musisz mnie słuchać, Tomasie – rzekłem bardzo wyraźnie. – Musisz słuchać moich poleceń. Odpowiadaj tylko na pytania, bo jeśli nie... – obniżyłem głos do szeptu – będę cię musiał oddać w ręce tamtych ludzi.

– W gardziel to wolicie, panie, żeby lać wrzący olej czy wrzącą wodę? – zapytał kat jak na zawołanie. – Bo nie wiem, co gotować...

Neumann zaskowyczał teraz głośniej niż po uderzeniu. Jak widać, strach gorszy był od bólu. Udało mu się pochwycić moją dłoń koniuszkami palców.

– Nie zostawiajcie mnie, na Boga, błagam was!

– Na razie jeszcze przy tobie zostanę – obiecałem.

– Gotuj olej – rozkazał katu Knotte. – Bo widzę, że zaraz to ja się tutaj zabiorę do roboty.

Nachyliłem się do ucha Neumanna.

– Jeszcze mamy trochę czasu – szepnąłem pospiesznie. – Tylko, na miecz Pana, daj mi szansę, żebym mógł ci pomóc. Nie doprowadzaj mnie do rozpaczy, Tomasie!

Wyprostowałem się.

– Jak wytłumaczysz obecność tych przedmiotów, które znaleziono w twojej komórce?

– To nie moja komórka! – wrzasnął. – Nigdy tam wcześniej nie byłem. Jakiś chłopaczek dał mi...

Westchnąłem i stanąłem plecami do malarza.

– Widzę więc, że nic nie poradzę na twój upór, Tomasie – powiedziałem z żalem. – Mistrzu Knotte, pozwólcie, ja już umywam ręce...

– Nieeeee! – zawył Neumann. – Zostańcie!

Przystanąłem, lecz nie odwracałem jeszcze głowy.

– Medalik – przypomniałem.

– Medalik może Lizka zgubiła, jak żeśmy figlowali...

– Odebrałeś cześć niewinnej dziewczynie i nazywasz to figlowaniem? – zagrzmiał Knotte z mroku. – A potem figlowałeś z nią za pomocą siekiery! Czy nie tak było, bydlaku?

– Nie tak, nie tak! – Spojrzał na mnie rozpaczliwie, jakbym był jego obrońcą. – Wy wiecie, prawda? Wy wiecie!

– Nie wiem, Tomasie – zaprzeczyłem. – Ale bardzo chcę się dowiedzieć.

– Nic nie zrobiłem, nic złego, naprawdę.

– A kobiece włosy? A okrwawiona bielizna? Kobiece buty? Skąd się wzięły w twojej kryjówce?

– Mówiłem wam, że nigdy przedtem na oczy nie widziałem...

Dałem znak katu.

– ...i chłopak jakiś, że niby dama czeka, bo...

Oprawca zbliżył płonącą świecę do stopy Neumanna, a ostatnie słowa malarza zmieniły się w wycie. Całe jego ciało skręciło się i wyprężyło, lecz jedynie na tyle, na ile pozwalały więzy. Nie mógł cofnąć stopy, mógł jedynie kręcić nią w kostce i rozpaczliwie wykrzywiać palce, co w niczym jednak nie przeszkadzało katu.

– Musisz mówić prawdę, Tomasie! – zagrzmiałem.

Poczułem swąd palonego mięsa i dałem znak oprawcy, by odstąpił. Neumann zwiotczał i rozpłakał się.

– Tomasie, mów prawdę – powiedziałem tym razem cicho, chociaż stanowczo – a nie pozwolę, żeby cię więcej dręczono. Ale nie możesz kłamać. Jeśli będziesz kłamał, oni spalą ci drugą stopę.

Sięgnąłem po buteleczkę maści na oparzenia i delikatnie nałożyłem maść na poranioną skórę. Malarz najpierw, nie wiedząc, co robię, rozkrzyczał się, lecz potem musiał poczuć ulgę.

– Niech wam Bóg błogosławi, niech wam Bóg błogosławi...

– Tomasie, zadam ci jeszcze raz to samo pytanie. Czy wiesz coś o śmierci tych dziewcząt, czego nie wie nikt inny? Czy zabiłeś je lub pomagałeś zabójcy? Czy...

– Przerwa! – krzyknął Knotte i huknął pięścią w blat stołu. – Muszę się wysrać. Mordi, ze mną!

Wściekłem się. Naprawdę. Byłem w tym momencie przesłuchania, w którym nie wolno w żaden sposób ingerować, by nie spłoszyć oskarżonego. Kto wie, może znalazłem się słowo, dwa lub trzy przed jego szczerą spowiedzią. A tu bęcwałowi Knottemu zachciało się wypróżnić. Było tyle nie żreć! – warknąłem w myślach, kiedy posłusznie wychodziłem z nim na korytarz.

Na korytarzu okazało się jednak, że mistrz Albert wcale nie musi iść do wychodka. Chwycił mnie za kołnierz i pochylił się z twarzą wykrzywioną wściekłością.

– Co ty robisz, chłopaku?!

Szczerze mówiąc, nie zrozumiałem pytania, gdyż postępowałem wedle wyuczonych zasad i uważałem, że jak na razie radzę sobie całkiem nieźle.

– Czemu zadajesz takie idiotyczne pytania, Mordi? Przecież nie było żadnych wspólników. Neumann sam zwabiał je w ustronne miejsca i mordował.

Mogłem zmilczeć, lecz nie dałem rady. Teza wydała mi się tak bezsensowna, iż po prostu musiałem zaprotestować.

– Neumann? Tym ogromnym toporem? Przecież on by go nawet nie uniósł.

– Słuszna uwaga. – Knotte mnie puścił. O dziwo, wcale się nie zdenerwował ani nie obraził. – Czy nie słyszałeś, chłopcze, o ludziach, którzy w przystępie szału zyskują nadnaturalne siły? Potrafią rozrywać grube sznury, ciskać dorosłymi mężczyznami niczym ulęgałkami lub zabić jednym uderzeniem pięści?

Trzeba przyznać, że mistrz Albert celnie trafił. Jednak dałem się zdeprymować jedynie na moment.

– W postępowaniu Rzeźnika widzę przemyślane działanie. Zwabiał upatrzone dziewczyny w konkretne miejsca i tam zabijał. W dodatku był na tyle opanowany, by zabierać ze sobą trofea. Obłąkaniec mordowałby przypadkowo, w przystępie chwilowego szaleństwa...

– Nie zgadzasz się więc ze mną? – w głosie Knottego zabrzmiała wrogość.

– Nie śmiałbym, mistrzu, przeciwstawiać swego mizernego doświadczenia waszej wielkiej wiedzy praktycznej oraz teoretycznej – odparłem szybko. – Pozwalam sobie tylko wyartykułować wątpliwości, by na tej podstawie nauczyć się od was właściwego rozumowania. W końcu umysł hartuje się w ogniu dyskusji... – dodałem.

Twarz Knottego rozluźniła się.

– Zahartowanie czegoś nieistniejącego nie wydaje się możliwe – burknął.

O tak, właśnie tak, odpowiedziałem mu w myślach. Bo ty, obrzydliwy tłuściochu, masz zamiast mózgu coś bardzo brązowego, bardzo lepkiego i bardzo śmierdzącego. I Bóg mi świadkiem, że nadejdą czasy, kiedy powiem ci to prosto w oczy i roześmieję się, widząc, że nie możesz mi nic zrobić. A jak wyciągniesz na mnie rękę, to ci ją połamię.

– Gdyby szaleństwo podlegało naukowej analizie, nie byłoby szaleństwem, nie sądzisz? – spytał. – W szaleństwie najistotniejszy jest czynnik chaosu powodujący, iż nie wiemy, czego się spodziewać po człowieku dotkniętym amokiem. I że obłąkany może uczynić takie rzeczy, których człowiek o zdrowym umyśle nie jest w stanie w żaden sposób przewidzieć. Szaleństwo nie podlega normom i regułom, gdyż z samej swej istoty jest zaprzeczeniem naturalnego porządku. I dlatego próby przewidywania zachowania obłąkanych są z góry skazane na niepowodzenie. – Spojrzał na mnie badawczo. – Czy zrozumiałeś, co mówiłem?

– Oczywiście, mistrzu, teraz rozumiem – odparłem spolegliwie. – I pokornie dziękuję, że raczyliście udzielić mi tych wyjaśnień.

– No! – Knotte kiwnął głową, jakby nie spodziewał się po mnie innej odpowiedzi.

Widzę jasno jak na dłoni, że jesteś durniem, dopowiedziałem w myślach. Durniem, który stara się w potoku bełkotliwych sformułowań ukryć niewiedzę o tym, co się tutaj właściwie wyprawia.

– Poza tym pomyśl sobie, Mordimerze, co by się stało, gdybyśmy przyjęli błędną tezę mówiącą o tym, że Neumann działał z kimś w zmowie. Otóż przyciskalibyśmy go, by wyjawił wspólnika lub wspólników, a on z bólu czy też strachu zacząłby wymieniać coraz to nowe nazwiska. Zapewne sąsiadów, może wrogów, może konkurentów. – Westchnął. – Sam wiesz, jak to bywa...

Ano wiedziałem. Prowadzenie śledztwa wyglądało czasami jak wrzucenie kamienia do stawu. Promieniście rozchodzące się kręgi zagarniały coraz to większą i większą powierzchnię. Alojz oskarżył żonę Henryka o rzucanie uroków, ta wydała na torturach swoje przyjaciółki, one z kolei swoje sąsiadki, te sąsiadki swoje sąsiadki i ani się człowiek obejrzał, jak pół miasta siedziało w lochach, a drugie pół drżało ze strachu, że zaraz do nich trafi.

– I co by się z nami stało, Mordi? – kontynuował Knotte. – Otóż to by się stało, że musielibyśmy spędzić w tym diabelnym mieście jeszcze wiele tygodni, zanim udałoby się nam uciec ze ślepego zaułka, w który wprowadziłaby nas twoja głupota. Głupota – powtórzył, wlepiając we mnie znowu wściekły wzrok. – Rozumiesz, chłopaku? Głupota! W stajni Akademii trafiają się osły bardziej rozgarnięte od ciebie.

– Przykro mi, że was zasmucam, mistrzu Knotte – powiedziałem pokornie, chociaż wszystko się we mnie gotowało.

– Nie zasmucasz – burknął mistrz Albert, wydymając usta. – Drażnią mnie twoja ociężałość umysłowa, lenistwo oraz zuchwałe nieposłuszeństwo. Ale nie zasmucasz mnie z jednego prostego powodu, chłopcze. Wiesz, jaki to powód?

Zaprzeczyłem.

– Taki, że za cholerę nie obchodzi mnie, co się z tobą stanie, abyś tylko nie właził mi pod nogi. Zrozumiano?

Przełknąłem ślinę i skinąłem głową.

– Więc idź teraz i poprowadź przesłuchanie jak się patrzy. Neumann ma się przyznać do winy, chłopcze. Rozumiesz?

Szturchnął mnie wskazującym palcem w szczękę.

– Pytałem, czy rozumiesz, tumanie?!

– Tak jest, mistrzu. Neumann zabijał dziewczyny w przystępie szału, dzięki któremu zyskiwał nadnaturalną siłę. Taką właśnie tezę udowodnię w czasie dzisiejszego przesłuchania. Jeśli pozwolicie...

– No! – Klepnął mnie w tył głowy, jednak tym razem nie karcąco, lecz z szorstką pieszczotą, jakbym był jego ulubionym, choć sprawiającym spore kłopoty psem. – Wracamy.

Tak więc wróciliśmy. Mistrz Knotte usiadł spokojnie przy stole, a ja kontynuowałem przesłuchanie, tym razem już jednak z ciężkim sercem, ponieważ nie spodziewałem się, iż dojdę prawdy, a zaledwie przeprowadzę zamiar mojego przełożonego. Neumann oponował niezwykle stanowczo przeciwko temu, iż jest Rzeźnikiem. Płakał, wył, zaklinał się na wszystkie świętości, ale wreszcie przyznał się do winy. Nie chciałem go za bardzo okaleczyć, lecz jego upór zmusił mnie do stanowczych działań. I Neumann złamał się dopiero wtedy, kiedy kat zgniótł mu stopę w hiszpańskim trzewiku. Wtedy też przyznał się do wszystkiego. Każdy się w końcu przyznaje...

– Posłuchaj mnie uważnie, Tomasie. Niedługo zjawi się tu pani margrabina von Sauer, która przybędzie, by wysłuchać twoich zeznań. Rozumiesz mnie?

Malarz z wysiłkiem skinął głową, ale miał cały czas zamknięte oczy. Jego twarz była zlana potem, a broda skąpana we krwi, którą utoczył, przygryzając sobie wargi.

– Pani margrabina zechce usłyszeć z twoich własnych ust to, co nam niedawno wyznałeś.

Teraz odemknął powieki i widziałem, że w jego wzroku zapaliło się coś na kształt nieśmiałej nadziei. Dla dobra nas wszystkich musiałem tę nadzieję zgasić.

– Wiesz, Tomasie, że czasem się zdarza – kontynuowałem – iż przesłuchiwani zmieniają zeznania. Zaczynają mówić zupełnie co innego niż wcześniej. Kiedy tak się dzieje, jesteśmy bardzo zaniepokojeni, gdyż nie wiemy już, gdzie leży prawda. Wiesz, co wtedy się dzieje, przyjacielu?

Pokręcił głową.

– Wtedy zostajemy zmuszeni, by rozpocząć na nowo tortury, które trwają tak długo, aż nabierzemy pewności co do prawdy lub fałszu w słowach oskarżonego. Czasami takie tortury mogą ciągnąć się nawet kilka dni, póki nie objawi nam się jasny obraz wydarzeń. Kilka dni tortur, Tomasie... – zawiesiłem głos, dając malarzowi czas, by zrozumiał te ostatnie słowa i wyobraził sobie związane z nimi konsekwencje. – Zwykle z człowieka nie zostaje wiele po takim czasie. A to, co zostaje, składa się z samego bólu.

– Przyznałem się już do wszystkiego i powtórzę, jak trzeba! Tylko mnie więcej nie torturujcie! – Wpatrywał się we mnie błyszczącymi oczyma.

Schyliłem się do jego ucha.

– Jak się przyznasz, margrabina każe cię jedynie powiesić – obiecałem szeptem. – Szast-prast i po bólu. A jeśli będziesz się zapierał i zaprzeczał, cierpienie potrwa jeszcze długie dni. Będą ci szarpać ciało rozpalonymi kleszczami, wytrzebią cię jak wołu i napoją wrzącym olejem. A to tylko na początek. Niepotrzebne ci to, Tomasie, prawda?

Znowu dygotał, a ślina skapywała z kącików jego ust.

– Powiem jej wszystko jak i wam. Przysięgam! Tylko mnie już nie męczcie!

Oczywiście obietnica, którą dałem malarzowi, nie mogła zostać spełniona. Nie sądzę, by ktokolwiek na świecie miał tyle władzy, by odwieść margrabinę od urządzenia najsroższej z możliwych kaźni. Tego spodziewali się po niej przerażeni mieszkańcy Lahstein, a ona nie mogła zawieść ich oczekiwań. I zresztą z całą pewnością zawieść by ich nie chciała, gdyż Rzeźnik bardzo głęboko poranił jej miłość własną.

Kiedy doszliśmy już do porozumienia, kazałem odwiązać Neumanna i zaprowadzić do celi. Nie do końca wierzyłem, iż postąpi zgodnie ze swą obietnicą, ale zamierzałem mu o niej jeszcze przypomnieć przed wizytą margrabiny.

Gdy wyprowadzili Neumanna z piwnicy, Knotte mlasnął głośno.

– Zjadłbym coś, bo w brzuchu burczy. Kopnij no się, Mordi, biegusiem do karczmy i każ, żeby mi tam przygotowali dobry obiadek. Tylko żeby gorący czekał na stole, kiedy się już doczłapię. Zrozumiałeś?

– Oczywiście, mistrzu.

– A w ogóle to spisałeś się lepiej, niż sądziłem. – Zerknął na mnie wzrokiem, w którym tym razem można było wyczytać nieco życzliwości.

– Dziękuję. Będę się starał.

– No co tam, chłopaku? Nie jesteś do końca pewien co i jak, hmmm?

– Ten człowiek, ten Neumann... – zdecydowałem się odpowiedzieć po długiej chwili.

– Taaak?

– Zabiłem szczura w jego pracowni, a on się brzydził nawet patrzeć na ścierwo. I wrzeszczał, żebym się pozbył go jak najszybciej...

– Co z tego? – Spojrzenie mistrza Alberta stało się ciężkie, a życzliwość zniknęła z jego oczu.

– Czy człowiek, który brzydzi się martwego szczura i drży, widząc szczurzą krew, urządziłby taką jatkę?

– Niezbadane są wyroki boże – zawyrokował Knotte. – Pamiętaj, że to szaleniec, i nie zawracaj sobie tym więcej łepetyny. Lepiej ciesz się, że wrócimy do domu z pełną kiesą i że wykonaliśmy wielkie zadanie na chwałę Pana.

Może ty wracasz z pełną kiesą, pomyślałem zeźlony, bo ja na pewno nie. Oczywiście nawet do głowy mi nie przyszło, by wypowiedzieć te słowa na głos. Tak więc przemilczałem to, co powiedział.

– Posłuchaj, Mordi – syknął Knotte i widziałem, że jest wściekły, iż tym razem nie przyznałem mu pochlebczo racji. – Mamy winnego i sprawę uważam za zakończoną.

– Mamy człowieka, który przyznał się do winy – sprostowałem, chociaż doskonale wiedziałem, że nie powinienem się w ogóle odzywać. Ale rozmowa z Knottem przypominała dźganie zaostrzonym patyczkiem swędzącego dziąsła. Człowiek wiedział, że postępuje idiotycznie, lecz mimo wszystko odczuwał wewnętrzny przymus, by kaleczyć się dalej. A przecież wiadomo, że mistrzowi Albertowi spieszyło się do odebrania nagrody i opuszczenia włości margrabiny. Co będzie się działo później, już go nie obchodziło.

– Jedno i to samo – warknął. – A ty, Mordi, nie strzęp języka po próżnicy, jeśli chcesz zachować moją życzliwość. I jeśli chcesz zostać inkwizytorem.

– Oczywiście, mistrzu – odparłem. – Raczcie wybaczyć.

– No! – Klepnął mnie w policzek na tyle lekko, że można to było uznać za pieszczotę, lecz jednocześnie na tyle mocno, by pomyśleć o tym geście jako o formie skarcenia. – Trzymaj się mnie, mały, a nie zginiesz.

– Zastosuję się do waszych słów, mistrzu Albercie.

– Dobry chłopak. A teraz pędź do karczmy, bo ci zasadzę takiego kopa, że do niej dolecisz. – Zaśmiał się dobrodusznie, a jego dobroduszność miała mnie upewnić, że groźby kopniaków nie traktował zbyt serio.

Zanim doszedłem do oberży, spotkałem na rynku Leghorna, który targował się przy jednym ze straganów.

– O! – ucieszył się. – Czekałem na was i tak dla zabicia czasu... Przyznał się?

– Przyznał się. Jeśli macie wolę przedstawić margrabinie protokół z przesłuchania, można go odebrać w ratuszu. Mają zrobić kopię, ale jeśli chcecie, poczekamy z tym i zabierzecie teraz oryginał.

Pokręcił głową.

– Pani von Sauer będzie chciała sama wszystko usłyszeć z ust Neumanna. Powiem szczerze, że nie do końca wam dowierza, więc lepiej dla was będzie, jeśli zeznania tego człowieka zabrzmią logicznie i wiarygodnie.

Ba! I tu był pies pogrzebany. Oczywiście zapewnienie takich, a nie innych zeznań należało do mnie i to ja odpowiem, jeśli coś pójdzie nie tak jak trzeba.

– Opowiedział nam wszystko i nie mamy powodów podejrzewać, że kłamał – rzekłem.

– Pani margrabina sama to oceni – odparł wyniosłym tonem.

– Dla was też będzie dobrze, jeśli wszystko pójdzie zgodnie z zamysłem Knottego – powiedziałem, mając na myśli narzekania Leghorna na margrabinę.

– Już mnie to nie obchodzi. – Machnął ręką i uśmiechnął się szeroko. – Wyobraźcie sobie, że zaproszono mnie na dwór cesarski. – Wyprężył się z dumy. – Do samego Akwizgranu!

– Proszę, proszę...

– Ano tak. Odezwał się mój krewniak, który wyznał, że cesarz potrzebuje takich ludzi jak ja. Młodych, roztropnych oraz wykształconych. Jak będziecie kiedyś w Akwizgranie, zajdźcie do mnie. Powspominamy dawne czasy. Pewien jestem, że za kilka miesięcy każdy w Akwizgranie bez pomyłki wskaże wam drogę do domu Thaddeusa Leghorna.

Jak widać, mój towarzysz miał nadzwyczaj dobre mniemanie o sobie i przyznam nawet, że ciekaw byłem, w jakim stopniu zweryfikuje je dworska rzeczywistość. Gdyż z tego, co wiedziałem, bezpieczniej poruszać się na bosaka w legowisku żmij niż na cesarskim dworze. No, ale kimże ja byłem, by zwracać uwagę na taki fakt młodemu, roztropnemu i wykształconemu szlachcicowi? Cóż mógł wiedzieć o wielkim świecie nieokrzesany pomocnik inkwizytora. Prawda?

Wyszedłem wściekły i upokorzony (czy ja w ogóle kiedykolwiek wychodziłem z kwatery Knottego w innym stanie?), a sprawy miały się jeszcze pogorszyć. Bowiem zaledwie zdążyłem przekroczyć próg karczmy, kiedy usłyszałem okrzyk:

– Inkwizytorze, inkwizytorze!

Leghorn podbiegł do mnie spocony i wyraźnie zdyszany. Oraz w najoczywistszy sposób niezadowolony z faktu, że jest spocony i zdyszany.

– Tak?

– Margrabina... – przerwał, żeby odsapnąć moment, jak widać, musiał więc wcześniej pomykać rączo niczym zając. – Margrabina rozkazuje wam... natychmiast... przyjść.

Uśmiechnąłem się wyrozumiale, gdyż to, co jego przejmowało respektem, mnie najzupełniej nie dotyczyło.

– Margrabina, z całym szacunkiem, nie może mi niczego nakazywać – powiedziałem. – Podlegam mistrzowi Knottemu, a on jedynie swoim zwierzchnikom w Świętym Officjum. Wyznaczono mi teraz zadania i muszę je wykonać. Przykro mi, panie Leghorn.

– Nie utrudniajcie. – Szlachcic złożył błagalnie dłonie, a ja pojąłem, że musiał być prawdziwie zdruzgotany myślą, iż wróci do pani von Sauer i powie jej, że nie wypełnił polecenia.

– Nie mogę. – Wzruszyłem ramionami. – Musiałbym mieć pozwolenie mistrza Alberta. Postarajcie się zrozumieć formalne kwestie związane z hierarchią. Nie ja je wymyśliłem, jednak muszę ich przestrzegać.

– Jeżeli się nie pojawicie – zaczął Leghorn z wyraźną już pogróżką – margrabina natrze uszu Knottemu. A wtedy Knotte was – wycelował we mnie wskazujący palec – obarczy winą za wszystko, co złe. Wyobraźcie sobie, jaki będzie uszczęśliwiony!

Och, z całą pewnością tak właśnie by się stało. I nic nie powstrzymałoby mistrza Alberta, by się tym szczęściem ze mną podzielić. Zawahałem się, a szlachcic spostrzegł to wahanie.

– Przecież to tylko rozmowa – złagodził ton. – Jakaż może tkwić w tym nielojalność?

– Zgoda – odparłem niechętnie.

Nie byłem zadowolony z podjęcia tej decyzji, lecz gdybym podjął inną, również nie byłbym z niej zadowolony. Wiedziałem, że tak czy inaczej dostanie mi się od Knottego, i w zasadzie ta myśl powinna mnie pocieszyć. Bo skoro byłem już w jego oczach potępiony, to czyż miało znaczenie, jakie jeszcze grzechy zawinione lub niezawinione popełnię? Mistrz Albert, nawet gdyby dostał ode mnie sakiewkę złota, i tak znalazłby powód do narzekania.

– Szybciej, proszę was... – ponaglił mnie Leghorn.

– Wybaczcie – rzekłem stanowczo. – Nie zamierzam biec. Jestem pełen szacunku dla pani margrabiny, lecz niech wyrazem tego szacunku pozostanie szybki marsz.

Skrzywił się, zaprzestał jednak kłótni, gdyż chyba zobaczył, że spór do niczego nie doprowadzi, a i tak osiągnął przecież to, co chciał.

Margrabina Elżbieta von Sauer była chudą, wysoką damą o twarzy przypominającej ostrze siekiery (z tego, co zdołałem się dowiedzieć, twarz ta nieźle pasowała do jej charakteru). Miała tak delikatną cerę, jakby codziennie kąpała się w oślim mleku, włosy tak jasne, że niemal białe, i uderzająco zimne oczy. Nie znam się na sukniach i klejnotach, ale dałbym sobie odciąć głowę, że te, które nosiła, uczyniłyby mnie (po spieniężeniu, rzecz jasna) może nie człowiekiem szczęśliwym, ale za to jednym z najbogatszych nieszczęśników na świecie.

Skłoniłem się dużo głębiej, niż zamierzałem na początku, ponieważ z postawy i wyglądu margrabiny promieniowało coś, co zdawało się wymuszać szacunek. Poza tym nie należy lekceważyć ludzi, którzy noszą na sobie suknie takiej wartości, iż nie jesteś sobie w stanie jej wyobrazić, choćbyś bardzo się natężał.

– A więc to jest młody inkwizytor, pomocnik naszego dobrego mistrza Knottego – w ostatnich słowach wyraźnie zabrzmiała niechęć, której bynajmniej nie chciała i nie zamierzała ukrywać.

Wyobrażałem sobie, że jej głos będzie brzmiał niczym wizg pilnika po kamieniu, tymczasem okazał się miękki i głęboki. Pomyślałem, że jeśli chciała, zapewne potrafiła wielu zwieść tym głosem.

– Do waszych usług, wielmożna pani.

– Zostawcie nas. – Machnęła dłonią, a dworki posłusznie i, jak zauważyłem, wręcz nienaturalnie szybko podniosły się z miejsc.

– Ty zostań, Thaddeusie – rozkazała Leghornowi. – A ty siadaj, Mordimerze.

Posłusznie przycupnąłem na brzegu krzesła, lecz kiedy tylko margrabina uniosła się z fotela, natychmiast zerwałem się na równe nogi.

– Siedźże! – ofuknęła mnie. – Lubię chodzić i siadać, gdy rozmawiam, nie znaczy to jednak, że lubię patrzeć, jak wszyscy wokół podrygują na swoich krzesłach. Ja żądam prawdziwego szacunku, inkwizytorze, a nie jego powierzchownych dowodów.

– Jak sam Bóg – powiedziałem szybciej, niż zdążyłem pomyśleć.

Leghorn uśmiechnął się oszczędnie.

– Dobrze powiedziane. – Margrabina zatrzymała się na chwilę i skinęła głową. – Mam jedynie nadzieję, że przemawia przez ciebie poczucie humoru, chłopcze, a nie prostackie pieczeniarstwo.

– Ani jednego, ani drugiego nie uczą w Akademii Inkwizytorium – rzekłem.

– Thaddeus mówi, że jesteś bystrzejszy, niż wyglądasz – stwierdziła. – Choć z drugiej strony nie należy szczególnie ufać jego zmysłowi obserwacji. – Leghorn zaczerwienił się pod złośliwym spojrzeniem margrabiny. – W każdym razie życzę sobie, byś powiedział mi, co myślisz o tych zbrodniach, nawet jeśli – zatrzymała się i uniosła wskazujący palec – twoje zdanie miałoby się różnić od zdania jakże światłego i doświadczonego mistrza Inkwizytorium.

I znowu w słowach Elżbiety von Sauer tylko idiota nie wyczytałby wyraźnej niechęci. Nie powiem, aby przebieg rozmowy mnie zaskoczył, lecz nadal nie do końca wiedziałem, jak się zachować. Od Alberta Knottego zależała moja promocja, jednak nie byłoby szczególnie rozsądne narażać się na gniew wielkiej pani. Może więc najlepiej udać posłusznego idiotę, zgadzającego się we wszystkim ze swoim przełożonym? Ale przecież wtedy... wtedy nie rozwikłam zagadki morderstw! Odjadę stąd, podejrzewając, że prawdziwy zabójca chodzi na wolności i grozi mu już tylko wyrok na Sądzie Ostatecznym. A to za mało, mili moi, to zdecydowanie za mało. Dobry inkwizytor powinien być użytecznym narzędziem Pańskim, a gdybym odjechał z miasta, pozostawiając w nim mordercę, okazałbym się narzędziem bezużytecznym.

– Czy Neumann naprawdę jest mordercą, czy twój mistrz znalazł sobie kozła ofiarnego? – Margrabina wbiła we mnie przenikliwe spojrzenie.

Podjąłem decyzję. Nie będę udawał idioty, gdyż na to nie pozwalała mi ambicja, lecz w żaden sposób nie oskarżę Knottego o niedopełnienie powinności, niekompetencje lub nadużycia. Był ostatnią osobą, wobec której mógłbym żywić uczucie lojalności, ale był też funkcjonariuszem Świętego Officjum. Krytykując go, krytykowałbym całą instytucję. A tego robić nie wolno.

– Dowody niezbicie świadczą przeciw Neumannowi – powiedziałem. – Nie ma co do tego żadnych wątpliwości. I nie ma żadnych wątpliwości, iż mistrz Knotte, aresztując malarza, uczynił to, co powinien uczynić w świetle zaistniałych faktów.

Pani von Sauer nie spuszczała ze mnie wzroku.

– Ale ty nie jesteś pewien, czy właśnie Neumann zabijał? – mocno zaakcentowała słowo „ty".

– Dostojna pani, tego może być pewien jedynie Bóg Wszechwiedzący. My, ludzie, jedynie podejrzewamy. Z mniejszą lub większą dozą prawdopodobieństwa.

– Sądzisz więc, że należało wziąć Neumanna na tortury?

– To nigdy nie zaszkodzi – odparłem.

Leghorn pokiwał głową, zgadzając się z moimi słowami.

– Kwalifikowane przesłuchania stanowią istotną część w procesie dochodzenia do prawdy – rzekł. – Ośmielam się sądzić, pani Elżbieto, że szczere zeznania Neumanna rzuciły na sprawę nowe, jasne światło. A trudno byłoby go skłonić do szczerości inaczej niż za pomocą strachu oraz bólu.

– Aż się dziwię, że to mówię, ale masz rację. – Margrabina odetchnęła, jakby również powzięła decyzję i w związku z tym faktem spadł jej kamień z serca. – Ten człowiek to bezlitosny potwór. Tylko tortury mogły go skłonić do wyznań. – Obróciła twarz w moją stronę. – Rozumiem, że ty i twój mistrz przeprowadziliście przesłuchanie, którego wyniki są nie do podważenia?

– Nie jestem upoważniony, by odpowiadać w imieniu mistrza Knottego, lecz sądzę, że sprawa została doprowadzona do szczęśliwego finału.

– Bardzo dobrze – stwierdziła powoli. – Jednak abym przekonała się, że cała rzecz została ostatecznie wyjaśniona, muszę wysłuchać tego malarza. I pamiętaj, że za klęskę, jeśli taka by nastąpiła, będziecie odpowiedzialni obaj. A ja nie wybaczam klęsk.

Jeśli myślała, że mnie zastraszy, grubo się myliła. Inkwizytorzy nie są bezkarni, lecz z całą pewnością nie może nimi pomiatać byle arystokratka. Jedyne, co mogła uczynić, to nam nie zapłacić. A że całą sumę miał i tak zgarnąć Knotte, więc w zasadzie mało mnie to obchodziło. Nie zamierzałem jednak dzielić się z panią von Sauer moimi przemyśleniami i tylko pochyliłem głowę na znak szacunku.

– Wiesz, dlaczego nade wszystko chcę dostać Rzeźnika, kimkolwiek by był?

– Zagrażał pani miastu – odparłem.

Skinęła głową.

– Te dziewczyny stanowiły moją własność, Mordimerze. A własność nie jest jedynie przywilejem. Własność jest również odpowiedzialnością. Zresztą – wydęła usta – nie zrozumiesz tego, gdyż żaden człowiek z gminu nie ogarnia umysłem spraw podobnej materii.

Cóż, myliła się. Może byłem zwykłym chłopakiem z gminu, lecz pewne sprawy rozumiałem. Rozumiałem, iż Rzeźnik ugodził margrabinę boleśnie, ponieważ nie tylko zniszczył jej własność, ale udowodnił również, że pomimo pieniędzy, władzy oraz zbrojnych, jakich miała do dyspozycji, nie jest w stanie tej własności bronić. Wydał wojnę na polu, na którym margrabina okazała się bezsilna. Oczywiście zwiększono patrole w mieście (w co bardzo szczerze i gorliwie zaangażowały się również cechy, zwłaszcza cech rzeźników, wściekły, iż psuje mu się opinię), wyznaczono wysoką nagrodę za informacje o zbrodniarzu, no i skorzystano z usług inkwizytorów. I jak widać, przez długi czas każde z tych starań okazywało się bezwartościowe w konfrontacji ze sprytnym, bezwzględnym przestępcą.

– Mistrz Knotte wydusił z niego wszystko – powiedziałem. – Sama się przekonasz, pani, iż zeznania Neumanna są spójne oraz przekonujące.

Elżbieta von Sauer odwróciła się, energicznie zawijając po ziemi krajem spódnicy.

– Tylko dopilnuj, by może wreszcie choć raz był trzeźwy – rzuciła na odchodnym.

– Naprawdę w to wierzycie? – Leghorn poczekał, aż usłyszymy trzaśnięcie drzwi, i dopiero wtedy zadał to pytanie.

– W co?

– Jak: w co? W winę Neumanna, rzecz jasna.

– To nie kwestia wiary. – Wzruszyłem ramionami. – To kwestia niezbitych dowodów, jakie zostały odnalezione w skrytce, do której miał klucz. Mam nie wierzyć własnym oczom, panie Leghorn?

– No tak. Zapewne macie rację. Niemniej protesty malarza brzmiały tak szczerze...

Uśmiechnąłem się.

– Nie ma nic bardziej szczerego niż zapewnienia przestępcy o niewinności, panie Leghorn. Pamiętajcie, że oskarżonemu wierzymy jedynie wtedy, kiedy przyznaje się do winy.

– Bardzo roztropne spostrzeżenie – zauważył szlachcic. – Mam nadzieję – zawahał się – że moja obecność w trakcie... hem, przesłuchania nie będzie konieczna?

Tego się można było spodziewać. Leghorn nie chciał uczestniczyć w spektaklu, który mógł okazać się widowiskiem zdecydowanie zbyt brutalnym dla jego oczu. W pewien sposób należało takie zachowanie pochwalać, gdyż świadczyło, że nie ma w moim towarzyszu charakterystycznej dla wielu ludzi chorobliwej fascynacji obserwowaniem cierpień innego człowieka.

– Oczywiście, że nie – odparłem. – Jeżeli sami tego nie pragniecie albo jeśli pani margrabina nie poprosi was o to.

Po jego spojrzeniu zobaczyłem, że docenił, iż użyłem słowa „poprosi", a nie „nakaże".

– Bogu dziękować, nie poprosiła – odetchnął z ulgą. – No dobrze, pozwólcie, że w takim razie nie będę wam dłużej przeszkadzał i zostawię was waszym sprawom.

Moje sprawy? A cóż to ja miałem tutaj za sprawy? Wesołe potańcówki z dziewkami? Oglądanie popisów cyrkowców? Hulanka w miłej kompanii, przy dobrym poczęstunku? Nie, rzecz jasna, że nie. Moją sprawą były oględziny miejskich lochów i rozmowa z katem oraz wydanie mu dyspozycji, a następnie skontrolowanie, czy przyszykował wszystko zgodnie z poleceniem. Należało również nająć sekretarza, który spisze protokół z przesłuchania, i dobrze by się stało, gdyby znaleźć człowieka o ładnym charakterze pisma. No i przede wszystkim musiałem szczerze, od serca oraz przekonująco pogawędzić z Neumannem.

Dopiero kiedy pożegnałem szlachcica, przyszło mi na myśl, że powinienem go spytać, skąd wiedział, że „protesty malarza brzmiały tak szczerze". Potem pomyślałem, że zapewne przesłuchał kata na zlecenie pani von Sauer i zdał jej z tego przesłuchania relację. Całe szczęście, że Knotte przekazał mi instrukcje w cztery oczy, gdyż margrabinie na pewno nie spodobałoby się podejście mistrza Alberta do kwestii prowadzenia śledztwa.

Do odwiedzin możnej pani w katowskich piwnicach należy się stosownie przygotować. Ale to mogłem zostawić sobie na później. Najważniejszym zadaniem było przygotowanie Neumanna, gdyż miałem pewność, że w obecności margrabiny, przyciśnięty przez nią do muru, może skuszony obietnicami, wyprze się wszystkiego. A to będzie oznaczać, iż Knotte zostanie oskarżony przez margrabinę co najmniej o niekompetencję. To z kolei będzie oznaczało, że moje życie stanie się jeszcze cięższe niż dotychczas.

Strażnicy otworzyli celę, w której kącie siedział czy raczej kulił się Neumann. Kiedy mnie zobaczył, zaskowyczał i wcisnął się tak mocno w kąt, jakby chciał zniknąć pomiędzy cegłami.

– Dzień dobry, Tomasie – powiedziałem serdecznie i rozkazałem strażnikom, żeby nas zostawili samych.

Malarz nie odpowiedział, tylko wpatrywał się we mnie wybałuszonymi z przerażenia oczami. Zaczął płakać.

– Przyniosłem ci trochę wina, koc i maść na oparzenia – wyjaśniłem cel swojej wizyty, by mężczyzna odzyskał choć częściowo jasność umysłu i nie tumaniał z przerażenia, że zaraz zabiorę go na przesłuchanie.

Położyłem zwinięty w rulon koc przy posłaniu, postawiłem bukłak z winem. Postarałem się o niezły gatunek trunku, choć podejrzewałem, że w stanie, w jakim Neumann był, jakość napitku nie zrobi mu różnicy.

– Wiem, że jesteś niewinny, Tomasie – powiedziałem z mocą i przysiadłem obok. – I przyszedłem, żeby ci pomóc.

Zesztywniał i zamrugał oczami.

– Naprawdę? Naprawdę? Wierzycie mi? – kiedy w końcu się odezwał, głos załamał mu się już na drugim słowie. – Boże przenajświętszy!

– Nie dość, że ja sam ci wierzę, to przekonałem do mojego poglądu panią margrabinę. Zostaniesz uwolniony od winy i kary, Tomasie. I zostanie ci wypłacone sowite odszkodowanie.

Rozdziawił usta. Wargi miał brązowe od zaschniętej krwi.

– Naprawdę? Naprawdę?

– Pani margrabina powiedziała, że nigdy nie wierzyła w twoją winę. Powiedziała, że wrażliwy artysta o tak subtelnej duszy jak ty nie mógłby popełnić podobnych zbrodni.

– Przecież wam mówiłem! – wybuchnął nagle częściowo z rozpaczą, częściowo ze złością. – A wyście mnie torturowali!

– Nikt cię nie torturował, Tomasie – wyjaśniłem łagodnie. – To było tylko zwyczajne przesłuchanie, w czasie którego szturchnięto cię tu i tam...

– Zmiażdżyliście mi palec! Spaliliście mi stopę! Okulawiliście mnie!

Oho, a więc pan artysta zaczynał się czuć coraz pewniej. Należało szybko tę pewność siebie zniszczyć.

– Do wesela się zagoi. A ty módl się, żeby jutro nie było gorzej.

– Jak to? Przecież mówiliście, że stąd wyjdę, że...

– Nie mówiłem, że stąd wyjdziesz – przerwałem mu ostro. – Mówiłem, że pani margrabina i ja wierzymy w twoją niewinność. Ale to wcale nie oznacza, że nie będziesz torturowany, a potem łamany kołem albo rozerwany końmi czy co tam dla ciebie wymyślą.

– Jjjak to? – Zbladł, a cała jego pewność siebie uleciała w mgnieniu oka.

– Knotte – rzekłem, wyraźnie akcentując to słowo. – Mistrz Inkwizytorium, który siedział przy stole w trakcie przesłuchania. On cię zniszczy, Tomasie. Każe torturować i okrutnie stracić.

– Matko Boska, wszyscy święci pańscy, ratujcie mnie! Przecież wy wierzycie, pani wierzy... Ocalcie mnie...

– Knotte oskarży cię, iż zostałeś opętany przez demony – powiedziałem. – Rozpocznie proces inkwizycyjny. Ty pójdziesz z dymem, Tomasie, a razem z tobą pół miasta. Bo Knotte każe ci wydać wspólników. A ty na strasznych torturach, męczony ponad miarę ludzkiego pojmowania, wskażesz tych, których on każe ci wskazać. Rozumiesz, co mówię?

Neumann szlochał z rozpaczy i kiwał głową.

– Ale istnieje sposób, by przechytrzyć tego podłego człowieka. I możemy tego dokonać. Ty i ja. Wspólnie.

Wgapił się we mnie pełen nie tylko przerażenia, ale również nadziei. Tym razem ogień tej nadziei musiałem rozpalić tak, by buchnął naprawdę wielkim płomieniem.

– Knotte wyjedzie stąd, a wtedy natychmiast pani margrabina wypuści cię z więzienia. Powiedziała, że jedyną twoją winą jest nadmierne lubowanie się w niewieścich wdziękach. – Uczyniłem swój głos beztroskim i porozumiewawczo zmrużyłem oko: – A twoja jurność nawet się... nie uwierzysz... podoba!

– He, he, he – zaśmiał się śmieszkiem, który zapewne w jego mniemaniu miał być lubieżny.

Patrzcie państwo! Oto w celi siedział obolały człowiek, który niedawno przeszedł przez tortury, a wystarczyło połechtać jego męską dumę, by zapomniał o strachu oraz męce i już w myślach szykował się do kolejnych podbojów. Kto wie czy właśnie nie zaczął sobie wyobrażać figlującej z nim margrabiny! Zaiste przerażająca była męska naiwność! Jak dobrze, że inkwizytorzy nie ulegali podobnym słabościom...

– Ale Knotte musi sądzić, że wszystko poszło po jego myśli – rzekłem. – Musi wyjechać zadowolony z siebie. Wiesz, kiedy tak się stanie?

Pokręcił głową.

– Jeśli w obecności pani margrabiny przyznasz, że jesteś Rzeźnikiem...

– Ale przecież...

– Milcz!

– ...nie jestem! Sami wiecie. Pani wie. Powiem jej wszystko!

Wstałem z miejsca.

– Zawiodłem się na tobie, Tomasie – powiedziałem złym głosem. – Jesteś najwyraźniej człowiekiem, który pragnie odpłacać niegodziwością komuś, kto podaje ci serce na dłoni. Doprowadzisz do zguby i siebie samego, i miasto. Zginiesz w okrutnych mękach i nikt ci już nie pomoże.

Ruszyłem do drzwi, gdy Neumann zakrzyczał:

– Nie zostawiajcie mnie! Co robicie?! Czego wy chcecie?!

Odwróciłem się w jego stronę.

– Chcę, żebyś stąd wyszedł – odparłem. – Wolny, niewinny i z solidnym mieszkiem złota w kieszeni. Ach, byłbym zapomniał. Panią von Sauer zachwyciły twoje szkice. Powiedziała, że musisz ją sportretować. No, ale ty, jak widać, wolisz pójść na stos. – Wzruszyłem ramionami.

Jego oczy wyraźnie rozbłysły. Mój Boże, czy naiwność artystów ma jakieś granice? Czy jakiekolwiek bariery ograniczają ich podziw dla samych siebie i własnej twórczości? Czy wyzbyli się już błogosławieństwa logicznego myślenia, przedkładając nad to złudzenia oraz mrzonki, które więcej niż łatwo w nich obudzić?

– Zostańcie, zostańcie! – zawołał. – Zrobię wszystko, co zechcecie. Tylko wydobądźcie mnie stąd!

Pozwoliłem sobie postać chwilę przy drzwiach, po czym jakby z oporami i niechętnie znowu przysiadłem na barłogu Neumanna.

– Tomasie – odezwałem się uroczystym tonem – a powiem wręcz: drogi przyjacielu, gdyż od pierwszego wejrzenia pokochałem cię niczym brata, którego miłości zły los nigdy nie pozwolił mi zakosztować.

Najwyraźniej tak się rozczulił, iż chciał mnie przytulić do serca, ale udało mi się zręcznie zatrzymać go ramieniem.

– Ty, ja i pani margrabina będziemy musieli odegrać teatralną sztukę przed Knottem. Pani von Sauer wypyta cię o wszystko, a ty udzielisz jej takich odpowiedzi, jakich cię wyuczę. Nie daj się zwieść, jeśli zażąda, byście zostali sami – uniosłem ostrzegawczo palec – gdyż inkwizytor będzie was podsłuchiwał. Jeśli zdradzisz się choć słowem, weźmie cię jeszcze tego samego dnia na męki. Rozumiesz?

Przytaknął gorliwie.

– Pani von Sauer zrobi wszystko, by namówić cię do zaprzeczenia, że jesteś Rzeźnikiem. Ale to będzie tylko gra prowadzona dla Knottego. W rzeczywistości margrabina wie, że właśnie ty możesz ocalić życie jej wielu poddanych. Będzie ci bardzo wdzięczna. Będziesz jej bohaterem, Tomasie. Bo-ha-te-rem pa-ni mar-gra-bi-ny.

Ostatnie słowa wypowiedziałem dobitnie i znacząco. Uśmiechnąłem się przy tym serdecznie. Neumann aż przymrużył oczy olśniony wizją, jaka wymalowała się pod jego powiekami. Już sobie wyobrażałem, jak roi o kosztownych strojach, pięknych kobietach i dworskim szmerku pełnym podziwu oraz szacunku, kiedy dostojnym krokiem będzie przemierzał pałacowe korytarze. Wszystko to było trochę smutne, a trochę zabawne, zważywszy na fakt, że Neumann miał przed sobą mniej więcej tak jasną przyszłość jak garść suchych szyszek rzuconych na rozpalone węgle.

– Zrobię, jak każecie – szepnął wreszcie.

– W takim razie słuchaj mnie uważnie, Tomasie. Nauczę cię, co masz mówić i w jaki sposób odpowiadać na pytania, by ci uwierzono.

– Dobrze...

Spędziłem w celi ładne parę godzin, ale musiałem tak wytresować Neumanna, by mnie nie zawiódł w czasie przesłuchania. Spokojnie i cierpliwie zadawałem mu więc pytania i jednocześnie uczyłem go poprawnych odpowiedzi.

– Jeżeli zdarzy się, że pytanie cię zaskoczy i nie będziesz pewien właściwej odpowiedzi, tłumacz, że kiedy wpadasz w szał zabijania, kiedy ogarnia cię ta niezwykła żądza, to czujesz, jakby krwawa zasłona spływała ci na oczy. I niewiele wtedy widzisz, a jeszcze mniej po wszystkim pamiętasz. Rozumiesz?

– Krwawa zasłona – niemal się ucieszył. – A to dobre!

Od kilku minut pozwalałem już Neumannowi delektować się zawartością bukłaka, a mocne wino szybko uderzyło mu do głowy. No i zresztą nic dziwnego, wziąwszy pod uwagę, jak podle go tu karmiono i że organizm miał sterany torturami (choć Bogiem a prawdą niewiele tych tortur było).

– Nie zawiedź mnie. – Wstałem. – Pamiętaj o przyszłości. Własnej i całego miasta. Masz szansę zostać prawdziwym bohaterem.

Odwróciłem się jeszcze przy samych drzwiach.

– Kto wie, kto wie – rzekłem na odchodnym – może za parę miesięcy to ja przyjdę do ciebie, by prosić o protekcję u margrabiny. Tak, tak. Tak się może zdarzyć...

Zostawiłem Neumanna pogrążonego w słodkich rozmyślaniach. Miałem do załatwienia jeszcze jedną ważną sprawę. Mianowicie umówiłem się w ratuszu na spotkanie z kilkoma kupcami oraz rzemieślnikami, by wydać im pewne polecenia dotyczące wizyty margrabiny.

– A kto za to wszystko zapłaci? – usłyszałem od jednego z kupców, kiedy już wyjawiłem swe plany.

– Rachunki możecie przedstawić pani margrabinie... – odparłem.

Nie zauważyłem, by to stwierdzenie spotkało się z entuzjazmem mieszczan. Jak widać, pani von Sauer nie należała do osób hojnie szafujących pieniędzmi. A przecież nie zamówiłem niczego szczególnie kosztownego ani wymyślnego. Ot, kazałem wypożyczyć wygodne fotele i przyzwoity stół, nanieść na podłogę siano, a potem przykryć je dywanem, porozsypywać tu i ówdzie trochę płatków kwiatów. Poza tym zamówiłem dwa duże lampiony, wschodnie kadzidła oraz kilka butelek znakomitych win, a do tego jakieś drobne przekąseczki, jak to owoce w miodzie czy marcepanowe pierniki.

– ...Ale możecie również zadeklarować, iż jest to drobny i wręcz niegodny uwagi przejaw waszej troski o margrabinę – dokończyłem. – Przecież nie szczędziła sił i środków, by wytropić Rzeźnika, prawda?

– Już na to tropienie to ona ściągnęła od nas, nie bójcie się! – gorzko zaśmiał się jeden z mieszczan.

Ot, sprytna ta pani von Sauer. Obciążyła miasto kosztami śledztwa, w tym honorarium dla Knottego. Mógłbym się założyć, że radzie miejskiej przedstawiła znacznie zawyżone rachunki. Proszę, proszę, jak to na wszystkim można zarobić. Nawet na tym, że ktoś zabijał jej poddanych.

– Czyż nie lepiej więc zmiękczyć teraz jej serce, by w przyszłości patrzyła na was przychylniej? Zresztą o jakich sumach mówimy?! Czy najzacniejszych mieszczan Lahstein nie stać na wydanie tych kilku groszaków?

Któryś kupiec machnął ręką.

– Macie rację, inkwizytorze. Suma jest niegodna tego, by się o nią spierać. Musicie jednak zrozumieć, że jak się obdziera kurę do gołej skóry, to gdacze już wtedy, kiedy chcą jej wyrwać choć piórko.

Ani on, ani żaden z jego kompanów nie wyglądali co prawda na obdartych do gołej skóry, a z wyglądu nie przypominali też domowego ptactwa, lecz raczej nierogaciznę, zrobiłem jednak odpowiednio współczującą minę.

– Czyli mogę na was liczyć, panowie? Na wieczór wszystko będzie gotowe?

Pokiwali głowami. Wyraźnie bez zachwytu, ale ich zachwyt czy też jego brak nie obchodziły mnie w najmniejszym stopniu. Ważne, że zdecydowali się zagrać swe małe rólki w sztuce przeze mnie reżyserowanej. Sztuce zapowiadającej się co najmniej tak olśniewająco jak talent tego, który ją przygotował.

– A to widzę, że inkwizytorzy nieźle sobie dogadzają. – Margrabina była wyraźnie zdumiona, widząc tak odmienione lochy, lecz na jej twarzy odbiło się również głębokie niezadowolenie.

– My, dostojna pani, prowadzimy przesłuchania w wilgoci, zimnie i ciemności – szybko wyjaśniłem, nadając głosowi boleściwy ton – cierpiąc niemal na równi z przesłuchiwanym. Natomiast to, co tu widzisz, mistrz

Knotte kazał przygotować w dbałości o twoją, pani, wygodę.

– Ciekawe, ile to mnie będzie kosztowało? – Elżbieta von Sauer zmarszczyła brwi.

– Wszystko jest darem od mieszczan, którzy ubolewali tylko nad tym, że nie mogą ofiarować więcej, gdyż szybki termin przesłuchania zaskoczył ich i nie mieli czasu na stosowne przygotowania.

– Od mieszczan? Dar? Coś takiego! Widzę, że mistrz Knotte ma wielki dar perswazji – mówiła co prawda „mistrz Knotte", lecz patrzyła prosto na mnie.

– Nie trzeba było daru perswazji. Sami narzucali się z pomocą, chcąc z całego serca zadowolić swą panią – wyjaśnił szybko sam Knotte.

– Och, z pewnością – uśmiechnęła się margrabina. – No dobrze, zaczynajmy.

Słysząc te słowa, dałem znak, a wtedy zza przepierzenia wyszedł miejski oprawca. Odziany był w czyściutki czerwony fartuch, nakrochmalony tak, że niemal przypominał zbroję. Nie udało mi się ani prośbą, ani groźbą skłonić mistrza małodobrego, by zgolił brodę i ostrzygł włosy, ale przynajmniej balwierz jakoś rozczesał mu te rozwichrzone kudły i mówiąc, że kat wyglądał schludnie, popełniłbym może nadużycie, ale przynajmniej z grubsza zaczął przypominać człowieka.

– Łaskawa pani – wyburczał wyraźnie onieśmielony i skłonił się niemal do ziemi.

Pani von Sauer nawet nie udała, że go zauważa. Wygodnie usiadła w fotelu i przyjęła kieliszek wina z rąk Knottego.

– I gdzie macie tego Rzeźnika? – zagadnęła.

Pomocnik kata wprowadził Neumanna, ale tym razem nie rozłożył go na ławie, lecz usadził na drewnianym krześle pod ścianą.

– Taaak... – Margrabina obrzuciła malarza bacznym spojrzeniem. – I to jest Rzeźnik, jak powiadacie?

– Bez najmniejszych wątpliwości, pani – odparłem pogoniony surowym spojrzeniem Knottego. – Wyznał wszystkie grzechy z największą dokładnością.

– Zobaczymy... Zobaczymy...

Przez następne kilkanaście pacierzy szczerze sobie gratulowałem, że tak dobrze przygotowałem Neumanna. Parę razy co prawda zająknął się, parę razy zasłonił niepamięcią zesłaną przez morderczy szał, jednak w gruncie rzeczy dokładnie opisał i dziewczyny, i zbrodnie, i swoją kryjówkę. Na szczęście był prawdziwie przerażony (tak działała na niego obecność mistrza Alberta), co dodawało jego zeznaniom wiarygodności. Tak jak mu przykazałem, nie chlubił się swymi zbrodniami, lecz rozpaczał nad szaleńczą żądzą, która go do nich popychała.

– Zostawcie mnie z nim samą – rozkazała margrabina, kiedy skończyła już przesłuchiwać Neumanna.

A więc nastąpiło to, czego się spodziewałem.

– Pani, czy uważasz, że... – zaczął mistrz Knotte.

– Sądzicie, że zerwie sznury, pobiegnie po topór i posieka mnie na kawałki? – zadrwiła pani von Sauer. – Już, już... – Machnęła dłonią.

Wyszliśmy z lochu, ja trochę niepewny, czy Neumann będzie na tyle mądry, by dotrzymać umowy, a Knotte wyraźnie zaniepokojony. Jedynie katu i jego pomocnikowi było wszystko jedno. Minęło jeszcze kilka pacierzy, zanim margrabina wyszła do nas. Miała nieprzeniknioną minę.

– Przyznał się do wszystkiego – rzekła w końcu. – Ale mnie nie przekonał.

Zacisnęła usta.

– Weźcie go na męki – rozkazała.

Knotte głęboko wciągnął powietrze w płuca, po czym spojrzał na margrabinę poważnym wzrokiem.

– Dostojna pani, znam procedury mówiące o poddawaniu torturom ludzi nieprzyznających się do zbrodniczego czynu, ale nie znam procedur każących torturować tych, którzy do winy się przyznają i szczerze opowiadają o każdym szczególe przestępstwa.

Elżbieta von Sauer syknęła. Jak widać, nie była przyzwyczajona do tego, by sprzeciwiano się jej słowom. Zastanawiała się przez chwilę, a potem pokręciła głową.

– Wierzyć się nie chce, że ktoś taki zabijał moje dziewczęta. Taki szczur, taki nędzny, brudny, śmierdzący szczur! – ostatnie słowa już niemal wykrzyczała, a jej twarz pokryła się ceglastym rumieńcem.

Nie zauważyła nawet, kiedy chwyciła mnie za przegub dłoni. Niestety, ja to poczułem, gdyż wbiła mi długie paznokcie głęboko w ciało. W pewnym momencie spostrzegła, co robi, i obróciła w moją stronę twarz wykrzywioną złością. Zastanawiałem się, czy mnie uderzy, czy tylko zeklnie, lecz nagle puściła moją rękę i poklepała po policzku samymi opuszkami palców. Jej usta nadal były zacięte w wąską krechę, lecz oczy nieco złagodniały.

– Co o tym sądzisz, Mordimerze? – zapytała, bacznie mi się przyglądając.

– Torturowanie człowieka przyznającego się do winy, by wymusić na nim wyznanie niewinności, to zaiste niezwykłe postępowanie – rzekłem ostrożnie. – Zastanawia mnie jednak, co uczynimy później. Będziemy go torturować, żeby znowu się przyznał?

Mistrz Albert roześmiał się w głos.

– To wymyślił, no, no...

Margrabina von Sauer sprawiała wrażenie znacznie mniej rozbawionej. Sądzę jednak, że dotarła do niej absurdalność całej sytuacji.

– Czyli to on... – mruknęła. – Na pewno on?

– Stawiam całą moją inkwizytorską godność oraz doświadczenie, że odnalazłem zbrodniarza – rzekł uroczystym tonem Knotte i dla wzmocnienia efektu słów uderzył się prawą dłonią w pierś.

Inkwizytorska godność Knottego! Ha! Śmiechu warte. Gdyby na jednej szali wagi położyć tę jego domniemaną inkwizytorską godność, a na drugim puszek z gołębiego pióra, to godność poleciałaby wysoko w niebo niczym Ikar na nowiutkich skrzydłach. Ale na tym zakończyło się śledztwo, a margrabina, nie odzywając się już do nas ani słowem, opuściła lochy ratusza.

W Lahstein spadł deszcz. Wreszcie. Po upalnych tygodniach, które wyssały siły życiowe z ludzi, zwierząt i roślin, w końcu nadeszły burze. I ulewy tak obfite, że wyschnięte ulice miasta zamieniły się najpierw w rwące potoki, a potem napełniły mięsistym błockiem. Ale nikomu to nie przeszkadzało. Widziałem dziesiątki dzieci, a nawet dorosłych, którzy z bezmyślnym zachwytem na twarzach siedzieli w tym błocie albo rzucali w innych błotnymi kulami, tak jak w czasie zimy ludzie obrzucają się śniegiem. Już wieczorem tego samego dnia, kiedy z sinostalowych chmur lunęły pierwsze strugi deszczu, na rynku w Lahstein zaczął się radosny festyn, a ludzie stali w potokach wody, wystawiając twarze na uderzenia nawałnicy. No i polały się też całe morza wina oraz piwa, a w radości nie przeszkodził fakt, iż od uderzenia pioruna spłonęły dwa domy i zginęło troje mieszkańców. Powszechnie uznano to za niską cenę za ulgę, którą przyniosły burze. Wracałem nad ranem do karczmy, opity niczym bąk i zadowolony ze świata, kiedy zobaczyłem, jak z jednej z eleganckich kamienic wychodzi Leghorn w otoczeniu kilku szlachciców oraz kobiet, których obyczaje na pewno były lżejsze od strojów. A zważywszy, że były niemal nagie... Sądząc po dzikich okrzykach, salwach homeryckiego śmiechu i chwiejnym kroku, całe towarzystwo nieźle sobie wcześniej popiło. Leghorn porzucił na pół rozebraną dziewczynę, którą niósł na ramieniu, odszedł kilka kroków i zwymiotował na środku ulicy tak obficie, że przypominał w tym momencie ustawionego przy fontannie gargulca. Tyle że zaufany margrabiny bluznął potokiem czerwieni, pozbywając się najwyraźniej nadmiaru wina.

– Tak robili Rzymianie! – krzyknął i wyrzygał się znowu. – Aby oczyścić żołądek oraz umysł! Bierzmy przykład z dobrych wzorców. – Ponownie wsadził sobie palce do gardła. – Ja potrafię w każdej chwili – wybełkotał.

Niemal w tym samym momencie jego wzrok spotkał się z moim, a ja przypomniałem sobie wszystkie te sytuacje, kiedy wymiotował po zobaczeniu zwłok. Leghorn wyjął dłoń z ust, a przez jego twarz przebiegł cień. Ale zaraz potem się rozpromienił.

– Mistrzu inkwizytorze! – ryknął. – Wypijcie z nami za schwytanie Rzeźnika! Lahstein jest wolne!

W jego oczach widziałem nie tylko rozbawienie, lecz również coś w rodzaju szyderczej satysfakcji, jaką może mieć człowiek, który właśnie ocyganił swego bliźniego i który doskonale wie, że oszustwo ujdzie mu na sucho. Machnąłem jedynie ręką, odwróciłem się i szybkim krokiem ruszyłem w stronę kwatery, nie zważając już na zachęcające okrzyki towarzyszy Leghorna, a również na pisk jednej z kobiet, która wrzeszczała, że jej łono jest gorętsze od stosu i chętnie odpaliłaby od niego inkwizytorską pochodnię.

Być może powinienem udać, że nic się nie stało, że nie nabrałem żadnych podejrzeń, a nawet – nawet, bo chyba tak było – pewności. Może powinienem zabawić się z Leghornem i jego towarzyszami, licząc, iż odurzony trunkami szlachcic stanie się mniej ostrożny niż zwykle. Lecz jednocześnie coś mi mówiło, że Leghorn nie da się sprowokować, że pomimo upojenia zachował wrodzoną drapieżnikowi bystrość, która nie pozwoli mu wydać się na łatwy strzał. Jedyne, co mogłoby się stać, to że drwiłby ze mnie w języku, który rozumielibyśmy tylko my obaj. Dlatego wróciłem do karczmy i natychmiast skierowałem kroki do własnego pokoju. Istniał bowiem sposób, bym przekonał się o prawdziwości podejrzeń. Sposób ryzykowny, bolesny i co gorsza, niegwarantujący powodzenia. Cała sprawa mogła skończyć się wręcz takim efektem, że zginę lub zostanę ciężko pokaleczony, nic przy tym nie osiągając. Czy gra była więc warta świeczki? Co mnie obchodziło zatęchłe miasteczko Lahstein i to, że zginęło w nim trzy, trzydzieści albo trzysta kobiet? A niechby i trzy tysiące! Czy ten fakt miał lub mógł mieć jakiekolwiek znaczenie dla mojego życia? Czy warto ryzykować życie i zdrowie w imię ujawnienia prawdy? A nawet nie w imię ujawnienia prawdy, lecz jedynie mając nieśmiałą nadzieję, że ta prawda zostanie ujawniona.

– Jestem za młody, żeby umierać – szepnąłem do siebie.

W Akademii Inkwizytorium nauczono mnie w pewnym stopniu kontrolować podróże do nie-świata. A przynajmniej nie wpadałem już w spontaniczne transy, nad którymi nie panowałem w żaden sposób. Lecz nadal bałem się tego tak bardzo, że dostawałem mdłości na samą myśl, iż mógłbym wyruszyć na taką wyprawę. W rzeczywistości trwała ona bardzo krótko, lecz w moim umyśle dłużyła się w nieskończoność. Pewnie z uwagi na nieprawdopodobny wręcz ból, o którym nie można było powiedzieć, że promieniuje, dźga, kłuje czy przerzyna moje ciało. On je wypełniał. Od stóp do głów. Był to ból, o którym można powiedzieć tylko jedno: nie do wytrzymania. A jednak wytrzymywać go musiałem, gdyż w innym wypadku straciłbym zdrowie, a zapewne również i życie. Przed wstąpieniem do Akademii Inkwizytorium zdarzało mi się doświadczać tych przerażających transów, w czasie których mój umysł czy też moja dusza przenosiły się do świata zdumiewających kształtów, zawieszonych albo tłoczących się w równie zdumiewającej przestrzeni bluzgającej kolorami, jakich zwykle nie doświadcza ludzki zmysł wzroku. W tej przestrzeni żyły istoty, pomiędzy którymi mogłem się swobodnie poruszać, ale i takie, w których przypadku mogłem się jedynie modlić, by nie dostrzegły mej obecności. Mistrzowie inkwizytorzy z Akademii nauczyli mnie żyć z moim darem czy też przekleństwem, lecz nie potrafili lub też nie chcieli wyszkolić mnie w swobodnym z niego korzystaniu. Wręcz odnosiłem wrażenie, że uważają ten dar za coś w rodzaju skazy. Niewątpliwie jednak, wyzyskując te umiejętności, wspomógłbym śledztwo. Wystarczyło, bym wpadł w trans, skupiając myśli i uczucia na broni, którą zabijano dziewczęta. Oręż ten musiał być magicznie związany, i to związany w sposób wręcz niezwykle silny, z mordercą. Po nici ciągnącej się poprzez sfery nie-świata doszedłbym od narzędzia zbrodni do zbrodniarza. A więc... topór? Zastanowiłem się. Nie, topór nie mógł być narzędziem morderstw, jeśli Rzeźnikiem faktycznie był Leghorn. Trudno sobie przecież wyobrazić, by po każdym oprawieniu ofiary szlachcic odnosił broń do mieszkania Neumanna. A więc ten ogromny, złowieszczo wyglądający oręż w rzeczywistości nie odgrywał żadnej roli w sprawie? Stał się zaledwie pretekstem, by nakierować moje podejrzenia w stronę Neumanna? Czy wiadomość mającą mnie skłonić do przeszukania mieszkania malarza wypisał sam Leghorn, czy też była to sprawka jednego z konkurentów artysty, a Leghorn wykorzystał nadarzającą się okazję? Hm, to w tej chwili nie było istotne. Ważny był fakt, iż nie miałem punktu zaczepienia. Nie miałem przedmiotu, który w sposób niezaprzeczalny i jednocześnie niezwykle mocny łączyłby osobę mordercy z ofiarami. Takimi przedmiotami nie mogły być medalik, bielizna, ani nawet włosy. Biegnące od nich nici mogłyby mnie zaprowadzić do winnego, ale też wywieść na zupełne manowce. Gdybym potrafił bezkarnie wchodzić i wychodzić z nie-świata, wtedy pozwoliłbym sobie na sprawdzenie wszystkich możliwości. Ale nie zamierzałem ryzykować bólu i utraty życia, by potem stwierdzić, że donikąd nie doszedłem.

W sumie odetchnąłem z ulgą. Sam sobie w sposób całkowicie zgodny z prawidłami logiki udowodniłem, że skorzystanie z mego nadnaturalnego daru byłoby jedynie niepotrzebnym ryzykiem. A że tę logikę potężnie wspierał strach, to już inna sprawa.

Tak czy inaczej, postanowiłem podzielić się z Knottem moimi wątpliwościami dotyczącymi Leghorna. Tego wymagała ode mnie elementarna przyzwoitość, szacunek nie wobec Knottego (bo tegoż szacunku za grosz nie miałem), lecz wobec samego śledztwa.

Mistrz Albert jak zwykle coś pałaszował. Siedział rozparty w fotelu, a na stole obok niego leżał półmisek pełen kiełbas oraz soczystych plastrów szynki. Poza tym zobaczyłem jeszcze ogryziony do połowy bochenek chleba, słój z kiszonymi ogórkami i kilka flaszek z winem lub po winie. Spojrzałem na czerwoną gębę Knottego oraz jego mocno już zamglone oczy i uznałem, że raczej po winie. W łóżku pod ścianą ktoś leżał, nie zorientowałem się kto, gdyż dostrzegłem tylko jasne włosy rozrzucone na poduszce. W każdym razie ten ktoś pochrapywał, co było o tyle dobre, że mogłem bez skrępowania powiedzieć, z czym przyszedłem.

– Podejrzewam, że to właśnie on. To Leghorn jest Rzeźnikiem – obwieściłem ponuro na koniec, kiedy już zapoznałem mistrza Alberta z ostatnim wydarzeniem. – Tak jak się spodziewałem, mistrzu, nie Neumann zabijał dziewczyny.

Nie sądziłem, że Knotte podskoczy, klaśnie, zaśmieje się i krzyknie: „Jakiś ty mądry, Mordimerze! Co ja bym bez ciebie zrobił?", ale nie przypuszczałem, że moje rewelacje nie obejdą go aż tak bardzo. Bowiem Knotte popatrzył na mnie spode łba, spokojnie przeżuł, co miał w ustach, po czym burknął:

– Więc oskarżasz człowieka o zabójstwa jedynie na podstawie faktu, że wyrzygał się w twojej obecności?

I jak miałem to wytłumaczyć mistrzowi Albertowi? W jaki sposób miałem opisać to niezwykłe drgnięcie struny w mojej duszy, kiedy dostrzegłem spojrzenie, jakim obrzucił mnie Leghorn? To było irracjonalne uczucie, zapewne wymykające się logice.

– Ja wiem – rzekłem krótko, bo cóż innego mogłem odpowiedzieć. – Wiem, że mam rację.

– I co z tego?

– Słucham?

– Pytam cię, Mordi: co z tego? Nawet w wypadku, iż uczynimy śmiałe założenie, że rzeczywiście masz rację.

– Morderca jest na wolności!

– Wielu morderców jest na wolności – zauważył beznamiętnie Knotte.

– A my zabijemy niewinnego człowieka.

– Każdego dnia ginie wielu niewinnych ludzi – Knotte nie zmienił tonu głosu nawet na jotę.

– Ale to my go skazaliśmy, czy raczej – poprawiłem się szybko – my doprowadziliśmy, by przyznał się do winy, chociaż wcale nie był winny.

Mistrz rozłożył dłonie w geście teatralnie udawanej bezradności.

– Taki już jest świat. Niedoskonały. I tacy są ludzie. Niedoskonali. My nie tworzymy wyjątku, Mordi. Jesteśmy niedoskonałym elementem niedoskonałej mozaiki. – Zrobił taką minę, że byłem niemal pewien, iż jest mu z tego powodu szalenie smutno.

– Czy... czy nie powinniśmy starać się naprawić tej niedoskonałości? – spytałem ostrożnie.

– A jak to sobie wyobrażasz? – Knotte poprawił się w fotelu i oparł nogę na nodze. Sapnął. Odczekał chwilę, a kiedy nie odpowiadałem, sam zaczął mówić: – Mamy przyznać się do błędu, podważając przez to zaufanie do Świętego Officjum? Sądzisz, że tego właśnie pragnęliby nasi przełożeni? Nie mówiąc już o Panu Bogu... – Uśmiechnął się. – A dalej – kontynuował – mamy zrazić sobie możną panią, oskarżając jej totumfackiego na podstawie nawet nie nikłych poszlak, lecz przeczucia chłopaka, który nie jest jeszcze inkwizytorem? Co osiągniemy w ten sposób?

– Przeszukajmy jego mieszkanie! Każmy ludziom go śledzić! Zróbmy coś, na Boga! Prędzej czy później natrafimy na jakiś ślad. Na krew, na narzędzie zbrodni albo może przyłapiemy go na gorącym uczynku! Przecież, mistrzu, Leghorn będzie dalej zabijał. Tacy ludzie jak on zbytnio rozsmakowują się w przelewie krwi, by przestać.

– A skąd ty to możesz wiedzieć? Jakim prawem wygłaszasz hipotezy i przypuszczenia w charakterze pewników? – Wzruszył ramionami. – Poza tym jeśli już, to nie będzie zabijał tutaj, ale w stolicy, więc margrabina i tak o niczym się nie dowie. I będzie zadowolona.

– Niemniej ktoś zginie, mistrzu. Obojętne gdzie, jednak zginie...

– Być może.

Knotte odwrócił wzrok, nie dlatego jednak, by speszyły go moje słowa. Po prostu zerknął na tacę z mięsem z mieszaniną łakomstwa oraz zawstydzenia w spojrzeniu. Wyglądało, jakby zmagał się z własną słabością, składał w głębi duszy jakąś obietnicę, po czym jednak nie wytrzymał, prychnął ze zniecierpliwieniem, szybko sięgnął po najgrubszy, najbardziej otłuszczony kawał szynki i wpakował go sobie w całości do ust. Mlasnął, a jego wzrok złagodniał.

– Ludzie giną każdego dnia. Ze starości, z ręki innych ludzi, z powodu chorób, w nieszczęśliwych wypadkach. Nigdy nie schwytamy wszystkich przestępców, nigdy nie stworzymy człowieka idealnego, łagodnego stworzenia. Nigdy nie będziemy lwami spokojnie spoczywającymi obok jagniątka. I bardzo dobrze, Mordimerze. I to jest bardzo dobre, wierz mi. – Znowu mlasnął, więc nie do końca byłem pewien, czy miał na myśli sytuację, którą opisywał, czy smak wędliny. Pomyślałem, że pewnie i jedno, i drugie.

– Jeśli wolno...

– Gdyż lęk przed okrucieństwem świata i jego niebezpieczeństwami – zaczął odpowiadać, zanim zdążyłem skończyć pytanie – popycha ludzi w stronę bożej bojaźni. Im więcej otacza ich zła, tym żarliwiej pragną, by ktoś ich bronił, i tym usilniej pożądają dobra. Czyż nie tak właśnie jest, Mordimerze?

Oczywiście miał rację i doskonale o tym wiedział. Nie raz i nie dwa napatrzyliśmy się, jak zatwardziali grzesznicy padali na kolana, wzywali Pana i ślubowali czynić samo dobro, kiedy tylko przyszpiliło ich nieszczęście. Zresztą kto kiedykolwiek przeżył sztorm na pokładzie statku, ten doskonale wie, co oznaczają słowa „szybkie nawrócenie".

– Kto wie, może jeśli te nieszczęsne owieczki poczułyby się zbyt bezpiecznie, zaczęłyby sobie zadawać pytanie, po cóż wokół nich jest tak wiele pasterskich psów? I może ośmieliłyby się uznać, że nie potrzebują już ochrony przed wilkami?

Z całą pewnością był to interesujący punkt widzenia i w pewnej mierze nie odmawiałem mu słuszności.

– A gdyby naprawdę zabrakło wilków, chłopcze, wiesz, co powinniśmy uczynić?

– Przywołać wilki? – podpowiedziałem, gdyż tego najwyraźniej oczekiwał.

– Otóż to! – ucieszył się z mojej domyślności.

– Za pozwoleniem, mistrzu Albercie, jednak idąc tym tokiem rozumowania, można by dojść do wniosku, że nie powinniśmy nikogo ścigać...

– Nie bądź głupi, Mordi – zaprotestował ostro. – Musimy udowadniać naszą przydatność, lecz jednocześnie nie możemy stać się za bardzo – mocno zaakcentował ostatnie słowo – skuteczni. Dlatego też nie ma żadnego znaczenia, czy schwytamy Leghorna, czy nie. Rzeźnik zabijał dziewczyny, my poskromiliśmy Rzeźnika, w mieście nie będzie więcej ofiar. Czyż nie tego właśnie wszyscy pragnęli? Ty i ja, jako przedstawiciele Świętego Officjum, wykazaliśmy się skutecznością, zaskarbiliśmy sobie przychylność zarówno margrabiny, jak i zwyczajnych mieszczan, którzy odetchnęli z ulgą po skazaniu mordercy. Chciałbyś teraz zburzyć fortecę, którą z takim trudem zbudowaliśmy w ich sercach?

– Nie, oczywiście, że nie.

– Ano właśnie. – Oblizał zatłuszczone palce starannie, jednego po drugim. – Tak też sądziłem. Pamiętaj, Mordi, że wiele się zmieni na świecie. Wiele się również zmieni w naszym Kościele i w Świętym Officjum, które jest tegoż Kościoła najbardziej solidnym fundamentem. Ale wiesz, co się nie zmieni, chłopcze?

– Tak, mistrzu?

– Nie zmieni się to, że najgorszym naszym przekleństwem, naszym, czyli jedynego prawdziwego Kościoła, będzie wizja szczęśliwego, sytego i bezpiecznego ludu. Gdyż taki lud ani nie będzie miał o co Boga prosić, ani czego się lękać. A kiedy nie będą się bali i kiedy nie będą błagali o zmianę swej mizernej kondycji, wtedy staną się na tyle niezależni, by rozejrzeć się wokół siebie. A my nie chcemy, by lud boży miał czas oraz chęć na rozglądanie się wokół siebie.

Spojrzał na mnie i uśmiechnął się dobrodusznie.

– Zrozumiałeś mój punkt widzenia, Mordimerze? Zrozumiałeś, dlaczego nie idę tropem, być może nawet prawdziwym, który odkryłeś?

Owszem, zrozumiałem, jednak niekoniecznie musiałem się zgadzać z Knottem. Może dlatego, iż czułem się urażony faktem, że Leghorn potrafił wodzić mnie za nos? I to w wyjątkowo bezczelny sposób. Wyobrażałem sobie teraz, jak musiał dobrze się bawić, kiedy ostukiwałem ściany i podłogę w domu Neumanna.

– Bo nie miałoby to sensu – odparłem.

– Właśnie tak – przyznał mi rację. – A wręcz obróciłoby się przeciwko nam.

Nie chciałem już mówić, że gdyby od razu mnie posłuchał, nie skompromitowalibyśmy się oskarżeniem człowieka, który nie miał nic wspólnego ze zbrodniami. I w takim wypadku moglibyśmy bezpiecznie zatrzymać Leghorna. Nie chciałem tego mówić, gdyż od opinii Knottego zależało, czy zakończę w terminie naukę i stanę się inkwizytorem. Miałem ryzykować konflikt z mistrzem za cenę własnej przyszłości? Co by mi to dało poza mizerną satysfakcją z faktu, iż przy mnie była słuszność?

– Dziękuję, że zechcieliście mi wszystko wyjaśnić i pouczyć mnie, mistrzu Albercie – powiedziałem. – Doceniam waszą cierpliwość.

Skinął głową, jakby nie spodziewał się po mnie innych słów.

– Też byłem kiedyś młody – rzekł. – I często nie zgadzałem się ze zdaniem czy postępkami moich przełożonych. To zwyczajna rzecz w twoim wieku i nie masz się czego wstydzić. Uważaj jednak, by młodzieńcza zapalczywość nie przeważyła nad rozsądkiem.

– Oczywiście, mistrzu – zgodziłem się z nim, tym razem całkowicie szczerze.

– Jak chcesz, odmów modlitwę za spokój duszy tego nieszczęsnego pacykarza. I tak ma lepiej od nas. – Przeciągnął się, aż mu chrupnęło w kościach. – Gdyż jako niesłusznie oskarżony, niesłusznie torturowany i niesłusznie skazany, cieszyć się będzie dobrodziejstwami Królestwa Bożego. A w najgorszym razie poczeka w czyśćcu na zmiłowanie Pańskie.

– Zapewne tak właśnie będzie, mistrzu Albercie – przyznałem grzecznie.

– Nie lubię szlachty – zauważył Knotte, na pozór bez sensu i bez związku z tematem naszej rozmowy. Wypowiadając te słowa, z uwagą przyglądał się trzymanemu w dłoni pętu kiełbasy, jakby zwracał się do niego, nie do mnie.

– A kto ich lubi? – mruknąłem.

– A ty, Mordi, co jesteś? Z chłopów? Z mieszczan?

– Moją przeszłość zostawiłem przed bramą Akademii – stwierdziłem, ponieważ nie zamierzałem odpowiadać na podobne pytanie. Zresztą Knotte nie miał prawa pytać mnie o to.

– Widzisz, a ja jestem szlachcic. – Zaśmiał się, po czym odgryzł solidny kęs. Przeżuł mięso ze smakiem. – Tyle że w domu więcej było dzieci niż jedzenia, koligacje mieliśmy bogatsze niż sakiewki, a wierzycieli więcej niż drwa na zimę. No i zawsze się bałem, że zamek mi się na łeb zawali...

– Mieliście zamek?

– Taaa, remontowany przed ostatnią krucjatą. Zimno, wilgoć... – Otrząsnął się. – Spaliśmy we trzech w jednym łóżku, żeby się ogrzać.

No cóż, nie byłem szlachcicem, ale mogłem sobie pogratulować, że miałem wygodniejsze dzieciństwo niż mój mistrz. Zresztą Bogiem a prawdą niewiele z tegoż dzieciństwa pamiętałem.

– W Akademii po raz pierwszy w życiu spałem we własnym łóżku! – Znowu zarżał szczerym śmiechem. – I pojeść było co, i nie bili tak jak mój ojciec, świeć Panie nad jego duszą, bo rozum miał równie ciężki jak rękę.

Nie dopytywałem o nic, a nawet z pewnym zażenowaniem myślałem o tych wyznaniach, gdyż inkwizytorzy zazwyczaj nie opowiadają ani o swoich rodzinach, ani o swojej młodości. Tak jak powiedziałem: przeszłość zostawiamy za bramami Akademii. Ponieważ od tej pory żaden z nas nie był książątkiem, baronetem, szlachcicem, synem chłopa czy synem ladacznicy, lecz wszyscy stawaliśmy się inkwizytorami równymi przed Bogiem. No, a przynajmniej mieliśmy szansę i nadzieję takimi inkwizytorami zostać.

– Nie lubię szlachty – powtórzył Knotte. – Nigdy też nie lubiłem tego sukinsyna Leghorna i chętnie dowiedziałbym się, że oddano go w ręce kata. Ale my, inkwizytorzy, nie możemy łatwo poddawać się porywom serca. Musimy myśleć nie o swoich interesach, lecz o dobru całego Kościoła.

Spojrzał na mnie, a jego wzrok tym razem nie wydawał się wzrokiem zidiociałego żarłoka otumanionego trunkami, a po prostu uważny i badawczy.

– Czas na garść wyjaśnień, Mordimerze. Czas, by sztukmistrz opuścił ostatnią kurtynę i krzyknął: „Ta-ra-ram!" – Knotte roześmiał się głośno, jednak zaraz potem spoważniał. – Sztuka prowadzenia śledztwa, mój drogi, nie polega na robieniu wokół siebie wielkiego zamętu, na setkach rozmów, przesłuchań i oględzin. Sztuka prowadzenia śledztwa jest treningiem oraz zabawą dla umysłu. Niemal każdą sprawę jesteś w stanie rozwiązać, siedząc w fotelu przy kominku, nawet jeśli byłbyś na wpół sparaliżowaną staruszką. Jest tylko jeden warunek. – Uniósł tłusty palec.

– Tak, mistrzu Knotte? – najwyraźniej oczekiwał reakcji z mojej strony, więc postanowiłem go nie zawieść.

– Musisz mieć dostęp do informacji, chłopcze, wiedzę pozwalającą, by informacje te właściwie zrozumieć, oraz inteligencję umożliwiającą łączenie faktów.

Nie wątpiłem, że Knotte, przynajmniej w swym własnym mniemaniu, dysponował wszystkimi wymienionymi zaletami.

– Czy wiesz, Mordimerze, jakie pytanie zadałem sobie, widząc pierwszą ofiarę?

„Dlaczego jadłem wczoraj krwawą kiszkę?", odpowiedziałem w myślach, ale w rzeczywistości jedynie pokręciłem głową.

– Zapytałem sam siebie, a potem również i innych, czy w tym mieście lub jego okolicy ludzie pamiętają podobne zdarzenia, morderstwa tak krwawe i tak z pozoru bezsensowne.

– Również o to pytałem, mistrzu Albercie – nie mogłem się powstrzymać.

– Bardzo dobrze, Mordi, wiem, że pytałeś. I obaj usłyszeliśmy tę samą odpowiedź. Jasną i prostą, mówiącą, iż podobne zdarzenia nie miały miejsca. Jakie wysnułeś z niej wnioski?

– Że mamy do czynienia z człowiekiem, który zasmakował w zabijaniu. Być może zamordował kogoś już przedtem, w sposób nie tak widowiskowy, a być może jedynie marzył, że staje się bezwzględnym zabójcą, i wreszcie postanowił zrealizować grzeszne fantazje. Ba, mistrzu Albercie, ja pytałem nawet, czy nie widziano kogoś, kto wcześniej w bezsensownie okrutny sposób oprawiał zwierzęta, gdyż sądziłem, że możemy mieć do czynienia z kimś, kto nie potrafi się już zadowolić cierpieniem bydląt i jest mu potrzebna męka drugiego człowieka.

– Tak wyglądała jedna z alternatyw – zgodził się ze mną. – Ja jednak nie poprzestałem na najprostszej odpowiedzi. Zacząłem się zastanawiać, czy mamy w mieście do czynienia z niemogącym powstrzymać swej żądzy mordercą, czy też z kimś, kto dopiero pojawił się w Lahstein. A wcześniej popełniał te same zbrodnie gdzie indziej.

– Tego nie da się sprawdzić – zaprotestowałem.

– Ja sprawdziłem – rzekł. – Pocztą kupieckiej gildii wysłałem listy do Hez-hezronu, Akwizgranu oraz Koblencji i szybko otrzymałem odpowiedź.

Inkwizytoria w Hez-hezronie oraz Akwizgranie były największymi placówkami Świętego Officjum na terenie Cesarstwa i tam też spływały wszelkie raporty z prowincji. Z kolei w Koblencji mieściła się nasza Akademia, często odwiedzana przez prominentnych inkwizytorów, stąd nieoficjalnie również w Koblencji wiedziano bardzo dużo o tym, co się dzieje na świecie.

– Gdybym to ja wysłał takie listy, wylądowałyby w śmietniku – powiedziałem, broniąc się.

– Owszem. Ale nie zaproponowałeś mi, żebym tak uczynił.

To prawda. Od samego właściwie początku spisałem Knottego na straty i traktowałem raczej jako przeszkodę w prowadzeniu śledztwa niż człowieka, który mógłby cokolwiek pożytecznego zdziałać.

– Nie pomyślałem – westchnąłem.

– Nad wieloma rzeczami nie pomyślałeś.

– A co znalazło się w odpowiedziach?

– Z Hez-hezronu oczywiście nie przysłano żadnej...

Tego się można było spodziewać. Kancelaria biskupa przypominała studnię bez dna. Każdy wysłany do niej dokument zdawał się znikać bez śladu. Ale cóż zrobić, skoro biskup miał na głowie o wiele więcej ważniejszych spraw niż zajmowanie się kwestiami Świętego Officjum. Musiał zarządzać ogromnym majątkiem oraz toczyć ustawiczne walki z wrogimi mu kardynałami. Zresztą biskup Hez-hezronu był stary, chory i mówiono, że niedługo umrze. Plotkowano, że zastąpi go młody biskup Gersard, którego imię, nawiasem mówiąc, obiło mi się dawno temu o uszy.

– ...Akwizgran również mi nie pomógł, ale Koblencja i owszem.

– Coś takiego! – Wbrew wszystkiemu opowieść mistrza Alberta zaczynała mnie coraz bardziej interesować.

– Jeden z naszych inkwizytorów opowiadał, że kiedy przebywał w okolicach Trewiru, gdzieś w gościnie u przyjaciela posiadającego dobra nad Mozelą, cała okolica mówiła o przerażających morderstwach.

– Jak rozumiem, ginęły młode i ładne kobiety.

– Oczywiście. Przez dwa kolejne lata, zawsze późną wiosną. Kilka chłopek, dwie czy trzy mieszczki, nawet jedna szlachcianka i jedna zakonnica. Podejrzewano wilkołaki, wampiry czy Bóg wie co... – Roześmiał się, zaraz jednak spoważniał. – Czyż to nie dziwne, Mordimerze, że winą za zbrodnie przekraczające rozumienie jesteśmy skłonni obarczać istoty nadprzyrodzone? Czy świadczy to o naszej głupocie, czy o irracjonalnej wierze w moralny kręgosłup istoty ludzkiej?

Cóż mogłem odpowiedzieć? Nie da się ukryć, że poznawałem Knottego z innej strony niż dotychczas.

– Sądzę, że zarówno o jednym, jak i o drugim, mistrzu – odparłem.

– Zapewne. Taaak, ale wracając do rzeczy. Ucieszyłem się z tej odpowiedzi, jednak mogła ona równie dobrze traktować o zbrodniach innego człowieka, choć za wiele było, moim zdaniem, zbieżności. A kiedy tak sobie gawędziłem całymi godzinami z dworzanami i sługami margrabiny, dowiedziałem się, że pewien mężczyzna pochodzi z okolic Trewiru. Jego ojciec ma tam zameczek i włości.

– Leghorn – szepnąłem.

– Ano nikt inny.

– To nadal mógł być przypadek – powiedziałem.

– Niemniej znaczący i powodujący, że warto było przyjrzeć się bliżej naszemu przyjacielowi. Na przykład warto było się dowiedzieć, że okres od marca do czerwca spędzał na zamku swego ojca. Dopiero w tym roku margrabina nie wypuściła go z Lahstein.

– Och...

Knotte uśmiechnął się.

– Też wywarło to na mnie wrażenie. Ale idźmy dalej. Na dworze margrabiny przestano na mnie zwracać uwagę. Swoim zabawnym i zapalczywym, choć z pewnego punktu widzenia godnym pochwały zaangażowaniem skupiłeś na sobie wzrok wszystkich wokół. Nikt już nie patrzył na tłustego dziwkarza i pijaka, za którego powszechnie się mnie bierze... – urwał i roześmiał się gromko. – No i którym w pewnym sensie jestem, nie da się ukryć – dodał. – Ciebie się obawiano i z tobą dzielono jedynie zdawkowymi, wyważonymi opiniami. Przy mnie od pewnego momentu już plotkowano i żartowano. Nawet kiedy przespałem się w pokoju Leghorna, ten nie nabrał żadnych podejrzeń, a był tylko wściekły.

– Przeszukaliście jego komnaty – nie spytałem, a stwierdziłem.

– Po co? – Knotte wzruszył ramionami. – Nie wątpiłem na tyle w jego bystrość, by przypuszczać, że wytapistrował sobie ściany skórą zdartą z ofiar. Szukałem czegoś zupełnie innego. Szukałem dowodu na to, że jego komnaty można opuścić nocą, nie zwracając niczyjej uwagi. I cóż się okazało? Można. Okna apartamentu Leghorna wychodzą na ogród. Ciemny i niepatrolowany. Wiedziałem, że ktoś wystarczająco zwinny nie będzie miał problemu, by ześlizgnąć się po gzymsie, przekraść przez ogród, a następnie wyjść używaną przez ogrodnika furtką w murze. Kryjówka, w której znalazłeś Neumanna, należała w rzeczywistości do Leghorna, który, nawiasem mówiąc, wyjawił ci prawdę. Morderca rzeczywiście przebierał się w niej, zostawiał łupy i naprędce obmywał. Tak na wszelki wypadek, gdyby jednak natknął się na kogoś znajomego.

– Dlaczego wybierał te, nie inne dziewczyny? Jak je porywał?

– Nie zauważyłeś, jak bardzo Leghorn nie znosi swej pani? Dziewczyny nie były istotne. Ich zabijanie dawało mu niewątpliwą satysfakcję, lecz prawdziwą rozkosz czerpał, przyglądając się wściekłej i bezradnej margrabinie. Kto inny z zemsty stłukłby jej ulubiony puchar, no, w najgorszym razie wzniecił pożar. Leghorn uderzał tak, by za jednym zamachem dać ujście swym wynaturzonym żądzom oraz odegrać się na tej suce. Bo suka to jest niewątpliwie...

To, co mówił mistrz Knotte, zdawało się mieć ręce i nogi. Oczywiście fakt, że wszyscy wystrychnęli mnie na dudka, nie napełniał mnie szczególną dumą. Bo oto pijak i dziwkarz okazał się w rzeczywistości bystrym obserwatorem świata, realizującym z góry ustalony plan działań, a delikatny, sympatyczny szlachcic zamieniał się w okrutnego mordercę. I tylko ja wpatrzony w płomień świecy nie widziałem, co kryje się poza zasięgiem blasku. Smutna to była konstatacja dla inkwizytora. Czy raczej, ściślej mówiąc, kogoś, kto inkwizytorem pragnął zostać.

– Leghorn jest grzesznikiem. To nie ulega wątpliwości, ale czy grzesznik nie może przysłużyć się większemu dobru? – kontynuował Knotte. – Czy ludzie tacy jak my nie mogą sprawić, by jego grzechy zostały przekute w zasługi?

Słuchałem go uważnie, mając nadzieję, że za chwilę, po tym jakże wzruszającym preludium, zechce przejść do rzeczy. Ciekaw byłem, w jaki sposób mistrz Albert pragnie spowodować, by Leghorn posłużył naszej sprawie.

Knotte uśmiechał się wyrozumiale, zupełnie jakby czytał w moich myślach.

– Leghorn oddawał się grzesznej pasji, zakazanej i obrzydliwej namiętności, żył bez celu i bez sensu, targany jedynie bezmyślną żądzą zadawania cierpienia oraz zsyłania śmierci. My, Mordimerze, nadamy sens jego dalszemu istnieniu.

– Ach tak – powiedziałem, zaczynając rozumieć.

– Inkwizytorium ma wielu wrogów – westchnął Knotte. – Pamiętasz, jak porównałem nas do psów pasterskich?

Skinąłem głową.

– I nam, tak jak pasterskim psom, zagrażają nie tylko silne, dzikie zwierzęta. Żrą nas pchły, pluskwy i kleszcze, z którymi czasem nawet trudniej sobie poradzić.

– A więc Leghorn nam w tym pomoże... – stwierdziłem.

– Nakierujemy jego pasję w stronę, która nam odpowiada – zgodził się Knotte. – Jest sprytny i bezwzględny, więc może być przydatny.

Już to sobie wyobrażałem. Wyobrażałem sobie również kobiety albo dziewczęta, które zginą z ręki tej kanalii. Córki, żony lub siostry ludzi, którzy z jakichś powodów narazili się Świętemu Officjum. Leghorn stanie się narzędziem w naszych rękach. Ale czy nie zanadto pobrudzimy sobie dłonie, korzystając z takiego właśnie narzędzia? Postanowiłem podzielić się z Knottem wątpliwościami, chociaż wiedziałem, że on podjął już decyzję i na pewno nie ja będę w stanie ją zmienić. Mistrz Albert zadarł podbródek.

– Bóg wie, że nasze zamiary są czyste jak górski kryształ, a serca gorące niczym wulkaniczna lawa – powiedział z patosem.

O dziwo, nie odnalazłem w tym patosie sztuczności, co mogło świadczyć zarówno o szczerości wyznań Knottego, jak i o tym, że potrafił mamić głosem niczym syrena, a ja dałem się nabrać na podobieństwo Odysowych towarzyszy.

– No idź już, chłopcze, idź już – rozkazał później łagodnym tonem. – Tylko obudź przedtem tę dziwkę, bo nie chce mi się wstawać z fotela.

Zrobiłem, jak kazał, i zamknąłem drzwi. Obejrzałem się jeszcze przez ramię, by dostrzec, jak rozczochrana dziewczyna zbliża się rozkołysanym krokiem do Knottego i klęka pomiędzy jego nogami. Uśmiechnął się do mnie sytym, pogodnym uśmiechem człowieka bardzo zadowolonego z własnego losu.

Następnego dnia mistrz Albert został zaproszony na audiencję i wrócił do karczmy wielce usatysfakcjonowany. Nawet nie wezwał mnie do siebie, lecz sam wtoczył się do mego pokoju, rozsiewając wokół kwaśny zapach potu i wina.

– Trzeba przyznać, że suka to ona jest, ale hojna – stwierdził z ogromną satysfakcją i klepnął się w pas. Zabrzęczało.

Potem przyjrzał mi się z uśmiechem.

– Na jaki procent honorarium zasłużyłeś, Mordimerze? – spytał. – Jak sam oceniasz własne dokonania? Jak wyceniasz swój wysiłek i swoją pracę?

– Wysiłek i praca były, lecz pozbawione efektów – mruknąłem, opuszczając głowę. I naprawdę wypowiedziałem to zdanie szczerze.

– Efekt był, choć przez ciebie nieprzewidywany – odparł mistrz Albert. – Pomogłeś mi, choć ani o tym nie wiedziałeś, ani nie miałeś takiego zamiaru.

Sam nie wiedziałem, czy mu za takie słowa podziękować, więc zmilczałem. Zastanawiałem się jedynie, jak w związku z takim, a nie innym rozwojem sytuacji ma się sprawa mojej promocji.

– Otrzymasz promocję, Mordimerze – Knotte zdawał się odgadywać moje myśli. – Nie tylko dlatego, iż co prawda po czasie, jednak domyśliłeś się prawdy. Czy raczej, dokładniej mówiąc, prawda zamajaczyła ci niczym przez mgłę.

– Serdecznie dziękuję, mistrzu – powiedziałem i nie musiałem udawać wdzięczności.

– Zbyt wiele w tym było zwykłego przypadku oraz nieuzasadnionej wiary we własną intuicję, no ale jakoś się doczołgałeś... – westchnął. – Promocję otrzymasz przede wszystkim z dwóch powodów. Po pierwsze, wykazałeś się dużą zręcznością, przygotowując przesłuchanie Neumanna. Wyreżyserowałeś tę sztukę nadzwyczaj udanie, lepiej, niż śmiałbym się tego spodziewać...

Pochyliłem głowę, dziękując mu za te słowa. Szczerze mówiąc, wydawało mi się zresztą, że w pełni na nie zasłużyłem.

– Po drugie i może nawet ważniejsze, nie podważyłeś mojego autorytetu w oczach margrabiny – wyszczerzył zęby. – Choć wiem, że cię do tego namawiano. Byłeś pewien, że się mylę, okazałeś się jednak lojalny. Margrabina nie omieszkała mi o tym dzisiaj powiedzieć.

– Jeśli nie będziemy szanować siebie nawzajem, któż będzie szanował nas?

– Otóż to, Mordimerze. My, inkwizytorzy, jesteśmy tylko ludźmi. Czasami serdecznie nie znosimy naszych towarzyszy, czasami nimi pogardzamy, czasem chętnie widzielibyśmy ich zawstydzonych i upokorzonych. Ale kto ulega pokusie wyniesienia tych uczuć na światło dzienne, przed oczy innych ludzi, ten nie jest godzien być inkwizytorem. A czemu tak jest?

Proszę bardzo, jak to moralne sentencje zamieniały się w egzamin.

– Zawodowa lojalność – odparłem.

– Oczywiście – przyznał mi rację. – Ale również coś więcej. Jeśli podzielą nas i skłócą, będą mogli nami manipulować. Czytałeś Cezara, chłopcze?

– Tak, mistrzu.

– Więc wiesz, w jaki sposób podbił Galię. My nie chcemy być Galią. I nie pozwolimy nikomu, by nas osłabił. Naszym marzeniem, Mordimerze, jest wychowanie mądrych, lojalnych inkwizytorów, ale jeśli mamy wybór pomiędzy lojalnym durniem a bystrą świnią, wybierzemy lojalnego durnia.

– Było aż tak źle? – westchnąłem.

Roześmiał się.

– Aż tak źle nie było. Nie jesteś zupełnym durniem i założę się, że wyjdziesz jeszcze na ludzi. Po prostu brakuje ci praktyki i tyle... Umiejętność oceniania zarówno ludzi, jak i zdarzeń przychodzi z czasem, Mordimerze. W Akademii nauczono cię raczkować, biegania nauczy cię świat. I zapewne wiele razy stłuczesz sobie przy okazji kolana.

– Brzmi nie najgorzej – przyznałem. – Ale muszę przyznać, że świetnie zagraliście, mistrzu. Omamiliście mnie i oszukaliście niczym wytrawny aktor.

Nie schlebiałem mu. Tak działo się naprawdę i nie było sensu uciekać od tej myśli. Knotte pokiwał głową.

– Powiedz mi, Mordimerze, czy uwierzyłbyś dopiero co poznanej dziwce zapewniającej, że jesteś miłością jej życia i że niczego na świecie nie pragnie bardziej, niż stać się wierną i kochającą żoną?

Roześmiałem się.

– Oczywiście, że nie.

– Dlaczego w takim razie uwierzyłeś w bezdennie głupiego inkwizytora, który o swej głupocie zapewniał cię zarówno słowami, jak i uczynkami? A przecież człowiek, który wygląda na idiotę i zachowuje się jak idiota, nie zawsze naprawdę jest idiotą! Czyż Pismo nie mówi: *Pamiętaj, byś względu na osobę nie miał żadnego*? Co można interpretować na wiele sposobów, ale również na taki, iż nikogo nie należy sądzić po pozorach.

Uśmiech zgasł mi na twarzy i nie wiedziałem, co odrzec.

– Niechęć do mnie, niechęć, którą skutecznie wywoływałem, przysłoniła ci właściwy obraz rzeczy. Zacząłeś brać pod uwagę jedynie własne emocje i nie zatroszczyłeś się, by choć trochę pomyśleć...

– Nad czym na przykład? – spytałem ponuro.

– Na przykład nad tym, czy pracowałbym dla Akademii, gdybym był tak totalnym durniem i nieudacznikiem. Czy powierzono by mi egzaminowanie kandydatów na inkwizytorów? Czy moja opinia na temat przydatności twojej czy innego z chłopców byłaby tak poważnie brana pod uwagę?

– Myślałem, że popełnili błąd. Albo że macie koneksje...

– Sądziłeś więc, że wszyscy popełnili błąd, tylko nie ty? Przełożony Akademii, koblencki oddział Inkwizytorium, wreszcie ja sam... Tylko ty, Mordimerze, wszystko wiedziałeś, wszystko rozumiałeś i wyciągałeś jedynie słuszne wnioski. Czy nie tak właśnie rzecz się miała?

Westchnąłem. Naprawdę głęboko.

– Właśnie tak – przyznałem.

– Dałeś się nabrać na znaleziony u Neumanna topór. Nie uwierzyłeś, i słusznie, że sam Neumann zabija, ale miałeś już niemal pewność, iż jest on jednym z ogniw w łańcuchu zbrodni. Wydusiłbyś w końcu z niego, by opowiedział ci o swych rzekomych wspólnikach...

Westchnąłem znowu. Kto wie czy tak właśnie by się nie stało.

– A wtedy zaręczam ci, że najlepiej bawiącą się osobą w mieście byłby Leghorn. Inkwizytorzy aresztowaliby coraz to nowych ludzi, margrabina szalałaby ze złości, a nasz szlachcic śmiałby się w kułak.

Rzeczywiście Leghorn od samego początku próbował mnie przekonać, że w zbrodnię zamieszanych jest więcej osób.

– A przecież ten topór wcale nie służył Rzeźnikowi – kontynuował Knotte. – Gdybyś uważniej przyjrzał się ciałom ofiar, zobaczyłbyś, że kości zostały rozłupane znacznie mniejszym ostrzem.

Do wniosku, że topór nie był bronią Rzeźnika, to i ja już doszedłem, chociaż podążając inną ścieżką.

– Przyglądałem się uważnie! – zaprotestowałem.

– W takim razie tym gorzej dla ciebie, skoro uważnie patrząc, nie dostrzegłeś – stwierdził.

Tej dyskusji nie mogłem wygrać. Ciała zostały dawno pogrzebane i Knotte mógł sobie nawet twierdzić, że pocięto je kozikiem, a ja i tak nie potrafiłbym udowodnić, iż było inaczej. Starałem się wskrzesić w pamięci obraz pomordowanych i zadane im rany porównać z zapamiętanym ostrzem, lecz nie potrafiłem stwierdzić, czy inkwizytor ma rację, czy też postanowił do reszty mnie pognębić.

– W każdym razie uznałem, że nie sprawisz nam wstydu jako inkwizytor – Knotte mówił trochę niewyraźnie, gdyż starał się jednocześnie wydłubać coś językiem spomiędzy zębów.

– Dziękuję, mistrzu Albercie.

– Co prawda jesteś zadufany w sobie i zarozumiały, a ta pewność siebie nie jest, niestety, połączona ze szczególnymi walorami umysłu, ale... – westchnął ciężko – w dzisiejszych czasach...

Nie powiem, żeby słowa Knottego szczególnie mnie podniosły na duchu, aczkolwiek i tak były o niebo przychylniejsze niż to, co wysłuchiwałem od niego przez ostatnie tygodnie.

– W dzisiejszych czasach, mistrzu? – zagadnąłem. – Co macie na myśli?

– Nigdy nie będzie już tak, jak było – westchnął powtórnie Knotte. Tym razem jeszcze bardziej żałośnie. – Kiedyś Inkwizytorium miało prawdziwą siłę, potęgę i władzę. Teraz to... – Machnął ręką. – Wiesz, Mordimerze – spojrzał na mnie – że jeszcze kilkadziesiąt lat temu inkwizytor uderzył w twarz samego cesarza tylko dlatego, że Najjaśniejszy Pan wypowiedział się kąśliwie na temat pracy Świętego Officjum?

– Mistrzu, czy wiem? Ja tę historię słyszałem co najmniej kilkadziesiąt razy!

Rzeczona opowieść dotyczyła inkwizytora Konrada Tauba, który rzeczywiście spoliczkował cesarza na oczach całego dworu. Cesarz podobno uklęknął i ucałował dłoń, która go uderzyła, mówiąc, że ten święty mąż słusznie napiętnował go, że ośmielił się szydzić z instytucji stworzonej przez samego Jezusa Chrystusa. Inna rzecz, że kilka miesięcy później znaleziono martwego Tauba w akwizgrańskim rynsztoku, a ślady na ciele wskazywały, że przed śmiercią go torturowano. Co świadczyło o tym, że Najjaśniejszy Pan miał równie długie ręce jak pamięć. Jak łatwo zrozumieć, młodym inkwizytorom zwykle opowiadano tę historię bez smutnego zakończenia, mnie jednak udało się dotrzeć do źródeł, w których była ona zaprezentowana w pełnej krasie. I w tym wypadku jej wymowa nie była już taka jednoznaczna. Bo kto w generalnym podsumowaniu pozostał górą? Żywy cesarz czy martwy inkwizytor?

– Widzisz więc sam, że niegdyś Inkwizytorium służyli ludzie wielkiej cnoty i wielkiej odwagi. Czasy tych bohaterów bezpowrotnie minęły. Teraz potrzebni są nam ludzie nawet przeciętnych zdolności, nawet mniejszego zapału, ale sumienni i lojalni. I dlatego myślę, Mordi, że mogę pozytywnie opiniować twoją kandydaturę.

Najwyraźniej zauważył, że nie zdołałem powstrzymać niechętnego grymasu, kiedy znowu usłyszałem z jego ust „Mordi", gdyż uśmiechnął się.

– Nie będę już do ciebie mówił „Mordi", bo wiem, że tego serdecznie nie znosisz. – Klepnął mnie w ramię. – Niemniej muszę przyznać, że obserwowanie, jak się męczysz, było dość zabawne.

– Wiecie co, mistrzu? Jak chcecie, możecie mnie nawet nazywać swoim słodkim cukiereczkiem – odparłem.

Roześmiał się tak, że jego wielki brzuch zafalował niczym kołdra na porywistym wietrze.

– No to chodź ze mną, cukiereczku – zaproponował. – Tym razem popijemy wspólnie.

Takiej propozycji nie mogłem odrzucić. Zresztą odrzucić jej nie chciałem. Nie przepadałem co prawda za trunkami, lecz biesiada w towarzystwie Knottego wydawała mi się teraz całkiem interesującym pomysłem. Nie sądziłem, bym go kiedykolwiek polubił, gdyż pamięć o złośliwościach, kpinach i zadanych upokorzeniach nie mogła wygasnąć zbyt szybko, nawet jeśli były to złośliwości, kpiny i upokorzenia teatralnie inscenizowane. Ale Knotte, zdradzając, kim jest naprawdę, pozyskał mój szacunek. A co ważniejsze, pozwolił, bym teraz nawet przez chwilę nie wątpił w słuszność wyborów zwierzchności sprawującej pieczę nad Świętym Officjum. Bo przecież okazało się, że mistrz Albert zawsze był właściwym człowiekiem na właściwym miejscu. I tylko ja musiałem mocno dostać w skórę, by to dostrzec...

Epilog

Zwołany przez margrabinę sąd wydał wyrok szybko i nikt się nie spodziewał, aby był to wyrok inny niż bardzo surowy. Bowiem w przypadkach takich jak przypadek Rzeźnika egzekucja ma na celu nie tylko dokonanie słusznej odpłaty na osobie przestępcy. Egzekucja ma również pełnić rolę przestrogi, a także udowadniać publicznie, iż młyny sprawiedliwości mielą może wolno, lecz skutecznie. W związku z tym sędziowie zadecydowali, że najpierw kat obwiezie Neumanna na wózku po całym mieście. Wyznaczono cztery przystanki, przy głównej bramie miejskiej, przy kościele Jezusa Mściciela, przy bramach zamku margrabiny oraz przy ratuszu.

Na tych przystankach herold głośno odczyta spis win zbrodniarza, a kat w tym czasie będzie mu palił ciało żywym ogniem i szarpał cęgami. Potem wóz z katem oraz Neumannem powróci na rynek, gdzie na przygotowanym wcześniej podeście malarzowi utną prawą rękę oraz wypalą oczy. Tak oporządzony zostanie poddany ostatniej torturze, czyli łamaniu kołem. Nie wszyscy wiedzą, na czym tak naprawdę polega łamanie kołem, a wielu myli tę torturę z torturą łamania na kole. Tymczasem w pierwszym wypadku skazany jest przywiązywany do ławy albo do podestu, a kat spuszcza mu po kolei na ręce i nogi wielkie, ciężkie, okute żelazem koło od wozu, łamiąc w ten sposób kości. W drugim natomiast wypadku skazanego przywiązuje się do obręczy z rozkrzyżowanymi rękoma i nogami, a kat łamie mu kości uderzeniami żelaznej pałki. Pierwszy sposób wymaga dużo większego kunsztu, a oprawca musi być prawdziwym mistrzem w swym fachu. Pamiętam, jak niegdyś w Koblencji byłem świadkiem łamania kołem, które zakończyło się tym, iż koło po uderzeniu w przedramię skazanego odbiło się od podestu i spadło w tłum, rozbijając czerep pewnemu mieszczaninowi i raniąc kilku innych ludzi w pobliżu. Za dwa tygodnie mieszczanie mieli jednak okazję obejrzeć fachowo przeprowadzoną kaźń, gdyż sam niezręczny kat stał się ofiarą, a wyrok wykonała uznana sława z Augsburga. I wykonała go tak śpiewająco, że gawiedź oklaskiwała mistrza jeszcze długo po tym, jak ciało jego nieszczęsnego kompana po fachu przestało drgać na podeście.

Myślałem o tym wszystkim dlatego, że Neumann miał być właśnie łamany kołem, a zaraz po wyroku sądu margrabina von Sauer wysłała umyślnego, by sprowadził małodobrego mistrza Eustachego z Kolonii, znanego z doświadczenia oraz niezwykle poważnego podejścia do obowiązków. Pani von Sauer uznała po prostu, że miejscowy kat nie nadaje się do tak skomplikowanej operacji jak oprawienie budzącego grozę oraz nienawiść Rzeźnika. Przecież w takim wypadku niedopuszczalna była jakakolwiek pomyłka czy jakiekolwiek uchybienie. Gawiedź, która niewątpliwie tłumnie zbierze się na rynku, musi być zabawiana nie tylko długo, lecz również kunsztownie, a takiego kunsztu najwyraźniej nie gwarantował miejski mistrz. Domyślałem się, że człowiek ten nie jest zachwycony podobnym rozwiązaniem, a wręcz urażony w swej dumie oraz zawodowej godności. Przecież z całą pewnością uważał, że latami wytrwałej służby dla miasta zasłużył, by traktować go poważnie i sięgać do jego usług nie tylko w jakichś banalnych przypadkach wieszania lub piętnowania.

Popytałem, gdzie teraz znajdę kata, i bez zdziwienia dowiedziałem się, że zapija smutki w oberży przy rogatkach. Postanowiłem go więc odwiedzić i przez chwilę z nim porozmawiać, by zorientować się, czy ten głęboko urażony w swej zawodowej dumie człowiek może mi pomóc w realizacji planów.

Kat siedział przy stole pod ścianą. Wokół było pełno ludzi, lecz inni bywalcy tłoczyli się przy stołach i ławach, a nikt nie usiadł w pobliżu oprawcy. Cóż, taki to już zawód. Potrzebny, wręcz niezbędny, jednocześnie darzony mieszaniną strachu, uznania i bezbrzeżnej pogardy. Każdy z tych mieszczan cisnących się przy kufelku piwa albo szklance wina uważał się za lepszego od kata, choćby był żebrakiem, matkojebcą czy stręczycielem dzieci. I nikt przy zdrowych zmysłach nie usiadłby na jednej ławie obok niego. Rzecz jasna, powyższa zasada nie dotyczyła inkwizytorów. My nie musimy zawracać sobie głowy przesądami, gdyż w dużej mierze sami ustalamy reguły, według których pragniemy żyć. Dlatego kupiłem przy szynkwasie duży dzban piwa i przysiadłem się do stołu, przy którym siedział oprawca. Mężczyzna pochylał się nad blatem, ale musiał dostrzec ruch kątem oka, ponieważ zdziwiony poderwał głowę. Uspokoił się, kiedy mnie poznał.

– Witajcie, mistrzu inkwizytorze – rzekł. – Nie wstyd wam... tak... ze mną...

– Nie mieliście chyba wiele do czynienia z inkwizytorami? – Uśmiechnąłem się i rozlałem piwo do kufli.

– Ano jakoś nie było okazji.

Przechylił kufel i opróżnił go jednym haustem, a ja nie zdołałbym nawet doliczyć do pięciu pomiędzy tym, jak przyłożył naczynie do ust, a tym, jak z głośnym stukiem je odstawił.

– Szczyny – stwierdził. – Szczyny jak się masz.

Potem chyba się zorientował, że nie wypada tak mówić o otrzymanym w prezencie napitku, gdyż podniósł na mnie wzrok.

– Niemniej pięknie wam dziękuję – rzekł z wystudiowaną uprzejmością, która zupełnie nie pasowała do jego topornej twarzy okolonej dziko rozwichrzoną brodą.

Spróbowałem piwa i rzeczywiście okazało się wodniste.

– Kiedyś wszystko działo się lepiej – westchnąłem. – Kiedyś chociażby nikt nie śmiałby potraktować w podobny sposób fachowca takiego jak wy. Świat schodzi na psy, to wam powiem, mistrzu.

Przetarł oczy kułakiem, a ja pomyślałem, że musi być bardziej pijany, niż na to wygląda.

– Tyle lat ciężkiej pracy, tyle lat... I tak mnie potraktowali.

– Jeszcze przez lata będzie się mówić o tej egzekucji. I przez całe te lata ludzie będą wspominać imię mistrza Eustachego z Kolonii – zauważyłem.

– Abo sam nie wiem? – Podniósł na mnie gniewny wzrok. – A wy to co właściwie? Naigrawać się przyszliście? Bo jeśli tak... – Zwinął wielkie dłonie w pięści.

– Pomóc, mistrzu. Przyszedłem wam pomóc – odparłem szybko, gdyż do pełni szczęścia brakowało mi publicznej bijatyki z miejskim katem.

– Pomóc... – powtórzył, jakby nie do końca rozumiał to słowo, a później się rozluźnił. – A jakże wy mi chcecie pomóc? Zdziałacie tak, cobym ja oprawił Rzeźnika?

– Tego nie potrafię. – Pokręciłem głową. – Tak zdecydowała pani margrabina i nikt nie jest zdolny spowodować, by swoją decyzję cofnęła.

– Ano, margrabina – wypowiedział to słowo, jakby było wyjątkowo nieprzyzwoite, po czym splunął pod ławę i znowu zwiesił łepetynę. – A taką poręczną maszynkę dla niej wykoncypowałem – pożalił się. – Taką specjalną do ucinania głów. Śliczniusią.

– Coś takiego! – zdumiałem się. – A więc nie dość, że jesteście uznanym mistrzem w swym fachu, to jeszcze w dodatku wynalazcą. To prawdziwie godne podziwu. Opowiecie mi o tym?

Znowu uniósł głowę i tym razem jego oczy błyszczały.

– Widzicie, tak sobie umyśliłem, że nie zawsze człowiek ma szczęście, żeby dobrze złożyć się mieczem czy toporem. A to trzeba ciąć dwa razy, a to skazany się poruszy i ostrze się poślizgnie na ramię albo bark. No nieładnie, nieładnie, prawda?

– Zawsze twierdziłem, że egzekucja powinna być wykonana czysto i porządnie – stwierdziłem.

– O tak, o tak! – z pasją przyznał mi rację. – Więc widzicie, taką maszynkę wymyśliłem. Bierzemy dwie grube deski i ustawiamy je pionowo, w deskach są żelazne prowadnice, którymi chodzi dobrze naoliwione, obciążone ołowiem ostrze. A pod ostrzem takusi zaporek, co trzyma to ostrze, póki go się nie pociągnie od zewnątrz. Skazany kładzie głowę pod ostrzem, ja tylko pociągam zaporek i ostrze spada, czyściutko ścinając głowę. Taką maszynkę wymyśliłem – westchnął głęboko i żałośnie. – I nazwałem ją kurtynką.

– Kurtynką? A czemuż to kurtynką?

– Bo ja mam na imię Kurt – przyznał z lekkim onieśmieleniem.

– I co na to pani margrabina?

Tym razem nie czekał, aż naleję mu piwa, nalał sobie sam i znowu opróżnił kufel jednym haustem. Odetchnął głęboko.

– Powiedziała, że to nie manufaktura – burknął. – I że jakby skazywała kilkanaście osób dziennie, to może by jej się to przydało, ale ona skazuje kilka na rok, więc mogę się sam wysilić. I jeszcze, jeszcze... – głos mu się załamał.

– Tak?

– Powiedziała, że prędzej w Cesarstwie wybuchnie rewolucja, niż komukolwiek przyda się moja kurtynka. A potem dała mi kilka dukatów na odczepnego. Ot, i tyle.

– Szkoda – powiedziałem. – Chociaż czy jeślibyś używał tej maszyny, nie byłoby ci żal osobistego kontaktu z człowiekiem? Tej emocjonalnej więzi, która w niedostrzegalny, choć niezwykle mocny sposób łączy kata i jego ofiarę, tworząc tajemnicze poczucie współodpowiedzialności?

Otworzył szeroko oczy i zdałem sobie sprawę, że pewnie niewiele zrozumiał z tego, co właśnie powiedziałem.

– No nic, nic – rzuciłem szybko, gdyż nie było moim celem snucie tu z nim przy piwie filozoficznych rozważań. – Nieważne, zapomnij. Przyszedłem do ciebie, Kurt, bo mam pewien pomysł, dzięki któremu zachowasz swoją pozycję.

– Jaki pomysł? – spytał bez szczególnego zainteresowania i byłem pewien, że nadal jest pogrążony w rozmyślaniach o swym wynalazku i o tym, jak ten wynalazek został niedoceniony przez niedobrych ludzi.

– Wyobraziłem sobie, jak Eustachy z Kolonii przygotowuje cały spektakl. Te wiwatujące tłumy czekające na każdy jego gest i każde jego słowo. Aha, Kurt, a wiesz, że pani margrabina pewnie zażyczy sobie, żebyś mu służył za pomocnika? Żeby część jego chwały też na ciebie skapnęła.

Aż nim zatrzęsło.

– Niedoczekanie! – warknął. – Nigdy. Choćby mnie mieli na kole łamać! Nigdy!

– Rozkaz to rozkaz, Kurt. A z panią margrabiną nie ma dyskusji. Sam wiesz najlepiej.

Złość i gniew uszły z niego w okamgnieniu. Znowu zwiesił głowę.

– Diabli nadali. Pójdę sobie. W świat pójdę. Szukać jakiegoś dobrego miejsca i dobrych ludzi. Może przygarną sierotę...

No proszę, proszę, a więc nasz oprawca miał sentymentalną naturę! Może nie na tyle sentymentalną, by wzruszać się losem traconych i torturowanych ludzi, lecz chociaż na tyle, by móc wzruszać się własną niedolą.

Pochyliłem się nad stołem i zbliżyłem do kata tak, że jego stercząca czupryna połaskotała mnie w nos. Postanowiłem przejść do frontalnego ataku.

– A gdyby egzekucja się nie odbyła? – zaszeptałem.

Przez chwilę wydawało mi się, że mnie nie usłyszał. Ale zaraz potem, kiedy miałem już powtórzyć pytanie, oprawca odsunął się i uniósł głowę.

– Jak to: nie odbyła? – Spojrzał na mnie ogłupiałym wzrokiem. – Niby jak to?

– Pomyśl sobie, Kurt. Eustachy z Kolonii przybywa do miasta, już się szykuje do triumfu, a tu co się okazuje? Ano okazuje się, że skazany umarł w celi. I Eustachy wraca z podwiniętym ogonem niczym zbity kundel.

– Baaaa! – Brodata twarz mego rozmówcy rozpromieniła się. – To by dopiero się działo! Ale Neumann nie zdechnie. – Machnął dłonią. – Silna bestia jak byk, chociaż nie wygląda.

– Zawsze może zachorować, prawda? Ludzie teraz coraz częściej chorują, Kurt. Nie zauważyłeś tego?

– Nie, jakoś nie. – Podrapał się w czoło.

Cóż, wszystko świadczyło o tym, że w moim rozmówcy nie odnajdę partnera w mig chwytającego niedopowiedzenia oraz aluzje. W takim razie należało, jak widać, zastosować bardziej bezpośrednie metody komunikacji.

– Na przykład co by się stało, gdyby ktoś pomógł mu zachorować? – mocno zaakcentowałem słowa „ktoś" oraz „pomógł".

– Jjjak to? – Przymrużył oczy.

Matko Boska Bezlitosna! – wykrzyknąłem w myślach. Przecież przy tym człowieku nawet Polifem uchodziłby za istotę obdarzoną lotnym umysłem oraz wrodzoną bystrością.

– No a gdyby czymś się zatruł? – spytałem z rozpaczą.

– Czym tam się u nas zatruć? – Wzruszył ramionami. – Przecież dostaje sam chleb z wodą, a i tak mało co je, bo szczękami nie bardzo może ruszać.

Przymknąłem powieki i zastanawiałem się, co jeszcze mogę zrobić, aby nakierować myśli oprawcy na właściwy tor.

– Kupię nam jeszcze piwa – zdecydowałem w końcu.

– Och, mistrzu, wielce jesteście łaskawi – rozpromienił się.

Kiedy wróciłem, rozlałem szybko piwo do kufli i tym razem również wypiłem do dna.

– Nawet w wodzie może się zaplątać coś, co zaszkodzi człowiekowi – powiedziałem. – Albo wyobraźmy sobie, że ktoś miał interes w tym, żeby mu dosypać jakiegoś... – chciałem powiedzieć „świństwa", ale zdecydowałem się postawić sprawę jaśniej niż jasno – jakiejś trucizny.

– A! – Utkwił we mnie wzrok. – Aha!

No to jesteśmy już w domu, odetchnąłem z ulgą w myśli, gdyż przypuszczałem, że teraz ciężki wóz jego pomyślunku zaczął się toczyć po błotnistej ścieżce wyobraźni. I jak Bóg da, dotoczy się do powzięcia zamiaru.

– No tak. – Stuknął knykciami w blat. – Jakby zdechł, nie byłoby egzekucji. Jakby nie było egzekucji, Eustachy by se na darmo tu jechał. A ja... A ja... – Uśmiechnął się tak szeroko, że mogłem obejrzeć jego sczerniałe zęby trzonowe. – Byłoby jak dawniej!

Czy nie to właśnie próbuję ci wytłumaczyć od samego początku, ośle?! – chciałem wrzasnąć, ale powstrzymałem się.

– Właśnie o to chodzi, Odysie! – powiedziałem z uczuciem.

Rzecz jasna, nie zrozumiał mojego żartu, ale też, szczerze mówiąc, nie zawracał sobie głowy, by go zrozumieć.

– Tylko skąd by tu truciznę... – Podrapał się w skroń. – A jakby się pani margrabina... – Skurcz strachu przemknął przez jego twarz.

– Znam trutkę, która nie zostawia żadnych śladów. Ktoś, komu ją podano, zaczyna kasłać i umiera, a wszyscy myślą, że się udławił. Wystarczy dosypać szczyptę do wody, bo jest bez smaku i bez zapachu...

Shersken lepiej co prawda zmieszać z winem, ponieważ trucizna ta nie rozpuszczała się do końca w płynach i zostawiała niewielki osad oraz żelaziście barwiła wodę. Ale po pierwsze, w tym wypadku ofiara otrzyma zatruty napój nie w kryształowym kielichu, lecz jakimś brudnym glinianym kubku, gdzie drobny osad sherskenu naprawdę jest najmniejszym problemem, a po drugie, nikt nie będzie badał naczyń ani resztek wody. A gdybym powiedział Kurtowi, że to ma być wino, zaraz zacząłby się pewnie zastanawiać, w jaki sposób dostarczyć trunek do celi, żeby nie wzbudzić niczyich podejrzeń.

– Chcecie mi sprzedać takie cóś? – Spojrzał na mnie wzrokiem, który w jego mniemaniu zapewne miał być przebiegły.

– Nie, Kurt, nie chcę ci sprzedać tej trucizny. Chcę ci ją dać w prezencie.

Zagapił się na mnie. Najwyraźniej spodziewał się, że podam cenę i zaraz potem zaczniemy się targować. A tutaj ot, niespodzianka.

– Czemu tak?

– Gdyż szczerze cię polubiłem i nie mogę znieść, że takiemu dobremu człowiekowi i wybitnemu mistrzowi katowskiego fachu dzieje się przeraźliwa krzywda. I niesprawiedliwość. Jeśli wspomnisz mnie czasem w modlitwie, Kurt, najzupełniej mi wystarczy.

– Ja to się wiele nie modlę – przyznał z widoczną na pierwszy rzut oka konsternacją.

– Nie szkodzi, nie szkodzi – powiedziałem szybko, bojąc się, że rozmowa zboczy nam na tory duchowego życia kata, a na taki bieg spraw nie miałem ani czasu, ani ochoty.

Wyciągnąłem z zanadrza woreczek, w którym znajdowała się idealnie wyważona dawka sherskenu. Akurat taka, by niemal natychmiast pozbawić życia jednego człowieka. Włożyłem ten woreczek w szeroką dłoń oprawcy.

– Pilnuj tego i nikomu nie pokazuj – rozkazałem. – Znajdź sposób, by wsypać proszek Neumannowi do wody, a Eustachy nie będzie miał co robić w twoim mieście.

– W moim mieście – powtórzył po chwili powoli, wyraźnie i z wielkim zadowoleniem. – Tak jest! Tak właśnie zrobię, jak mi Bóg miły!

Przyznam, że trochę się obawiałem, powierzając tak delikatną sprawę w ręce człowieka o podobnie wolnym pomyślunku, lecz miałem nadzieję, że jednak posiada on coś na podobieństwo wrodzonego sprytu. W końcu został miejskim katem w tak sporym mieście jak Lahstein, więc chyba nie mógł być kompletnym idiotą.

Powróciliśmy do Koblencji i przez kilka następnych tygodni nie spotkałem mistrza Knottego. Wiedziałem tylko, że wystawił mi pochlebną opinię, co oznaczało, iż nie powinienem mieć żadnych kłopotów w uzyskaniu promocji, a tym samym rozpoczęciu życia prawdziwego inkwizytora. Życia, które jak sobie tego życzyłem i jak się tego spodziewałem, będzie pełne pasji i walki o świetlaną przyszłość ludu bożego. Ale mistrza Alberta spotkałem jeszcze przed oficjalnymi uroczystościami, zresztą nieprzypadkowo, gdyż odnalazł mnie w bibliotece Akademii, gdzie przegryzałem się przez wyjątkowo trudny traktat dotyczący ochrony przed demonami. Knotte był oficjalnie odziany, w czarny płaszcz ze złamanym srebrnym krzyżem, ale nie przeszkadzało mu to trzymać w dłoni grubej pieczonej kiełbasy, z której tłuszcz zdążył mu już poplamić haftowane mankiety koszuli.

– Mistrzu Knotte! – Zerwałem się od stołu.

– Kopę lat, Mordimerze – rzekł i uśmiechnął się przyjaźnie. – Nie przeszkadzam?

– Skądże znowu!

– Pomyślałem sobie, że może zechcesz wysłuchać ostatnich wieści z Lahstein. – Usiadł z ciężkim westchnieniem i powiercił się chwilę, by na wąskim krześle znaleźć odpowiednie miejsce dla wielkiego zadu.

Serce zabiło mi mocniej.

– Z przyjemnością, mistrzu – odparłem spokojnie.

– A ciekawie tam się działo, jak pojechaliśmy. Naprawdę ciekawie.

– Zamieniam się w słuch, mistrzu.

– Dwa tygodnie po naszym odjeździe do miasta przybył mistrz małodobry Eustachy z Kolonii i wtedy wydarzyła się prawdziwa tragedia...

Uśmiechnąłem się w myślach. Byłem pewien, że Kurt wywiązał się ze swego zadania i mistrz Eustachy fatygował się na darmo.

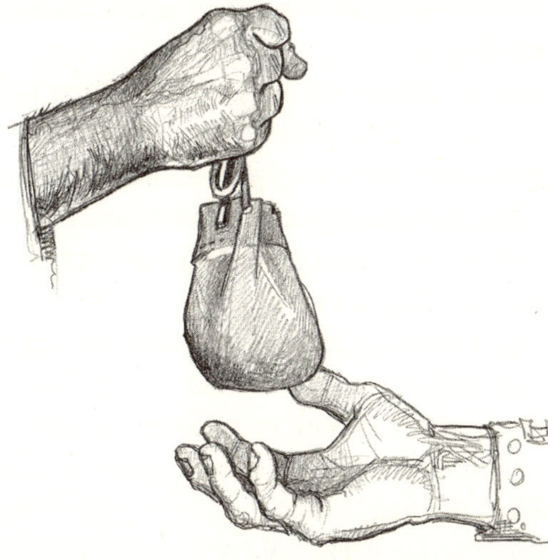

– Otóż drugiego dnia pobytu w mieście sławny kat z Kolonii zmarł...

– Co takiego?!

– Dopadł go niezwykły w swej sile atak duszności i skonał szybciej, niż ktokolwiek zdołał choć pomyśleć o ratunku.

– Jezusie najsroższy! – szepnąłem.

A więc tak zakończyła się moja intryga! Kat wpadł na lepszy pomysł wykorzystania trucizny niż ten, który mu przedstawiłem. Jak mogłem nie przewidzieć, że ten zdesperowany człowiek nie będzie jedynie potulnym wykonawcą rozkazów, lecz zechce upiec własną pieczeń przy ogniu, który osobiście rozpaliłem.

– Tak, tak. Jakże kruche jest ludzkie życie... – Knotte zadumał się na chwilę. – Jednak, jak się domyślasz, egzekucji nie można już było odwołać – kontynuował – gdyż margrabina bała się nie tylko kompromitacji przed zaproszonymi gośćmi, ale nawet wybuchu zamieszek wśród motłochu.

– Poprowadzenie egzekucji powierzono więc miejscowemu katu? – domyśliłem się.

– Nie inaczej. I na początku wszystko szło całkiem dobrze. Neumanna obwieziono po mieście, a paląc żywym ogniem i rwąc mu ciało na strzępy, przypominano wszystkie zbrodnie, jakie popełnił.

Wzdrygnąłem się. Malarz był niewinny i zarówno ja, jak i Knotte byliśmy odpowiedzialni za jego niesprawiedliwą kaźń. Bóg mi jednak świadkiem, że zamierzałem temu zapobiec, ofiarowując nieszczęśnikowi chociaż łaskę szybkiej śmierci.

– Na początku, mistrzu?

– Ano. Bo kiedy przyszło do łamania kołem, a jak doskonale wiesz, ten rodzaj tortury wymaga zarówno siły, jak i żelaznej woli oraz doświadczenia, miejski kat popełnił błąd...

– Błąd – powtórzyłem bezmyślnie.

– Taaaak – mruknął Knotte. Nie podnosiłem głowy, czułem jednak, że uważnie mi się przygląda. – Zwykły ludzki błąd. Czy źle wymierzył cios, czy omsknęły mu się palce, czy zabrakło siły, by utrzymać koło... Nie dowiemy się. Grunt, że koło wypadło mu z rąk i runęło w tłum. Poważnie pokaleczyło żołnierza stojącego u stóp podestu i zgruchotało czaszkę jednemu z mieszczan oraz okulawiło jego żonę.

– To smutne – rzekłem tylko.

– To jeszcze nie wszystko. – Mistrz Albert dojadł kiełbasę, przeżuł ją i odbeknął głęboko.

– Jak to: nie wszystko?

– Ludzie rzucili się, by dopaść niezręcznego kata, a żołnierze margrabiny nie chcieli ich dopuścić na podest. W efekcie awantury zginęło dwóch kolejnych mężczyzn. Potem w mieście wybuchły zamieszki, które stłumiono dopiero o świcie. Jak jednak słyszałem, nie było wiele ofiar. Ot, spłonęło kilka sklepów, kilka mieszczanek straciło cnotę, a kilku co bardziej krewkich awanturników schwytano i powieszono następnego dnia.

– A Kurt?

– Kurt?

– Miejski kat. Miał na imię Kurt – wyjaśniłem cicho.

– No cóż, Kurt. Taaa, Kurt, popatrz, a ja nie wiedziałem, jak mu na imię... W każdym razie jego śmierć nieco uspokoiła nastroje. Połamano mu ręce i nogi na kole, potem wystawiono przy bramie miejskiej, gdzie zdechł po dwóch dniach męczarni.

Przełknąłem ślinę, gdyż zebrała mi się w ustach w jakiejś nieprawdopodobnej ilości.

– Taaak... – Mistrz Knotte podniósł się ciężko z krzesła. – Pomyślałem sobie, że chciałbyś wiedzieć. Czas już na mnie.

Zerwałem się na równe nogi.

– Dziękuję, mistrzu Albercie. Jestem wdzięczny, że pamiętaliście o mnie.

Skinął głową.

– I pomyśleć, że nic takiego by się nie zdarzyło, gdyby nie nagła śmierć Eustachego z Kolonii. Co za przypadek, co za parszywe zrządzenie losu...

Zanim odszedł, zerknął mi jeszcze przez ramię na książkę, którą czytałem. Potem roześmiał się i wskazał grubym paluchem jedno ze zdań.

– *Dobre intencje nie gwarantują pomyślnych skutków* – przeczytał na głos. – Coś w tym jest – zauważył. – Do zobaczenia, Mordimerze.

Patrzyłem, jak odchodzi, i nie wytrzymałem:

– Mistrzu Knotte!

Nie odwrócił się, nie odezwał, a jedynie przystanął.

– To nie miało tak być, mistrzu Knotte – powiedziałem cicho.

Dostrzegłem tylko, że wzrusza ramionami, potem poszedł dalej i zniknął za drzwiami. Nie zobaczyłem go już nigdy więcej.

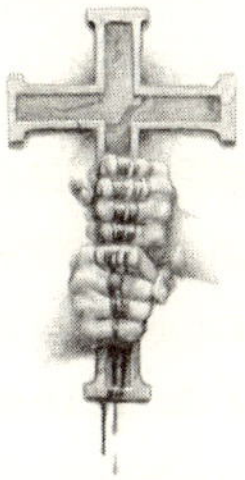

Wieże do nieba

Do Boga może nie sięgnę – oznajmił de Vriijs uroczyście, patrząc w niebo – ale tego łajdaka Schumanna ośmieszę przed całym światem!

Jestem pewien, że w momencie kiedy wypowiadał te słowa, myślał nie tylko o swym wrogu, lecz i o tym, jak prezentuje się na tle zachodzącego słońca, rozlewającego czerwień po szybach. Stał bowiem wyprostowany, z prawą ręką uniesioną tak wysoko, że koronka żabotu odsłoniła mu nadgarstek i kawałek przedramienia. Lewą dłoń opierał na rękojeści srebrnego sztyletu, która wychylała się z fałdów smoliście czarnego aksamitnego kaftana. Zadarł podbródek i pogardliwie wydął usta. Dałbym sobie głowę uciąć, że de Vriijs w swej imaginacji pozował w tej chwili do portretu i zapewne wydawało mu się, że przypomina monarchę rozzłoszczonego niewdzięcznością poddanych. Niestety, moim zdaniem przypominał obleczonego w czerń i obrażonego na cały świat koziołka. Ktoś powinien mu powiedzieć, że długa, przycięta w ostry klin broda nie pasuje do wychudłej, bladej twarzy i spiczastego nosa. Za to jak ulał mógłby pozować do obrazu przedstawiającego podstarzałego satyra.

Jeśli chodzi o słowa de Vriijsa, byłem pewien, iż rzeczony Schumann ma wobec mego rozmówcy podobne zamiary, więc uśmiechnąłem się półgębkiem, licząc, że architekt wpatrzony w nieboskłon nie dostrzeże tego uśmiechu. Jednak był spostrzegawczy i nie tak bardzo pogrążony w myślach, jak sądziłem. Dostrzegł.

– Rozbawiłem was czymś, inkwizytorze? – zapytał ostrym, nieprzyjemnym tonem.

– Ależ skąd – odparłem łagodnie. – Podziwiam jedynie zapał, z jakim pragniecie chwalić Pana.

O dziwo, odpowiedział uśmiechem, jakby nie zrozumiał lub nie chciał zrozumieć ironii kryjącej się w wypowiedzianym przeze mnie zdaniu.

– Żebyście wiedzieli – rzekł z zadumą. – Żebyście wiedzieli... To będzie dzieło mego życia.

– W jaki sposób człowiek mojego pokroju może dorzucić cegiełkę do tak zbożnego przedsięwzięcia?

Znowu obrócił na mnie wzrok.

– Nie objaśniono wam tego?

– Powiedziano, bym starał się wam pomóc w miarę możliwości i w granicach naznaczonych przez prawo – odparłem, silnie akcentując słowa „w miarę możliwości".

– No tak – westchnął. – Pozwólcie więc, że wyjaśnię, na czym rzecz polega.

Tego właśnie się spodziewałem i na to miałem nadzieję. Bowiem Patryk Bugdoff, przełożony oddziału Inkwizytorium, w którym miałem zaszczyt służyć, najzwyczajniej w świecie zgubił list z koblenckiego Inkwizytorium, w którym objaśniano całą sprawę. Przypomniał sobie o wszystkim, dopiero kiedy z Koblencji nadeszło zapytanie, czy de Vriijs otrzymał obiecaną pomoc. Ale co zrozumiałe, w drugim piśmie nie tłumaczono już, z jakiego powodu mamy wspierać architekta.

– Zamieniam się w słuch.

Ujął mnie delikatnie pod ramię i podprowadził w stronę okna. Ponieważ willa stała na wzgórzu, a powietrze przypominało przejrzystością najczystszy kryształ, z komnaty rozpościerał się wspaniały widok na niemal całą Christianię. Na domy, drogi, kościoły, ratusz, port oraz rozdzierającą miasto na pół rzekę, po której sunęły barki, łodzie i łódeczki. Teraz wszystko to ocieplały i rozświetlały promienie zachodzącego słońca.

– Co widzicie, inkwizytorze?

Odpowiedź „miasto" nasuwała się sama, lecz miałem pewność, że de Vriijsowi nie chodziło o tak prostackie rozwiązanie zagadki, którą zadawał.

– A co wy widzicie, panie de Vriijs? – odparłem pytaniem.

Rozciągnął wargi w uśmiechu, jakby domyślał się, że nie znalazłem responsu, który mógłby go usatysfakcjonować.

– Widzę miasto pozbawione kręgosłupa, inkwizytorze. Pozbawione bijącego serca, nadającego rytm jego istnieniu i wyznaczającego również rytm życia mieszkańców.

Przyjrzałem się panoramie dokładniej. De Vriijs miał rację. Christiania była pięknie położonym miastem, w zakolu po obu stronach rzeki i wśród łagodnie pofałdowanych wzgórz, ale zdawała się wzniesiona bez konkretnej myśli. Brakowało jakiegoś centralnego punktu, który można by nazwać jej symbolem czy też kręgosłupem lub sercem, jak chciał tego architekt.

– Jego Ekscelencja arcybiskup zapragnął wznieść katedrę, której blask i chwała przyćmią wszystko, co do tej pory zbudowano na bożym świecie. I kogóż innego mógł prosić o pokierowanie tym projektem, jeśli nie mnie, będącego, za pozwoleniem Pana, najbieglejszym z architektów?

Pytanie było najwyraźniej czysto retoryczne, więc nie siliłem się, by na nie odpowiadać.

– Postanowiłem wyburzyć całe centrum Christianii – oznajmił. – Te szkaradne czynszówki, te stare kamienice pochylające się nad wąskimi ulicami, te przytulone do nich drewniane budy, które hołota nazywa domami – mówił z wyraźnym obrzydzeniem.

– Miałem okazję to zobaczyć. – Skinąłem głową.

Rzeczywiście, kiedy przejeżdżałem przez miasto, kierując się do domu de Vriijsa, widziałem dziesiątki pracujących robotników, lecz nie zwróciłem na nich szczególnej uwagi.

– Jednak tutaj, w Christianii, nie tylko arcybiskup ma coś do powiedzenia. Od wielu lat z arcybiskupami Christianii rywalizują bracia Zakonu Miecza Pańskiego...

– Bogaci – wtrąciłem.

– Bajecznie bogaci – przyznał mi rację. – A w dodatku bezpośrednio podlegli Jego Świątobliwości. Kiedy dowiedzieli się, że arcybiskup planuje wzniesienie katedry, postanowili zbudować swoją własną...

– Dwie katedry w mieście takim jak Christiania... No, no...

– Nie do końca w samym mieście, lecz kilka mil poza jego granicami – sprostował.

Wtedy zrozumiałem, że rzecz nie idzie tylko i wyłącznie o wzniesienie nowej świątyni, nie tylko o prestiżowe rozgrywki pomiędzy arcybiskupem a mnichami. Tu chodziło o stworzenie nowego miasta wokół katedry, miasta, które za kilkanaście lat miałoby szansę rywalizować z samą Christianią. A to nie mogło się podobać ani arcybiskupowi, ani rajcom.

– Oczywiście najpierw próbowali zatrudnić mnie – de Vriijs wydął usta. – Jednak, jako że powszechnie słynę z lojalności wobec zleceniodawców, ich usiłowania spełzły na niczym. Wtedy zgłosili się do tej kanalii Schumanna – prychnął z rozdrażnieniem.

– Który, jak mniemam, nie stawiał nadmiernego oporu?

– A kto by stawiał? Toż to marzenie dla architekta! Nieograniczone fundusze, setki majstrów i robotników na każde skinienie oraz... – zawahał się przez moment – pełna swoboda twórcza.

Dzięki temu zawahaniu zrozumiałem, że de Vriijs nie uzyskał podobnej swobody ze strony arcybiskupa czy też jego kancelarii, co z całą pewnością musiało go złościć. Zwłaszcza kiedy wiedział, że największy rywal cieszy się niedostępnymi jemu samemu względami.

– Nadal jednak nie wiem, w jakiej mierze może wam pomóc Święte Officjum – rzekłem.

– Dziwne rzeczy się dzieją – odparł i znowu wpatrzył się w niebo.

Cierpliwie czekałem, aż raczy wyjaśnić, co rozumie przez słowo „dziwne".

– Mam ciągłe wypadki na budowie, robotnicy giną jak muchy, a ostatnio ktoś zarżnął mojego naczelnego inżyniera. – Westchnął i widać było, że jest prawdziwie zasmucony. Obawiałem się jednak, że to nie ludzka krzywda go tak martwi, lecz związane z nią opóźnienia. – Jak tak dalej pójdzie, nie tylko nie zdążę przed Schumannem, ale życia mi nie wystarczy na doprowadzenie budowy do końca.

– Czy przy wielkich pracach wypadki nie są czymś zwyczajnym?

– Nie na taką skalę. – Znowu westchnął. – To wygląda, jakby ktoś klątwę na mnie rzucił, zły urok czy co tam... I jeszcze Otton, jakby mało było kłopotów... – Machnął ręką. – Zaszlachtowali go jak wieprza.

Jako człowiek z natury bystry domyśliłem się, że architekt ma na myśli głównego inżyniera.

– Gdzie to się stało?

– W porcie. „Pod Cycatą Kasieńką", a w każdym razie niedaleko...

– Ten wasz Otton pił?

– A kto nie pije, panie Madderdin? – niemal się obruszył.

– Grał?

– A kto nie gra?

– Wygrywał?

– Ba! Ten człowiek miał złote ręce. I do karciątek, i do kosteczek.

Po nagłej słodyczy w głosie de Vriijsa domyśliłem się, że i on sam nie stronił od podobnych przyjemności.

– I wy się dziwicie, że go zarżnęli? – Wzruszyłem ramionami. – Tu nie klątwy trzeba szukać, lecz oszwabionego albo puszczonego z torbami rywala.

De Vriijs zacisnął mocno usta i spojrzał na mnie koso.

– Panie Madderdin, ja wiem doskonale, czego uczą w Akademii Inkwizytorium i że przykazują, by zagadek nie tłumaczyć tajemnicami, a niewyjaśnionego nie rozwiązywać za pomocą niewytłumaczalnego...

– Tak właśnie jest – przyznałem mu rację. – A podobne zagadnienie nie jest wam obce, gdyż...? – zawiesiłem głos.

– Gdyż przez dwa lata studiowałem tam, gdzie i wy! Nawet tego wam nie powiedziano? – Skrzywił się z niezadowoleniem.

Ach, więc o to chodziło! De Vriijsowi postanowiono pomóc z uwagi na fakt, że był niedoszłym inkwizytorem. Z tego też powodu o pomoc dla architekta prosiła nas Koblencja, będąca siedzibą Akademii Inkwizytorium. Tymczasem rozzłoszczony de Vriijs palnął dłonią w ścianę.

– Na ciernie i gwoździe! – zawołał. – Czy uznali, że nie zasługuję choć na odrobinę szacunku? W dodatku was mi tu przysłali. Ile wy w ogóle macie lat? Kiedy skończyliście naukę w Akademii?

– Jestem mistrzem Inkwizytorium, któremu przyznano czasową licencję na terenie miasta Christianii i okolic. I niech to wam wystarczy, panie de Vriijs – powiedziałem bez gniewu, lecz stanowczo.

– Dobrze, dobrze, wybaczcie – rzucił wcale nie przepraszającym tonem. – Myślałem tylko, że przyślą mi kogoś starszego, doświadczonego w pasowaniu się z siłą nieczystą, człeka gorejącego od rozpalonego w nim ognia wewnętrznej świętości.

No, no, szanowny de Vriijs chyba rozminął się z powołaniem! Może powinien zostać poetą? Kto wie, czy nie potrzebowaliśmy poetów bardziej niż architektów? Przynajmniej tom wierszy kosztował mniej niż katedra. Zarówno w złocie, jak i ludzkich życiach.

– Niestety, macie do dyspozycji mnie – stwierdziłem lekko. – Ale postaram się wam pomóc nie tylko z uwagi na polecenie przełożonych, lecz i z uwagi na niegdyś łączące nas szlachetne powołanie.

Mówiłem szczerze, gdyż tak właśnie wyglądały sprawy w przypadku dawnych uczniów Akademii Inkwizytorium, którzy nie zakończyli edukacji i nie stali się funkcjonariuszami Świętego Officjum. Jeżeli rozstanie przebiegło w zgodzie, Inkwizytorium życzliwym wzrokiem przyglądało się dalszej karierze swych niegdysiejszych uczniów, często wspomagając ich finansowo. Oczywiście nie za darmo, ponieważ dzięki podobnemu postępowaniu mieliśmy na terenie całego Cesarstwa grono oddanych współpracowników. Co ważne, nikt oprócz najwyższych władz Świętego Officjum nie wiedział, kto znajduje się na tej liście sojuszników. A często bardzo się przydawali, bo zdarzało się, że robili wielkie kariery w swych profesjach. De Vriijs był tu najlepszym przykładem.

– Bardzo uprzejmie z waszej strony – odrzekł architekt. – Czy jednak nie będzie niedyskrecją, jeśli spytam, w jaki sposób zamierzacie zasięgnąć języka? Ha! – Plasnął dłońmi o uda. – Może przebierzecie się za murarza i zgłosicie do pracy u Schumanna? Albo choćby jako prosty robotnik...

Z całą pewnością. Właśnie tego brakowało mi w życiu i do tego się paliłem. Do noszenia cegieł, pracy w skwarze lub deszczu oraz ciągłego popatrywania, czy kamień nie zlatuje mi na łeb. Ale nie chciało mi się tego tłumaczyć, więc wyciągnąłem przed siebie ręce.

– Spójrzcie na moje dłonie, panie de Vriijs. Czy tak wyglądają dłonie człowieka nawykłego do fizycznej pracy?

– Rzeczywiście. – Najwyraźniej zasmucił się, że jego pomysł okazał się nie tak genialny, jak sądził. – Co więc uczynicie?

– Odwiedzę Schumanna, przedstawię się i opowiem o skierowanych przeciw niemu podejrzeniach.

– Na miecz Pana! Czyście zwariowali?! – wykrzyknął de Vriijs, a twarz tak mu poczerwieniała, jakby za chwilę miała go trafić apopleksja.

– *Ileż razy mam cię zaklinać, byś mówił mi tylko prawdę w imieniu Pana?* – zacytowałem Pismo.

– *Co to jest prawda?* – odpowiedział natychmiast.

– *Piękno jest prawdą, prawda pięknem* – tym razem powołałem się na mniej świętą księgę niż poprzednio, lecz cytat wydawał mi się utrafiony w sedno.

– Dość, dość, dość! – Zamachał sobie dłonią tuż przed samymi ustami, tak jakby miał nieświeży oddech i próbował go rozwiać na cztery strony świata. – Nie w tym rzecz, byśmy się sprzeczali, lecz byście okazali się skuteczni w działaniu. A jak zamierzacie tego dokonać, kiedy Schumann będzie wiedział, kim jesteście, i zacznie się pilnować na każdym kroku?

– Jeśli naprawdę jest winny, to kto wie, może moje pojawienie się sprowokuje go do działania. A pamiętajcie też, że uczciwy człowiek może odkryć przed inkwizytorem całe swe życie bez strachu, iż zostanie ujawnione coś, co zajęłoby uwagę Świętego Officjum.

– O, już wy potraficie sobie znaleźć zajęcie. – Uśmiechnął się ironicznie. – Niezależnie od tego, co kto robi czy myśli.

– Chcielibyście porozmawiać ze mną o ideach przyświecających działalności Inkwizytorium i metodach pracy jego funkcjonariuszy? – Zmrużyłem oczy.

– Dajcie spokój, mistrzu Madderdin – de Vriijs chyba trochę się przestraszył, że język zaprowadził go zbyt daleko. – Proszę was tylko o jedno. Przyjrzyjcie się temu łajdakowi z całą wynikającą z doświadczenia uwagą. A jeśli spowodujecie, że Schumann zniknie stąd raz na zawsze, obiecuję wam wynagrodzenie godne waszych trudów.

– Szybko się męczę – powiedziałem. – Więc mam nadzieję, że w razie czego uwzględnicie ten fakt w swoich rachunkach. I wierzcie mi – dodałem już poważnym tonem – że mój sposób na wybadanie Schumanna jest lepszy niż wasz. Kłamstwo niezwykle często jest sprawcą kłopotów, których uniknęłoby się, mówiąc prawdę.

– Bardzo szlachetne wyznanie – skrzywił usta. – Szkoda, że w teorii brzmi piękniej niż w praktyce.

I właśnie dlatego, że tak sądzisz, jesteś architektem, nie inkwizytorem, pomyślałem.

Poznałem jednego z graczy na, mówiąc szumnie, christiańskim rynku architektonicznym, przyszedł zatem czas, by poznać drugiego i przekonać się, jakim jest człowiekiem. W przeciwieństwie do de Vriijsa, który zajmował ogromną, piękną willę w najlepszej dzielnicy miasta, Dietrich Schumann zdawał się nie mieć pociągu do luksusu. Wyznaczył mi spotkanie w skromnym drewnianym budyneczku, który pełnił rolę jego pracowni, biura, zapewne często również sypialni. A dzięki znakomitemu położeniu, na pagórku łagodnie wznoszącym się nad placem budowy, architekt mógł stale doglądać trudzących się robotników.

Schumann nie wyglądał jak jeden z najsłynniejszych budowniczych Cesarstwa. Miał niemal kwadratową twarz z brązową, łuszczącą się od słońca skórą i bary godne robotnika z kamieniołomów. Na środku głowy wyrastał mu wiecheć jasnych, postrzępionych włosów, co całemu obliczu nadawało wygląd suchego pora. Kiedy wyciągnął dłoń, by podać mi rękę, zauważyłem, że ma krótkie, grube palce o połamanych i zarośniętych brudem paznokciach.

– Nazywam się Mordimer Madderdin i jestem licencjonowanym inkwizytorem skierowanym do miasta Christianii – wyjaśniłem.

– Wiem, wiem – rzekł pogodnym tonem. – Nic się nie ukryje w naszym małym, spokojnym miasteczku.

To właśnie tyle, jeśli chodzi o genialny plan de Vriijsa, każący mi podawać się za kogoś innego. Ależ bym się wystawił na pośmiewisko! Zresztą zniósłbym to mężnie, gdyż skóra inkwizytorów miała odporność hartowanego żelaza, lecz przecież nie o mnie chodziło, a o powagę instytucji, którą reprezentowałem!

– Nie takie znowu ono małe, skoro stać je na dwie katedry.

Poprosił, bym zajął jedyne w jego pracowni krzesło, a sam przysiadł na brzegu stołu.

– Napijecie się czegoś? Może przekąsicie?

Spojrzałem za okno, na rozpalony słońcem dziedziniec, po którym snuli się ledwo żywi, półnadzy robotnicy.

– Dalibyście im odpocząć chociaż w czasie największej spiekoty. Przecież wam tu wyzdychają, nie zbudują katedrę.

– Nie ci, będą inni. – Uśmiechnął się szeroko.

Zauważyłem, że ma poszczerbione zęby, tak jakby usiłował zgryzać nimi kamienie. Wyobraziłem go sobie stojącego wśród dostawców surowca i próbującego każdej partii kamieni, niczym kupiec sprawdzający złote monety.

– Tutaj, mistrzu, liczą się majstrowie, wykwalifikowani murarze, biegli cieśle. A co mnie może obchodzić zwykły tragarz czy zwykły kopacz dołów? Oni są jak narzędzia. Zużywają się z biegiem czasu, więc obstalowujemy następnych.

– Cóż, nie można wam odmówić pragmatyzmu – powiedziałem beznamiętnie. – A co do waszego łaskawego pytania, to jeśli macie szklaneczkę wina, chętnie bym się napił.

– Sądzicie, że latem trunek i południowe słońce idą w parze?

Roześmiałem się.

– Dla mnie wino może iść w parze z czymkolwiek – odparłem. – Choć najlepiej z piękną dziewczyną.

– O, to, to... – Żartobliwie pogroził mi palcem. – Wesoły z was człowiek, mistrzu, więc z przyjemnością dotrzymam wam towarzystwa, a przy winku milej zleci nam rozmowa. Bo jak rozumiem – spojrzał z filuternym uśmieszkiem, który wręcz nadzwyczajnie nie pasował do jego z gruba ciosanej twarzy – chcecie mnie o wiele rzeczy wypytać.

Ani nie potwierdziłem, ani z grzeczności nie zaprzeczyłem, gdyż przecież obaj świetnie wiedzieliśmy, że nie zjawiłem się u niego, by pobierać lekcje architektury.

– De Vriijs was na mnie nasłał – stwierdził, kiedy rozlał już trunek do wysokich cynowych kubków. – O co znowu ten nieszczęśnik mnie podejrzewa?

– Inkwizytorów się nie nasyła, panie Schumann – sprostowałem łagodnie. – A jeśli nawet, to na pewno nie może nami powodować architekt. Choćby najsławniejszy...

– Najsławniejszy ja jestem – w jego głosie nie usłyszałem ani dumy, ani nuty przechwałki, ani samozadowolenia. Schumann po prostu w beznamiętny sposób stwierdził oczywisty dla niego fakt, o którym sądził, iż równie oczywisty powinien być także dla wszystkich innych.

– Każda pliszka swój ogonek chwali – rzekłem, by go sprowokować, i uniosłem kubek. – Za sławnych architektów, panie Schumann.

Umoczyłem usta, on natomiast opróżnił swój kubek do dna, po czym strzyknął śliną przez zęby. Cóż, maniery miał raczej godne kopaczy dołów, którymi tak pogardzał.

– Kwaśne i ciepłe – mruknął. – Co za czasy... Ale, ale, nie raczyliście mi odpowiedzieć, czy może odpowiedzieć nie chcieliście lub wam zabroniono. O co podejrzewa mnie ten biedak de Vriijs?

– Z jakiego powodu nazywacie go biedakiem? – zrewanżowałem się pytaniem.

– Gdyż człowiek, który musi żyć w cieniu olbrzyma, nigdy nie zazna szczęścia ani spokoju ducha. Rozumiecie, co mam na myśli?

– Rzecz jasna, nie mam wątpliwości, że wy jesteście rzeczonym olbrzymem. – Uśmiechnąłem się. – A przynajmniej na takiego wyglądacie we własnych oczach.

– Nie, nie – pomachał palcem wskazującym. – To nie tak, mistrzu Madderdin, jak sugerujecie. Ja wiem, de Vriijs wie i wszyscy na świecie wiedzą, że Dietrich Schumann wyprzedził swą epokę – tym razem w jego głosie pobrzmiewała duma. – To ja swobodnie kroczę takimi ścieżkami, w stronę których inni lękają się nawet spojrzeć. Nie jesteście artystą, więc może nie tak łatwo wam pojąć podobnie hermetyczne zagadnienia, lecz wierzcie mi, że architektura jest czymś więcej niż tylko sztuką.

Obrócił na mnie wzrok, a jego twarz zdawała się niemal jaśnieć niczym oblicza przeżywających ekstazę mistyków.

– Jest również rzemiosłem – kontynuował – wymagającym z jednej strony największej uwagi oraz ostrożności, z drugiej – wyobraźni, inwencji oraz odwagi. Architekt musi godzić wodę z ogniem w sposób tak kunsztowny, by samemu się nie poparzyć. Architekt musi być prorokiem, wizjonerem oraz wieszczem, a jednocześnie skrupulatnym matematykiem, geometrą i mierniczym, znawcą materii grzebiącym w pyle i kamieniach oraz skutecznym dowódcą armii zatrudnianych robotników. Architekt musi, mistrzu Madderdin, płynąć wśród przestworzy niczym Ikar, lecz jednocześnie nie dać się ponieść fantazji na tyle, by stale dźwięczało mu w uszach Dedalowe przypomnienie: „Nie leć zbyt wysoko!". – Przy słowie „Ikar" rozpostarł ramiona, jak gdyby miały być skrzydłami, a przy słowach „nie leć" jedno ze skrzydeł zamienił na grożący i przestrzegający palec.

No cóż, niezłą pantomimę mi tu odegrał... Jednak łączyło go z de Vriijsem więcej niż wspólny fach. Pokiwałem głową ze zrozumieniem.

– Ujmując rzecz przystępniej, chodzi o to, by budowana przez was katedra stanowiła nie tylko dzieło sztuki, ale przy okazji nie zawaliła się nikomu na łeb – podsumowałem jego wywód. – Mam nadzieję, że dobrze zrozumiałem sens waszych słów?

Skrzywił się, a ramiona mu opadły niczym sklejone woskiem skrzydła w promieniach słonecznych.

– Nie do końca – mruknął wyraźnie niezadowolony. – Niech wam jednak będzie, skoro tak to chcecie rozumieć.

– Wybaczcie, jeśli niezbyt dobrze pojąłem wasze rozważania, lecz nigdy nie zastanawiałem się nad trudami pracy architektów.

I to akurat była szczera prawda. W naszym prześwietnym Cesarstwie wiele się buduje. Wiele wspaniałych kamiennych i ceglanych kościołów, katedr, zamków czy pałaców. Ba, duchownych i szlachtę chętnie naśladowali mieszczanie. Ileż to w ostatnich latach widziałem wznoszonych właśnie ratuszów, sukiennic lub kamienic! A nawet łuków triumfalnych, których powstanie miało uświetnić przybycie do miasta znakomitej osobistości. Ale pomimo że wszystko to obserwowałem na własne oczy i wiedziałem, iż w niektórych regionach Cesarstwo przypomina wielki plac budowy, nie zastanawiałem się, jak pieczołowitego przygotowania wymagają podobne przedsięwzięcia. Przecież ktoś musiał kierować poczynaniami robotników, ktoś musiał z dużym wyprzedzeniem planować i koordynować wszelkie działania, ktoś musiał zamawiać, przewozić i składować budulec, ktoś musiał szlifować kamienie, ktoś musiał wyrabiać zaprawę, wreszcie ktoś musiał dbać o pożywienie dla całej trudzącej się w pocie czoła czeredy. Nie mówiąc już o tym, że ktoś musiał opracowywać dokładne kosztorysy. Rzeczywiście miał rację Schumann, porównując stojącego na czele robót architekta do wodza armii. Oczywiście miał pod swoją komendą, tak jak mają wodzowie, niższych oficerów, lecz w efekcie przecież on osobiście miał zaznać chwały zwycięstwa lub goryczy porażki. On i tylko on miał zapisać się w pamięci potomnych. Dobrze lub źle. Zresztą nierzadko się zdarzało, że architektom nie było dane ujrzeć efektów wieloletniej pracy, gdyż niektóre z budów ciągnęły się w nieskończoność, zwłaszcza kiedy zamawiającemu gmach nagle kończyły się fundusze.

Tak się zamyśliłem, że dopiero po chwili dotarło do mnie, że Schumann coś powiedział.

– Wybaczcie. – Otrząsnąłem się. – Moglibyście powtórzyć, z łaski swojej?

Znowu się skrzywił, najwyraźniej nie należał do ludzi, którzy lubiliby cokolwiek powtarzać. No, może jedynie wtedy, kiedy stęsknili się już za brzmieniem własnego głosu.

– Mówiłem, że my, budowniczowie, jesteśmy solą tej ziemi – rzekł. – Od najprostszego robotnika po samego architekta.

– Zapewne macie rację – odparłem uprzejmie.

Wyglądałem właśnie przez okno, więc zauważyłem, jak jednemu z tragarzy ręce załamały się pod ciężarem kosza pełnego kamieni. Najpierw uklęknął, później bryznął krwią z półotwartych ust, aż wreszcie zwalił się twarzą wprost w piach. Cóż, tragarz może niekoniecznie był solą ziemi, ale zdaje się, że właśnie rozpoczynał proces stawania się jej nawozem.

Schumann najwyraźniej musiał podążać za moim wzrokiem, ponieważ usłyszałem, że ciężko wzdycha.

– Jakże nietrwałe jest ludzkie życie – powiedział z takim rozżaleniem, iż gdybym nie poznał jego wcześniejszych opinii, pomyślałbym, że przejął się śmiercią robotnika.

– Amen – odparłem.

Spojrzał na mnie z wyraźnym smutkiem.

– Jedno uderzenie kamienia w łeb, żelazo w piersi, brak wody lub jedzenia, choroba... I już nie żyjemy, panie Madderdin. Czy Bóg nie mógł ulepić nas z trwalszego materiału?

Nie było to pytanie, które mógłby zadawać prawowierny chrześcijanin, bo też tkwiło w tym pytaniu jakieś powątpiewanie we wszechmocną siłę stwórczą Pana lub też, co gorsza, zarzucenie Mu złych intencji.

– Uważajcie, panie Schumann – przestrzegłem – by nie starać się odgadywać boskich planów, gdyż nie ma drogi, która szybciej prowadziłaby do herezji.

– Herezja – burknął. – Ja jestem prostym człowiekiem, mistrzu. Chwalę Pana, co nie przeszkadza mi rozmyślać nad ułomnościami ludzkiej natury.

– Nie myślcie więc za dużo – poradziłem mu. – Bo kto widzi przed sobą zbyt wiele ścieżek, ten łacniej może pobłądzić niż człowiek mający wytyczony prosty i jasny szlak.

Spojrzał na mnie tym razem z wyraźnym brakiem przychylności.

– No dobrze, powiecie mi wreszcie, czego właściwie chcecie, czy przyszliście tylko podzielić się ze mną garścią morałów? Pragniecie przeprowadzić śledztwo? Oskarżyć kogoś? Dysponujecie, jak rozumiem, odpowiednimi dokumentami?

– Otrzymałem licencję obowiązującą na terenie miasta i jego okolicy – wyjaśniłem. – A ta licencja pozwala mi zadawać jakie chcę pytania i komu chcę. Oraz obliguje wszystkich, by na te pytania odpowiadali.

– Nie mam nic do ukrycia. Abyście mi w pracy nie przeszkadzali.

Ludzie rzadko zwracają się w podobnym tonie do inkwizytorów, lecz pewność siebie Schumanna wynikała zarówno z faktu, że znajdował się pod opieką potężnego zakonu, jak i z tego, że był sławnym oraz uznanym architektem, cieszącym się zapewne koneksjami w najwyższych sferach.

– Nie ośmieliłbym się – odparłem.

– De Vriijs pewnie skarży się, że wszystko mu nie tak idzie, jak trzeba, co? Że rzucam na niego uroki albo klątwy? – Roześmiał się. – Coś jeszcze wymyślił oprócz tego?

– A idzie mu? Ma powody do użalania się?

– Jeśli się bierze na głównego inżyniera pijaczynę i szulera, to człowiek nie ma prawa się dziwić, że ktoś go zaszlachtował. A jeśli się nie potrafi upilnować robotników, to nic dziwnego, że powodują wypadki. A jeśli się nie najęło nowych na miejsce zabitych czy okaleczonych, to nie ma się co dziwić, że brakuje rąk do pracy. A jeśli brakuje rąk do pracy, to nie ma się co dziwić, że harmonogram bierze w łeb.

– Czyli zwyczajna nieudolność...

– Wyście powiedzieli.

– Ale de Vriijs pracował przy wielu budowach i nie raz musiał mieć kłopoty. A nigdy nie wysuwał podobnych hipotez...

– Hipotez! – żachnął się Schumann. – Bezpodstawnych oskarżeń i kalumnii, nie żadnych hipotez. Wszystko dlatego, że pierwszy raz pracujemy obok siebie. Ten biedak wie, że przewyższam go pod każdym względem, więc będzie się imał wszelkich sposobów, by mi zaszkodzić.

– Nie zetknęliście się do czasu Christianii?

– Powiem wam więcej! Nie zetknęliśmy się nawet tutaj. Ja w życiu tego nieszczęśnika na oczy nie widziałem. Niby jesteśmy w Christianii od kilku miesięcy, jednak jakoś się nie złożyło. I zresztą pewnie dobrze, co sobie ma krew psuć...

– Dziękuję wam uprzejmie – powiedziałem. – I byłbym wdzięczny, gdybyście przydzielili mi kogoś znającego teren. Chciałbym się rozejrzeć, porozmawiać z ludźmi... Nie przysięgniecie przecież, że ktoś nie szkodzi de Vriijsowi bez waszej wiedzy?

– Dobrze wiecie, że nie przysięgnę. – Zmarszczył brwi. – Choć wydaje mi się to wysoce nieprawdopodobne. Ale pytajcie, chodźcie, szukajcie. Żeby potem nie było, że Dietrich Schumann miał cokolwiek do ukrycia. Wiedzcie i zakonotujcie sobie w pamięci, inkwizytorze, iż jestem niczym kryształ.

Przytaknąłem, na pozór zgadzając się z jego słowami.

– Postarajcie się więc nie upaść, gdyż kryształom nie wychodzi to na dobre – poradziłem mu bez uśmiechu.

Odpowiedział mi wejrzeniem równie śmiałym co ponurym.

– Nie zawracajcie mi już głowy, inkwizytorze – rzekł. – Ja tu przybyłem, żeby pracować, a nie bawić się w słowne fechtunki. A moi chlebodawcy nie lubią, naprawdę nie lubią darmozjadów. Czego zresztą się od nich nauczyłem...

Nie było żadnej wątpliwości, iż uprzejmy architekt miał na myśli właśnie mnie. Cóż, inkwizytorów nazywano gorszymi mianami niż mianem darmozjada, więc nie zamierzałem się obrażać. Zobaczymy jeszcze, kto uczciwiej zapracuje na swoją pajdeczkę chleba i kubeczek wody.

Majster przydzielony mi przez Schumanna okazał się młodym, bystrym mężczyzną, wyraźnie zafascynowanym zarówno swoim zwierzchnikiem, jak i ogromem czekających prac. Szczerze mówiąc, jego entuzjazm szybko mnie znudził, gdyż nie byłem w stanie doszukać się wielkiej myśli architektonicznej w tych zwałach piachu, ziemi i kamieni, które otaczały nas wszędzie wokół, oraz w labiryncie rowów, które zdawały się przecinać plac budowy w całkowicie pozbawionej sensu kompozycji. Zdawałem sobie sprawę, iż widzę dopiero początek wielkiej budowy, niemniej na razie miałem dość spiekoty oraz wszechobecnego kurzu obsypującego ubranie, twarz i włosy, wdzierającego się w nozdrza i dławiącego gardło. Byłem spocony, brudny i ciągle kasłałem, podczas gdy mój przewodnik wydawał się niemal tańczyć pośród piachu i kamieni, a usta mu się nie zamykały, kiedy perorował na temat wielkiej budowy oraz zachwycał się, jakież to ma szczęście, że może uczestniczyć w tak monumentalnym przedsięwzięciu (od czasu do czasu tylko spluwał, by pozbyć się nadmiaru pyłu z otwartej gęby). Toteż pożegnałem go z ulgą, gdy już obeszliśmy plac, i odchodziłem z przeświadczeniem, iż Schumann nieprzypadkowo podesłał mi tego właśnie błazna. Wyobrażałem sobie, iż musiał uznać to za doskonały żart.

Następnego dnia zwróciłem się z podobną prośbą, prośbą o przydzielenie doświadczonego przewodnika, do de Vriijsa. Ten na szczęście wybrał mi za towarzysza człowieka dużo spokojniejszego i bardziej wyważonego w zachowaniu niż majster Schumanna. Mężczyzna nazywał się Karl Grieg, miał twarz obsypaną wątrobianymi plamami i naznaczone starą blizną usta skrzywione w taki sposób, iż wydawało się, że ciągle się uśmiecha. Wielką jego zaletą było, że odzywał się głównie wtedy, kiedy o coś pytałem, i nie sądził, iż najlepszym dla mnie zajęciem będzie napawanie się urokiem jego głosu oraz zachwycanie głębią przemyśleń. Cóż, tak przynajmniej było na początku, ponieważ później, kiedy doszliśmy do nieco bardziej zażyłej konfidencji, okazał się jednak człowiekiem lubiącym zarówno własny głos i własne żarty, jak i wygłaszającym komunały, tyrady oraz filipiki. Znosiłem to z uwagi na fakt, że okazał się użytecznym narzędziem.

Jeśli chcecie znaleźć dowody winy jakiegokolwiek człowieka, namówcie na szczerą rozmowę ludzi mu niechętnych, ludzi, których skrzywdził, lub przynajmniej takich, którzy czują się skrzywdzeni. Doskonałym pomysłem jest również pogawędka z dłużnikami upatrzonej ofiary. Podniesie ich na duchu i skłoni do obszernej spowiedzi świadomość, że wierzyciel już niedługo trafi przed sąd inkwizycyjny. A przecież trupowi nie trzeba będzie spłacać długów. Musiałem więc odnaleźć ludzi, którzy mieli prawo źle wspominać Schumanna. A gdzież łatwiej ich znaleźć, jak nie wśród robotników lub majstrów, którzy zostali wyrzuceni z pracy lub sami z niej odeszli?

– Panie Grieg, powiedzcie, z łaski swojej, czy macie na listach płac ludzi, którzy wcześniej pracowali u Schumanna?

– Pewnie. – Wzruszył ramionami. – Wiecie, jak jest: nabroi coś u Schumanna jeden łobuz z drugim, to idzie do nas, nabroi u nas, idzie do Schumanna. Zwykła sprawa.

– Czy zdarzyło się tak w przypadku kogoś na wyższym stanowisku? Na przykład któregoś z głównych majstrów lub administratorów?

Grieg zmarszczył brwi, po czym wolno pokręcił głową.

– Nic takiego sobie nie przypominam. Poszukam w dokumentach, rozejrzę się, ale szczerze wątpię...

– Słyszeliście, by ktoś żywił osobistą urazę do Schumanna?

Prychnął.

– Każdy z tych, którzy odeszli.

– Nic szczególnego? Prawdziwa niechęć, może nawet nienawiść. W końcu z tego, co widziałem, Schumann nieszczególnie przejmuje się wypadkami wśród robotników...

– Wypadki były, są i będą – odparł Grieg.

– Jednak Schumann nie kryje się z tym, że ludzi traktuje niczym narzędzia. To może budzić uzasadnioną wrogość.

– Rzeczywiście, wiecie co, jest taki jeden. – Grieg pstryknął palcami. – Nie pamiętam, jak go nazywali. Na budowie u Schumanna zginęli jego dwaj bracia.

– Jak to się stało?

– No, wybaczcie, ale...

– Pracuje teraz u was?

– Nieeee – pokręcił głową. – To pijus, leń i rozrabiaka. Wylaliśmy go kilka dni po tym, jak zaczął. Zapamiętałem go tak dobrze, bo wygrażał panu de Vriijsowi, nawet poszedł awanturować się pod jego dom. Bóg wie zresztą jakim cudem, bo nie miał glejtu, a za mury miejskie bez glejtu przejść nie można.

– Jak to?

– No wiecie, najpierw robotników prowadzi się do pracy do miasta pod strażą, a potem wyprowadza również pod strażą. Sami za mury nie mogą przejść, chyba że któryś dostanie glejt, ale to w zasadzie rzecz zastrzeżona dla poważnych majstrów, inżynierów albo administratorów.

– Mądrze. Ale powiedzcie, z łaski swojej, gdzie znajdę tego rozrabiacza?

Grieg podrapał się po krótkiej szczecinie zarastającej mu czaszkę.

– Wypytam i doniosę wam co i jak.

– Bardzo będę wam wdzięczny. A znacie może kogoś, komu Schumann szczególnie ufa? Kogoś, komu powierzyłby swe sekrety? Ma tu żonę, kochankę, może ulubionego chłopca?

– Nie, mistrzu, nie. To człek nieużyty. Samotny jak palec. Ani nikogo lubi, ani na lubieniu mu nie zależy. Najwięcej pewnie wie Negr...

– Co za Negr?

– A taki jeden, chodzi za nim krok w krok.

– Na budowie go nie zauważyłem.

– Na własnym placu w ciągu dnia Schumann czuje się bezpiecznie, to i Negrowi czasem daje wolne.

– Rozumiem. A powiedzcie jeszcze, może wiecie, jak ma się sprawa z dostawcami? Czy Schumann nie zalega komuś z pieniędzmi, nie oszukał kogoś?

– Ano wiecie, że nie – odparł po chwili namysłu Grieg z dość wyraźnym zdziwieniem. – Zresztą nie możemy ani my, ani oni zrażać sobie pośredników. Powiedziałbym nawet, że musimy z tymi kanaliami obchodzić się jak ze śmierdzącym jajem.

Cóż, najwyraźniej dostawcy doskonale zdawali sobie sprawę, że między Schumannem a de Vriijsem, a co za tym idzie – między zakonem a arcybiskupem, wrze śmiertelna wojna i postanowili wykorzystać ten fakt, podbijając ceny i grożąc niedotrzymywaniem terminów transportów, w wypadku jeśli nie będą solidnie i na czas opłacani. I trudno było się dziwić. W końcu trafiła im się nie lada gratka.

– A wie pan, mistrzu Madderdin, co będzie dalej? Schumann już pozamawiał prace u najlepszych rzeźbiarzy, już zamówił witraże, wysłał plany dla złotników, zarezerwował terminy u malarzy. – Grieg machnął ręką. – Jeszcze nawet nie ma fundamentów, a myśli o wnętrzach...

– Chwali mu się, iż przezornie patrzy w przyszłość.

– Żeby tylko w tej przyszłości nie został z posągami, rzeźbami, witrażami i malowidłami na gołym placu. – Administrator rozciągnął usta w złośliwym uśmiechu.

Ja uśmiechnąłem się również, gdyż spodobała mi się wizja przedstawiająca aroganckiego Schumanna rozpaczającego na wielkim wysypisku zasłanym dziełami sztuki, których nie ma gdzie umieścić i które niszczeją w słońcu oraz w deszczu.

– Zadam wam jeszcze delikatne pytanie, panie Grieg, i z łaski swojej odpowiedzcie szczerze. Czy w Christianii, zwłaszcza teraz, kiedy tylu pojawiło się tu przyjezdnych robotników, działa organizacja, której członkowie nie lubią o sobie mówić, za to lubią wszystko i o wszystkich wiedzieć?

Grieg skrzywił się, potem niechętnie skinął głową.

– A gdzie ich nie ma – mruknął. – Nie wiem, jak było przed rozpoczęciem budowy, ale teraz są wszędzie.

– Od waszego pryncypała również ściągają haracz?

Grieg odetchnął głęboko. Wyraźnie przez chwilę zastanawiał się, co odpowiedzieć.

– Panie Madderdin – rzekł w końcu – nie nazwałbym tego haraczem. Oni pilnują, by nie było złodziejstwa ani rabunków, czy to już tu, w Christianii, czy po drodze do miasta. W zamian za to pobierają stosowne wynagrodzenie, z tego, co wiem, naprawdę niewielkie w porównaniu z tym, od jak wielkich szkód nas strzegą...

– Powinniście dodać, iż szkody te sami by uczynili. Tak więc sprytnie pobierają od was haracz w celu strzeżenia was przed nimi samymi – nie mogłem się powstrzymać od wyrażenia opinii na temat tego, co sądzę o opłacaniu się bandytom.

– Ja tam w ogóle nic nie wiem. – Grieg nerwowo wzruszył ramionami i najwyraźniej postanowił uciec od tematu. – Po co w ogóle pytacie o tongi? Nie wiecie, że im mniej się o nich mówi, tym dłużej się żyje?

Spojrzałem na niego. Każdy dzieciak w naszym przesławnym Cesarstwie wiedział, czym są tongi. Świetnie zarządzaną organizacją przestępczą. Żebracy, złodzieje, płatni zabójcy, bractwa akademickie, dziewczęta lekkich obyczajów, większość kupców – wszyscy musieli opłacać się tongom. One nadawały przestępstwom pewne formy organizacyjne, a to działało przecież na korzyść porządku w mieście. Bo nie ma nic gorszego od anarchii! Wszak samo państwo jest niczym innym jak zorganizowanym terrorem, a wyobraźcie sobie tylko nasze życie bez państwa. Tyle że nikt do końca nie wiedział, kto za tongami stoi. Czasami padały podejrzenia, że głównymi przywódcami tej świetnie zakonspirowanej organizacji są prawdziwie wybitne persony. Mówiło się o szanowanych bankierach, biskupach czy książętach.

Tongi nie zajmowały się spiskami, herezjami oraz religią, a my przymykaliśmy oko na ich pracę, niekiedy też chroniliśmy przed gniewem wymiaru sprawiedliwości. Na przykład w Koblencji burgrabia co prawda dostawał haracz od tongów, ale jednocześnie lubił przeprowadzać głośne akcje połączone z wieszaniem, ćwiartowaniem oraz łamaniem kołem. Za czym, jak łatwo się domyślić, nie przepadali członkowie przestępczego bractwa. No ale cóż, taki miał zawód i z jego wykonywania rozliczał go cesarski namiestnik. Czasami Święte Officjum potrafiło złagodzić taki wybuch gniewu namiestnika. Rzecz jasna, nie bez własnej korzyści.

– Wybaczcie. Chciałem tylko wiedzieć, czy działają, bo jeśli tak, to mają tu na pewno jakiegoś swojego główmego łotrzyka, więc jeśli będzie trzeba, potrząsnę nim raz czy drugi, by powiedział, co wie...

– Na świętego Szymona Palownika! Chcecie przesłuchiwać księcia tongów? – Grieg otworzył szeroko oczy. – Życie wam niemiłe?

Poklepałem majstra po ramieniu i uśmiechnąłem się. Nie zamierzałem bynajmniej, jak to ujął, „przesłuchiwać" żadnego łajdaka z tongów, niezależnie od tego, czy podkomendni nazywali go hrabią, księciem czy cesarzem. Sądziłem po prostu, iż może nadejść czas, kiedy szczera, otwarta i nieskrępowana rozmowa z tym człowiekiem stanie mi się pomocna w prowadzeniu śledztwa. Inkwizytorium i tongi starały się nie wchodzić sobie wzajemnie w drogę. Oni zajmowali się ściąganiem haraczy (zgrabnie nazywali to „płaceniem składek w celu pokrycia kosztów funkcjonowania stowarzyszenia"), my ścigaliśmy heretyków oraz czarowników i poświęcaliśmy się naprawianiu ludzkich dusz. Niewiele więc nas łączyło. Czasami jednak korzystaliśmy z informacji przekazywanych przez tę organizację, sporo wiedzącą o tym, co dzieje się w wielkich miastach. Za pomoc przy wyjątkowo ważnych lub skomplikowanych sprawach tongi żądały od Inkwizytorium określonych przysług, natomiast pomoc w sprawach pomniejszych traktowały jako korzystną inwestycję na przyszłość. Na przykład licząc na to, że kiedy jakiś oszalały z bólu heretyk wymieni na torturach ważnego członka ich bractwa jako swego wspólnika w zbrodni, to prowadzący przesłuchanie inkwizytor uprzejmie tych właśnie słów nie dosłyszy. Grieg pytał, czy życie jest mi niemiłe, skoro chcę przesłuchiwać księcia przestępców, ale z tego, co pamiętam, tongi nigdy nie przeprowadziły zamachu na inkwizytora. Słusznie uważały, że wywołałoby to chaos, a to stowarzyszenie lubiło spokój oraz porządek. Dlatego przetrząsający miasto inkwizytorzy, rozgniewani z powodu śmierci przyjaciela, byli ostatnim, o czym marzyliby przywódcy tongów. Bractwo to przypominało po prostu utrzymującego porządek ścierwojada, a trudno, by inkwizytorzy bali się ścierwojadów. Przecież to my jesteśmy od tego, żeby się nas bać, i nie wyobrażałem sobie księcia tongów, który wydałby rozkaz zabicia inkwizytora. Szybko by się okazało, że świat stał się dla niego bardzo malutki. W końcu heretykami mogą okazać się również złodzieje, szantażyści i płatni zabójcy, nieprawdaż?

– Aha – przypomniałem sobie jeszcze, kiedy Grieg szykował się już do wyjścia. – Pan de Vriijs opowiedział mi o śmierci Ottona. To był główny inżynier, prawda?

– Otton – westchnął Karl i machnął ręką. – Moim skromnym zdaniem, dostał to, na co zasłużył. I ja nawet nie wiem, czy Schumannowi na dobre wyjdzie jego śmierć.

– Bo?

– Bo do Christianii jedzie nowy inżynier, żeby u nas pracować. Solidny, surowy, zdolny. A Otton – znowu machnął dłonią – zajmował się pracą jedynie w chwilach wolnych od kart, kości, dziwek i pijaństwa.

– Niezły sposób na życie.

– Jak widać, tylko do czasu – nie bez racji podsumował Grieg. – Tak więc nie śmiem wam nic podpowiadać, a i pewnie pan de Vriijs nie byłby zadowolony, że to mówię, ale myślę, że Otton solidnie sobie zapracował na to, co go spotkało. Pewnie, że szkoda chłopa, bo dobry był z niego kompan...

Administrator de Vriijsa dobrze się spisał, gdyż zajrzał do mnie już następnego dnia, i to z informacjami, których żądałem.

– Mam człowieka, co go szukacie. Nazywa się Kramer. Gdzie mieszka, tego nie powiem, bo nie wiem. Ale każdego wieczoru albo pije, albo stara się wyżebrać parę miedziaków na picie.

– A gdzie pije?

– Będzie dwa miesiące, jak postawili taki barak nad rzeką. Sprzedają tam najtańsze piwo w mieście i gorzałkę tak smrodliwą, że wykrzywia mordę jak krowie. Mówię wam... – Machnął ręką.

– I ten Kramer tam pije?

– Ano pije. Tak jak reszta najgorszej hołoty. A żebyście zobaczyli dziwki, jakie tam się plączą!

– Coś dziwnie dużo wiecie o tym przybytku...

Roześmiał się w głos.

– Z ręką na sercu przyznam: ciekawość raz mnie zaciągnęła. I nigdy więcej, powiadam wam.

– No to jeszcze się poświęcicie i dzisiaj pójdziecie tam ze mną.

– Nie wiem. – Pokręcił głową. – To niebezpieczne miejsce, mistrzu Madderdin. Wiem, że jesteście inkwizytorem, ale dostaniecie nożem pod żebro, zanim zdążycie się przedstawić, a gdybyście zdążyli krzyknąć, kim jesteście, to nikt was nie usłyszy, a nawet jakby was usłyszano, to wszyscy będą tak pijani, że nie obejdzie ich wasza funkcja. Myśmy tam poszli w sześciu, i to na samym początku, jak jeszcze nie było tak źle.

– No tak – mruknąłem.

Niewątpliwie była to jakaś przeszkoda, ponieważ nie zamierzałem dać się zarżnąć spitemu do granic możliwości parobkowi. Zresztą szczerze mówiąc, nie zamierzałem dać się zarżnąć nikomu.

– Dziękuję za ostrzeżenie – powiedziałem. – Mimo wszystko bądźcie gotowi na wieczór. Ręczę, że nic się wam nie stanie.

Spojrzał na mnie wyraźnie nieprzekonany.

– Myślicie, że jestem samobójcą? – zapytałem łagodnie. – My, inkwizytorzy, niezwykle dbamy o własne życie, gdyż jesteśmy tak kosztownym narzędziem, że zmarnowanie go byłoby śmiertelnym grzechem przeciw woli Pana.

Zarżał ze śmiechu i widziałem, że tym razem trafiłem mu do wyobraźni.

– No, skoro tak pilnie dbacie o własną skórę, mam nadzieję, że zadbacie i o moją – rzekł. – Stawię się u was po zachodzie słońca.

Rzeczywiście postanowiłem zadbać o własną skórę, zatem skłoniłem de Vriijsa, by przyznał mi czterech ludzi ze swej straży. Bowiem architekt słusznie uznał, że miejska milicja nie zapewni wystarczającego porządku na jego budowie, więc utrzymywał (a raczej, ściślej mówiąc, utrzymywał za pieniądze arcybiskupa Christianii) złożoną z najemników ochronę. Byli to ludzie nie tylko obyci w żołnierskim fachu, lecz zdecydowanie bardziej zdyscyplinowani niż miejska hałastra. W sumie miał ich kilkunastu, jednak uznałem, że czterech najzupełniej wystarczy, by zapewnić nam należytą opiekę.

– Przykro słyszeć, że samo słowo „inkwizytor" nie budzi w dzisiejszych czasach trwożnego szacunku i musicie otaczać się zbrojnymi – złośliwie zauważył de Vriijs, kiedy wyłuszczyłem mu swą prośbę.

– Macie język tak ostry, że dziwię się, iż przy każdym słowie nie chlastacie sobie gęby na strzępy – odparłem.

Uśmiechnął się z satysfakcją, zupełnie jakby wziął moje słowa za rzeczywistą i szczerą pochwałę.

Wieczorne i nocne życie Christianii zdawało się przenosić niemal w całości nad rzekę. A w każdym razie tam właśnie przenosiły się najgorsze szumowiny, gdyż jak wyjaśnił mi wcześniej Grieg, władze miasta niechętnie wpuszczały za mury przyjezdnych robotników, słusznie obawiając się, że osobnikom tym wystarczy niewiele, by wywołać groźny tumult. Tak więc nad rzeką, za murami miejskimi, stały baraki i namioty pełniące rolę oberży, sklepów oraz zamtuzów. Wszystko tam było tanie oraz podłego gatunku. Włącznie z ludzkim życiem. Wokół kłębiła się czereda najrozmaitszego fachu oraz autoramentu. Oczywiście ci, których zatrudniano przy budowie katedry, ale również przekupnie, dziwki, cyrkowcy, partacze, złodziejaszki, muzycy, czyli cała ludzka mierzwa, jaka zwykle wlecze się w ślad za armiami. A i tu przecież mieliśmy do czynienia z armią, tyle że złożoną z robotników, mających przelewać na chwałę Pana nie krew, lecz pot. Chociaż krwi pewnie też miało wylać się sporo, jak mogłem choćby wywnioskować z rozmowy z Schumannem. I jak sam mogłem na własne oczy zaobserwować.

– Widzicie, to barak szpitalników. – Grieg, jakby czytając w moich myślach, wskazał solidną budowlę ogrodzoną płotem z desek. – Dobrzy bracia pielęgnują tych, co nie mieli szczęścia.

– Tak wiele zdarza się wypadków?

– Teraz to jeszcze nic. – Wzruszył ramionami. – Zobaczycie, co będzie, jak staną wysokie rusztowania, kiedy trzeba będzie transportować olbrzymie kamienie lub rzeźby. Istna zacznie się tu jatka, mówię wam. Teraz szpitalnicy mają trochę roboty, ale to zwykle jakieś tam byle stłuczenia, zbicia, zmiażdżenia, czasami odprysk kamienia komuś wyłupie oko, czyli w gruncie rzeczy nic szczególnego ani niebezpiecznego. Ale jak ludzie zaczną spadać z wysokości albo jak na nich samych zaczną spadać wielopudowe ciężary, dopiero mnisi będą mieli roboty!

– I zawsze tak bywa na budowach?

– Im większa budowa, tym więcej ofiar – mruknął Grieg. – Tego nijak nie unikniemy.

– Przynajmniej składają swe życie w zbożnym celu – westchnąłem.

Zauważyłem, że mój towarzysz zerknął na mnie szybko, z ukosa, jakby chciał się przekonać, czy nie żartuję. Ale oczywiście nie żartowałem.

– No a tutaj macie naszą karczmę. – Grieg zaśmiał się, wymawiając słowo „karczma".

W istocie był to bowiem prostokątny barak zbity z nieheblowanych desek, a jak zdołałem zauważyć, cieśla nie przyłożył się specjalnie, by jeden element pasował do drugiego, stąd pomiędzy deskami ziały szpary oraz dziury. Całkiem spore, pomyślałem, widząc kogoś, kto zdołał przez taką dziurę wychylić łeb i oddawał na ziemię nadmiar trunków, a ryczał przy tym niczym srożący się lew czy jak Polifem żegnający Odyseusza. Widać go było świetnie, gdyż księżyc jaśniał nie tylko pełnym blaskiem, ale jeszcze srebrna tarcza odbijała się w płynącej tuż przy karczmie rzece.

Wejście do oberży blokowała ludzka ciżba, więc kazałem sierżantowi straży utorować nam drogę do środka. Jego podwładni nie przejmowali się pijanymi i podpitymi robotnikami, weszli między nich, od razu zadając ciosy i pchnięcia styliskami włóczni. Podejrzewam, że ta hołota zgniotłaby nas jak robaczywe jabłko, gdyby chciała. Ale brakowało im tego, czego zwykle brakuje plebsowi: odwagi oraz determinacji, kiedy widzi przed sobą zbrojnych mężczyzn. Dlatego po chwili stanęliśmy przed drzwiami karczmy. Zresztą co ja mówię, drzwiami. Co to były za drzwi, pożal się Boże. Po prostu dwie sztywne od brudu, grube szmaty zwisające od powały po próg. Dwóm strażnikom kazałem zostać na zewnątrz, dwaj pozostali weszli do środka razem ze mną i Griegiem.

– Ależ chlew – mruknąłem.

Pół biedy, że karczma składała się z jednej zatłoczonej sali o niskim, przykopconym suficie. Pół biedy, że niechlujnie zbite ławy oraz stoły ułożono w taki sposób, iż wydawało się niemożnością lawirowanie pomiędzy nimi. Najgorszy okazał się gryzący w oczy dym i wszechobecny smród spalenizny. Chociaż może to i lepiej, że cuchnęło tu spalonym jedzeniem, bo przynajmniej ten swąd zabijał odór porozlewanego wszędzie piwa i spoconych cielsk. A ludzie mieli prawo być spoceni, gdyż ja sam natychmiast po wejściu oblałem się potem. Przez moment zdawało mi się, że oddychać w tej sali można tak samo swobodnie jak w rozpalonym piecu hutniczym.

– Matulu kochana! – zadyszał mi w ucho mój towarzysz, co stanowiło dobre podsumowanie tego, co zobaczyliśmy.

– Gdzie ten człowiek? – zapytałem. – Widzicie go?! – powtórzyłem, już wrzeszcząc, ponieważ hałas był taki, że za pierwszym razem miałem kłopot, by usłyszeć własny głos.

Karl rozejrzał się nieprzytomnym wzrokiem i otarł rękawem mokre czoło.

– Tam – po naprawdę długiej chwili wskazał wreszcie chuderlawego osobnika, który drzemał oparty w kącie pomiędzy stołem a ścianą.

– Zabierajcie go – rozkazałem strażnikom. – Tylko ostrożnie, żebyśmy nie mieli na głowie wszystkich jego kamratów.

Ostatnie zdanie wypowiedziałem właściwie jedynie dla zasady, ponieważ upijającym się w karczmie robotnikom prawdopodobnie nie drgnęłaby powieka, nawet gdyby pomarańczowy słoń zatańczył między nimi na tylnych nogach.

Strażnicy poradzili sobie całkiem nieźle z Kramerem, wywlekając go po prostu pod pachy, a jedyne, co ten zdołał uczynić, to wybełkotać coś niezrozumiałego.

– Oho, chyba sobie z nim nie pogadacie – westchnął Grieg, kiedy już wyszliśmy na zewnątrz.

Otarłem pot z czoła i twarzy. Potem zrobiłem to drugi raz i trzeci, a nadal czułem się tak, jakbym właśnie wyszedł z kąpieli. Dopiero po chwili zorientowałem się, że mam zupełnie mokre włosy.

– Zaprowadźcie go do jakiegoś loszku czy co i zamknijcie – rozkazałem sierżantowi. – Niech mi otrzeźwieje do rana, żebym mógł z nim pogawędzić. A – rzuciłem jeszcze – tylko go nie bijcie, nawet jakby wam obrzygał buty.

Strażnik uśmiechnął się krzywo, ale skinął głową. Zauważyłem, że Grieg przygląda mi się z zainteresowaniem.

– Co takiego? – Spojrzałem na niego.

– Nie, nic tam – spłoszył się. – Dziwno mi jakoś, że się o niego tak troszczycie.

– A po co bić niewinnego, skoro wokół jest tylu winnych? – Wzruszyłem ramionami.

Była to tylko część odpowiedzi, gdyż w rzeczywistości nie lubiłem, kiedy znęcano się nad słabymi i bezbronnymi. Co prawda zwykle dotyczyło to zwierząt, ale Kramer był niczym zaszczute przez życie zwierzę. A poza tym jeśliby strażnicy skopali go na śmierć, kogo bym następnego ranka przesłuchał?

Podejrzewałem, że nieszczęsny Kramer nocował zwykle gdzieś w zaroślach, więc tym razem spędził noc w lepszych warunkach, niż mu się to zazwyczaj przydarzało. Strażnicy wrzucili mu do izby siennik, a nawet podarty koc. Kiedy rankiem odwiedziłem tę tymczasową celę, Kramer opróżniał właśnie gliniany dzbanek.

– Mam nadzieję, że to woda – mruknąłem.

– A kto by takiemu dał wina czy piwa... Śmieć jeden. – Strażnik splunął na podłogę i roztarł plwocinę podeszwą buta.

– Ludziom przydarzają się różne nieszczęścia – powiedziałem. – Nasz Pan przykazał, by każdemu dać szansę poprawy.

– Za przeproszeniem, panie, ale czy wy jesteście inkwizytorem? – strażnik zdumiał się bynajmniej nie szyderczo lub złośliwie, lecz całkowicie szczerze.

– Otwieraj – rozkazałem, nie odpowiadając na jego pytanie.

A właśnie podobne pytania wynikały z niczego innego jak z niewiedzy o rzeczywistych zadaniach i sposobie działania Inkwizytorium. Przeciętny człowiek wyobrażał sobie, że inkwizytor musi być surowym, okrutnym człowiekiem, całymi dniami i nocami myślącym tylko o tym, by wysłać na stos jak najwięcej ludzi. Ewentualnie przedtem odpowiednio ich torturując. A tak naprawdę naszym zadaniem było jedynie służenie pomocą tym, którzy tej pomocy potrzebowali. Oczywiście nie do nas należało zbawianie całego świata, nie mieliśmy ambicji powstrzymania chorób, głodu, wojen czy wyzysku. Mogliśmy służyć przede wszystkim pociechą z zakresu ducha, nie ciała.

Kramer usłyszał szczęk klucza i oderwał się od dzbana. Przywarował w kącie celi, wpatrzony we mnie z czujnym przestrachem, niczym schwytany w sidła zając. Chociaż fizycznie nie zająca przypominał, a wynędzniałego i obdartego z piórek kogucika.

– Nazywasz się Kramer, prawda? – zapytałem.

– Ja? Kramer? Nigdy nie słyszałem.

No cóż, refleksu oraz łatwości w wypowiadaniu łgarstw nie mogłem mu odmówić. Chyba że Grieg pomylił się i wskazał mi złego człowieka. Na szczęście istniał sposób, by to sprawdzić.

– Ach, więc to nie twoich braci znaleziono – westchnąłem z udawanym smutkiem. – Możesz zatem iść...

– Braci?! Znaleziono moich braci?! Panie, mówcie na Boga, co z nimi, błagam was!

– Więc jednak nazywasz się Kramer?

– Tak, na gniew Chrystusa! Przysięgam wam. Jestem Tyberiusz Kramer, a moi bracia to August i Juliusz!

Czy rodzice tego mężczyzny całkiem pogłupieli? Źle się działo, skoro byle chłopi mieli czelność nazywać synów imionami rzymskich cesarzy. I jeszcze w dodatku Tyberiusz...

– Siadaj, siadaj – rozkazałem. – Pogadamy sobie.

– Panie, tu nie ma co gadać, prowadźcie mnie do nich...

– Milczeć! – ryknął strażnik. – Słuchaj, co ma do powiedzenia jegomość mistrz Inkwizytorium i nie przerywaj!

Kramerowi wyraźnie opadła szczęka.

– In-inkwi... – zająknął się. – O Boże mój!

– Czy masz jakieś powody, żeby się bać Świętego Officjum? – zagadnąłem łagodnie. – Czy popełniłeś grzechy przeciwko naszej jedynej i najświętszej wierze?

– Jezusie najsroższy, nigdy, przenigdy, żebym tak zdechł! – Huknął się w wątłą pierś obiema pięściami naraz.

– Wierzę ci. Czemu miałbym ci nie wierzyć? – Uśmiechnąłem się. – Zresztą jestem tutaj, by pomóc odszukać twoich braci...

– To nie macie ich? Nie wiecie nic? – w głosie Kramera usłyszałem autentyczną rozpacz.

– Dowiemy się, Tyberiuszu – zapewniłem go. – Wspólnie się dowiemy. Musisz tylko...

– A czemu niby ich szukacie? Co ma Inkwizytorium do moich braciszków? Bo jak...

– Milczeć! – ryknął znowu surowo strażnik.

Odwróciłem się i nakazałem gestem, żeby się oddalił. Zasapał niechętnie, lecz usłuchał.

– Chcemy ich ochronić – powiedziałem spokojnie do Kramera – gdyż podejrzewam, że mogli wpaść w ręce czarnoksiężników, którzy pragną wyrządzić im krzywdę.

– Jezusie Maryjo! – Kramer osłupiał i załamał dłonie. – Nie mówcie tak nawet...

– Opowiedz mi wszystko, Tyberiuszu. Jak przyjacielowi, którym przecież jestem. Zresztą zaczekaj, wyjdziemy z tej parszywej celi, zjemy sobie razem jakieś śniadanko, bo pewnie w brzuchu ci burczy. Co? No! – Serdecznie szturchnąłem go w pierś.

W zasadzie na tym etapie zaprzyjaźniania się mogłem już mówić do Kramera poufale i zdrobniale. Ale jak zdrobnić imię Tyberiusz?

– Ja tobym, proszę łaski wielmożnego pana, lepiej wypił jakieś śniadanko, jeśli waszej miłości to nie wadzi – zagruchał przymilnie.

Zauważyłem, że trzęsą mu się dłonie.

– Zawsze znajdzie się kubek wina – zapewniłem. – Wstawaj, przyjacielu.

Był tak słaby, że musiałem mu pomóc podnieść się na nogi, a kiedy trzymałem go za ramię (z obrzydzeniem, gdyż jego koszula lepiła się od brudu), poczułem pod palcami samą skórę i kości. No nie ma co, ten człowiek był tak wychudzony i tak wygłodzony, że dziwne, iż w ogóle jeszcze żył. Gdy opuściliśmy celę, kazałem strażnikom przygotować jedzenie i podać flaszkę wina oraz kubki. Jak tylko napełniłem naczynia trunkiem, nawet nie zdążyłem się zorientować, kiedy Kramer porwał swoje i jednym haustem opróżnił. Na jego twarzy rozlał się uśmiech szczęścia, zaraz zastąpiony cieniem niepokoju spowodowanym zapewne pytaniem, czy dostanie następną taką porcję, a jeśli tak, to ile będzie musiał na nią czekać.

– Opowiadaj, Tyberiuszu. Jak trafiłeś do Christianii?

– We trzech żeśmy tu przyjechali, wielmożny panie. Szukać lepszego życia. Ja – zagiął kciuk. – August i Juliusz – zagiął dwa następne palce. – A czterech młodszych jeszcze w domu zostało, że wam wymienię...

– Nie, nie, nie – zaprotestowałem, nie mając ochoty słuchać o rodzinie Kramera, bo jeszcze zeszłoby mu się na pociotków, powinowatych i kuzynów. – Mów o braciach.

– Powadziliśmy się – westchnął i spuścił głowę. – Ja poszedłem do jaśnie pana de Vriijsa, oni do tego drugiego. Gdy po kilku dniach żem ochłonął z gniewu, zacząłem o nich pytać. Gdzie tam, panie. – Machnął ręką. – Jak kamień w wodę.

Tym gwałtownym gestem mało nie przewrócił własnego kubka i to naprowadziło jego myśli na najwyraźniej całkowicie inne drogi niż poszukiwanie zaginionych braci. Oblizał się bezwiednie. Cóż miałem zrobić? Nalałem mu wina, lecz tym razem tylko do połowy, gdyż nie wiedziałem, jak długo będzie umiał zachować trzeźwość. No, chociażby względną trzeźwość. Na drugą porcję rzucił się tak samo łapczywie jak na pierwszą i wychylił ją równie szybko.

– Jakie dobre, jakie dobre – zamlaskał.

Spróbowałem i skrzywiłem się. Wino wcale nie było dobre, a zaledwie młode i kwaśne. Pewnie mogło dobrze gasić pragnienie w upalny dzień, niemniej delektować się nim mógł jedynie człowiek doprowadzony do ostateczności.

– Mów dalej – rozkazałem Kramerowi.

– Przeniosłem się do tego drugiego, do Schumanna znaczy się. Żeby poszukać braciszków, wypytać co i jak... Wiecie, jak pracuje się tam, na miejscu, to człowiek lepiej się może rozglądnąć...

– I nic?

– Ano nic. Aż wreszcie przyszedł do mnie taki ichni majster i powiedział, że braciszkowie się utopili i że jemu samemu powiedzieli, że idą się topić. A jak gadali, tak uczynili. Możecie, wielmożny panie? – Nieśmiałym gestem wskazał na dzbanek. – Bo w gardle jakoś dziwnie zasycha.

Napełniłem mu kubek znowu do połowy i miałem nadzieję, że jednak nie zdoła się upić sprezentowanym nam przez strażników cienkuszem. Tym razem Kramer zachował się niczym wytrawny smakosz. Upił łyczek, zamlaskał, zacmokał i aż się uśmiechnął do tego mlaskania oraz cmokania.

– I co zrobiłeś, kiedy ci powiedział, że bracia się utopili?

– Braciszkowie – poprawił mnie. – Nie uwierzyłem, wielmożny panie, bo to niemożebność była, żeby tak zrobili. Mamuńcia czekała, tatuńcio czekał, a i dziaduńcio, co ma już ho, ho, ze sto roków jak nic albo i więcej. No i czterej młodsi braciszkowie czekali. Juliusz i August nigdy by się nie utopili. Rodzinie trzeba pomagać, wielmożny panie. Oni o tym wiedzieli.

– Rodzinie trzeba pomagać? – Pochyliłem się nad stołem. – To czego ty, obwiesiu, nie pracujesz i zamiast tego chlasz za czterech?

Usta mu zadrżały i spojrzał na mnie niczym zbity kundel.

– Ja to nigdy nie piłem, wielmożny panie, ale tak zacząłem, tak jakoś zacząłem, jak żem się o braciszkach dowiedział. A jak zacząłem, to i przestać było nijak. I ja już do domusiu nie wrócę. – Kułakiem roztarł łzy po brudnej twarzy. – Nie pokażę się tak mamuńci, tatuńciowi, małym braciszkom i dziaduńciowi, co nie uwierzycie...

– Ale ma sto lat. Wierzę, wierzę... – przerwałem mu. – Pamiętasz, jak wyglądał ten człowiek, który powiedział ci, że bracia idą się topić?

– Co mam nie pamiętać? – Potarł palcami czubek nosa. – A zostało tam może troszkę winka, choćby na samym dnie, hmmm?

Dolałem resztę trunku z dzbana, rzeczywiście niewiele już go było i widziałem, jak z ostatnią kroplą przelewaną do kubka twarz Kramera wyciąga się. Doszedł już bowiem do takiego stopnia upodlenia, że nie potrafił radować się tym trunkiem, który jeszcze miał, ale zamartwiał się, co będzie, kiedy zostanie z pustym naczyniem.

– Hej, strażnik! – krzyknąłem. – Dzbanek wina! Tylko biegusiem, człowieku!

Mój towarzysz, słysząc te słowa, rozpromienił się tak, jakby ukazała mu się sama Matka Boska wróżąca długie i szczęśliwe życie.

– Więc jak wyglądał ten człowiek?

Spojrzał na mnie nieprzytomnym wzrokiem i byłem pewien, że teraz skoncentrowany jest na nasłuchiwaniu kroków strażnika wracającego z nowym dzbankiem.

– Człowiek, który opowiedział ci o braciach. Jak wyglądał?

– No więc... – zaczął Kramer, a potem machnął dłonią. – Co ja wam będę gadał? Lepiej, jak chcecie, to narysuję. Dajcie mi ino kawalątek węgla i papier, a zaraz wam naszkicuję jak żywego.

Nie wiem, co mnie przekonało, żeby skorzystać z tej propozycji. Może fakt, że podobna próba niczemu nie mogła zaszkodzić, a może to, że Kramer użył słowa „naszkicuję", które kojarzyło mi się z zawodowym malarstwem czy rysownictwem.

– Strażnik! Papier i kawałek węgla! Tylko biegusiem, człowieku!

Kramer uśmiechnął się szeroko.

– Żebym to ja mógł se tak pogonić różnych łajdusów, jak wy to robicie...

Strażnicy uwinęli się w miarę szybko ze śniadaniem oraz winem, ale znalezienie przyborów rysowniczych zajęło im trochę czasu. Zresztą nie spieszyło nam się, gdyż byłem zajęty wmuszaniem w Kramera kolejnych porcji jedzenia.

– Zjesz kiełbaskę, dostaniesz winko.

Strażnik, który usłyszał te słowa, mało nie zadławił się ze śmiechu. Spojrzałem na niego ciężkim wzrokiem i od razu udał, że kaszle, potem ucichł. A ja po prostu nie chciałem, żeby Kramer wyzionął ducha w trakcie rozmowy lub żeby stracił przytomność z opilstwa. Wreszcie przyniesiono przybrudzoną kartę papieru i kawałek węgla. Kramerowi zabłysły oczy, kiedy to zobaczył. Szybko zrobił miejsce na stole, niemal miłosnym gestem przygładził papier, po czym długim pazurem naostrzył węgiel. Przyglądałem się temu z zainteresowaniem, ponieważ widziałem w tym właśnie momencie i w tym właśnie człowieku taką pasję, że nawet zapomniał o stojącym obok trunku.

– Nie patrzcie, póki nie skończę. – Odgrodził się ode mnie ramieniem, a potem spojrzał spłoszony. – Jeśli wam to nie wadzi, wielmożny panie – dodał już uniżonym tonem.

Ostentacyjnie odwróciłem wzrok w drugą stronę. Nie musiałem długo czekać, kiedy wykrzyknął „już!". Podsunął kartę w moim kierunku, a ja po prostu oniemiałem. Bowiem twarz naszkicowana przecież pospiesznie na byle jakim papierze i byle jakim kawałkiem węgla zdawała się należeć do żywego człowieka. Ot, w każdej chwili można się było spodziewać, że zasznurowane, wąskie usta rozchylą się lub że wiatr zwieje kosmyk włosów, który opadał na przymrużone chytre oczka. Widziałem i czytałem wiele ksiąg, a niektóre z nich obfitowały w ryciny, lecz przyznam, że nigdy nie spotkałem się z tak perfekcyjnym oddaniem ludzkiego oblicza. Szkic był idealny, przynajmniej na ile mógł to ocenić człowiek taki jak ja, niemający zbyt wielkiego wyobrażenia o sztuce. I może zresztą nie była to wcale wielka sztuka, a zaledwie lustrzane odbicie rzeczywistości. Ale miałem pewność, iż niewielu potrafiłoby naszkicować to, co potrafił ten człowiek na pół zdechły z głodu i opilstwa. I w dodatku zajęło mu to nie więcej czasu niż opróżnienie kubka z winem (a z tym problemem radził sobie naprawdę szybko!).

– Na gwoździe i ciernie! – mruknąłem.

– Niedobre? – przestraszył się Kramer. – Jak tak, to ja zaraz...

– Zostawcie – zatrzymałem jego rękę. – Świetnie się spisaliście. Każdy, kto ujrzy portret, a wcześniej widział tego człowieka, nie będzie miał najmniejszych kłopotów z przypomnieniem sobie. To naprawdę może pomóc w odszukaniu waszych braci.

Z trudem oderwałem wzrok od szkicu. Ta twarz nie tylko wydawała się żyć, lecz sądziłem wręcz, że patrząc jedynie na rysunek, mógłbym trafnie ocenić charakter przedstawionego na nim człowieka. Wyobrażałem

go sobie jako pozbawionego skrupułów oraz moralnych zasad krętacza, pazernego tchórza, uwielbiającego znęcać się nad słabszymi od siebie i przymilającego się do tych, których uważał za silniejszych. Krótko mówiąc, był to ktoś, kogo zwyczajny, uczciwy człowiek spotyka na swej drodze na własne nieszczęście. Czy powiedział Kramerowi prawdę, czy też raczej pragnął zakpić sobie z jego poszukiwań i odczuć odrobinę radości, jaką każdemu podłemu człowiekowi daje ujrzenie bliźniego pogrążonego w nieszczęściu? A może wiedział więcej i chciał odwrócić podejrzenia trzeciego z braci? Hm, nie dowiem się tego prędzej, zanim nie odnajdę właściciela wyrysowanej na karcie twarzy. Ostrożnie zwinąłem papier i schowałem go za pazuchę.

– Zostańcie tu i zaczekajcie – przykazałem Kramerowi. – Postaram się, żeby was odpowiednio nagrodzono za wasze starania.

– Dziękuję wam pięknie, dziękuję uniżenie...

Tyberiusz zerwał się z krzesła i kłaniał niemal do pasa. Zapewne spodziewał się, że w podziękowaniu za dobrą robotę otrzyma jeszcze trochę wina, i niemal widziałem, jak w jego wyobraźni to „trochę" zmieniało się w „sporo", a nawet „mnóstwo". No cóż, miał więc niedługo przeżyć nieliche niespodziankę. Jego już sprawa, jakie potem wyciągnie z niej wnioski.

Wyszedłem do sąsiedniej izby.

– Zajmij się tym hultajem – rozkazałem sierżantowi. – Niech się wykąpie w gorącej wodzie, z ługiem i szczotką, dajcie mu czyste ubranie i jeść, ile chce...

– Mam mu jeszcze może tyłek podetrzeć, co? – przerwał mi strażnik.

– Najlepiej własnym jęzorem – rzekłem ostro i podszedłem do niego tak blisko, że stanęliśmy pierś w pierś. Ten człowiek był wysoki i barczysty, ale teraz zdawał się kurczyć w oczach. – Żeby ten jęzor zapamiętał sobie, że ma siedzieć spokojnie w gębie, a nie mielić trzy po trzy.

– Wybaczcie, mistrzu. Taki tam żart...

– Nieważne. – Odsunąłem się o krok. – Zamknijcie Kramera na tydzień w jakiejś komórce, gdzie nikt nie będzie miał dostępu. Ale jeśli ktoś przez ten tydzień da mu wina, piwa, gorzałki albo innego trunku, obedrę go własnoręcznie ze skóry. Ja nie żartuję, sierżancie. – Znowu stanąłem tuż przy strażniku i spojrzałem mu prosto w oczy. – Naprawdę żywcem obłupię tego kogoś ze skóry. I nie tylko de Vriijs nie pomoże, ale nawet sam Pan Bóg. Rozumiecie? Rozumiecie mnie, do cholery?!

– Tak jest! – wrzasnął.

– To dobrze. Zwłaszcza że Kramer nie miałby czym zapłacić za trunek, nawet jeśliby chciał. Pamiętajcie o tym, kiedy będzie was kusił.

– Tak jest.

– To człowiek bardzo ważny dla Świętego Officjum. Jeśli coś mu się stanie, odpowiecie za to. Ale jeśli dobrze się spiszecie – uniosłem wskazujący palec – pamiętajcie, że nie minie was nagroda.

Tego samego dnia przybył do mnie posłaniec z miłym liścikiem od de Vriijsa, który to liścik zawierał równie miłe zaproszenie na obiad. Takiej propozycji oczywiście nie śmiałbym odrzucić, zwłaszcza że to, co wyprawiała z posiłkami żona mojego karczmarza, wołało o pomstę do nieba.

– Upraszam łaski wielmożnego pana – korzył się karczmarz, kiedy zawołałem go po raz pierwszy, zdumiony smakiem przyniesionej mi do izby potrawy. – Mówiłem jej sto razy, że węgorza nie dusi się w sosie cynamonowym, ale ona twierdzi, że wielcy panowie tak właśnie jadają, i chciała wielmożnemu panu wyrazić w ten sposób swój szacunek.

– Matko Boża! – zaniepokoiłem się. – Niech ona mnie lepiej szybko przestanie szanować, bo nie wiadomo, czy przeżyję specjały, które wymyśli w przyszłości. Nie myśleliście, żeby zatrudnić kucharki?

– Zazdrosna ta moja baba jak diabli – westchnął ciężko. – Żadnej kobiety nie wpuści ani do kuchni, ani do domu.

Pokiwałem tylko głową ze współczuciem. I czyż słysząc takie słowa, człowiek nie raduje się całym sercem, że pozostaje w stanie bezżennym? Inkwizytorom co prawda wolno zawierać związki małżeńskie, lecz powszechnie uważano, iż dbałość o żonę i dzieci w pewnym stopniu tępi to boże ostrze, którym jest inkwizytor, i że od człowieka obarczonego problemami rodzinnymi ciężko spodziewać się, by każdą chwilę poświęcał na rozmyślania nad tym, w jaki sposób walczyć z wrogami wiary, oraz na wdrażanie tych rozmyślań w życie.

W każdym razie po obiedzie u de Vriijsa spodziewałem się czegoś lepszego niż po fantazyjnych wymysłach żony karczmarza i na szczęście nie zawiodłem się. Obiad był obfity (przestałem liczyć dania gdzieś w okolicach dziesiątego) i wystawny, gdyż architekt oprócz mnie zaprosił jeszcze kilkanaście osób, w tym burmistrza Christianii oraz samego księcia arcybiskupa. Który to arcybiskup co prawda nie pojawił się, lecz przysłał swego zaufanego sekretarza, księdza o dziko brzmiącym nazwisku Kiepłeń, całego odzianego w szkarłaty i złoto niczym jakiś kardynał. Nie omyliłbym się zapewne wiele, że zarówno burmistrz, jak i sekretarz mieli przekonać się, jakim jestem człowiekiem, czy poważnie zamierzam zająć się sprawą oskarżeń o stosowanie czarów oraz czy mam jakiekolwiek podstawy, by sądzić, że naprawdę w okolicy dzieje się coś złego. Moje podejrzenia potwierdziły się, kiedy w trakcie deserów sekretarz arcybiskupa ujął mnie delikatnie pod ramię.

– Czy zechcecie poświęcić mi chwilę swego drogocennego czasu, mistrzu inkwizytorze?

Skinąłem tylko głową, gdyż ciężko mi było nawet dobyć głosu z przejedzenia. Niestety, równie ciężko albo i cięższej przyszło mi wstanie z krzesła.

– Tak, tak, obiadki u de Vriijsa. – Ksiądz patrzył na mnie rozbawionym wzrokiem. – Każdy z nas na początku dał się złapać. Ale ja już teraz uważam...

– I ja... jeśli będzie okazja... postaram się... – wydukałem.

– Nasz gospodarz sprowadził kucharza z samej Florentyny, od księcia Grazziano. A wiedzcie, że jeszcze wcześniej ten człowiek kierował ni mniej, ni więcej, tylko papieską kuchnią.

– Hu, hu – zdumiałem się, bo rzeczywiście wysokie to były progi. De Vriijs nieźle musiał opłacać tego artystę kulinarnego fachu, skoro ten zgodził się opuścić wesołą Italię i ruszyć na koniec świata.

– Ale od kiedy nasz Ojciec Święty w swej niezmierzonej pobożności przeszedł wraz z całym dworem na ustawiczny ścisły post, to i kucharze stali się niepotrzebni w Pałacu Apostolskim. A w każdym razie na pewno niepotrzebni kucharze tej miary.

– Bardzo ścisły post? – zapytałem, gdyż doszły mnie jakieś plotki o rewolucji w rzymskich obyczajach, lecz nie przysłuchiwałem im się bliżej.

Sekretarz arcybiskupa roześmiał się.

– Czerstwy chleb, woda i surowe warzywa oraz owoce, oto cała dieta papieskiego dworu. Starszym i cierpiącym pozwala się rozmaczać chleb w ciepłym mleku.

– A milicja? To prawda, co mówią o milicji?

Tym razem ksiądz roześmiał się jeszcze głośniej. Kiedy zerknąłem na niego kątem oka, zauważyłem, że w chwili tego szczerego śmiechu przypomina rozbawione dziecko o wielkiej głowie i pucułowatych, zaróżowionych policzkach.

– Widzę, że jednak coś słyszeliście. Ano milicja też jest. Mają prawo patrolować i przeszukiwać wszystkie pomieszczenia w Pałacu, by badać, czy ktoś nie łamie wprowadzonych zasad. Kogo złapią, ten jest chłostany i wyrzucany. Choćby był nawet, wyobraźcie to sobie, biskupem lub kardynałem. Podobno Ojciec Święty w swej gorliwej chęci oddawania czci naszemu Panu zamierza ścisłym postem objąć cały Rzym, a potem kto wie, może całą Italię...

Służący otworzył przed nami drzwi niewielkiej komnaty, gdzie dwa wygodne fotele przysunięto do wygaszonego kominka, w którym jednak czekały ułożone w zgrabny stosik brzozowe polana. Oczywiście ani ja, ani ksiądz nie mieliśmy ochoty rozkazywać służbie, by rozpaliła ogień, ponieważ lato było wystarczająco gorące i nawet w przewiewnym domu de Vriijsa upał dawał się we znaki.

– Może i was to będzie dotyczyć?

– Nas? Inkwizytorów? Post?

– Nie, nie post. Pilnowanie, by go przestrzegano. Ponoć już kilku teologów w Stolicy Jezusowej trudzi się nad udowodnieniem tezy mówiącej, że hołdowanie kulinarnym rozkoszom, a też zwykłe delektowanie się przyjemnością, jaką daje jedzenie, jest grzechem śmiertelnym.

– Od grzechu śmiertelnego do herezji daleka droga.

– Chyba że wszyscy łamiący post uczestniczą w spisku przeciw wierze, nieprawdaż?

Pokręciłem głową ze zdumieniem i niedowierzaniem. Nawet w naszych szalonych czasach tak obłąkany pomysł wydawał mi się nie do przeprowadzenia. Uznać, że ludzie łamiący post należą do powszechnej heretyckiej sekty, i karać ich jak odstępców oraz śmiertelnych wrogów Pana? To znaczy my, inkwizytorzy, mielibyśmy czuwać przy każdej kuchni i przy każdym stole? Ciekawe, kto wtedy łapałby czarnoksiężników, wiedźmy i kacerzy? Kto walczyłby z demonami?

– Pierniczki! – rozpromienił się nagle mój towarzysz, widząc srebrną paterę z ciasteczkami i wyrywając mnie tym okrzykiem z rozmyślań. – Moje ulubione toruńskie pierniczki!

– Hm?

– Och, mistrzu, nie znacie maestrii toruńskich piekarzy? Wiele straciliście, powiadam wam, oto macie jednak okazję, by straty nadrobić.

Ksiądz pochwycił szybko rycerza z wysuniętą kopią w rękach, galopującego na koniu i odgryzł mu głowę. Na jego twarzy rozlała się błogość.

– Niezrównany smak. Najlepsza pszeniczna mąka, zmieszana z miodem oraz wschodnimi korzeniami w proporcjach znanych tylko w sławetnym mieście Toruniu. A chrupiącą skóreczkę pokryto lukrem słodkim niczym cycuszki Marii Panny.

Taktownie przemilczałem niefortunną metaforę, gdyż niestety, niektórzy co bardziej natchnieni kaznodzieje pozwalali sobie na podobnie dzikie porównania i czasem nie wiadomo było, czy w przemowie oddają hołd Matce Boskiej, czy myślą raczej o rzeczywistej lub wyobrażonej miłośnicy.

– I wyobraźcie sobie – kontynuował sekretarz arcybiskupa – że strzegą tajemnicy wypieku tych ciastek tak pilnie jak florentyńscy mistrzowie tajemnicy produkcji swych niezrównanych kryształów. Ilu tam już ponoć ludzi poszło do piachu, bo za dużo wiedzieli, baaa...

Przyznam, że ksiądz skusił mnie tą przemową, więc sięgnąłem po pierniczka. Wybrałem takiego, który wyobrażał biskupa z pastorałem w ręku i w wysokiej mitrze. Również na początek odgryzłem mu głowę.

– Wiecie co – powiedziałem z pełnymi ustami – są naprawdę przepyszne. W życiu bym się nie spodziewał. Przecież częstowano mnie tu i tam piernikami, ale tego smaku nie da się porównać z niczym innym...

– No widzicie. – Uśmiechnął się z takim zadowoleniem, jakby sam wyszkolił toruńskich piekarzy w trudnej sztuce cukierniczej. – Chłopcze, nalej no nam czerwonej alhamry, tej z osiemdziesiątego ósmego – rozkazał służącemu. – Mówię wam – zwrócił się już w moją stronę – co to był za rocznik, mmm...

Jak widać, miałem więc przed sobą znawcę i konesera, nie tylko smakosza, lecz również zawołanego birbanta. Ciekawe, czy równie dobrą orientacją jegomość Kiepłeń mógł się popisać, jeśli chodzi o rozumienie Pisma Świętego.

– Zastanawiacie się pewnie – ksiądz uniósł wysoko grubiutki palec – czemu ośmieliłem się was niepokoić i poprosiłem o rozmowę.

Szczerze mówiąc, powyższa kwestia nie spędzałaby mi snu z powiek, lecz uprzejmie pokiwałem głową.

– Otóż nie muszę chyba mówić, jak bardzo cenimy mistrza de Vriijsa. Nie tylko jako cudownie utalentowanego artystę, lecz również gorliwego chrześcijanina i, co tu dużo mówić, człowieka o złotym sercu...

No, no, no, po takiej tyradzie pochwał musiał przyjść kubeł zimnej wody.

– ...ale – Kiepłeń szybkim gestem zwinął palec w środek dłoni i nachmurzył się nieco – nawet ten do gruntu poczciwy człowiek ma jedną maleńką przywarę, taką, nazwijmy, piętę Achillesową... – Spojrzał na mnie znacząco. – Jeśli pojmujecie, co mam...

– Znajomość literatury klasycznej stanowiła część mojej edukacji – uspokoiłem go. – Jak rozumiem, chodzi wam o Schumanna.

– Ano właśnie. O mistrza Schumanna i nieszczęsny konflikt pomiędzy dwiema wielkimi osobowościami, który zaowocował tak niefortunnym wydarzeniem jak...

– ...mój przyjazd – dokończyłem za niego.

– Och, nie! – Zamachał rękoma w stanowczym proteście. – Nigdy bym nie śmiał ująć tego zagadnienia w podobnie bezkompromisowy sposób, wręcz świadczący o karygodnym naruszeniu zasad grzeczności! Miałem na myśli jedynie nieszczęsne donosy, które mistrz de Vriijs wysyła nawet do Rzymu. Nie mówiąc już o Hezie, Koblencji czy Akwizgranie, gdyż i tamtejszym duchownym jego pretensje nie są obce.

Proszę bardzo, o tym nie wiedziałem. Ale jak widać, szacowny architekt postanowił zabezpieczyć się na wszystkie sposoby i zaatakować wroga na każdym możliwym froncie.

– Dodam jeszcze, że swoich poczynań mistrz de Vriijs w żaden sposób nie konsultował z Jego Ekscelencją księciem arcybiskupem, bo gdyby – Kiepłeń znów wystawił palec – o takie konsultacje poprosił, to z całą pewnością nie dostałby pozwolenia na podobne postępowanie, w którym widzimy wyłącznie nierozumny gniew wynikający z rywalizacji, która przecież powinna odbywać się na szlachetnych zasadach, jak przystało pomiędzy grzecznymi ludźmi i dobrymi chrześcijanami.

– Niestety, ucho się urwało, mleko się rozlało – powiedziałem, celowo wprowadzając dysonans w okrąglutkie zdania wypowiadane przez księdza.

– Jakże lapidarnie celne podsumowanie – zauważył z serdecznym uśmiechem. – Jednakże ośmielam się sądzić, że wspólnymi siłami poradzimy sobie z tym problemem. Jego Ekscelencja książę arcybiskup upoważnił mnie, bym... – Kiepłeń przerwał na moment i zaczekał, aż służący napełni nasze kielichy.

Spróbował i zamlaskał z dającym się zauważyć niepokojem.

– Na pewno osiemdziesiąty ósmy rocznik, chłopcze? – Spojrzał podejrzliwie na służącego.

– Z całą pewnością, proszę księdza jegomości. Nie ośmieliłbym się wykonać rozkazu inaczej jak co do joty.

– Ech! – Sekretarz arcybiskupa machnął dłonią, pozwalając służącemu opuścić pokój. – Niech mu będzie, że osiemdziesiąty ósmy. – Spojrzał teraz na mnie. – Chociaż ja wyczuwam tę ostrą nutę charakterystyczną dla roku dziewięćdziesiątego. Zresztą spróbujcie sami i osądźcie.

– Obawiam się, że moje podniebienie nie jest na tyle delikatne, by oceniać podobnie rzadkie trunki, a każde wino warte więcej niż dukata za butelkę uważam za znamienite – odparłem żartobliwym tonem, choć z grubsza rzecz biorąc, zgodnie z prawdą.

– Niesłusznie, niesłusznie. – Kiepłeń napełnił mój kielich, z takim pietyzmem wlewając wino, jakby było olimpijskim eliksirem. – Bo jakość nie zawsze idzie w parze z ceną. Ale, ale, nie o winie przecież będziemy rozprawiać, choć temat to wielce wdzięczny. Powiedzcie mi z łaski swojej, mistrzu inkwizytorze, co zamierzacie? – Wpatrzył się we mnie z ciekawością w szeroko otwartych oczach.

To był niebezpieczny człowiek. Gładki i układny, ale miałem pewność, że pod tą wdzięczną powłoką kryło się żelazne jądro. Zaufanym sekretarzem arcybiskupa nie zostaje się ot, tak sobie, tylko dlatego, że jest się koneserem jadła oraz trunków.

– Przeprowadzić śledztwo – odparłem krótko. – Jak mi nakazano.

– Śledztwo. – Wykrzywił usta, jakby właśnie ukłuto go boleśnie szpilką. – Cóż za niefortunne słowo, mistrzu inkwizytorze, jeśli wolno mi wyrazić tak nieuprzejmą opinię.

– Rekonesans? Rozpoznanie? – zaproponowałem.

– O, to, to... A może nawet lepiej: wizyta u Jego Ekscelencji księcia arcybiskupa.

No i proszę bardzo. Okazywało się, że arcybiskup Christianii nie był zachwycony, że po jego poletku zacznie się plątać inkwizytor. To mnie akurat nie dziwiło. Kościelni hierarchowie niemal zawsze uznawali obecność Świętego Officjum na swym terenie za dopust boży. O wiele chętniej sami zajmowali się ściganiem kacerzy, heretyków oraz czarownic i czarowników, na co pozwalały niektórym z nich specjalne pełnomocnictwa papieskie. Każdy hierarcha marzył o wyłączeniu jego prowincji spod jurysdykcji Inkwizytorium. Na szczęście żaden z papieży nie był na tyle szalony, by podobnego przywileju udzielić. I słusznie, gdyż przecież sam Jezus Chrystus, ustanawiając Święte Officjum, powiedział jego pierwszemu przełożonemu: „Módlcie się i proście Ojca mego, by sprawił, że nadejdzie dzień, kiedy nad każdym spłachetkiem ziemi czuwać będzie ręka inkwizytora". Podanie głosiło, że Marek Kwintyliusz otrzymał wtedy od Zbawiciela kreta, rybę i ptaka, jako symbole naszego świętego powołania i jednocześnie ostrzeżenie dla heretyków. Choćbyście skryli się pod ziemią lub w morskiej głębinie, lub wzlecieli pod niebo, wszędzie wypatrzy was wzrok inkwizytorów, mówiły te symbole.

Szczerze mówiąc, sądziłem jednak, że arcybiskup będzie zadowolony, iż konkurujący z nim zakonnicy i wykonawca ich zamierzeń architekt Schumann mogą mieć kłopoty. Ale możliwe, że uznawał ich za mniejsze zło od Świętego Officjum.

– Postaram się zachować najdalej idącą delikatność – powiedziałem – i w niczym nie uchybić księciu arcybiskupowi. Ale pewne rozmowy muszę przeprowadzić. – Rozłożyłem dłonie. – Sami wiecie, szanowny księże, czym jest hierarchia służbowa. Pan kazał, sługa musi. Mnie kazano przyjrzeć się podejrzeniom de Vriijsa i pomóc mu w miarę potrzeby, więc swoją pracę wykonam. Tak jak mówiłem: delikatnie.

Po minie Kiepłenia poznałem, iż słowo „delikatnie" nie do końca pasuje mu do profesji inkwizytora. Ale cóż, chociaż czasami moi bracia dawali się ponieść serdecznej nadgorliwości w tępieniu heretyków oraz czarowników, to jednak czasy błędów i wypaczeń mieliśmy dawno za sobą. Inkwizytorzy nie palili już całych miast w naiwnie radosnym przekonaniu, że „Bóg sam rozpozna wiernych", lecz starali się działać z ostrożną precyzją.

– Szanowny księże, będę z wami szczery. Muszę przedstawić de Vriijsowi efekty swojej pracy, i to efekty wiarygodne, gdyż inaczej będzie zatruwał życie moim przełożonym jeszcze długie miesiące.

Sekretarz arcybiskupa pokiwał głową.

– Rozumiem wasz punkt widzenia. Mistrz de Vriijs, niestety, nikomu nie da się namówić do zaniechania w tej kwestii. Postarajcie się więc upewnić go w mniemaniu, że się myli. Tylko wy, człowiek reprezentujący powagę Świętego Officjum i wyszkolony w trudnej sztuce poznawania prawdy, możecie tego dokonać.

Och, kadził mi ten księżulo! Nie powiem, by niemiło słuchało się podobnych słów, lecz przecież dobrze wiedziałem, jaka jest ich rzeczywista wartość. I rozumiałem, że chodzi o to, bym przypadkiem nie dogrzebał się do niepokojących informacji. A najlepiej, żebym jak najszybciej opuścił Christianię i pozwolił wszystkim spokojnie nienawidzić się oraz zwalczać. Na ich własnych zasadach, nie na moich.

– Proszę mi wierzyć, że będę pilnie usiłował zadowolić Jego Ekscelencję arcybiskupa – odparłem.

– Będziecie zawsze mile widzianym gościem w pałacu księcia arcybiskupa – zapewnił Kiepłeń serdecznym tonem. – Jeśli byłaby wam potrzebna rada starszego przyjaciela, gdybyście tylko natrafili na jakieś problemy lub po prostu chcieli zadać pytania, nie wahajcie się ani chwili...

Wstał i wyciągnął rękę w moją stronę. Ku mojemu zdumieniu miał twardy, męski uścisk, choć sądząc po wyglądzie sekretarza, spodziewałem się, że dłoń będzie miękka, delikatna i wilgotna. Ot, jak martwa ryba. A tu proszę bardzo. Czy ten tak niepasujący do wyglądu uścisk miał mi coś powiedzieć? Przed czymś ostrzec? A może był całkowicie bez znaczenia?

Wróciliśmy do pozostałych gości i trafiliśmy akurat, kiedy podawano desery. Marcepanowy zamek z czekoladowymi wieżami wyglądał szczególnie apetycznie, a zatopione w karmelu owoce pachniały wprost upajająco, lecz uznałem, że dość już tej kulinarnej rozpusty. Pożegnałem grzecznie de Vriijsa i podziękowałem mu za gościnę.

– Czujcie się u mnie jak u siebie w domu – rzekł. – Odwiedzajcie mnie, kiedy tylko zapragniecie, i nie krępujcie się wydawać rozkazów służbie.

Nie mogłem nie zauważyć, iż wypowiedział to zdanie szczególnie głośno, tak jakby chciał być pewien, że wszyscy obecni usłyszą, w jakiż to zażyłych stosunkach jest z inkwizytorem.

– Serdecznie wam dziękuję.

– Pozwólcie, że odprowadzę was do drzwi.

De Vriijs kordialnie ujął mnie pod ramię, lecz gdy wyszliśmy z jadalni, zwolnił uchwyt i nieco się odsunął.

– Kiepłeń namawiał was, byście zlekceważyli moje obawy, czyż nie? – Zerknął na mnie z ukosa.

– Powiedzmy, iż nie jest do końca zachwycony z obecności w Christianii funkcjonariusza Świętego Officjum.

– Ech, ci księża. – Architekt skrzywił się. – Jak w grę wchodzi zysk, za nic mają już zasady naszej świętej wiary. Myślicie, że nadejdą czasy, kiedy to my sami obejmiemy władzę nad jedynym Kościołem? Kiedy niepotrzebni będą nam papieże, kardynałowie i biskupi, gdyż istnieć będzie jedynie Święte Officjum?

Zabawne, że de Vriijs, mimo iż wiele lat temu opuścił Akademię, nadal mówiąc o inkwizytorach, używał słowa „my", a nie „oni". To świadczyło, iż był szczerze przywiązany do dawnego powołania i dobrze wspominał czasy swej edukacji.

– To niebezpieczne pytanie, panie de Vriijs – zauważyłem.

– Przecież Jezus kazał nam, nie klechom, czuwać nad czystością świata. A oni namnożyli się niczym plugawe robactwo.

Pokręciłem głową.

– Zapewne zdajecie sobie sprawę, że ludzi palono już za mniej rewolucyjne słowa?

– Co mi tam! – Machnął ręką. – Wiecie dobrze, że przy mojej pozycji na wiele mogę sobie pozwolić. Zwłaszcza że nigdy, przenigdy nie powiem złego słowa na Inkwizytorium.

No tak, to był jakiś argument. Trudno sobie wyobrazić, by inkwizytorzy prześladowali kogoś, kto szczerze im sprzyja i kto pomstuje na papistów, których my sami mieliśmy powyżej uszu.

– Zdajecie sobie jednak sprawę, że mimo najlepszych intencji mogę nie być w stanie wam pomóc? – zdecydowałem się jasno postawić sprawę. – Darzę was sympatią jako dawnego ucznia Akademii, ale nie wymyślę dowodów zbrodni i nie postawię fałszywych oskarżeń.

– Wiem, wiem, nie śmiałbym od was tego wymagać. Zresztą – roześmiał się – zabezpieczyłem się na różne sposoby.

– Proszę, proszę, narobiliście mi apetytu na wysłuchanie dalszej części opowieści.

Zatrzymał się przy marmurowej kolumnie i rozejrzał wokół, by sprawdzić, czy nikogo nie ma w pobliżu.

– Zachowacie to dla siebie, prawda?

– Jeżeli tylko nie postępujecie wbrew prawom, które chronię.

– Nie, nie, oczywiście, że nie. – Skrzywił się, jakby zabolała go sama myśl, iż mógłby postąpić w podobny sposób.

Rozejrzał się jeszcze raz, a potem ściszył głos niemal do szeptu.

– Wiecie zapewne, że obserwacja poczynań rywala, jego technik, zamierzeń, proponowanych rozwiązań to rzecz w świecie artystycznym zwyczajna... – przerwał i poczekał, aż mu przytaknę. – Nie inaczej jest w naszym wypadku. Ja chcę wiedzieć, co wyprawia Schumann, natomiast ta kanalia wysyła na mnie swoich szpiegów...

– Rozumiem.

– I ja tym szpiegom pozwoliłem ukraść pewne dokumenty z mojej pracowni. – Zachichotał. – Specjalnie spreparowane dokumenty, wyobraźcie sobie.

– Co takiego rzeczone dokumenty zawierały?

– Szkice i wstępne plany mojej katedry. Przedstawiające zamierzenie wielkie, wręcz genialne, lecz w dzisiejszych czasach niewykonalne.

– Aha. I?

– Schumannem powinno to wstrząsnąć. Ta kanalia przygotuje nową koncepcję czy przynajmniej zarys nowej koncepcji, gdyż ambicja nie pozwoli mu pozostać w tyle.

– W związku z tym sądzicie, że wasz rywal opracuje niedobry projekt? Czemu?

– Ależ skąd, mistrzu! – Szeroko się uśmiechnął. – Projekt tego łajdaka będzie genialny, rzucający na kolana, nowatorski, olśniewający...

– Zaraz... – przerwałem, gdyż de Vriijs najwyraźniej grał w grę, której zasad ja nie zdążyłem poznać. – I to wam się będzie podobać?

– Ależ oczywiście! – Uśmiechnął się jeszcze bardziej promiennie.

– Zakonnikom się nie spodoba – zaryzykowałem przypuszczenie.

– A gdzież tam! – zaprotestował. – Zakonnicy będą zachwyceni.

Gra stawała się coraz bardziej niezrozumiała.

– I jakiż wy macie w tym interes?

– Zakonnicy będą zachwyceni do pewnego momentu, inkwizytorze, do pewnego bardzo konkretnego momentu.

– Oczywiście! – Z rozmachem klepnąłem się w czoło, zły na siebie, że wcześniej nie przewidziałem finału intrygi. – Będą zachwyceni, dopóki nie zobaczą kosztorysu...

– I harmonogramu prac – zapiał ze szczerą radością. – Przecież jego katedry nie zobaczą ani nasze wnuki, ani wnuki naszych wnuków, ani wnuki wnuków naszych wnuków, ani... Mniejsza z tym. Braciszkowie dostaną szału, mówię wam...

– No, no, chytrze to wymyśliliście – pochwaliłem go. – Ale sądzę, że wasza intryga jedynie opóźni prace. Schumann będzie musiał poprawić...

– Schumann nic nie poprawi – przerwał mi zdecydowanym tonem. – Schumann będzie się z nimi wykłócał całymi tygodniami albo miesiącami, a potem wściekły i obrażony wyjedzie szukać szczęścia gdzie indziej, zostawiając zakonników z zadaniem posprzątania całego bałaganu. Będą mieli tak dosyć architektów oraz budowniczych, że w Christianii zostanie jedna katedra. Moja!

Zatarł dłonie i aż się sam roześmiał do siebie i własnych myśli.

– A jeśli zakonnicy przyjmą jego plan?

– Niemożliwe, panie Madderdin. Musieliby być szaleni. Ale jeśli nawet, powtarzam: jeśli nawet – uniósł palec – okażą się tak głupi, to przecież za pieniądze nie da się wszystkiego kupić.

– Takiego podejścia do rzeczy uczy choćby nasza święta wiara – zgodziłem się. – Ciekaw jestem jednak, co w tym wypadku macie na myśli?

– Czasu nie da się kupić. – Wzruszył ramionami. – Ludzkich umiejętności nie da się kupić, zimy nie da się przekupić, żeby nie przychodziła, słońca, żeby zawsze świeciło, deszczu, żeby nie padał...

– Taaak – mruknąłem. – Chyba już pojmuję wasz punkt widzenia.

– Po prostu dałem Schumannowi drewno i sznur, a ten łajdak sam sobie z nich wybuduje szubienicę i sam się na niej powiesi. – Zaklaskał i uśmiechnął się z takim zadowoleniem, jakby właśnie dowiedział się, że ktoś, kto zostawił mu majątek w testamencie, przeniósł się do lepszego ze światów.

Potem, jakby przypomniawszy sobie, że dał się ponieść emocjom, rozejrzał się gwałtownie. Odetchnął z niekłamaną ulgą, gdy przekonał się, że w pobliżu nie ma nikogo, kto mógłby nas podsłuchać.

– I tak to wygląda – rzekł na koniec. – Jeśli wy mi nie poradzicie, poradzę sobie sam, choć przyznam, że wolałbym, aby ten szubrawiec zniknął ze świata, a nie tylko z Christianii. A rozumiem, że jeśli odkryjecie ślady uprawiania czarnej magii, to kara go nie minie. Prawda? Nie minie?

– Panie de Vriijs, jeśli odkryję ślady uprawiania jakiejkolwiek magii, nieważne, czarnej, białej, żółtej czy fioletowej, to ostatnim zmartwieniem Schumanna będzie budowa katedry. Wierzcie mi.

– No! – Uśmiechnął się pełną gębą. – Nie poskąpię wam wtedy dowodów łaski. – Wielkopańskim gestem poklepał mnie po ramieniu koniuszkami palców.

Ten gest, zamiast rozzłościć, tylko mnie rozbawił.

– Panie de Vriijs, nie jestem jednym z waszych administratorów czy inżynierów. Darujcie więc sobie te lekceważące poufałości.

Skrzywił się.

– Co z was za człowiek, że nie potraficie za dobrą monetę wziąć grzeczności oraz sympatii. Ale w takim razie raczcie teraz sami odprowadzić się do wyjścia, bym was dłużej nie nękał tymi, jak mówicie, lekceważącymi poufałościami.

Prychnął rozdrażniony, po czym odwrócił się już bez słowa i szybkim krokiem ruszył korytarzem do jadalni.

– Artyści – westchnąłem, przyglądając się, jak odchodzi. – Skórka tak delikatna, że ziarnko grochu poraniłoby ją do żywej kości.

Podążyłem w stronę drzwi wyjściowych, zastanawiając się, jak ułożyłoby się moje życie, gdybym sam został artystą. Może poetą, tworzącym rymy tak wdzięczne, że poruszające utajone struny w ludzkich duszach? A może złotnikiem, w którego palcach powstawałyby jubilerskie arcydzieła? A może...

– Inkwizytorze, inkwizytorze... – moich uszu dobiegł szept dochodzący najwyraźniej z wielkiej rzeźbionej szafy.

Przystanąłem.

– Kiepłeń namawiał was, byście wyjechali, prawda? Powiedzcie?

– Nie sądzę, żebym chciał na ten temat rozmawiać z głosem z szafy – mruknąłem, na tyle jednak wyraźnie, by mnie dosłyszano.

– Chce wszystko zgarnąć dla siebie. – Usłyszałem śmiech.

– Jakie „wszystko"? Co za „zgarnąć"?

Szarpnąłem klamkę, lecz drzwiczki były zamknięte.

– Jak wyłamiecie drzwi, zdążę wyjść drugimi, z tyłu – ostrzegł mnie głos. – Lepiej stójcie spokojnie.

– No to dobrego dnia w szafie. – Postąpiłem krok naprzód.

– Czekajcie, czekajcie! Przecież ja wam chcę pomóc, na gniew Pana!

– W czym chcecie mi pomóc i od kiedy tak kochacie Święte Officjum?

– Ja to wam życzę, żeby was cholera podusiła – odparł człowiek z szafy. – Ale Kiepłenia nie znoszę gorzej niż was. Kanalia jedna! Dawno już rozgryzł Schumanna, że Schumann niby to bawi się czarną magią. Ale sam chce go złapać, a was się pozbyć, żeby na was nie spadła chwała wykrycia spisku.

– A wy skąd znacie takie rewelacje?

– Skąd znam, to znam, nie wasza rzecz. Powiem jedno: idźcie śladem braci Kramerów, a zajdziecie daleko. Chyba że po drodze ktoś wam łeb urwie.

Usłyszałem stłumiony chichot.

– Wolałbym, żebyście mi opowiedzieli o wszystkim dokładniej – rzekłem. – Wyznaczcie termin i miejsce spotkania, a przybędę. Hojnie nagrodzę was za pomoc, jeśli tylko mówicie prawdę.

Odczekałem chwilę, po czym stuknąłem knykciami w relief na ścianie szafy.

– Hej, jesteście tam jeszcze?

Nikt nie odpowiedział, więc zastukałem ponownie, tym razem trochę mocniej, po czym wzruszyłem ramionami i odszedłem. Bo tego jeszcze brakowało, żeby służba de Vriijsa zaczęła opowiadać dykteryjki o tym, jak inkwizytor prowadzi pogawędki z drewnianymi płaskorzeźbami wyrytymi na ścianie szafy. Nie rysowałoby to właściwego obrazu Świętego Officjum!

Nie miałem pojęcia, co sądzić o odbytej przed chwilą rozmowie i czy wyznanie tajemniczego głosu w ogóle brać na poważnie. Co prawda mój rozmówca wiedział o Kramerach i wiedział o oskarżeniach de Vriijsa pod adresem Schumanna, ale o tym wszystkim wiedziało przecież naprawdę sporo ludzi. Jaki jednak cel miałby ten człowiek, by namawiać mnie do kontynuowania śledztwa i potraktowania oskarżeń poważnie? Jedyne, co mi przychodziło do głowy, to że mógł zostać przysłany przez de Vriijsa, który zdecydował się pognębić Schumanna nawet wbrew polityce arcybiskupa i wbrew bardzo wyraźnym sugestiom jego sekretarza.

Karl Grieg obudził mnie z samego rana.

– Wybaczcie, wybaczcie – sumitował się. – Ale my, ludzie czynu, jesteśmy przyzwyczajeni, by wstawać o świtaniu.

Ziewnąłem rozdzierająco, gdyż poprzedniej nocy miałem kłopoty z zaśnięciem. W pokoju było duszno, a mój żołądek, nieprzyzwyczajony do wyrafinowanych specjałów, buntował się na potęgę po obiadku u de Vriijsa. Zastanawiałem się nawet, czy nie spłukać tego obiadu butelczyną wytrawnego wina lub kubeczkiem gorzałki, jednak w końcu machnąłem ręką. Zresztą Bogiem a prawdą nie przepadałem za trunkami i jeśli już piłem, to raczej z konieczności niż własnej ochoty. Ostatni raz naprawdę mocno popiłem z mistrzem Knottem, któremu w brawurowy sposób pomogłem rozwiązać sprawę Rzeźnika z Lahstein i który ujęty moimi talentami zarekomendował w Inkwizytorium moją promocję. A przecież działo się to już... ho, ho, niemal dwa lata temu. Trudno więc powiedzieć, bym szczególnie nadużywał mocnych napojów i szczerze mówiąc, jedyną moją słabością były słodycze, natomiast do wina lub gorzałki nieszczególnie mnie ciągnęło. Zresztą jak się widziało osobników pokroju Kramera, człowiekowi odechciewało się trunków, a każdy kieliszek czy kubek wydawał się balansowaniem nad przepaścią i stawał ością w gardle.

– I jak wam poszła rozmowa z tym łobuzem? – zagadnął Grieg. – Jeśli możecie mi powiedzieć, rzecz jasna – zastrzegł od razu.

– A nawet chętnie wam opowiem. – Ucieszyłem się, gdyż pomyślałem, że Karl może mi pomóc jako człowiek znający miejscowe obyczaje. – Wyobraźcie sobie, że ci dwaj bracia, o których mówiliście, rzeczywiście zginęli, a raczej, ściślej mówiąc, zaginęli, ponieważ nigdy nie znaleziono ich ciał. Siadajcie, proszę, siadajcie – poprosiłem, widząc, że ciągle stoi. – Ubiorę się i zaraz możemy pójść coś przekąsić, jeśli nie jedliście śniadania.

– Hu, hu, dla mnie to raczej pora obiadu. – Uśmiechnął się. – Ale niby czemu miano by znaleźć? – Zmarszczył brwi. – Głowę dam, że tak naprawdę ci nicponie uciekli do domu, ze wstydu nic nikomu nie gadając.

– Nie zwierzyliby się nawet starszemu bratu? – Uniosłem brwi. – Zostawiliby go tak bez żadnego słowa?

Administrator zakręcił młynka palcami.

– A bo to wiadomo z takimi, co im do łba strzeli, kiedy sobie popiją? Mówię wam, mistrzu, jak nic z podkulonymi ogonami uciekli do domu. Tu wielu nie wytrzymuje trudów, choć płaca kusi, oj, kusi...

– Może i przyznałbym wam rację, gdyby nie jedna rzecz. Kramer przysięga, że jakiś robotnik wygadał się, że zwierzyli mu się, iż dość już mają wszystkiego i idą się topić.

– Bajki – prychnął Grieg. – To nie obóz niewolników. Tu nikt nie trzyma na siłę. Po co mieliby się topić? Mało jest w dzisiejszych czasach pracy? Wyrzucą ich stąd, pójdą tam... Niektórzy pół Cesarstwa potrafią tak przełazić.

– Hm... szczerze mówiąc, myślałem podobnie jak wy – odrzekłem. – Czemu w takim razie ten robotnik kłamał? Jak sądzicie jako doświadczony człowiek i administrator?

Uśmiechnął się, chociaż rękę dałbym sobie uciąć, że wiedział, iż biorę go pod włos. Ale z wiedzą czy nie, i tak mu to sprawiło najwyraźniej przyjemność.

– Nudzą się, mistrzu Madderdin, to i gadają głupoty. Pan wie, jakie tu krążą opowieści? Zresztą nie tylko tu, a na każdej większej budowie...

– Na przykład? – zainteresowałem się.

– A choćby że poświęca się człowieka w ofierze, by zaprawa lepiej trzymała.

Oczywiście istniały demony, które ulubiły sobie ofiary z ludzi i które od swych akolitów żądały spełniania takich ofiar, lecz nie sądziłem, by którykolwiek mógł sprawić, iż poprawiłaby się jakość budulczego surowca. Niemniej z wykładów w Akademii wiedziałem, iż zdarzali się murarze na tyle szaleni, by próbować podobnych eksperymentów. Zresztą demonów najczęściej nie potrafili przyzwać i tylko bezsensownie zabijali niewinnych ludzi w przeświadczeniu, że dokonują strasznych, diabelskich rytuałów.

– Myślicie, że tak mogło być w tym wypadku?

Roześmiał się.

– Wiem, że panu de Vriijs arcybiskup surowo nakazał pilnować, żeby żaden diabelski zabobon nie pojawił się przy budowie świętego przybytku. I pilnujemy tego, panie Madderdin, zaręczam wam. Założę się, że u Schumanna jest podobnie. Tu gra idzie o zbyt dużą stawkę.

– Może właśnie dlatego warto zaryzykować i zagrać fałszowanymi kośćmi – zauważyłem.

Najwyraźniej nie przekonałem Griega.

– Myślicie, że demon potrafiłby zbudować za nas katedrę? Albo chociaż przyspieszyć tę budowę?

– Nie, panie Grieg, oczywiście, że nie. Poza tym demon nie mógłby pomóc, jednak na pewno mógłby utrudnić życie komuś innemu. Na przykład de Vriijsowi. Ale to, co ja myślę, nie jest ważne. Ważne jest, w co mogą uwierzyć ludzie. I na co mogą się porwać pod wpływem tej wiary.

Przeżegnał się szybko i zamaszyście.

– Boże uchowaj.

– Ano uchowaj – zgodziłem się z nim. – No dobrze, poproszę was o jeszcze jedną uprzejmość.

Wyciągnąłem z zanadrza rysunek przygotowany przez Kramera i rozłożyłem.

– Może widzieliście kiedyś tego człowieka?

– Święty Andrzeju, Oprawco Rzymian! – wykrzyknął i aż klasnął. – Kto wam coś takiego wysmarował? Gadajcie, na Boga, skąd macie podobne arcydzieło?!

Przyznam, że ucieszyła mnie jego reakcja, gdyż świadczyła o tym, że mój podziw dla rysunku Kramera wynikał nie z artystycznego niedoświadczenia, lecz ze zmysłu estetycznego piękna cechującego wszystkich ludzi o wrażliwej duszy.

– Nikogo nie należy spisywać na straty – odparłem zamiast odpowiedzi.

– Nie mówcie, że to Kramer?!

Kiedy przytaknąłem, aż zakręcił głową z zadziwienia.

– No takie byle co, pomyślałby kto. Aż żal, że i tak zdechnie...

– Sądzicie?

– To pijus jeden bez charakteru... Powiem wam coś, panie Madderdin. Każdy ma prawo się napić, zwłaszcza jeśli pije za własne. Tylko że człowieka poznać nie po tym, co pije i ile pije, lecz jak pije – mocno podkreślił słowo „jak". – I w jaki sposób to picie kończy.

– Nie można wam odmówić racji.

– Trunkuj na wesoło, w miłej kompanii, pośpiewaj, dziewkę sobie przyhołub, chcesz rzygać, to idź w kąt, by nie zapaskudzić siebie czy któregoś z kompanów. A kiedy się obudzisz, pamiętaj, gdzie zasnąłeś i z kim. Ot, wam powiem, że to jest właśnie grzeczne picie.

– Na pewno nie będę się z wami sprzeczał.

– A takie wycieruchy jak Kramer... – Machnął ręką. – Jemu za jedno co, z kim, kiedy, aby tylko we łbie zaszumiało aż do znieprzytomnienia.

– Niemniej talent ma...

– Co z tego, skoro za tydzień albo miesiąc pójdzie do piachu razem z tym swoim talentem?

– Może tak, może nie.

Pogadaliśmy jeszcze chwilę o Kramerze, po czym Grieg zatarł dłonie.

– A toście wpadli – rzekł z satysfakcją.

– Przekonamy się za tydzień – odparłem. – A teraz, z łaski swojej, powiedzcie mi, czy człowieka z rysunku nie widzieliście w Christianii?

– Bo ja wiem. – Podrapał się po nosie. – Chyba nie...

– Chyba?

– Wiecie, jak jest. Kiedy te łajzy są przy robocie, całe utytłane w błocku, piachu czy kamiennym pyle, wtedy każda twarz jest podobna do drugiej. Czy ja wiem, czy ja wiem... – Obracał w zamyśleniu kartę, jakby chciał wyobrażonej na niej twarzy przyjrzeć się to z boków, to z dołu.

Czekałem cierpliwie, gdyż wiedziałem, że w takich chwilach jak ta nie należy ponaglać wypytywanego człowieka. Niech sam podejmie decyzję, sam się spokojnie zastanowi. Ponaglanie mogłoby tylko spowodować, że spłoszy się i powie, że nikogo podobnego nie widział, albo wskaże niewłaściwą osobę. A w końcu mieliśmy mnóstwo czasu i nie było po co się spieszyć.

– Jakby te oczka znane... Takie jakieś kaprawe i podłe... – mruknął wreszcie Grieg.

– Zauważcie tę bliznę po lewej stronie.

– Wiecie co? Coś mi świta. Ale pokażę to swojemu pomocnikowi, może on lepiej wam powie. Mogę zabrać rysunek?

– Na zdrowie. Tylko...

– Wiem, wiem. Zadbam, żeby się nie zniszczył.

– Otóż to.

W rzeczywistości Grieg potwierdził moje podejrzenia, że sprawa Kramerów nie była do końca tak przejrzysta. Grieg bowiem miał rację, że w naszym błogosławionym Cesarstwie raczej brakowało rąk do pracy, niż był ich nadmiar. A tu przecież chodziło o dwóch młodych, zdrowych mężczyzn. Inna rzecz, że nawet jeśli ich zabito, powód morderstwa mógł być banalny. Ot, chociażby długi hazardowe. A może zobaczyli coś, czego zobaczyć nie powinni? Może byli świadkami jakiegoś oszustwa, dużej kradzieży? Może zagrozili sprawcom wydaniem lub zażądali za wysokiego udziału? A może po prostu, i to była rzecz najbardziej prawdopodobna, na kogoś źle spojrzeli, powiedzieli o jedno słowo za dużo i w efekcie dostali nożem pod żebra? A ciała zawleczono do rzeki i utopiono. Nie takie rzeczy działy się w wielkich skupiskach ludzi, nawet takich, gdzie starano się dbać o dyscyplinę. W końcu w wielu armiach również pilnuje się żołnierzy, a nierzadko zdarza się, iż łatwiej zginąć z ręki rozzłoszczonego towarzysza broni niż na polu bitwy. Cokolwiek bym sądził o sprawie, musiałem na razie pójść tym tropem, choćby po to, by wykazać się przed de Vriijsem i udowodnić mu, że Inkwizytorium nie lekceważy jego obaw i gotowe jest mu pomóc. Ten człowiek mógł okazać się cennym sprzymierzeńcem i nie należało go sobie bezsensownie zrażać.

Poza tym nigdzie mi się nie spieszyło. Miałem wygodną kwaterę, a de Vriijs musiał wciągnąć mnie na listę płac, gdyż było to jednym z warunków, jakie postawiło Inkwizytorium. W końcu nie byliśmy instytucją charytatywną! Nawet jeśli chodziło o byłych studentów Akademii. Wypłata, jaką miałem co tydzień dostawać, nie oszałamiała może wysokością, lecz pozwalała na prowadzenie w miarę wygodnego życia, jeśli tylko ktoś nie miał pociągu do hazardu, utrzymywania drogich ladacznic czy picia na umór. A ja jakoś radziłem sobie z podobnymi pokusami, zwłaszcza że korzystanie z płatnej miłości wydawało mi się upokarzające dla mężczyzny młodego, a przy tym pełnego cnót oraz wigoru, jakim przecież byłem.

– Wszystko już wiem – pochwalił się Grieg, kiedy wpadł jeszcze tego samego dnia do mojej kwatery.

– Proszę, proszę, a ja naiwnie sądziłem, że tak może o sobie powiedzieć jedynie Bóg Wszechmogący.

Parsknął śmiechem.

– No, może nie wszystko, ale wiem, kim jest łobuz z rysunku.

– Mówcie, mówcie, proszę.

– Jurgen Hauter, majster pracujący u Schumanna. Ale taki tam z niego majster jak z dupy kleryka dziewica.

– Czyli?

– Wiecie, jak jest, mistrzu Madderdin. Każdy szef musi mieć kogoś od brudnej roboty. Tu się rozejrzeć, tutaj popatrzeć, tam gdzie trzeba donieść. Co ludzie mówią, o czym myślą, którego z majstrów lubią, a którego nie, czy kradną, a jeśli tak, to co, ile i komu sprzedają towaru...

– Rozumiem.

– I właśnie Hauter tym się zajmował.

– Pożyteczna praca, jednak chyba niezaskarbiająca przyjaciół. Gdzie go znajdę? Ale zaraz, zaraz... Czy nie przypadkiem użyliście czasu przeszłego?

– Ano nie przypadkiem. Ponoć nikt go nie widział od wielu dni. A przedtem ta wesz wszędzie się wcisnęła.

– Następny zaginiony, co?

– Tacy ludzie jak on ciągną za sobą kłopoty, mistrzu Madderdin. Nie zdziwiłbym się, gdyby znaleziono go w rzece albo gdzieś zakopanego.

– Może Schumann coś wie?

– Mój pomocnik mówi, że Schumann dostał szału, jak ta kanalia zniknęła. Kazał go wszędzie szukać. Rozesłał ludzi na całą Christianię. Gadają, że... wiecie, ręki sobie uciąć nie dam, podobno...

– Mówcie.

– No więc że Schumannowi za jedno, czy mu dostarczą Hautera żywego czy w kawałkach.

Jeśli była to prawda, sławnemu architektowi nie chodziło o Hautera, a o to, co rzeczony Hauter ma w głowie. I Schumannowi najwyraźniej wystarczało, jeśli przyniosą mu głowę dawnego pracownika.

– Mistrzu Madderdin...?

Mój karczmarz do tej pory wydawał się człowiekiem raczej pogodnego usposobienia, teraz jednak miał ponurą minę. Stał ze wzrokiem wbitym w podłogę, wyraźnie nie chciał spoglądać mi w oczy.

– Cóż tam? Znowu jakaś kulinarna katastrofa?

Nie próbował udawać, że mój żart go rozweselił. Dziwne, gdyż ludzie, nawet jeśli nie rozumieją naszego poczucia humoru, starają się śmiać, kiedy inkwizytor opowiada dowcip lub anegdotkę. Taki mamy już... specyficzny urok.

– Mistrzu Madderdin, pewni ludzie chcieliby się z wami zobaczyć. Dzisiaj wieczorem odwiedzi was...

– Jak to dzisiaj wieczorem?! Od kiedy to spraszasz mi obcych na kwaterę? Jeśli ma coś...

– Im się nie odmawia – przerwał mi karczmarz i tym razem uniósł głowę.

– Ach. Im – mruknąłem. – Ptaszek z tongów przyleciał, co? No dobrze, przyjmę go, skoro już się pojawił. A ty co? – Mocno klepnąłem oberżystę w ramię. – Czego się boisz? Chłopcy z tongów nie zabijają takich miłych, poczciwych karczmarzy jak ty.

I była to prawda. Zabijanie rzeczywiście nie zgadzało się z filozofią tongów. Gdyż filozofią tą był zysk, a z trupa ciężko wycisnąć gotówkę. Chyba, rzecz jasna, że ktoś odpowiednio bogaty tego trupa sobie wcześniej zamówił. Jeżeli w mieście zjawiał się talent z prowincji i zaczynał kraść na własną rękę, to po niedługim czasie przybywał do niego uprzejmy wysłannik lokalnego cechmistrza (dowcipnie nazywali naczelnych złodziejaszków, nie ma co). I składał propozycję nie do odrzucenia, ale kwotę haraczu ustalano zwykle na rozsądnym poziomie, zależnym od talentu nowo przybyłego. Jeżeli złodziej miał czelność odmówić, za parę dni wysłannik tongów pojawiał się znowu, ale tym razem w towarzystwie dwóch lub trzech silnorękich, którzy przekonywali bezczelnego obcego do swych racji, jednak mieli zakaz uszkadzania ciała, łamania kości i tym podobnie. Jeżeli i to nie dało rezultatów, tongi uznawały przypadek za beznadziejny i kazały buntownikowi obciąć dłonie. Jednak nadal nie zabijały! Zresztą taki niedoszły złodziej, zabójca czy szantażysta z kikutami łapsk robił o wiele lepsze wrażenie na innych osobnikach nieskorych do płacenia podatków. I własnym przykładem udowadniał co dnia, jak niezdrowo jest zadzierać z tongami. „Patrzcie!" – mówiono o nim i pokazywano palcami. „To ten, co nie chciał płacić".

I wszyscy w związku z tym płacili, ponieważ nikt nie chciał stracić dłoni. Podobnie rzecz się miała z dziwkami, burdelami, żebrakami, domami gry oraz bractwami żakowskimi, a w równym stopniu tongi również „opiekowały się" sklepami lub karczmami. Lecz tu już sprawa nie była taka prosta. Silne cechy, na przykład złotników albo rzeźników, potrafiły skutecznie walczyć z wpływami przestępczego bractwa, gdyż miały do dyspozycji własną straż, znajomości na zamku (a nawet w arystokratycznych i kościelnych pałacach) oraz sporo gotówki. A tongi rozsądnie nie pchały się na siłę, gdzie ich nie chciano. Chociaż czasem jednak próbowały. Wtedy o świcie znajdowano na ulicach i w rzece więcej trupów niż zwykle. Po czym wszystko wracało do normy. Podejrzewałem, że złotnicy lub rzeźnicy również płacili tongom odstępne, by zapewnić sobie spokój, ale na pewno nie można tego było traktować jak standardowego haraczu.

Rozumiałem mojego karczmarza, dla którego niespodziewana wizyta wysłannika tego stowarzyszenia złoczyńców musiała być niemiłą niespodzianką. Ja jednak dostrzegałem jasne punkty sytuacji. Otóż tongi wyraźnie starały się okazać mi szacunek, zapowiadając wcześniej wizytę swego przedstawiciela. Oznaczało to, że mają raczej przyjazne zamiary. Co zresztą o niczym nie świadczyło, gdyż w kontaktach z tongami droga od uprzejmej rozmowy do dołu w ziemi nie była ani zbyt długa, ani zbyt kręta. Rzecz oczywista, w żadnej mierze reguła ta nie dotyczyła inkwizytorów.

Karczmarz najwyraźniej przejął się moim lekkim podejściem do poważnej jego zdaniem sprawy, gdyż aż się wzdrygnął, słysząc wypowiedziane przeze mnie słowa. Poklepałem go znowu i uśmiechnąłem się do własnych myśli. W Christianii robiło się coraz ciekawiej...

Późnym popołudniem, kiedy leżałem wygodnie na łóżku i starałem się nie zwracać nadmiernej uwagi na wszy, usłyszałem ciche pukanie do drzwi. Zdziwiłem się, bo przedtem nie dobiegł mnie żaden hałas. Ani odgłos kroków na podłodze, ani skrzypnięcie stromych schodów prowadzących do mojego pokoju. W związku z tym mogłem być pewien jednego: oto z wizytą wybrał się członek tongów. To w końcu ich szkolono w bezszelestnym chodzeniu, bezszelestnym okradaniu i bezszelestnym zabijaniu. Mogłem mieć tylko nadzieję, że dzisiaj wieczorem zamierzał zakończyć pokaz umiejętności na bezszelestnym chodzeniu.

– Proszę – odparłem i zdjąłem nogi z łóżka.

Drzwi otworzyły się i w progu stanął niski, szczupły mężczyzna w szarobrudnej opończy. Włosy miał przyprószone siwizną, a twarz zmęczoną i pobrużdżoną zmarszczkami. Nie dalibyście za niego złamanego miedziaka, lecz ja znam się na ludziach. Na pierwszy rzut oka wiedziałem, że coś w nim jest. Ta oszczędność i precyzja ruchów, czujne, bystre spojrzenie... O tak, moi drodzy. Nie był to pierwszy lepszy uliczny bandzior. Co to, to nie.

– Miło mi, że zechciał pan się ze mną spotkać, inkwizytorze Madderdin – powiedział uprzejmie.

– Proszę siadać. – Wskazałem mu krzesło. – Nie jest to może pałac, ale nikt nam nie przeszkodzi w rozmowie. Wina?

Podziękował krótkim gestem.

– Wrzody – rzekł szczerze. – Kiedy napiję się wina, to jakby mi ktoś lał płynną siarkę w trzewia.

Wiedziałem, jak wygląda lanie płynnej siarki w trzewia, więc porównanie uznałem za nieco naciągnięte. Niemniej obrazowe.

– Czy mogę być z panem zupełnie szczery, inkwizytorze? – zapytał.

Członek tongów chciał być z kimkolwiek zupełnie szczery! Bijcie, dzwony! Założę się jednak, że mieliśmy inne wyobrażenie o znaczeniu słowa „szczerość".

– Jestem do pana usług – odparłem grzecznie i obaj wiedzieliśmy, że to nic nie znaczy.

– Należę do pewnego stowarzyszenia – zagaił – które zajmuje się między innymi utrzymywaniem spokoju oraz porządku publicznego...

Jak na członka tongów zaczynał naprawdę pięknie. Zastanawiałem się, czy opowie o utrzymywanych przez jego przyjaciół ochronkach dla dzieci, jadłodajniach dla ubogich i domach starców. Zresztą naprawdę we wszystkich większych miastach funkcjonowały ochronki dla bezdomnych dzieci finansowane przez tongi. Szkolili sobie w nich młody narybek...

– ...W zamian za nasze usługi pobieramy niewielki procent od zysków, w zasadzie w całości przeznaczany na koszta organizacyjne oraz bieżące potrzeby...

Pierwsza część zdania nawet zgadzała się z prawdą. Tongi rzeczywiście nie przesadzały z wysokością haraczy. To byli mądrzy ludzie i wiedzieli, że złotej kury nie opłaca się zarzynać, tylko należy ją skłonić do pilnego wysiadywania jajek.

– Prowadzimy działalność skromną, acz skuteczną – stwierdził mój rozmówca i przynajmniej w wypadku drugiego określenia wszystko się zgadzało.

– I tak sobie pomyśleliście, że Christiania dorosła już, by założyć w niej... – urwałem na moment i uśmiechnąłem się nieznacznie – przedstawicielstwo.

– Ba! Katedra to wielka rzecz, a co dopiero dwie katedry. Coraz więcej ludzi, coraz więcej konfliktów, coraz więcej dyskusji, poglądów, kto wie czy czasami nie nazbyt niebezpiecznych... – Tym razem i on się uśmiechnął. – Myśli pan, panie Madderdin, że wiele minie czasu, zanim w Christianii powstanie oddział Świętego Officjum?

– Ma pan rację – przyznałem. – To zapewne kwestia najbliższych miesięcy. Proszę jednak powiedzieć, czym mógłbym panu służyć?

– W zasadzie drobnostką – odparł. – Drobnostką dla pana, dla nas jednak sprawą, nie ukrywam, wielkiej wagi.

– Zamieniam się w słuch.

– W Christianii udało nam się wypracować coś na kształt szerokiego porozumienia, a w chaos, związany przecież z każdym wielkim przedsięwzięciem, wprowadziliśmy elementy powszechnie akceptowalnego porządku.

Oznaczało to ni mniej, ni więcej, tylko to, że wszyscy płacili haracz tongom, a tongi, jak wypada się zresztą spodziewać, były z takiego obrotu spraw bardzo zadowolone. Tak właśnie należało rozumieć słowa „porozumienie" oraz „porządek".

– Trudno nie przyklasnąć podobnemu postępowaniu – rzekłem.

– Cieszę się. Naprawdę cieszę się, że pana rozumowanie podąża tym szlakiem. Zapewne więc zrozumie pan również, iż wszelkie działania mogące zaburzyć lub, nie daj Boże, zburzyć ten porządek bardzo nas zasmucą.

– Mogę się domyślać.

– Znalazł się pan tu z powodu obsesyjnej i pozbawionej jakichkolwiek podstaw nienawiści mistrza de Vriijsa, którą ten żywi w stosunku do swego konkurenta. To źle, kiedy ludzie kierują się w życiu nienawiścią.

– I znowu nie mogę uczynić niczego innego, jak zgodzić się z panem.

– Nienawiść jest niczym głaz rzucony w spokojną wodę – westchnął z prawdziwym smutkiem. – Ludzie roztropni powinni kierować się zasadą wzajemnych korzyści, a nie ulegać bezrozumnym żądzom.

Oho, zaczęła się mowa o wzajemnych korzyściach. Ciekawe, czy tongi miały mi coś do zaproponowania, czy też zamierzały jedynie pogrozić palcem. Sądziłem jednak, że padnie jakaś propozycja, gdyż tongi słusznie uznawały, że pewnych ludzi lepiej kupić, niż zastraszać. Kupując bowiem, robi się z nich wspólników, zastraszając, czyni się z nich ofiary oraz przeciwników.

Upiłem łyk wina i spokojnie czekałem na dalsze słowa mojego gościa.

– Christiania będzie potrzebowała sprawnie i mądrze działającego oddziału Świętego Officjum – rzekł. –

A warto nadmienić, że do stowarzyszenia, które mam zaszczyt reprezentować, należy wielu wpływowych ludzi. Ludzi, którzy mogą zasugerować pewne kandydatury na stanowisko przełożonego tegoż oddziału.

A więc pojawiła się marchewka. Przełożony christiańskiego oddziału Inkwizytorium nie stanie może w pierwszym rzędzie inkwizytorów, lecz dla człowieka tak młodego i tak mało doświadczonego jak ja byłaby to funkcja pozwalająca myśleć o świetlanej przyszłości. Gdybym jednak zawdzięczał ją tongom, oznaczałoby to tylko jedno: dług będę musiał spłacać przez resztę życia. A ja nie bardzo miałem ochotę na spłacanie długów tongom. Szczerze mówiąc, nie miałem ochoty na spłacanie długów komukolwiek.

– Będę usilnie się starał, by nie zaburzyć istniejącego w Christianii porządku – odparłem ostrożnie. – Gdyż ostatnim moim celem byłoby wprowadzenie dysharmonii w tej jakże pięknie grającej orkiestrze.

Nic nie odpowiedział, nie skinął głową, w żaden sposób nie dał poznać, że aprobuje moje słowa. Przypatrywał mi się cały czas tym samym spojrzeniem bez wyrazu, jakby czekał na kontynuowanie wypowiedzi. Jakby czekał... cóż... na zobowiązanie. Nie zamierzałem jednak ułatwiać mu sprawy, a poza tym pamiętałem o słowach, które rzucone piaskiem wracają kamieniem. W rozmowie z tongami należało ostrożnie dobierać sformułowania. Hm, w jakiś sposób stanowiło to podobieństwo między inkwizytorami a opryszkami z bractwa.

– Możemy więc, jak mniemam, ufać, że potraktuje pan słowa mistrza de Vriijsa z należną im ostrożnością? – odezwał się w końcu mój gość.

– Ale również z należną uwagą, tak jak mi to zalecono.

– Czego pan szuka, panie Madderdin? Heretyków? Czarownic? Czar...

– Mistrzu Madderdin, jeśli łaska – przerwałem mu.

Przez chwilę znowu patrzył mi uważnie w oczy tym swoim pozbawionym jakichkolwiek uczuć wzrokiem.

– Mistrzu Madderdin – zgodził się grzecznym tonem. – Proszę powiedzieć, czego pan szuka? Czarnoksiężników odprawiających demoniczne rytuały? Wiedźm? A może tylko pragnie pan pogrążyć Schumanna?

– Inkwizytorium nie ma czasu ani ochoty angażować się w spory pomiędzy architektami...

– Był jednym z was...

– Stare dzieje, a poza tym ledwie dwa lata studiował w naszej Akademii. Nie sądzi pan, że fakt, iż wysłano jedynie mnie, który jestem, nie ma co ukrywać, inkwizytorem z niewielkim stażem oraz doświadczeniem, świadczy o tym, iż Święte Officjum nie zamierza podejmować żadnych radykalnych działań?

Przez moment zastanawiał się nad moimi słowami, a szczerość, z jaką przyznałem się do własnej pozycji, mogła go zdziwić.

– Problem w tym, mistrzu Madderdin, że populacja czarnych płaszczy ma zwykle tendencje do niekontrolowanego wzrostu. – Pozwolił sobie na ledwo zauważalny grymas, który przy dużej dozie dobrej woli można było wziąć za uśmiech. – Ujmując to prościej, powiem, że gdzie pojawia się jeden inkwizytor, tam po chwili może się od nich zaroić.

Uśmiechnąłem się szeroko i życzliwie.

– Och, my mówimy tylko: „Kiedy ginie inkwizytor, czarne płaszcze ruszają do tańca" – powiedziałem. – A w tak bezpiecznym i cieszącym się porządkiem mieście jak Christiania nic podobnego przecież nie może się zdarzyć, prawda? Rzekłbym nawet, że dla wszystkich byłoby lepiej, gdyby się nie zdarzyło... I wyobrażam sobie, że gdybym na przykład jutro zachorował na katar, warto przysłać kogoś, by ocierał mi nos.

Poważnie skinął głową.

– Tak na pewno byśmy zrobili, powodowani zarówno życzliwością w stosunku do pana, mistrzu Madderdin, jak i do instytucji, którą pan reprezentuje.

Podniósł się z krzesła.

– Życzę miłego wieczoru, mistrzu inkwizytorze. A gdyby nie chciał go pan spędzać na samotnej modlitwie, jestem pewien, iż Christiania może pana stosownie ugościć.

Sięgnął w zanadrze i wyciągnął złoty talizman w kształcie jabłuszka, z którego wyrastała gałązka z figlarnie przekrzywionym listkiem. Na awersie wygrawerowano znak ryby.

– Proszę to pokazać w „Jabłku Hesperyd". Właścicielka będzie więcej niż szczęśliwa, mogąc pana gościć, czym ma najlepsze, aż do końca pana pobytu w Christianii.

Oszczędnie, choć uprzejmie skinął mi głową i opuścił pokój równie cicho, jak się w nim pojawił. Znowu nie usłyszałem jego kroków za drzwiami. A i co ciekawe, te drzwi zawsze zgrzytały, kiedy ja je otwierałem, natomiast pod dłonią tego człowieka nawet nie skrzypnęły.

Ha, byłem prawdziwie pod wrażeniem! Ciekawe, czym było „Jabłko Hesperyd". Luksusowym zamtuzem? Domem gry? Pijalnią wschodnich ziół? Znając życie, pewnie wszystkim po trochu, skoro tongi uznały, że jest to przybytek, którym można się pochwalić. I który można, co tu kryć, traktować jako cenną przetargową monetę w procederze przekupstwa.

Podniosłem ze stołu medalion i popróbowałem go zębami. Ho, ho, naprawdę sprawiał wrażenie wykonanego ze złota, a jeśli zawierał domieszkę innego kruszcu, to zapewne niewielką. Widać nawet przepustka do „Jabłka Hesperyd" musiała być wykonana luksusowo. Przez chwilę leniwie zastanawiałem się, czy nie odwiedzić przybytku, do którego tak serdecznie mnie zapraszano, w efekcie jednak tylko wyciągnąłem nogi na łóżku. Bo co można robić w podobnym miejscu jak „Jabłko Hesperyd"? Pić, uprawiać nierząd, hazardować się lub otumaniać ziołami. Żadna z tych możliwości nieszczególnie mnie interesowała, gdyż byłem człowiekiem skromnych obyczajów. Owszem, zdarzało mi się czasem poswawolić z nierządnicami (męska chuć musiała wszak gdzieś znaleźć ujście), ale po samym akcie odczuwałem raczej pewnego rodzaju ulgę zmieszaną z niesmakiem niż chęć powtórzenia podobnych zabaw.

Ułożyłem się więc wygodnie i musiałem chyba się zdrzemnąć, ponieważ za okiennicami było zdecydowanie ciemniej, kiedy usłyszałem hałas na schodach. A zaraz za tym hałasem stukanie do moich własnych drzwi.

– Kogo diabeł niesie? – warknąłem.

– Mistrzu inkwizytorze, to ja, Ryjek, z przeproszeniem...

Ryjkiem, z przyczyn, których nie znałem i które mnie nie obchodziły, nazywano mojego karczmarza, a i on sam, jak widać, zapomniał już imienia, jakie mu dano na chrzcie.

– Czego chcesz?

– Jakiś człowiek mówi, że musi się spotkać z wami...

– Przegoń go do czorta. Niech jutro zjawi się na budowie u de Vriijsa.

– Ja mu to mówiłem, panie – rzekł karczmarz płaczliwie. – Ale on za Boga nie chce się ruszyć. I powiedział, że prędzej sobie gardło poderżnie na progu, niż odejdzie.

Już chciałem powiedzieć: „A niech sobie podrzyna, lepiej na progu niż na szyi", kiedy pomyślałem, że ten natarczywy przybysz może mieć interesujące mnie informacje.

– Dawaj go – mruknąłem.

Usiadłem przy stole, gdyż wydawało mi się, że wygląda to nieco poważniej niż wylegiwanie się w barłogu. Szkoda tylko, że nie miałem przy sobie jakichś dokumentów, które mógłbym rozłożyć na blacie. Już po chwili usłyszałem podniesiony głos Ryjka, który zawzięcie komuś coś tłumaczył, łajał i napominał, ale trudno było się rozeznać, co tak naprawdę ma na myśli poza ciągle powtarzanymi uwagami, by „nie zgniewać mistrza inkwizytora". I słusznie, ponieważ rozgniewanie inkwizytora jest niczym rzucenie płonącej pochodni w suchym lesie.

Gdy rozległo się pukanie do drzwi (jeżeli pukanie może być uniżone, to właśnie takie było), rzuciłem krótko:

– Wejść!

Ryjek nawet nie zdążył przekroczyć progu, kiedy do pokoju wbiegł mężczyzna w kapturze i rymnął przede mną na kolana.

– Łaski, mistrzu! Pomocy!

Dałem znak karczmarzowi, żeby wyszedł.

– Jak spróbujesz podsłuchiwać, obedrę cię ze skóry – obiecałem.

– A gdzieżby, gdzieżby...

Zwróciłem wzrok na tajemniczego przybysza.

– A kim ty jesteś, hultaju, i czego chcesz?

– Jurgen Hauter, proszę waszej dostojności. A rozchodzi się, że...

Nie dałem mu dokończyć zdania, tylko lewą ręką przytrzymałem go za ramię, a prawą zerwałem z głowy kaptur. I co ujrzałem przed sobą? Ano nic innego jak oblicze wyrysowane przez Kramera. Tyle że na twarzy Jurgena nie malowały się teraz arogancja i złośliwość, jak na obrazku, lecz przerażenie. Oczy miał pełne łez, a usta drżały tak, jakby właśnie wszedł do lodowatej wody.

– Gadaj no spokojnie, hultaju. I przestań plątać mi się pod nogami. Stańże sobie tam, przy drzwiach...

Odepchnąłem go, a on posłusznie odszedł kilka kroków i wsparł się plecami o framugę.

– Pomocy, mistrzu! Obiecajcie, że mnie ocalicie, a opowiem o takich rzeczach, że oko wam zbieleje.

Nalałem sobie spokojnie wina do kubka. Posmakowałem i przełknąłem. Było zdecydowanie zbyt mocne i aromatyczne, więc zmieszałem je pół na pół z wodą.

– A przed czym niby mam cię ocalić? – Podniosłem wzrok na Hautera.

– A przed czym nie? – omal zaszlochał. – Wszyscy się na mnie zasadzili, wszyscy chcą mnie zgubić...

– Kto to są wszyscy, Jurgen?

– Schumann i te jego łotry, ludzie z miasta...

– Tongi? Szukają cię tongi?

Gorliwie przytaknął.

– Oni, oni. A jak znajdą, to... – Przeciągnął dłonią po szyi. – Tylko wy możecie mnie uratować, tylko wy, mistrzu, macie dość mocy, by mnie nie oddać w ich ręce. Błagam! – Osunął się na kolana i wytrzeszczył załzawione oczy.

– Zaakceptuj swój los, Jurgen – powiedziałem. – Raduj się, bo skoro jest, jak mówisz, to Królestwo Boże niedługo otworzy się przed tobą. Będziesz o wiele szczęśliwszy ode mnie, który będę musiał jeszcze pozostać na tym padole łez, zamiast cieszyć się chwałą Pana.

Słysząc te słowa, Hauter wręcz zaskowyczał, rymnął na podłogę i zaczął pełznąć w stronę moich stóp.

– Powiem wam wszystko, wydam wszystkich, tylko pomóżcie mi. – Uniósł głowę, a ja zobaczyłem, że ma wilcze, spiczaste i ostre zęby. – Żebym nie umierał, póki nie uczynię jakiego dobrego uczynku. A nawet wielu! Wielu, wielu dobrych uczynków!

Proszę, proszę, jaka cwana bestia była z tego Hautera. Mimo strachu i rozpaczy szybko zdołał użyć argumentów, które, jak mu się zdawało, trafią do przekonania inkwizytora. Ale mnie, szczerze mówiąc, kwestia jego dobrych i złych uczynków niewiele obchodziła. Niech sobie tam będzie łajdakiem do szpiku kości przez resztę życia, aby tylko teraz wyznał coś, co mogłoby mnie zainteresować.

– No dobrze, posłucham cię jeszcze przez chwilę, Jurgen, bo mnie bawisz. Kogo chcesz wydać i co wiesz o przestępstwach tych ludzi? I nie kłam, hultaju, bo obedrę cię żywcem ze skóry i posypię rany solą.

– Schumann i ci jego ludzie. Oni stoją za wszystkim. Za tym – głośno przełknął ślinę – wszystkim.

– Czyli za czym stoją? Za budową katedry? – zadrwiłem.

– Za tym też! To nie wiedzieliście? – Hauter otworzył szeroko oczy.

Westchnąłem. I tak to było rzucać perły dowcipu przed ryje świń pokroju Hautera. Równie dobrze mógłbym zaproponować Syzyfowi, że razem wepchniemy jego nieszczęsny głaz.

– Jurgen, moja cierpliwość zaraz się skończy. Jeszcze moment, a wykopię cię na ulicę i niech tam się o ciebie bije Schumann z tongami. Powtórzę ostatni raz: o jakich przestępstwach chcesz donieść i kto za nimi stoi?

Jurgen złożył dłonie jak do modlitwy.

– Matko Boska Bezlitosna, błagam was, mistrzu, nie wydawajcie mnie! Oni czary odprawiają! Pokażę wam! Schumann i ci jego.

Wielu już słyszałem ludzi oskarżających bliźnich o czary lub herezję, więc daleki byłem od tego, by od razu brać słowa Hautera za dobrą monetę. Ba, Jurgen mógł mieć nawet słuszne intencje i szczerze wierzyć, że Schumann kieruje jakimiś diabelskimi ceremoniałami, ale mogło to być zaledwie jego wyobrażenie.

– Zaczniemy od początku...

Wyjąłem z szuflady ostry nożyk i dostrzegłem, że Jurgen tak pobladł, iż wydawał się bliski omdlenia.

– Jurgen, zamierzam tylko obrać sobie gruszkę – wyjaśniłem łagodnie. – Wierz mi, że do obłupiania ludzi ze skóry mam dużo poręczniejsze narzędzia.

Zacząłem obierać owoc, gdyż rzeczywiście jedynie w tym celu wydobyłem nożyk, ale skoro przy okazji udało mi się nastraszyć Hautera, to tym lepiej.

– Jak mówiłem, zaczniemy od początku. Co, twoim zdaniem, robi Schumann?

– Czary. – Wlepił we mnie szeroko otwarte oczy. – Straszliwe czary.

– Jakie czary? Co chce nimi osiągnąć?

– No, tego nie wiem. Ale ludzi trzeba mordować, żeby zadziałały. Tak jak tych dwóch Kramerów, co musiałem potem nagadać ich bratu.

Drgnąłem. Zbaczaliśmy w naprawdę interesujące mnie rejony. Kto wie, kto wie, może jeszcze będę miał pociechę z zeznań tego obwiesia?

– Oszukałeś go, że bracia się utopili. A co naprawdę się z nimi stało?

– Nie wiem, przysięgam Bogu, nie wiem! – Tak silnie grzmotnął się w pierś, że aż stracił dech. Pokasływał długą chwilę.

– A co ty w ogóle wiesz, Jurgen?

– Wiem, panie, że mają jakąś straszną tajemnicę. Wiem, że Schumann, niech go krew i zaraza, kazał mnie szukać i choćby martwego znaleźć. Wiem, że zapłacił ludziom z miasta, żeby mnie ucapili. A jak oni już się wezmą za robotę... – Znowu przykurczył się do samej ziemi. – Tylko w was moja jedyna nadzieja.

I co miałem zrobić z takimi wyznaniami? Na dobrą sprawę mogłem wsadzić je sobie w stojący pod łóżkiem nocnik. Hauter na pewno czegoś się bał, może zobaczył też lub usłyszał coś niepokojącego, zabłąkał się przypadkowo, gdzie zabłąkać się nie powinien. Ale żadnych konkretów na razie nie usłyszałem i Schumann by mnie wyśmiał, gdybym próbował prowadzić śledztwo na podstawie zeznań jednego człowieka, który jak widać, był mu mocno nieprzychylny.

– Dlaczego Schumann kazał cię ścigać? Co mu zrobiłeś? Czego się dowiedziałeś?

– Panu Bogu przysięgam, że nie wiem! Zawsze byłem wierny jak ten pies. Co mistrz kazał, ja robiłem, a tu nagle gadają, że chce mnie ubić za jakieś przewiny. No to uciekłem.

– Takie niby z ciebie niewiniątko. – Pokręciłem głową. – Jakbyś był bez winy, to Schumann by cię nie ścigał.

– Znam ich skrytkę tajną jak diabli – wyznał. – Ale nikomu pary z gęby nie puściłem, więc niby czemu miałby mnie prześladować. A ja zupełnym przypadkiem żem się...

Oho, to mogło być ciekawe.

– Co za skrytkę?

– Mówią, że to pracownia Schumanna, gdzie robią, wiecie, model tej ichniej katedry. Wieeelki model. – Zatoczył szeroki krąg rękoma.

– Może to i prawda. – Wzruszyłem ramionami.

Przecież rzemieślnicy i artyści otaczali swe wynalazki oraz projekty ścisłą tajemnicą. Ksiądz Kiepłeń wspominał o florentyńskich szklarzach oraz toruńskich piekarzach, a oni byli zaledwie przykładem na to, jak ważny w życiu każdego twórcy był sekret i że strzeżono tego sekretu nawet za cenę życia. Oraz również za cenę życia starano się go skraść. A malarze? Alchemicy? Inżynierowie i konstruktorzy? Farbiarze? Płatnerze? A wielu, wielu innych? Czy oni wszyscy nie strzegli z pokolenia na pokolenie sekretów swego fachu i nie przekazywali ich jedynie najbardziej zaufanym osobom? Wcale bym się nie zdziwił, gdyby Schumann rzeczywiście miał tajną pracownię i gdyby nie oddawał się w niej żadnym czarnomagicznym rytuałom, lecz po prostu ciężkiej pracy. Niemniej ślad wypadało sprawdzić. Zwłaszcza że mnie, jako inkwizytora oddelegowanego do pracy w Christianii, nie można było ot, tak sobie, bez powodu, nie wpuścić tam, gdzie wpuszczony być chciałem.

Ciekawiło mnie również, czemu Schumann tak usilnie poszukuje Hautera, że aż zdecydował się na skorzystanie z pomocy tongów. Jak każdy rozsądny człowiek musiał wiedzieć, że z pomocy tego... stowarzyszenia nie korzysta się bezkarnie, a za każdą usługę zostanie wystawiony rachunek. Z tego, co zresztą wiedziałem, zdarzało się, iż w końcowym efekcie wartość takowego rachunku przekraczała zyski osiągnięte dzięki wstawiennictwu tongów. Czemu więc architekt był aż tak zdesperowany? Czego bał się ze strony Hautera? A może ten nieszczęsny hultaj był już tak zaślepiony przez strach, że udział tongów w sprawie podpowiadała mu jedynie własna imaginacja?

Ha, mogłem tego typu pytania zadawać w nieskończoność i na żadne z nich nie uzyskać odpowiedzi, póki nie sprawdzę wszystkiego na miejscu.

– Gdzie jest ta kryjówka?

– W podziemiach dawnej winiarni, co ją mnisi mieli, kiedy jeszcze uprawiali winorośl – wyrecytował szybko Jurgen.

– Czyli na terenie klasztoru?

– Nie, panie, nie. To i owszem, są ziemie klasztorne, ale sam magazyn stoi daleko za murami klasztoru.

Cóż, to przynajmniej była jakaś pociecha.

– Bardzo pilnują tej kryjówki?

– Bardziej niż bardzo, mistrzu. Zawsze tam stoi przed bramą kilku ludzi, a do środka wpuszczają tylko Schumanna i takiego jego pachoła.

– Jak to tylko Schumanna i pachołka? Żadnego z inżynierów? Albo, nie wiem, choćby jakiegoś cieśli?

– Nie, panie, nie.

To wydało mi się dziwne. Przecież stworzenie modelu katedry było żmudną, wymagającą precyzji pracą. Czy Schumann w nawale obowiązków miałby jeszcze czas, by samotnie trudzić się nad ciosaniem modeli, wyliczaniem ich proporcji, ustawianiem w odpowiedniej pozycji? A przecież jeśli projekt otoczono taką tajemnicą, to musiało chodzić o model niezwykle szczegółowy, a więc i taki, przy którym będzie huk pracy. Niegdyś w Koblencji miałem okazję zobaczyć stworzony przez italskich architektów, a wystawiany przez pewien czas w koblenckiej katedrze model Miasta Pana, czyli idealnej metropolii, która w równym stopniu zaspokajałaby potrzeby cielesne oraz duchowe mieszkańców. I byłem pod wielkim wrażeniem może nie tyle samej koncepcji uniwersalnego miasta, ile niezwykłej dbałości o najmniejsze techniczne szczegóły. Jeżeli projekt Schumanna miał charakteryzować się podobną szczegółowością, to nawet zakładając, że katedra nie jest aż tak skomplikowanym tworem jak całe miasto, nie wyobrażałem sobie, żeby mógł pracować przy modelu samotnie.

– Dobrze, Jurgen, sprawdzimy twoje doniesienie – zdecydowałem. – Ale jeżeli zobaczę, że Schumann w starej winiarni zabawia się po prostu z dziwkami i pije, to osobiście odetnę ci jaja i każę, żebyś je zeżarł. Rozumiesz?

– Rozumiem, rozumiem – pokiwał gorliwie głową.

Na jego twarzy ku pewnemu zdziwieniu nie zauważyłem wcale strachu. Cóż, musiał być naprawdę pewny swego. A może wciągał mnie w pułapkę? Może była to jakaś intryga Schumanna, która miała na celu skompromitowanie mnie w Christianii? Nie takie rzeczy były możliwe. Wszedłem z buciorami w sam środek złożonego świata, w którym rzeczywiście panował, jak wspominał przedstawiciel tongów, pewnego rodzaju porządek. Starałem się stąpać ostrożnie i chyba jeszcze nikomu nie nadepnąłem na odcisk. Problem tkwił jednak w tym, że wrogą reakcję wielu ludzi mogło wywołać nie moje nadepnięcie, lecz samo tym nadepnięciem zagrożenie.

Przed wybraniem się do starej winiarni musiałem oczywiście zapewnić sobie należyte wsparcie. Rozmyślałem, co mam zrobić z Jurgenem. Jeśli rzeczywiście jest ścigany przez tongi, mogą zabić go pod moją nieobecność, a jeżeli wyjdę z nim na ulicę, to nim dojdę do domu de Vriijsa, po prostu ktoś pchnie mojego donosiciela nożem. I szukaj potem wiatru w polu. Zastanawiałem się też nad jednym: czy Hauter w ogóle będzie mi potrzebny? Potem jednak pomyślałem, że ktoś taki jak on musiał zachować asa w rękawie. Nigdy nie wiadomo, czy nie wie jeszcze czegoś, co okaże się przydatne. Dlatego też postanowiłem wezwać karczmarza i rozkazać mu, by posłał pachołka po Griega.

– I niech Grieg zabierze kilku ludzi – dodałem.

Administrator de Vriijsa zjawił się nadspodziewanie szybko. Nie minęła godzina, a stał w progu mojego pokoju.

– Jurgen Hauter – powiedział, przypatrując się skulonemu w kącie donosicielowi. – Co za niespodzianka.

– Wzięliście ludzi?

– Tak jak kazaliście. Mam pięciu moich zabijaków. – Uśmiechnął się. – Aż się palą do roboty. Wiecie oczywiście, że poinformowałem o wszystkim pana de Vriijsa?

– Naturalnie. Mam nadzieję, że wysiłki, które podejmiemy, oraz ich efekty zadowolą waszego chlebodawcę.

– Dokąd mamy się udać?

– Do starej winiarni – odparłem. – Schumann uczynił z niej tajną pracownię. A Hauter twierdzi, że dzieje się tam coś... niedobrego.

– Czarna magia – burknął Jurgen ze swojego kąta. – Straszliwa czarna magia, demoniczne rytuały i ofiary z ludzi.

Grieg zmierzył go sceptycznym spojrzeniem.

– A to widzę, że Schumann nieźle zalazł ci za skórę.

– Mówię prawdę! – zaperzył się Hauter. – Żebym tak z tego miejsca nie wstał!

– Do winiarni jest dziesięć mil z okładem – powiedział Grieg. – Zaraz każę chłopcom, żeby przygotowali jakiś wóz. Przecież nie będziemy się kulać na piechotę.

– Dobry pomysł – pochwaliłem.

Do starej winiarni było nawet więcej niż dziesięć mil, gdyż pojechaliśmy dłuższą drogą, taką, która omijała klasztorne gospodarstwa. Wolałem bowiem, żeby nikt nas nie zobaczył i nie zdążył ostrzec Schumanna. Bo kto wie co mogłoby się wtedy wydarzyć? Może jakiś niespodziewany pożar, który strawiłby cały magazyn razem ze wszystkimi dowodami przestępstw? Oczywiście zakładając, że jakiekolwiek dowody na jakiekolwiek przestępstwa rzeczywiście istniały.

Był środek lata, więc mimo późnej godziny zachód słońca rozlewał jeszcze po niebie czerwone smugi. Miałem nadzieję, że doczłapiemy się do celu przed nocą, chociaż pewnie i noc nie stanowiłaby przeszkody. Pamiętałem przecież, jak o wczorajszej północy musiałem zamykać okiennice, gdyż księżyc w pełni błyszczał tak mocno, że nie dawał zasnąć.

– Myślicie, że coś z tego będzie? – zaszeptał Grieg.

– Skąd mam wiedzieć, czy Schumann nie wysłał tego łajdaka, żeby mnie skompromitować? – mruknąłem. – Przeprowadzę rewizję w winiarni, a Schumann najpierw będzie się naśmiewał w kułak, a potem oskarży mnie o przeszkadzanie w zbożnym dziele.

– Raczej nie – odparł Grieg. – Między nimi coś tam naprawdę było na rzeczy. Ta łachudra na pewno nie jest w zmowie z Schumannem.

– Dziwię się tylko, że nie powiedzieliście mi nic o tej sekretnej pracowni. Niby tak pilnie badacie poczynania Schumanna, a nie wiecie, co wyprawia w tajemnicy?

Karl wzruszył ramionami.

– Człowiek nie siądzie mu przecież na plecach.

Grieg w najoczywistszy sposób kłamał. Pytanie brzmiało: dlaczego? Wydawało mi się, że w interesie de Vriijsa było podzielić się ze mną wszelkimi podejrzeniami, a tu okazywało się, że nie raczył mnie poinformować o tak ważnej sprawie jak sekretna pracownia Schumanna. Przecież jeśli architekt gdzieś miał dokonywać zabronionych czynów, to właśnie w miejscu, którego tak pilnie strzegł.

– Dobrze, powiem wam – Grieg niemal przytulił się do mnie i szeptał już tak cicho, że nawet ja ledwo go słyszałem.

– Hm?

– Będzie dwa miesiące, jak przepatrzyliśmy tę winiarnię. Tam nic nie ma, mistrzu Madderdin. A nie chciałem o tym mówić, bo zdarzył się wypadek. Zabiliśmy siostrzeńca Schumanna. Bez sensu, mówię wam. Szczeniak napatoczył się, zaczął wrzeszczeć i dostał trochę za mocno. No a potem, jak zobaczyliśmy, co się dzieje, trzeba było uciszyć wszystkich innych, żeby nie rozpoznali.

– No to pięknie. Wielu tak... uciszyliście?

– Pięciu. Schumann podejrzewa nas, ale nie ma dowodów. Wtedy było tu mnóstwo rabunków, gwałtów, złodziejstw, morderstw, więc mogliśmy zrzucić winę na zwyczajnych obwiesi. Dopiero jak przyszły tongi, trochę się wszystko uspokoiło.

– Cholera by was! Nie mogliście wcześniej powiedzieć?

– Pomyślcie inaczej. Dwa miesiące temu winiarnia była czysta. I Schumann wie, że my o tym wiemy. Może więc wydało mu się dobrym pomysłem zajmowanie zakazanymi praktykami w miejscu, które zostało już przepatrzone?

Po namyśle przytaknąłem.

– Kto wie, może być, jak mówicie. W każdym razie trzeba przyznać, że macie głowę na karku, panie Grieg.

– Nie puścicie, mam nadzieję, pary z ust, co?

– Panie Grieg, nie obchodzą mnie żadne spory i waśnie, póki nie zagrażają świętej wierze. To wasze sumienie i wy się rozliczycie z Panem ze swych uczynków.

Odetchnął z ulgą, gdyż jak większość przestępców wołał nierychliwy Sąd Boży niż natychmiastowe osądzenie przez ludzki trybunał. A nie przypuszczam, by się wykpił, gdyby sprawa wyszła na jaw, ponieważ Schumann i zakonnicy uczyniliby wszystko, aby nie puszczono płazem przestępstwa przeciw ich ludziom.

– Postarajcie się tylko nie dołożyć dzisiaj krwi do tej, którą macie już na rękach – rzekłem zgryźliwym tonem. – Oczywiście o ile nie będzie to absolutnie konieczne – dodałem po chwili zastanowienia.

Sądzę, że dobrze, iż ostrzegłem Griega, że nie życzę sobie żadnej nieprzemyślanej agresji, a on poinformował o tym swoich ludzi. Bowiem strażnicy Schumanna próbowali na początku stawiać opór i jedynie moje surowe napomnienia, iż działam w imieniu Inkwizytorium, oraz zdecydowana postawa ludzi Griega zdecydowały o tym, że nie doszło do przelewu krwi, a zaledwie do nieznacznych przepychanek. Komuś tam rozkwaszono nos, ktoś rozjęczał się po kopniaku w brzuch, ktoś dostał kamieniem w głowę i to generalnie był koniec bójki. Z drzwiami do winiarni musieliśmy poradzić sobie sami, gdyż ludzie Schumanna twierdzili, że nie mają klucza, i skłaniałem się, by im w tym względzie uwierzyć. A ponieważ drzwi te wykonano bardzo solidnie, z grubego drewna wzmacnianego żelaznymi sztabami, więc musieliśmy skonstruować naprędce coś w rodzaju małego tarana, a i tak chłopcy Griega nieźle się namachali, zanim wrota padły.

– Mistrz Schumann ze skóry was obedrze, jak wejdziecie – zauważył ponuro osiłek będący tu dowódcą. – A i nas, żeśmy wam pozwolili – dodał po chwili jeszcze bardziej posępnym tonem.

– Skapitulowaliście dopiero w obliczu groźby oskarżenia o herezję – rzekłem głośno. – Nic wam się stać nie może, a wręcz zasłużyliście na pochwałę, iż nierozumnym oporem nie sprowokowaliście gniewu Świętego Officjum.

Osiłek wpatrywał się we mnie z wyraźnym namysłem, jakby starał się zrozumieć, co przed momentem usłyszał.

– Znaczy, że co? – zapytał w końcu.

– Znaczy, że gdybyście nas nie wpuścili, stanęlibyście przed sądem Inkwizytorium! I bylibyście torturowani, a potem spaleni – objaśniłem rzecz słowami, które miały większe szanse zapaść mu w pamięć.

– A... aha... Czyli dobrze żeśmy zrobili?

– Bardzo dobrze. A teraz zostańcie sobie grzecznie na podwórku i pograjcie w kości lub karty albo pośpiewajcie wesołe piosnki, póki my nie skończymy w środku. Zrozumiano?

– Zrozumiano – kiwnął głową.

Do środka postanowiłem wejść tylko z Griegiem i Hauterem, gdyż nie wiedziałem, co zastanę w magazynie i czy nie znajdę tam rzeczy, o których nie powinno się powszechnie wiedzieć. Wzięliśmy ze sobą lampy, ale w pierwszej izbie stał na podłodze ogromny piętnastoramienny świecznik na wielkie świece grubości niemal męskiego przedramienia. Zapaliliśmy je i w środku zrobiło się jasno jak w dzień. No, może jasno jak w pochmurny dzień, ponieważ komnata była spora – niemniej wystarczająco, by zorientować się we wszelkich detalach. Przepatrzyliśmy pierwszą izbę, po niej dwie następne, ale nie znaleźliśmy nic poza meblami, stertą niegroźnych ksiąg (jak się zorientowałem, parę z nich znajdowało się na kościelnym indeksie, ale ze względów obyczajowych, nie religijnych), kilkoma flaszami wina oraz stołem ciesielskim z kompletem narzędzi. Zeszliśmy do piwnic, ale tam nie było nic poza kamieniami, wilgocią i starymi beczkami.

– Gdzie te twoje czary, obwiesiu? – zwróciłem się do Jurgena.

– Ja nic nie wiem. – Skurczył się w sobie. – Gadali, że Schumann tu straszne rzeczy wyprawia.

– Oczywiście. Siedzi w fotelu, czyta „Trzysta nocy sułtana Alifa" i popija wino. Aż krew się we mnie burzy na taką podłość.

Zobaczyłem, że Grieg z zainteresowaniem przegląda książkę, o której mówiłem.

– Znacie łacinę, panie Grieg?

– Nie, nie, ale jakie tu są obrazki, Panie Jezusie najsroższy – wyjąkał z zaczerwienionymi policzkami.

Rzeczywiście, to wydanie słynnej księgi traktującej o wdzięcznych perypetiach sułtana i jego haremu okraszone zostało przepięknymi kolorowymi ilustracjami, które w sposób wręcz idealny oddawały anatomiczne detale ludzkiego ciała. A ciała te przeważnie uchwycone zostały w pozycjach, jakie ciężko było wyobrazić sobie prostodusznym naturom, dla których sens miłosnych figli kończył się na legnięciu na dziewczynie i ruszeniu kilka razy tyłkiem.

– Zobaczcie no! To tak się w ogóle da? – Grieg wziął tom w obie ręce i przekręcił do góry nogami. – Zaraz, zaraz, ale jak na to właściwie patrzeć?

– Panie Grieg – rzekłem ostro – nie zapomniał pan, po co żeśmy przyszli?

– A tak, a tak – zamruczał. – Już, już...

Trudno mu było oderwać się od księgi, więc niemal siłą wyciągnąłem ją z jego rąk i położyłem na stole. Potem odwróciłem się.

– Jurgen! – Złapałem donosiciela za kołnierz. – Chyba czas oddać cię tongom. Niech tam chłopaki zrobią z tobą, co im przyjdzie do głowy.

Hauter padł z łomotem na kolana i objął mnie za golenie, jakbym był dla niego ostatnią deską ratunku na rozszalałym morzu. Zresztą prawdopodobnie tak właśnie było...

– Błagam was, nie zabijajcie mnie! Nie bierzcie mego życia na swoje sumienie!

– O swoje sumienie sam się będę martwił – powiedziałem. Usiłowałem uwolnić nogi, ale hultaj trzymał mnie tak mocno, że musiałbym nieźle go kopnąć, by się oswobodzić.

– Na gwoździe i ciernie! Na rany i blizny! Ulitujcie się!

Grieg przyglądał się tej scenie z wyraźnym rozbawieniem. Ja bawiłem się dużo gorzej, i to bynajmniej nie z powodu obezwładniającego uścisku Hautera. Myślałem po prostu o tym, że wyprawa do winiarni nie przyniosła mi nic oprócz wstydu. I wstyd ten będę musiał przełknąć w obecności Schumanna. A i de Vriijs pewnie nie zostawi na mnie suchej nitki. Nie chodziło mi, rzecz jasna, o mnie samego, gdyż inkwizytora nie tak łatwo zadrasnąć kpiną czy szyderstwem. Myślałem tylko i wyłącznie o dobrym imieniu Świętego Officjum i o tym, że swoimi błędami narażę je na szwank.

Wychodziło na to, że Schumann lubił po prostu w samotności raczyć się winem i przeglądać sprośne księgi. Cóż, ludzie mają różne przyzwyczajenia. Jedni nie zasną, póki nie wypiją kubeczka gorących ziółek, innym na sen pomaga jęk torturowanych więźniów (tak na przykład opowiadano o słynnym kardynale Beldarii, zwanym Diabłem z Gomolo, który dręczonych ludzi nazywał swymi najlepszymi śpiewakami). Co człowiek, to inne upodobania.

– Puśćże mnie, Jurgen. Puść, do diabła! – Szarpnąłem mocno i udało mi się odskoczyć, zanim Hauter zdążył mnie powtórnie ucapić. – Czego ty chcesz, hultaju?

– Wywieźcie mnie z Christianii, panie! Tu zdechnę jak ten kundel.

W zasadzie powinienem mu powiedzieć, że skoro sam wpakował się w kabałę, to i sam powinien sobie poradzić z wyplątaniem się z niej. Zwłaszcza że jego informacje okazały się zdać psu na buty. Ale nie wiedzieć czemu zrobiło mi się żal tego śmiecia. Naprawdę ciężko powiedzieć, dlaczego jego przerażenie oraz rozpacz sprowokowały mnie do działania.

– Wstawaj już – burknąłem. – Pomogę ci opuścić to przeklęte miasto.

– Nie zwodzicie mnie? Przysięgniecie?

– Nie nadużywaj mojej cierpliwości, Hauter! Słowo inkwizytora nie dym.

– Dobry z was człowiek. – Jurgen się podniósł. – A że dobry z was człowiek i że dotrzymujecie obietnic, a nawet więcej, niż dotrzymujecie, to i ja uczynię wam coś dobrego, bo teraz już wierzę, że mnie nie zdradzicie.

– A co, dupę wypniesz? – ponuro zażartował Grieg, który też był zawiedziony efektami naszej inspekcji.

– W piwnicy mają sekretne przejście. Nie wiem, dokąd idzie, i nie wiem też, gdzie jest, ale że jest, to możecie mnie zabić, jak nie ma.

– Co ty gadasz? – Grieg postąpił dwa kroki, tak że stanął twarzą w twarz z Hauterem. – Dwa miesiące temu ostukaliśmy każdą ścianę, a i teraz mistrz inkwizytor wszystkiemu bacznie się przyglądał.

– A właśnie że jest!

– Skąd wiesz? – włączyłem się do rozmowy.

– Zacięło im się raz coś tam z drzwiami i musiał im pomagać strażnik z jakimś żelastwem czy co. Wygadał się po pijaku. I wiecie, panie, co się z nim stało?

– Zniknął – odgadłem.

– Ano zniknął. Tak jak ci bracia Kramera. Sam Schumann kazał, żebym zamknął Kramerowi mordę, bo za dużo wypytywał.

Wszystko brzmiało logicznie, zdziwiło mnie tylko, że Jurgen nie widział prostej zależności pomiędzy swoją rozmową ze zbyt gadatliwym strażnikiem a chęcią usunięcia jego samego przez Schumanna.

– Czemu nie zabiłeś Kramera? – zainteresował się Grieg.

– Bóg daje życie, niech i Bóg je odbiera. – Hauter wzruszył ramionami. – Ja różne rzeczy zrobię, ale póki mogę nie zabić, to nie zabiję. Zawsze to szkoda człowieka. Chociaż teraz – machnął ręką – taki pijaczek, to może i lepiej dla niego by było, gdyby nie żył.

– A co Schumann zrobił z braćmi Kramera? – tym razem ja zadałem pytanie.

– Nie wiem, mistrzu, ale coś zrobił, bo gdyby nie zrobił, nie bałby się dopytywania, prawda?

– Tyle to i ja wiem. No dobrze. – Zatarłem dłonie. – Zejdziemy jeszcze raz do piwnicy. Panie Grieg, weźcie ten wielki świecznik, jeśli uradzicie, a ty, Jurgen, zabierz dwie lampy. Obejrzymy sobie jeszcze raz ściany i podłogi.

Inkwizytorzy szkoleni są w różnych sztukach. Wyczerpująca i długa nauka w Akademii Inkwizytorium (a dane jest ją ukończyć jedynie jednostkom, których wybijający się talent współzawodniczy z wyjątkowym hartem ducha) obejmuje przede wszystkim znajomość doktryn naszej wiary oraz ich heretyckich przeinaczeń. Dalej dowiadujemy się, jak postępować i bronić się przed demonami, jak badać czarnoksiężników i ich mroczne dzieła. Poznajemy również trudną sztukę przesłuchiwania ludzi i wydobywania z nich prawdy, co wiąże się, choć nie zawsze, ze stosowaniem tortur. Ale obok tych najważniejszych w inkwizytorskiej nauce elementów poznajemy również inne, mniej może godne, lecz przydatne sztuki. Każdy inkwizytor lepiej lub gorzej umie poradzić sobie w walce wręcz lub zbrojnej, każdy jeździ konno, każdemu nieobca jest umiejętność korzystania z wytrychów. Potrafimy również dokonywać przeszukiwań, gdyż czarownicy, wiedźmy i heretycy niezwykle często ukrywają narzędzia swych zbrodni w przemyślnie skonstruowanych kryjówkach. Dlatego też wiedziałem, jak zabrać się do roboty. Z wziętym na parterze młoteczkiem przeszedłem wzdłuż wszystkich ścian i uderzałem obuszkiem w kamienie, pilnie nasłuchując, czy któryś dźwięk nie zabrzmi inaczej niż pozostałe. Ale niestety, wydawało się, że ściany składają się z litych kamieni i nikt nie wybudował skrytki lub tajnego przejścia. Muszę przyznać, że w miarę upływu czasu mina coraz bardziej mi rzedła, a od strony Griega też coraz częściej słyszałem niecierpliwe posapywanie. Wreszcie przystanąłem przy wielkich, starych beczkach okutych metalem.

– Przesuwaliście je? – spytałem.

– A to popróbujcie, mistrzu Madderdin, jeśli wola. We trzech chłopa nie daliśmy rady ruszyć tych śmieci.

Chwyciłem za krawędź beczki i szarpnąłem na próbę. Nawet nie drgnęła. Zaparłem się mocno i pociągnąłem już solidnie, z całych sił. Osiągnąłem dokładnie ten sam efekt co poprzednio.

– No rzeczywiście – powiedziałem i przechyliłem się ponad krawędzią. – Sporo w nich wody, nie dziwne, że ciężkie.

Jakoś nie wyobrażałem sobie Schumanna mocującego się w piwnicy z beczkami, których ja, człowiek przecież młody i silny, nie potrafiłem ruszyć z miejsca.

– Zaraz, zaraz – tknęło mnie, kiedy już się odwracałem. – Mówiłeś, Jurgen, że Schumann schodzi tu z jakimś pomocnikiem. Co to za człowiek?

– A to taki Negr, panie Madderdin, Nubijczyk czy co tam inszego. Robi za jego osobistego strażnika, bo człek to wielkiej... – urwał nagle. – O mój Boże! – dodał wpatrzony w beczki.

– Dałby radę, co? – Podążyłem za jego spojrzeniem.

– Jakby on nie dał, nikt by nie dał.

– Negr! Rzecz jasna! – Karl klepnął się dłonią w czoło, aż plasnęło. – To mocarz, prawdziwy mocarz. Wierzę, że dla niego te beczki to jak splunąć.

– Cóż, w takim razie i nam nie zawadzi spróbować – zdecydowałem.

– A niby jak sobie to wyobrażacie? Mówię wam: we trzech żeśmy się biedzili i nic.

– Mój panie Grieg, Aleksander Macedoński nie potrzebował dniami i nocami wytężać umysłu, by poradzić sobie z gordyjskim węzłem. Wystarczyło jedno cięcie miecza. I my też nie będziemy tych ciężarów przesuwać, lecz po prostu rozbijemy beczki. Po pierwsze, lżej je będzie przesunąć po kawałku, po drugie, pozbędziemy się w ten sposób wody z wnętrza.

Karl przyjrzał się sceptycznie grubemu drewnu oraz przerdzewiałym już, ale nadal wyglądającym solidnie żelaznym obręczom.

– A to życzę szczęścia – mruknął.

– Nie, nie. – Rozsiadłem się na stojącej obok skrzynce. – To ja życzę wam szczęścia. Weźcie z góry jakieś narzędzia i zabierajcie się do roboty. A im szybciej, tym lepiej, bo mam nadzieję, że Schumannowi i temu jego mocarnemu Negrowi nie przyjdzie do głowy odwiedzić dzisiaj winiarni.

Grieg rzucił mi kose spojrzenie i zmełł w ustach przekleństwo. No ale co miał zrobić innego, jak nie szarpnąć za ramię Jurgena i postąpić zgodnie z moimi rozkazami. W końcu chodziło również, a nawet przede wszystkim, o interesy jego pryncypała. De Vriijs na pewno nie byłby zachwycony, dowiadując się, iż nie znaleźliśmy dowodów winy Schumanna tylko dlatego, że administrator okazał się zbyt delikatny, by pobrudzić sobie ręce pracą.

Kiedy Grieg i Hauter biedzili się nad rozpruciem beczek, ja siedziałem, spokojnie im się przyglądając i nie wzdragając się przed udzielaniem dobrych rad, gdyż patrząc na całą rzecz z pewnego oddalenia, miałem większą niż oni możliwość objęcia wzrokiem pełni problemu. Zresztą zawsze oceniałem siebie jako człowieka nieunikającego brania na barki ciężaru odpowiedzialności za innych ludzi.

– Tak to sobie palec obetniecie – zauważyłem, dostrzegłszy szczególnie dziwną pozycję, jaką przybrał Grieg.

– Może sami się pofatygujecie – zadudnił z głową we wnętrzu beczki.

– E, nie, gdzie kucharek sześć, tam nie ma co jeść. Za bardzo ufam waszym zdolnościom, by was niepokoić bezpośrednią pomocą.

Tak sobie gawędziliśmy pół serio, pół żartem przez blisko godzinkę, zanim Karl i Jurgen uporali się ze wszystkimi czterema beczkami, rozbili je i odsunęli, by można było przyjrzeć się posadzce.

– Nic! – w głosie Griega zabrzmiały rozczarowanie i złość. – Nic, na gwoździe i ciernie!

Głęboko pochylony Hauter trzymał w dłoni lampę i omiatał światłem każdą stopę powierzchni.

– Też mi się widzi, że nic – bąknął.

Odsunąłem ich, uklęknąłem i dokładnie ostukałem każdy kamień. Bez efektów. Przyznam, że wściekle rozczarował mnie podobny obrót spraw. Byłem pewien, a pewność ta narastała, w miarę jak postępowała praca Griega i Hautera, że po zniszczeniu beczek zobaczymy klapę prowadzącą do podziemi. A tu klapa, owszem, była, ale z moich pomysłów oraz zamierzeń. Wręcz namacalnie czułem, jak respekt, który żywili w stosunku do mnie Karl i Jurgen, niknie niczym plwocina na gorącym piasku. Zresztą nie o mnie przecież chodziło. Nie o mnie jako Mordimera Madderdina, lecz o mnie jako funkcjonariusza Świętego Officjum. Brak respektu nie obrażał mnie samego, lecz obrażał całą instytucję, którą miałem zaszczyt reprezentować.

– A skrzynia, na której siedzieliście? – spytał Hauter.

– Przyśrubowana do podłogi – odparłem.

Oczywiście sprawdziłem to wcześniej, gdyż nie byłem takim idiotą, by siedzieć na wejściu do kryjówki, każąc jednocześnie towarzyszom szukać tejże kryjówki w innym miejscu. Podobne rzeczy zdarzają się tylko w komediowych przedstawieniach teatralnych, w czasie których publiczność wyje ze śmiechu, kpiąc sobie w ten sposób z głupoty bohaterów, niedostrzegających znaków oraz symptomów widocznych dla każdego rozsądnego człowieka.

– Może ją odkręcają?

– Panie Grieg, czy wy mnie macie za zupełnego durnia? Obejrzałem dokładnie te śruby. Są tak stare i tak zardzewiałe, że zrosły się niemal w jedno z klamrami. Gdyby ktokolwiek przy nich grzebał, natychmiast bym to dostrzegł.

– A w środku? Otwieraliście wieko?

No i proszę bardzo, kto tu się wziął do przepytywania kogo! Zniosłem to jednak, gdyż przecież służyło wspólnej sprawie.

– Pełno potłuczonych butelek. – Uniosłem ciężką pokrywę. – Sprawdźcie zresztą sami.

Zbliżył się do skrzyni, wziął stojący przy ścianie żelazny łom, którym wcześniej rozbijali beczki, i pogrzebał nim w szkle.

– No niby...

Przerwał, gdyż koniec łomu stuknął w dno. Dziwny to był dźwięk. Pusty.

– Jeszcze raz!

Stuknął z impetem nie raz, a nawet trzy razy. I cały czas słyszeliśmy ten sam pusty odgłos.

– Wszystko ze skrzyni! – rozkazałem.

Tym razem robota poszła im sprawnie i szybko, jak to zwykle, gdy człowiek pewien jest sukcesu swej pracy i czuje, że zbliża się do jej szczęśliwego zakończenia.

– Jest, jest, jak Boga kocham, jest – mamrotał do siebie i do nas Grieg.

Ale że dno skrzyni było w rzeczywistości włazem do kryjówki, przekonaliśmy się chwilę później, kiedy Karl chwycił żelazne koło i szarpnął je w górę. Nachyliłem się i zobaczyłem przyśrubowaną do kamieni drabinkę prowadzącą najwyraźniej do dolnego korytarza.

– Jurgen – obróciłem wzrok na Hautera – złaź.

– Co? Co? A czemu ja? – Cofnął się o krok z wyraźnym przestrachem na twarzy.

Nie chciałem mu mówić, iż moja decyzja była wynikiem konkretnego przemyślenia wskazującego, iż życie Jurgena jest najmniej wartościowe, jeśli chodzi o nas trzech, i że w razie czego Grieg przyda mi się o wiele bardziej niż on.

Hauter chcąc nie chcąc zaczął ostrożnie się gramolić i tylko pojękiwał coś przez cały czas. Ja natomiast odwróciłem się w stronę Karla.

– Widzicie, panie Grieg, w jakiż niezawodny sposób funkcjonuje inkwizytorskie szkolenie – powiedziałem. – Instynktownie, powtórzę to: instynktownie wybrałem natychmiast lokalizację sekretnego wejścia. Rozum mógł jeszcze błądzić po rubieżach podejrzeń i przypuszczeń, intuicja jednakże zadziałała pewnie oraz bez zarzutu.

– No, no, człek nieuprzejmy mógłby nawet powiedzieć, że wasz tyłek przewyższa sprytem waszą głowę.

Było to bezczelne podsumowanie, lecz przyznam szczerze, że mnie rozbawiło. Cóż, jestem w końcu człowiekiem, który potrafi śmiać się z samego siebie, i nie uważam się za nieomylnego niczym delficka Pytia. Klepnąłem więc Griega w ramię.

– Schodzimy – rozkazałem. – Bo skoro tego łobuza jeszcze nikt nie skrócił o głowę, to i my pewnie jesteśmy bezpieczni.

Drewniana drabina miała mniej więcej dziesięć stóp wysokości i prowadziła do ceglanego, ciemnego korytarza, który w tej chwili rozjaśniało jedynie światło lampki trzymanej drżącą dłonią Jurgena. Korytarz był ślepy z lewej strony, a więc wielkiego wyboru nie mieliśmy: mogliśmy pójść tylko w prawo.

– Cichutko, cichutko – niespokojnie zaszeptał Hauter, kiedy Grieg poślizgnął się na ostatnim szczeblu i zaklął.

Zgadzałem się z nim, że należy być cicho, gdyż nie wiedzieliśmy, co nas czeka dalej i kogo możemy spłoszyć niewczesnym hałasem. Chociaż nie przypuszczałem, by z tej kryjówki była inna droga ucieczki, a nie sądziłem również, by ktoś, kto się w niej chowa, chciał walczyć z inkwizytorem i dwoma jego pomocnikami.

– Może bym się kopnął po pomoc? – zaproponował Jurgen i popatrzył mi błagalnie w oczy. – Wiecie, nas tylko trzech, a wiadomo, co się tam kryje?

Nie odpowiedziałem, odepchnąłem Hautera, wziąłem lampę z jego rąk i poszedłem przed siebie korytarzem. Po kilku krokach znalazłem się przed kutymi w żelazie drzwiami. Wyglądały niezwykle solidnie i kiedy tylko je zobaczyłem, zorientowałem się, że bez porządnego młota albo tarana nawet nie mamy czego szukać. Ale cóż, gdy zawodzi prymitywna siła, należy rozwiązania poszukać w sprycie. Zastukałem w metalową powierzchnię. Mocno. Pięścią. Jurgen aż podskoczył.

– Co wy? Co wy?

Nie przejmując się jego utyskiwaniami, zastukałem po raz drugi i po raz trzeci. Łomot rozszedł się po całym korytarzu.

– No co jest? Klucza zapomnieliście? – rozległ się głos spoza drzwi.

Uśmiechnąłem się porozumiewawczo do Griega i przymrużyłem oko.

– Mistrz Schumann nas przysyła. Musicie natychmiast uciekać. Inkwizytor jest już na waszym tropie. Schumann go jeszcze zatrzyma, ale już niedługo.

– Na gwoździe i ciernie! – zawrzasnął ktoś wewnątrz. – Co za bydlę!

Usłyszeliśmy chrobot klucza w zamku, a potem drzwi się uchyliły. Kiedy tylko zauważyłem prześwit pomiędzy ich krawędzią a framugą, natychmiast kopnąłem z całej siły w żelazną powierzchnię. Uderzenie było na tyle mocne, że odepchnęło stojącego tam mężczyznę, a ja wpadłem do środka. Na dzień dobry poczęstowałem naszego gospodarza kułakiem w nos i poczułem, jak pod knykciami chrupnęła mi chrząstka.

– Nieładnie nazywać inkwizytora bydlęciem – zauważyłem i kopnąłem go szpicem buta pod kolano.

Mężczyzna zwalił się pod moje nogi, wyjąc z bólu. Stanęliśmy nad nim i spokojnie zaczekaliśmy, aż się wypłacze. W końcu uniósł głowę i chyba dopiero teraz zdał sobie sprawę, że coś poszło zupełnie nie tak i wpuścił do schowka ludzi, których powinien się wystrzegać. Mnie nie rozpoznał, jednak zauważyłem, że skrzywił się, kiedy dostrzegł Griega.

– Schumann ci tego nie daruje! – warknął. – Jak śmiesz bezprawnie wdzierać się do pracowni mistrza?

– Pracownia? – prychnąłem. – Może raczej kryjówka, w której odprawiane są czarnoksięskie, bluźniercze rytuały? Co?

Przeniósł wzrok na mnie.

– Wy jesteście... Wy jesteście inkwizytorem?

– W rzeczy samej. A wy kim jesteście? Oprócz tego, że mogę was nazywać jutrzejszym popiołem?

Nie spodziewałem się wybuchu homeryckiego śmiechu, lecz liczyłem na to, że może któryś z towarzyszy zauważy i doceni jakże błyskotliwą oraz szybką ripostę. Niestety, zdaje się, że mój dowcip szybował na wysokościach dla nich nieosiągalnych.

– Jestem Robert Metzinger, pomocnik mistrza Schumanna, rzeźbiarz – wyrecytował pospiesznie. – Powiem wam wszystko, mistrzu. Wszystko objaśnię. To nie moja wina, przysięgam wam. Przymusili mnie. Jakbym nie służył, toby zabili. A co tam zresztą mnie samego, ale żonkę mam i dzieciaczków maleńkich troje...

Kopnąłem go w bok. Zajęczał, zatchnął się, zasapał boleśnie, potem wgapił we mnie wzrokiem, w którym było już tylko przerażenie.

– Powiesz wszystko, bo jak nie, to i za ciebie się zabiorę, i za żonkę, i za dzieciaczki – obiecałem.

– Powiem, powiem, wydam wszystkich, Herodów, wszeteczników, czarodziejów obmierzłych, tak mi, Panie Boże, dopomóż w Trójcy...

Uniosłem tylko podeszwę nad posadzkę i natychmiast umilkł, jakby ktoś go chwycił za gardło. Na korzyść tego człowieka trzeba było przyznać, że szybko uczył się na bolesnych doświadczeniach przeszłości.

Rozejrzałem się po komnacie, w której się znaleźliśmy. Stało w niej duże biurko, trzy krzesła oraz przy ścianach puste regały. Pokój nie wyglądał na pracownię czarnoksięską lub alchemiczną. Nie wyglądał na gniazdo heretyka. Wyglądał po prostu na to, czym był w istocie: niemal niezagospodarowane, mroczne pomieszczenie, w którym cuchnęło stęchłym powietrzem. Po słowach Metzingera wnioskowałem jednak, że czekają nas niespodzianki ukryte gdzie indziej. I rzeczywiście. Pomocnik Schumanna dokuśtykał do jednego z regałów i jęcząc, biedząc się oraz trudząc, odepchnął go od ściany, odsłaniając kolejne przejście.

– Jak na razie sekretnych wejść mamy dostatek, szkoda, że sekretów brakuje – trzeźwo zauważył Grieg.

– Na wszystko przychodzi pora. Prawda, Metzinger?

– O tak, panie, o tak, oko wam jak nic zbieleje, jakie tu potworności się wyprawiały. Bóg łaskaw, żeście przyszli, Bóg łaskaw...

Jeśli sądził, że te niewczesne zapewnienia o winie innych ludzi zmażą winę z niego samego, głęboko się mylił. Święte Officjum nie wahało się korzystać z pomocy przestępców-donosicieli, ale nie wzdragało się również przed zastosowaniem właściwych kar, kiedy tylko wyżęto ich ze wszelkiej użytecznej wiedzy.

– Było ich dwóch. Zostawili Schumannowi czarnoksięskie przepisy i księgę przeklętą, wyuczyli go zakazanej magicznej sztuki. Co ja mogłem? Co ja mogłem? Protestowałem ile wlezie, zaklinałem na wszystkie...

Pogroziłem mu palcem, by się nie rozpędzał, i natychmiast umilkł. Przełknął głośno ślinę. No cóż, z tego, co wiedziałem, nauka sztuki magicznej zajmowała wiele lat, które łatwo przemieniały się w lat dziesiątki. A więc albo Schumann był bardzo zdolny, albo oni byli świetnymi nauczycielami. Albo też, i to uznałem za najbardziej pewne, architekt trafił na szalbierzy, którzy omamili go i zwiedli dla własnej korzyści.

– O jakich ludziach mówisz?

– Sprzedali mistrzowi, znaczy się temu łotrowi, cudowny przepis na zbudowanie golemów, takich, się rozumie, potworów...

– Wiem, co to są golemy, durniu.

– No właśnie, no właśnie, przecież nie śmiałbym przypuszczać, najczcigodniejszy mistrzu, że nie wiecie. A gdzieżby tam!

– Gdzie są ci ludzie?

– A czort ich wie! Pewnie w piekle odbierają zasłużoną karę dla takich bezbożników, co...

– Metzinger, nie doprowadzaj mnie do pasji, człowieku! Gdzie oni są?

– Bogu przysięgam, nie wiem. Wyuczyli go wszystkiego, zostawili księgi i poooszli... w swoją drogę.

– Skąd Schumann ich wytrzasnął?

– Przebaczcie, mistrzu! Powiedziałbym, gdybym wiedział!

Musiał solidnie się przestraszyć, że na wszystkie pytania odpowiada nie tak, jak bym tego oczekiwał, gdyż znowu upadł na kolana i wzniósł błagalnie dłonie. Wpatrywał się we mnie szeroko otwartymi oczyma.

– Widziałeś ich?

– Nie, panie, nie widziałem! Schumann sam, tylko z Negrem do nich chodził, a potem dopuścił mnie do tajemnicy, bo potrzebował, by ktoś pilnował wszystkiego, jak jego nie będzie. Zamknęli mnie tu przemocą, przysięgam na...

– Metzinger...

Kłapnął szczęką i głośno przełknął ślinę.

– Co jest za tą ścianą? – Wskazałem palcem tajne przejście.

– Golem – tym razem zaszeptał.

– Golem – powtórzyłem i nie uszło mojej uwagi, że Hauter szybko, krok po kroczku wycofał się w stronę wejścia.

– Jurgen – spojrzałem na niego – nie spiesz się nigdzie, dobrze?

Zerknąłem na Karla i zobaczyłem, że również on ma mocno nietęgą minę.

– Panie Grieg, pozwólcie no ze mną. Obejrzymy sobie tego rzekomego golema, który, założę się z wami, nie jest niczym innym jak jednym wielkim oszustwem. Metzinger nas oprowadzi.

Metzinger, słysząc te słowa, zaskowyczał cichutko, ale nic nie powiedział. Oczywiście wszyscy czekali, że to właśnie ja pierwszy wejdę do tajemnej komnaty Schumanna. Lecz, jak wcześniej tłumaczyłem Griegowi, my, inkwizytorzy, byliśmy ukształtowani ze zbyt cennego kruszcu, by narażać nasze bezpieczeństwo w bezsensowny sposób. Przecież moje życie nie było tylko moją własnością, bym mógł bezmyślnie je roztrwonić. Musiałem myśleć o Świętym Officjum. Dlatego kazałem Metzingerowi zdjąć pas, zaplotłem z niego zręczną pętlę i zarzuciłem mu na szyję.

– Jak widać, golemy nie istnieją, jednak należy się ich obawiać – podsumował moje poczynania Grieg, a ja już definitywnie uznałem, że jest to człowiek o męczącym poczuciu humoru.

– Panie Grieg, jeśli zaręczy pan, że Schumann nie zastawił żadnej pułapki, na przykład sideł albo czegoś równie przyjemnego, to zapraszam do środka.

– Pewnie, i za każdym razem, wchodząc, by je rozbrajał – burknął Karl. – Nie ma co, bardzo to byłoby poręczne.

Marudził sobie w ten sposób, jednak jakoś nie spieszyło mu się, by przejść sekretnym wejściem.

– Lampa w dłoń i idziemy, Metzinger – rozkazałem.

– Ale ja tam nigdy...

– Zawsze musi być pierwszy raz. Wio!

Pomocnik Schumanna jęczał i smarkał, lecz nie miał przecież żadnego wyboru. Z całą pewnością w cichości ducha miał nadzieję, że kiedy okaże się użyteczny, to jego winy zostaną wybaczone, a kara odsunięta w czasie. Czyż to nie dziwne, że zazwyczaj ludzie, którzy oddają się nawet najgorszym występkom, liczą, iż wystarczy jeden lub kilka dobrych uczynków, by wszystko zostało im zapomniane oraz wybaczone? Może jeszcze inkwizytorzy mieliby się ustawić w szeregu i zaśpiewać „hosanna" takiemu skruszonemu pod przymusem grzesznikowi?

Metzinger prześlizgnął się do środka kryjówki, a w dłoniach trzymał świecznik w taki sposób, jakby zamierzał go użyć jako broni. Nie sądziłem, by cokolwiek nas zaatakowało, ale rzeczywiście nie dałbym sobie ręki uciąć, czy Schumann nie zastawił w swej komnacie pułapki. Po co miałby ją zresztą za każdym razem, jak chciał Grieg, rozbrajać? Wystarczyłoby, gdyby wiedział, gdzie nie stawiać stopy...

W końcu okazało się jednak, że komnata-pracownia była bezpieczna i pusta. Pusta, jeśli weźmiemy pod uwagę obecność żywych stworzeń, gdyż na jej środku stał wysoki na mniej więcej osiem stóp człekokształtny posąg. Ten drewniany olbrzym był nieproporcjonalnie zbudowany. Jego ręce kończyły się ogromnymi, szerokimi dłońmi, a krótkie, potężne nogi opierały się na stopach w kształcie przewróconego na płask koła. Do szerokiego tułowia przyczepiono nienaturalnie malutką główkę. Nie było w niej ust ani nosa, a tylko oczy oraz coś na kształt usznych małżowin.

– A co to za maszkaron? – mruknąłem. – Hej! – Szturchnąłem w bok mojego towarzysza. – Mówi się do ciebie! Co to ma być?

Metzinger upadł na czworaka.

– Golem, mistrzu inkwizytorze – wydyszał pospiesznie Metzinger. – Jeden z wielu, które zostaną ożywione. Tak, tak, to o nim ciągle mówił mistrz Schumann.

– A czemu on taki bezkształtny? Dlaczego nie przypomina człowieka?

– Ma wszystko, czego potrzeba robotnikowi, mistrzu – odezwał się mężczyzna, zerkając jednocześnie z obawą na moją nogę. – Wielkie dłonie i stabilne stopy. Organ mowy nie jest mu potrzebny, bo ma słuchać rozkazów, a nie je wydawać ani z nimi dyskutować. Słyszałem, jak o tym wszystkim gadali z tymi czarodziejami.

– Nawet logiczne – przyznałem. – Dużo takich potworków już sklecili?

– Matko Święta, przestańcie, jeszcze nas usłyszy. – Przerażony Metzinger spojrzał na posąg.

Znowu kopnąłem go pod żebra czubkiem buta. Zajęczał i zwinął się w kłębek tak gwałtownie, że mało nie wyszarpnął mi smyczy z palców.

– W moim towarzystwie nie musisz się bać nikogo oprócz mnie samego – pocieszyłem go. – Rozumiesz?

– Nie bijcie już, błagam!

– Bijcie? – parsknąłem lekceważąco. – Te przyjacielskie szturchnięcia nazywasz biciem? Oj, mój chłopcze, nauczysz ty się jeszcze, co oznacza fachowe bicie, zaufaj mi.

– Obiecaliście, że jak wydam wszystkich, to ulitujecie się nade mną... – zawył rozpaczliwie.

– Dobrze, dobrze. Gdzie reszta tych maszkar?

– Na razie jest tylko ten – zasapał Metzinger i usiłował tak się ustawić, bym stał pomiędzy nim a rzekomym golemem. – Bo ożywienie go wymaga wielkiego nakładu sił i kosztów. Wiele zaklęć, magicznych formuł... Powiadam wam...

– Wyobrażam sobie – przerwałem mu. – Zwłaszcza te koszta. Tylko czemu on jest drewniany? Jak niby drewniany golem miałby nosić kamienie? Toż rozsechłby się w słońcu albo rozleciał od wilgoci.

– To jedynie propotyt – natychmiast pospieszył z wyjaśnieniem Metzinger. – Mistrz Schumann, znaczy ta łotrowska kanalia i szubienicznik zatracony Schumann, tak żem chciał rzec, powiedział, że jak coś pójdzie nie tak, to łatwiej zniszczyć golema z drewna niż z kamienia. Bo wystarczy podpalić czy posiekać siekierami...

– W tym całym szaleństwie nie można Schumannowi odmówić krzyny rozsądku – przyznałem. – Zresztą tym gorzej dla niego...

Obszedłem golema dookoła i stuknąłem go kilka razy knykciami, a raz nawet butem. Metzinger przy każdym odgłosie wydawanym przez drewno kulił się do ziemi i jęczał. Pokręciłem głową.

– Zatrzymałbyś te jęki na później – mruknąłem. – Bo przyjdzie jeszcze czas, że nie będzie ci na nie tchu starczać.

Rozpłakał się. Matko Boska Bezlitosna, dlaczego ludzie płaczą, kiedy sobie z nimi niewinnie żartuję?

– Posłuchaj no, Metzinger, a gdzie się podziały te niby czarodziejskie księgi?

Na razie bowiem jedyne, co widziałem, to drewnianego maszkarona. A trudno skazać kogoś w procesie inkwizycyjnym pod zarzutem, że wyrzeźbił sobie podobną pokrakę. Zwłaszcza gdy jest to ktoś tak znany i szanowany jak Schumann. Oraz mający tak możnych protektorów.

– Mistrz Schumann, to znaczy ten łotr wcielony – Metzinger uniósł pięść i pogroził nią zawilgoconemu sufitowi – zawsze przynosi księgi ze sobą w skrzyni. Negr je za nim nosi i ich pilnuje.

– I co robił z tymi księgami?

– Negr? No jak żem powiedział. Nosił.

– Schumann, idioto! Na co mi tam twój Negr...

– Ach, ale żem głupi. – Klepnął się w czoło z głośnym plaśnięciem. – Schumann to postępował według instrukcji, dobry mistrzu, zawartych w tych księgach. Nad każdym drewnianym elementem odmawiał zaklęcia i znaczył je od spodu diabelskimi znakami pisanymi ludzką krwią.

– O – powiedziałem. – To już coś. A skąd brał krew?

– Zwabili takich dwóch, że niby mają dla nich specjalnie dobrze płatną pracę. Zwabili i zarżnęli niczym świniaki. Negr, diabeł jeden przeklęty, na moich oczach ich popłatał.

– Nie nazywali się przypadkiem Kramer? Nie byli braćmi?

Wzruszył ramionami.

– A może i tak. No, teraz jak powiedzieliście, rzeczywiście widzę, że byli podobni do siebie. Jednak czy Kramer, to wybaczcie, mistrzu najdroższy, ale wam nie powiem.

Obróciłem się w stronę Karla.

– I jak wam się to wszystko widzi, panie Grieg?

Oderwał wzrok od drewnianej figury.

– Na świętego Jana Patroszyciela, mamy na haku tę rybkę. – Zatarł dłonie. – Nie wywinie się, jak mi Bóg miły. Myślicie – znowu spojrzał na golema – że to by zadziałało?

– Już chociaż wy nie bądźcie idiotą – poprosiłem.

– Bo niby wiecie, magia i te rzeczy...

Machnąłem ręką. Owszem, na wykładach w Akademii Inkwizytorium poruszano temat tworzenia istot, nazwijmy je dla uproszczenia golemami, ale źródła nie były pewne, czy mowa o jakiejś starożytnej, rzeczywistej magii, czy to tylko bajędy. Rzekomo podobną wiedzą mieli dysponować Persowie, stamtąd z kolei przepłynęła ona do Żydów, by ulec zagładzie podczas wielkiej zawieruchy, która spustoszyła całą Azję Mniejszą. Co do jednego miałem pewność: jeśli nawet istniały księgi opisujące tworzenie golemów, to były zapisane w sposób tak hermetyczny, że niezrozumiały dla człowieka pokroju Schumanna. A zakładając, że by je zrozumiał, to nie miałby ani zdolności, ani mocy, by użyć zaklęć we właściwy sposób. Krótko mówiąc: ktoś go nabrał. Zapewne architekt sowicie zapłacił za niby czarnoksięskie woluminy. Tak to jest, kiedy ludźmi zaczyna władać fanatyczna idea i stają się pod jej wpływem głusi na głos rozsądku. Na szczęście powyższe przypadłości nie dotyczyły inkwizytorów.

– Skoro Negr chodzi z kufrem i księgami, podejrzewam, iż Schumann trzyma je w swoim domu. Bo czy rozstawałby się na noc z tym skarbem?

– Nie wiem, nie wiem, panie Madderdin – Grieg nie był przekonany moimi słowami. – Schumann równie często, jeśli nie częściej, nocuje w kantorze na placu budowy. No, wiecie sami, byliście tam przecież. Ma też kwaterę u mnichów, w klasztorze...

– O, bądźcie pewni, że przetrząsnęli mu rzeczy jak się patrzy. Dam głowę, że w klasztorze nie trzyma czarnoksięskich ksiąg. Chyba że... – potarłem dłonią brodę – mnisi wiedzą o tych jego... badaniach.

Grieg prychnął.

– Wiedzą nie wiedzą, ja wam nie pomogę. Zdecydujcie sami, gdzie idziemy, bo jak się wieść rozniesie, to Schumann prędzej księgi zeżre, niż wam odda. I zostaniecie z oskarżeniem oraz tą tam... szkaradą – wskazał podbródkiem golema.

Tyle i sam rozumiałem bez pomocy Griega.

– A gdzie zwykle nocuje Negr? Wiecie może?

– Zawsze tam, gdzie Schumann. Przecież jakby nie ten osiłek, to już dawno byśmy... – Karl nie dokończył, ugryzłszy się w język.

– Wyobrażam sobie. – Pokręciłem głową. – De Vriijs też ma takiego... pomagiera?

– Nieeee, pan de Vriijs chodzi otoczony zbrojną strażą. Zawsze jest z nim trzech, czterech ludzi. A dom sami widzieliście. Ogrodzony i pilnowany.

– Pomyślałby kto, że macie tu wojnę.

– Ano mamy, mistrzu Madderdin. Ano mamy.

Spojrzałem na niego, ale bynajmniej nie żartował. No i w sumie miał rację. Mieli tu w Christianii wojnę. Cichą, lecz taką, która mogła okazać się zabójcza dla wielu zamierzeń i zrujnować wiele majątków.

– Dobrze. Wychodzimy stąd – zdecydowałem. – Ludzi Schumanna wiążemy i zamykamy. Z twoimi chłopakami idziemy na budowę i kończymy sprawę z Schumannem.

– A Negr? – ponuro spytał Grieg.

– Negr? Negrem to już ja się zajmę.

Wszystko poszło nadzwyczaj gładko, gdyż grunt to mieć kogoś, kto nawet w niesprzyjających okolicznościach potrafi ułożyć dobry plan oraz dysponuje zdolnością wcielenia go w życie. Ludzi Schumanna związano, a my sami udaliśmy się do domu architekta, by tam z powodzeniem, miałem nadzieję, zakończyć całą rzecz. Karl wyraźnie zmagał się z dręczącymi go myślami, wreszcie szturchnął mnie delikatnie w bok.

– Wiecie co, mistrzu, ten Negr... – zaczął niepewnie.

– Tak?

– Mówią, że to nie tylko siłacz, ale i prawdziwy czarownik, wyszkolony w mrocznej sztuce. Gadają, że ma dwa diabły, co mu usługują, kiedy tego zapragnie...

– A więc człowiek, który siłą nieczystą wysługuje się niczym parobczakami, poszukał sobie zajęcia jako tragarz i ochroniarz u Schumanna... Tak właśnie sądzicie? Że nie miał nic lepszego do roboty?

– Wiecie, jak żeście powiedzieli, co powiedzieli, to brzmi to jakoś... dziwnie...

– Panie Grieg, robicie wrażenie trzeźwo myślącego człowieka. Nie dajcie się więc omamić ludzkiej głupocie. Demony czasem służą ludziom, czy raczej do tego służenia bywają przymuszane. Ale jest to magia dostępna jedynie potężnym czarnoksiężnikom i wytrawnym wiedźmom, a oni nie najęliby się do pracy u architekta, choćby najsławniejszego.

– Dziwne, co mówicie – powtórzył. – Sam pamiętam, widziałem na stosach kilka czarownic, które oskarżano, że mają konszachty z demonami.

– Mieć konszachty, chcieć je posiadać a dzierżyć rzeczywistą władzę to trzy odmienne sprawy, panie Grieg. Zresztą nieważne. Powiedzcie lepiej, bo pewnie to wiecie, jak nocą jest chroniony budynek? Jak się dostać do środka szybko i bez wzbudzania niepotrzebnego zamętu?

– Negr pilnuje go jak pies – skrzywił się Grieg. – Zawsze śpi w sieni.

– A okna?

– Mają naprawdę solidne okiennice wzmocnione żelazem i zamykane żelaznymi sztabami.

– Tu naprawdę jest jak na wojnie! – prychnąłem. – Co za czasy, że człowiek nie ufa człowiekowi.

– Ano pewnie – westchnął ze szczerym żalem Grieg. – Łatwiej byłoby go zarżnąć, gdyby nam choć trochę zaufał.

Milczeliśmy przez chwilę, a ja intensywnie myślałem, jak wedrzeć się do fortecy Schumanna, zanim architekt zniszczy wszelkie dowody swej winy.

– Chyba mam zadanie dla Metzingera – powiedziałem w końcu. – Jeśli on nie skłoni Schumanna, by ten otworzył drzwi, to nikt tego nie zrobi.

– A niby jak?

– Powie, że strażnicy się popili i postanowili sprawdzić, co mistrz Schumann ukrywa w swej tajemnej komnatce.

Grieg roześmiał się głośno.

– Wiecie, jak utrafić człowieka w słaby punkt – przyznał. – Schumann wyleci jak oparzony.

– No właśnie – powiedziałem z satysfakcją. – Po co męczyć się i łapać rybę na siłę, kiedy można ją grzecznie zaprosić, żeby wpłynęła do saka?

– Ale uważajcie jednak na tego Negra – ostrzegł mnie. – Chłopisko jest silne jak byk.

Gdybym powiedział, że wszystko poszło nam jak z płatka, minąłbym się z prawdą. Bowiem wszystko poszło nawet lepiej, szybciej i sprawniej, niż ktokolwiek mógłby pomyśleć. Schumann rzeczywiście przeraził się nie na żarty, kiedy usłyszał dramatyczne wrzaski Metzingera, a dramatyczne były, gdyż zagroziłem łajdakowi, że jeśli Schumann nie wyjdzie z domu, to jemu, Metzingerowi, utnę jaja na samym progu tegoż domu. A gdy Schumann się przeraził, to przerażony natychmiast odemknął wszystkie skoble oraz zasuwy i wypadł prosto w łapy chłopaków Griega. Stłamsili go tak, że nawet nie zipnął. Ja tymczasem wślizgnąłem się do środka i stanąłem oko w oko z Negrem. To rzeczywiście było chłopisko na schwał. Przewyższał mnie o głowę, a mimo to sprawiał wrażenie krępego. W dodatku nie dostrzegłem na jego ciele ani uncji tłuszczu, a pod smoliście czarną skórą grały sploty mięśni. O tak, pomyślałem, tak musieli wyglądać najlepsi rzymscy gladiatorzy. A i pewnie Atlas, podtrzymujący niebieskie sklepienie, nie mógłby znaleźć dość słów, by nachwalić się takiego pomocnika. Gdzież było mierzyć się w bezpośredniej walce z tym osiłkiem człowiekowi, który życie, tak jak ja, spędzał na poszerzaniu wiedzy i częściej trzymał w dłoniach księgę niż miecz lub sztylet!

– Mordimer Madderdin, inkwizytor – powiedziałem. – W imieniu Świętego Officjum kładę na tobie areszt.

Dopiero kiedy wypowiedziałem te słowa, zorientowałem się, że Negr prawdopodobnie nic z nich nie zrozumiał, gdyż wgapiał się we mnie wzrokiem na poły zdumionym, na poły złym, ale widziałem już, że w jego źrenicach budziły się pierwsze oznaki gniewnego szaleństwa. Może nie rozumiał naszego języka? A może był głuchy? Jaka szkoda, że mój szanowny towarzysz Grieg nie oświecił mnie w tej mierze! Tak czy inaczej, czas pertraktacji na dobre się skończył, zanim jeszcze się zaczął. Już Juliusz Cezar wiedział, że zwycięstwo należy zwykle do tego, po czyjej stronie pozostaje inicjatywa i kto potrafi podjąć pierwsze skuteczne działania. W związku z tym zaczerpnąłem pełną garść sherskenu i cisnąłem proszek prosto w twarz Negra.

Shersken, ach, shersken. Można by pisać poematy o tej mieszance ziół, tak udatnie przyrządzonej, że w maleńkich ilościach leczyła z wielu dolegliwości, a w większych truła, nie pozostawiając śladów. Natomiast sypnięta w oczy powodowała natychmiastowe, choć najczęściej mijające oślepienie. Dawno, bardzo dawno temu, kiedy nie byłem jeszcze tym, kim stałem się teraz, wykorzystałem shersken, by otruć zgraję elitarnych i doborowych żołnierzy Hakenkreuza, buntownika z Prowansji. Uratowałem wtedy życie człowiekowi, który zarekomendował mnie w Akademii Inkwizytorium i dzięki którego wstawiennictwu zostałem funkcjonariuszem Świętego Officjum. Arnold Löwefell był dobrym, uczciwym człowiekiem, choć zawsze zdawał mi się zbyt delikatny jak na inkwizytora. W każdym razie shersken uratował życie i mnie, i jemu, więc zrozumiałe, że miałem do tej trucizny stosunek wręcz osobisty. I nigdy nie zapominałem, by mieć w kieszeni chociaż mały woreczek pomocnego proszku.

Zgodnie z mym doświadczeniem Negr powinien teraz zacząć wyć, tarzać się po ziemi lub obijać o ściany i przede wszystkim trzeć, trzeć i trzeć swędzące powieki. Tymczasem nic takiego się nie stało. Strażnik znieruchomiał, wybałuszył oczy, a następnie tęczówki uciekły mu do góry, pozostawiając na widoku same białka. Potem upadł na podłogę. Zresztą upadł to mało powiedziane. On zwalił się na posadzkę tak bezwładnie i z takim łomotem, że wiedziałem, iż nie udaje i że nie mam do czynienia z żadnym niespodziewanym wybiegiem czy fortelem mającym osłabić moją czujność. Głowa Negra uderzyła w kamienie tak mocno, iż uważałem za niemal cud, że nie rozpękła się w kawałki.

Grieg wpadł do komnaty, kiedy właśnie jeszcze ostrożnie i jednak podejrzliwie szturchałem Negra butem w żebra.

– Na gniew Pana! – wykrzyknął, zatrzymując się w progu. – Jak żeście tego dokonali?! Nie żyje?

Ciało Negra zaczęło się trząść w konwulsyjnych drgawkach, więc uznałem, że nie muszę odpowiadać na drugie pytanie.

– Cóż, nauczono mnie tego i owego w zakresie walki wręcz – odparłem skromnie. – Po waszym opisie sądziłem zresztą, że więcej będę miał z nim roboty – dodałem całkowicie szczerze.

Grieg wpatrywał się we mnie przez chwilę z niedowierzaniem, a potem przeniósł wzrok na strażnika. Spojrzałem tam razem z nim i dostrzegłem, że smolista dotąd twarz Negra zszarzała niczym przysypany popiołem pergamin, a na skórze pojawiły się jadowicie czerwone plamy.

– Co wyście mu zrobili, na świętego Andrzeja Truciciela?

Ha, przypadkiem Grieg powołał się na właściwego apostoła! Ale nie zamierzałem mu o tym mówić.

– W zasadzie nic takiego – powiedziałem niemal zgodnie z prawdą. – Chodźcie, panie Grieg, rozejrzymy się.

– Bardzo słusznie. Może znów zobaczę, jak sprawdza się w działaniu słynna inkwizytorska intuicja.

Skrzywiłem się nieco, ponieważ jak każdy wie, żart ciągnięty zbyt długo przestaje być zabawny. Okutą skrzynię znaleźliśmy szybko, gdyż leżała na posłaniu Negra i przykryta kobiercem służyła mu za poduszkę. Nie przejmowałem się zdobyciem kluczy, tylko kazałem Griegowi, by przyniósł z wozu narzędzia. A potem wspólnymi siłami rozłupaliśmy zamki. Nie spodziewałem się niczego nadzwyczajnego czy nadnaturalnego. W przeciwieństwie do Griega, który kiedy wieko puściło, przymknął oczy i cofnął się z wyraźnym grymasem strachu na twarzy. Co on myślał, że z tej skrzyni diabeł rogaty na niego wyleci? Albo że trafi go w pierś złoty, palący promień? No cóż, owszem, zdarzały się czarnoksięskie księgi, które zabezpieczano w nader przemyślny sposób, lecz doświadczone zmysły inkwizytora pozwalały zazwyczaj wyczuć magiczną osłonę i stosownie się przed nią zabezpieczyć.

Przypomniałem sobie wtedy znane mi z opowieści wypadki, kiedy nieuważny inkwizytor dopuścił do samozniszczenia czarnoksięskiego woluminu, będącego, nawiasem mówiąc, jedynym dowodem przeciw pewnemu doktorowi nauk tajemnych. Zaklęcie w niczym jednak nie pomogło czarnoksiężnikowi, gdyż brak księgi został uznany za koronny dowód oskarżenia w jego sprawie. Trybunał wyszedł ze słusznego wniosku, że gdyby oskarżony nie zajmował się czarną magią, to księga by nie zniknęła, a prostackie tłumaczenia, jakoby żadnej księgi nigdy nie było, uznał za obrażające powagę oraz rozum sędziów. Więc stos i tak zapłonął.

W tym jednak wypadku nie mogłem i nie powinienem liczyć na podobną przychylność losu oraz życiową mądrość sądu, dlatego wielce się ucieszyłem, gdy w skrzyni dostrzegłem tom w ciemnej oprawie. Okładka była obita aksamitem, wyślizgana i błyszcząca. Wyciągnąłem księgę i natychmiast rozłożyłem ją na stole. Miałem tylko nadzieję, że nie jest to dzieło traktujące o kolejnych miłosnych przygodach jakiegoś króla, sułtana czy innego zapalonego rozpustnika.

– I co? I co? – dopytywał Grieg, zaglądając mi przez ramię.

– To śmieci – odparłem po długiej chwili i zakląłem. – Zwyczajne fałszerstwo.

– Jak to? – Widziałem, jak twarz mojego towarzysza wydłuża się. – Czyli Schumann jest niewinny?

Podniosłem na niego wzrok.

– Schumann jest winny tak czy inaczej – rzekłem. – Gdyż popełnił przestępstwo przeciw naszej świętej wierze. Tyle że nic by nie osiągnął. Oszukano go.

– Ale pozbędziemy się go? Zabierzecie go i spalicie?

Machnąłem niecierpliwie dłonią, ponieważ aresztowanie i proces architekta nie były moim zmartwieniem. Liczyłem, iż Schumann rzeczywiście wszedł w posiadanie bezcennych woluminów, a tu okazywało się, że korzystał z ksiąg napisanych przez fałszerzy. Dlaczego tak właśnie uznałem? Otóż po pierwsze, tom został spisany po łacinie, a niezwykle rzadko trafiały się wartościowe grimuary w tym języku. Najcenniejsze księgi zapisano w językach greckim, hebrajskim lub perskim, a w tym ostatnim wypadku autorzy najczęściej używali aramejskiego alfabetu. Owszem, w łacinie powstawały przekłady, lecz w ogromnej większości wypadków na ich podstawie można było wnioskować co do pewnych obrzędów czy rytuałów, jednak nie pozwalały one tychże rytuałów lub obrzędów przeprowadzić. A to z uwagi na niedoskonałości w tłumaczeniu. Treść magicznych ksiąg często bowiem tworzyła coś w rodzaju hermetycznego szyfru, a jego tajemnice oraz subtelne niuanse ginęły w trakcie przekładu. Drugą przesłanką każącą mi sądzić, że mam do czynienia z fałszerstwem, okazał się materiał, z którego sporządzono stronice. Otóż na ile mogłem się zorientować, był to dobrej jakości papier wykonany podług najnowszych technik, gładziutki i lśniący. Miałem zatem do czynienia z księgą, która powstała nie dawniej niż kilka, kilkanaście lat temu. A więc albo był to nowoczesny przekład, albo ordynarne fałszerstwo. Założyłbym się o dużą sumę, iż chodziło o tę drugą możliwość.

– Zawołajcie no Schumanna, z łaski swojej – poprosiłem Griega.

Już po chwili architekta wepchnięto do pokoju i rzucono z taką siłą, że potoczył się pod ścianę, boleśnie waląc w mur czołem.

– Powiedziałem „zawołajcie", a nie „zatłuczcie na moich oczach". – Pokręciłem głową z niezadowoleniem i podszedłem do gramolącego się z posadzki Schumanna.

Wyciągnąłem w jego stronę dłoń, ale umknął mi swojej z gniewnym grymasem i wstał na równe nogi.

– Zapłacicie za tę napaść – wycedził. – Poruszę niebo i ziemię, żeby was ukarano. A wierzcie mi, że mam przyjaciół...

– Zapewniam was, że ich liczba w najbliższej przyszłości poważnie się zmniejszy – przerwałem mu żartobliwym tonem.

Ton był żartobliwy, niemniej sens zdania prawdziwy. Ludzie oskarżeni przez Święte Officjum nie tylko niewidzialni się stawali. Czasem wydawać się mogło, że byli niewidzialni przez całe życie. Bo oto pytano najbliższego sąsiada, jakim człowiekiem jest oskarżony, a tenże najbliższy sąsiad za nic w świecie nie mógł sobie przypomnieć ani twarzy, ani nazwiska osoby, o której była mowa. Schumann miał duże szanse, by stać się niewidzialnym w podobny sposób.

Wzrok architekta padł na leżącego na podłodze Negra. Pochylił się i ostrożnie zbadał mu puls, a potem przyłożył ucho do jego ust.

– Coście mu zrobili? – Spojrzał na mnie ze złością. – Dlaczegoście zabili mojego strażnika?

– Tak jakoś wyszło. – Wzruszyłem ramionami, a potem zbliżyłem się na krok. – Znalazłem waszą księgę, panie Schumann. Znalazłem wasz czarnoksięski grimuar...

– Gdzie on jest?! Nie dotykajcie go, bo zniszczycie! Gdzie jest, na Boga?!

Mało brakowało, by chwycił mnie za kołnierz i zaczął potrząsać jak pies żebrakiem. Nie mogłem dopuścić do podobnej niegrzeczności, więc pchnąłem Schumanna tak mocno, że wylądował zadkiem prosto na krześle.

– Uspokójcie się, na gniew Pana! Nie zamierzam słuchać waszych wrzasków, a wy sami będziecie mieli jeszcze okazję, by zdrowo się wykrzyczeć, wierzcie mi.

– Gdzie księga!?

Nie wiedziałem, czy do jego mózgu dotarło cokolwiek, co właśnie powiedziałem.

– Leży. O tu, na stole, patrzcie.

Obrócił wzrok we wskazywanym przeze mnie kierunku i wyraźnie się uspokoił. Wręcz wydawało mi się, że odetchnął z ulgą.

– Ale to jest falsyfikat, panie Schumann. Rozumiecie? Bezwartościowy śmieć.

Wpatrywał się we mnie ze zmarszczonymi brwiami.

– Oszukano was. – Nie chciało mi się wierzyć, że człowiek z takim wykształceniem oraz, jak by nie patrzeć, obyciem w wielkim świecie mógł dać się zwieść w taki sposób i wykazać tak wielką łatwowiernością. – Po prostu podle was oszukano.

– Mówcie sobie, co chcecie. – Wzruszył ramionami.

– Nie istnieją metody, dzięki którym można by tworzyć golemy, ani zaklęcia, dzięki którym można by je podporządkować woli człowieka. A nawet – uniosłem palec – nawet jeśli tak potężna magia istnieje, to z całą pewnością nie znali jej wynajęci przez was ludzie. To zwyczajni szalbierze. Sprzedali wam księgę, którą pewnie sami napisali.

– Mówcie sobie, co chcecie – powtórzył, jednak wydawało mi się, że z mniejszą pewnością w głosie.

– A nawet gdyby wasze zamierzenie się powiodło, to jak wyobrażaliście sobie zgodę Kościoła na korzystanie z istot powołanych dzięki czarnej magii?

Spojrzał na mnie.

– Sądzicie, że się nad tym nie zastanawiałem? Uważacie mnie za zupełnego idiotę?

To zdanie powinien zakończyć wykrzyknikiem, nie pytajnikiem, a wtedy wszystko by się zgadzało. Rzeczywiście uważałem go za skończonego, totalnego i zupełnego idiotę. W dodatku za jego bałwaństwo zapłacili życiem niewinni ludzie. Nie żeby mi łzy ciekły z oczu na myśl o Kramerach, ale tak jak powiedziałem Griegowi: po co zabijać niewinnych, skoro wokoło jest tylu winnych?

– Uznałem, że nasz Kościół w swej mądrości odnajdzie w mym zamierzeniu więcej zalet niż wad – rzekł wyniosłym tonem. – Kiedy biskupi, arcybiskupi, kardynałowie ujrzeliby, kiedy sam papież ujrzałby, w jakim tempie powstają domy boże, w jak krótkim czasie z niedawnych nieużytków i ostępów uderzają pod niebo iglice katedr oraz kościołów, kiedy by to ujrzeli, pobłogosławiliby i mnie, i mojemu dziełu. – Kończąc zdanie, miał przymknięte oczy, a jego ogorzała, z gruba ciosana twarz niemalże wydawała się natchniona. Byłem pewien, że wyobrażał sobie dostojników Kościoła stojących w zachwycie przed nim samym i jego armią golemów oraz oklaskujących go z ogromnym, z serca płynącym wzruszeniem.

– I waszym zdaniem zgodziliby się na ofiary z ludzi?

Odemknął powieki. Tym razem patrzył na mnie twardym, taksującym wzrokiem.

– Wiem, że uważacie mnie za durnia, ale to wy, nie ja, jesteście durniem. Ofiary z ludzi? Co dzień składa się ofiary z ludzi! Czym innym, jak nie ofiarami z ludzi, są wojny? I w imię czego je toczymy, inkwizytorze? By przejąć handel, zająć jakiś spłachetek ziemi albo dlatego, że czyjaś ambicja została podrażniona lub konflikt wynika z wieloletniej tradycji, której początków nikt już nie pamięta. Królowie, książęta i baronowie nie wahają się poświęcać tysięcy istnień w imię tych doczesnych wartości. A my, my przecież działalibyśmy na wiecznotrwałą chwałę Pana!

Musiałem przyznać, że jego uzasadnienie trzymało się kupy na swój sposób (czyli sposób pokrętny i szalony), ale nie pomyślał chyba, że pierwszym, do czego użyto by golemów, gdyby je rzeczywiście skonstruowano, byłyby właśnie wojny. Ludzie po staremu wznosiliby w żółwim tempie katedry i kościoły, a golemy zawojowywałyby dla nas Ziemię Świętą i gromiły Persów. No i oczywiście odzyskalibyśmy dla naszej świętej wiary Palatynat. Który to Palatynat słynął co prawda ze znakomitych i świetnie wyszkolonych pikinierów, ale nawet najostrzejszymi pikami trudno wszak rozbić kamienie. Kto wie, pomyślałem, gdybyśmy naprawdę mogli tworzyć golemy, to zapewne Ojciec Święty w swej niezmierzonej mądrości znalazłby odpowiednie wytłumaczenie dla ich stosowania w zbożnym celu, czyli na przykład celu druzgotania heretyckich i pogańskich władztw. Ale wtedy Schumann nie doprosiłby się nawet jednego do swojej katedry. Nie mówiąc o tym, że gdyby poznał tak piekielną tajemnicę, to zapewne nigdy nie zobaczyłby już nic poza ścianami własnego więzienia. O ile oczywiście nie uznano by za stosowne wysłać go w dłuższą podróż, taką bez powrotu, by mógł osobiście pochwalić się Panu Bogu swymi osiągnięciami.

– No cóż, panie Schumann, pójdziemy – rzekłem, gdyż nie chciało mi się dyskutować z szalonym architektem. – W imieniu Świętego Officjum kładę na was areszt.

– Zwariowaliście. – Wzruszył ramionami. – Nie możecie mnie aresztować. Mam za dużo roboty, żebyście zawracali mi głowę.

Zaniemówiłem na chwilę. Architekt najwyraźniej całkowicie nie zdawał sobie sprawy z własnej sytuacji oraz z powagi tejże.

– Panie Schumann, nie tylko uprawialiście czarną magię, ale doprowadziliście do śmierci niewinnych ludzi. Jeżeli będziecie mieli szczęście i możnych protektorów, zostaniecie jedynie powieszeni, natomiast jeżeli rzecz odbędzie się zgodnie z prawem, będziecie torturowani, łamani kołem, rozerwani końmi, a to, co z was zostanie, spalimy na stosie. Rozumiecie mnie?

Prychnął i machnął ręką, jakby odpędzał bzyczącego przy uchu komara. Muszę przyznać, że to pogardliwe prychnięcie i ten lekceważący gest naprawdę wyprowadziły mnie z równowagi. Tak więc podszedłem do niego i strzeliłem go wierzchem dłoni w szczękę. Na tyle mocno, że huknął potylicą w ścianę. Nie powinienem tak postępować, w tym momencie jednak wydawało mi się, że tylko dramatyczny gest jest w stanie obudzić tę kreaturę. Może z obolałą szczęką i głową, krwawiący z rozbitych dziąseł i skulony na ziemi, przestanie uważać się za nadczłowieka?

– A cóż to za metody, inkwizytorze? – usłyszałem głos za plecami.

Odwróciłem się i dostrzegłem dwóch mnichów. Obaj byli młodzi, szczupli i byłem pewien, że pod habitami noszą broń.

– Nie zapraszałem tu nikogo z waszej konfraterni – rzekłem ostro. – W stosownym czasie i wy, i wasi przełożeni zostaniecie przesłuchani na okoliczność wspierania tego mordercy i heretyka. A teraz zabierajcie się stąd, braciszkowie, bo i was każę zamknąć w celi.

Moja przemowa nie wywarła na nich stosownego wrażenia. Ba, wydawało się, że w ogóle nie wywarła na nich żadnego wrażenia.

– Mistrzu Madderdin, otrzymaliśmy polecenie od przeora, by doprowadzić przed jego oblicze mistrza Schumanna. A jak zapewne wiecie, ślubowaliśmy bezwzględne posłuszeństwo rozkazom przełożonych. Dlatego też nic nie odwiedzie nas od wykonania polecenia.

Cóż, sprawa najwyraźniej się komplikowała. Podejrzewałem, że dałbym radę obu mnichom naraz lub po kolei, gdyby zdecydowali się ze mną mierzyć, ale zabijając czy raniąc zakonników, zrobiłbym sobie śmiertelnych wrogów z Zakonu Miecza Pańskiego, a może również z jego możnych protektorów.

– Kto uniemożliwia lub utrudnia postępowanie inkwizycyjne czynem lub zaniechaniem, podlega surowej karze – odparłem, patrząc prosto w oczy temu, który do mnie wcześniej przemówił. – Karą tą jest kastracja, darcie żywcem pasów oraz obcięcie kończyn i spalenie na stosie. Zważywszy, że ślubowaliście celibat, kastracja wam nie zaszkodzi, ale reszta?

Zanurzyłem lewą dłoń w kieszeni kaftana, tam gdzie trzymałem woreczek z sherskenem. Nie sądziłem co prawda, by zaatakowali mnie pierwsi, ale wolałem być przygotowany na wszelkie przypadki.

– Inkwizytorze, daję wam słowo honoru i przysięgam na Boga w Trójcy jedynego, że otrzymacie możliwość aresztowania mistrza Schumanna, jeśli taka będzie wasza wola. Zapraszamy was jutro wieczorem do klasztoru. Mistrz Schumann do tej pory będzie naszym... – zawiesił na chwilę głos – gościem.

– Ja nie mam czasu – warknął architekt. – Pogońcie tego inkwizytora i dajcie mi wrócić do pracy!

Tym razem mnich się uśmiechnął. Nieznacznie, krzywiąc same kąciki ust, ale jednak zauważalnie.

– Panie Schumann – rzekł – przeor pragnie z panem poważnie porozmawiać. Potem zostanie ustalone co i jak.

Nie miałem specjalnego wyboru. Byłem tylko inkwizytorem z czasową licencją przyznaną na obszar miasta Christianii i okolic, a to nie znaczyło znowu tak wiele. W każdym razie na pewno o wiele mniej, niżbym sobie życzył. A Zakon Miecza Pańskiego był naprawdę potężny. Nie zamierzałem jednak oddać więźnia bez dopełnienia stosownych formalności.

– Dostosuję się do waszego uprzejmego życzenia – powiedziałem. – Pod warunkiem spisania odpowiedniego protokołu i pod warunkiem, że przejmiecie pełną odpowiedzialność za tego zbrodniarza. A jeśli – znowu spojrzałem starszemu z mnichów prosto w oczy – jakimś cudem wymknąłby się wam z rąk lub dziwnym trafem umarł tej nocy, to wierzcie mi, że poruszę niebo i ziemię, by przyjrzano się bliżej nie tylko jego uczynkom, ale również przetrząśnięto od piwnic po najwyższą dzwonnicę wasz klasztor oraz z pełną surowością przesłuchano wszystkich mnichów.

– Piszcie, inkwizytorze, co chcecie. A my podpiszemy sporządzony przez was dokument. Proszę... – Wskazał mi ruchem dłoni biurko.

Cóż, poddali się zadziwiająco łatwo, najwyraźniej spodziewali się podobnego obrotu spraw. Problem jednak tkwił w tym, że nie mogłem się zorientować, co knują. Czy naprawdę byli zamieszani w brewerie Schumanna? Szczerze w to wątpiłem. Wśród zakonników była cała masa kompletnych idiotów (kto, jak nie idiota, dawałby się dobrowolnie zamykać w dożywotnim więzieniu?), ale zdarzali się również ludzie światli, potrafiący myśleć, oceniać, wnioskować oraz nawet snuć liczne polityczne intrygi. Oskarżenie o stosowanie tak obrzydliwej czarnej magii nie poprawiłoby notowań zakonu, a arcybiskupowi Christianii dałoby wspaniały oręż do walki z nim. Sądziłem, że przeor pragnie raczej wypytać Schumanna o to, czy żaden z mnichów nie jest zamieszany w te czarnoksięskie sprawki, by nie zostać zaskoczonym przez śledztwo inkwizycyjne. Wedle starej zasady, która głosiła: „Sam zrób porządek we własnym domu, zanim zrobi to za ciebie kto inny". Zwłaszcza że kiedy do robienia porządków zabierało się Inkwizytorium, to przy ich okazji z całego domu mogło nic nie zostać.

– A moja księga?! – wrzasnął Schumann, gdy jeden z zakonników ujął go pod ramię na znak, że trzeba już wychodzić. – Oddaj mi księgę!

– Zastanawia mnie, czy ten człowiek jest aż tak głupi, czy aż tak bezczelny – powiedziałem, nie zwracając się do nikogo konkretnego. – Zabierajcie go już, braciszkowie. – Tym razem spojrzałem na mnichów. – Bo mnie tu zaraz na miejscu szlag trafi.

Kiedy zakonnicy wraz z wydzierającym się, protestującym i złorzeczącym Schumannem opuścili budynek, Grieg zatrzasnął drzwi.

– Co wyście najlepszego uczynili?! – wykrzyczał mi prosto w twarz. – Na świętego Piotra Zdzieracza Skór, wypuściliście tego łotra! Przecież mam chłopaków za drzwiami. Oprawilibyśmy mniszków raz-dwa.

– Panie Grieg, to są mnisi wysłani przez przeora. Uszkodzenie ich byłoby więcej niż niegrzeczne.

– Wszystko zmarnowaliście. – Usiadł przy stole i ukrył twarz w dłoniach. – Nikt mu już nic nie zrobi, wszystko ukryją, wszystkiego się wyprą. Co żeście narobili? Co żeście narobili...

Jęczał tak żałośnie, że aż go pożałowałem. Oczywiście nie miał racji. Sprawy nie dało się już zamieść pod dywan, natomiast ja nie zamierzałem robić sobie wrogów z potężnych mnichów. Mogłem prowadzić śledztwo im zagrażające, mogłem używać ostrych słów w rozmowie z zakonnikami, ale gdybym kazał pobić wysłanników przeora, wszystko mogłoby się wymknąć spod kontroli. A jeśli jeszcze któryś z nich przypadkowo by zginął... Przecież Negra też nie chciałem zabić, a leżał teraz nieruchomo na podłodze, z całą twarzą pokrytą czerwonymi plamami i z pianą zaschniętą na brodzie oraz w kącikach ust. Trąciłem go jeszcze czubkiem buta na pożegnanie, ale równie dobrze mógłbym trącać zwalony pień potężnego drzewa. Ani drgnął. Trochę mi go było żal, gdyż nie zrobił przecież nic złego, a próbował jedynie bronić swego chlebodawcy. W dodatku, jak wiadomo, Negrowie podobnie do zwierząt nie mają duszy, więc nie mógł nawet liczyć na radość Królestwa Niebieskiego. Ot, po prostu zgnije w ziemi czarnej jak i on sam i to będzie cała jego przyszłość na tamtym świecie.

De Vriijs w przeciwieństwie do Griega wcale nie był rozczarowany obrotem spraw i tym, że jego konkurent, zamiast znaleźć się w więzieniu, trafił pod dach zakonników.

– Spisaliście się nad podziw dobrze – obwieścił i aż zatarł dłonie z radości. – Miałem już powyżej uszu tego łotra, a dzięki wam pozbyłem się go do końca życia. Jaki świat jest piękny... Jaki świat jest piękny...

Hojną ręką nalał wina do kielichów i jeden z tych kielichów wyciągnął w moją stronę. Uśmiechał się serdecznie i życzliwie, tak jak uśmiechałby się każdy zacny człowiek, który właśnie posłał do grobu najgorszego rywala.

– Za waszą pracę, panie Madderdin – rzekł. – Za waszą ciężką pracę, która dała tak obfity plon.

Dotknęliśmy się kieliszkami. Ostrożnie, by nie uszkodzić delikatnego kryształu. Brzęknęło niczym dzwoneczki. De Vriijs posmakował wina i rozanielił się jeszcze bardziej.

– Nawet trunek lepiej dzisiaj smakuje. Powiadam wam, mistrzu Madderdin, że nie ma piękniejszego dnia nad ten, w którym wywrzecie pomstę na zaprzysiężonym wrogu. Nic się nie może równać ze słodkim smakiem zemsty.

– Cieszę się, że humor wam dopisuje.

– Tak, tak, tak... Wierzcie mi, szepnę o was słówko tu i tam. Nie pożałujecie, żeście poznali de Vriijsa!

– Wielce jesteście łaskawi, panie de Vriijs. A w kwestii mojego...

– Nie martwcie się niczym! – Podszedł do mnie.

Minę miał taką, jakby chciał mnie objąć i pocałować w policzki. Żywiłem jednak nieśmiałą nadzieję, że nie dojdzie do oznak tak zażyłej konfidencji. I rzeczywiście, de Vriijs na szczęście tylko położył mi dłonie na ramionach i serdecznie mną potrząsnął. Nie było to również szczególnie miłe uczucie, ale przynajmniej obyło się bez pocałunków.

– Kazałem powiadomić skarbnika. Dostaniecie swoje pieniądze, boście na nie zapracowali. A i dorzuciłem wam co nieco. – Uśmiechnął się i pokiwał filuternie palcem. – Na znak mego zadowolenia.

– Wielce jesteście łaskawi – powtórzyłem.

– No dobrze, dobrze. – Strzepnął dłońmi bez mała tak, jakby się zastrzegał, bym go nie zaczął po tych dłoniach całować. – Żegnam was, mistrzu inkwizytorze, i polecam się waszej serdecznej pamięci. – Obrócił już wzrok na dokumenty, które układały się w całkiem wysoką stertę na jego biurku. – Bywajcie zdrowi.

Pochyliłem głowę i życzyłem mu miłego dnia, ale wydawał się ani mnie nie widzieć, ani nie słyszeć. No cóż, niczego innego nie mogłem się spodziewać po panu de Vriijsie. W końcu był wielkim, bogatym i uznanym artystą, a ja jedynie kimś, kto miał posprzątać brudy wokół niego. W przeciwieństwie do Griega de Vriijs doskonale zdawał sobie sprawę, że niezależnie od tego, czy mnisi będą bronić Schumanna czy nie, oskarżenie o odprawianie czarnoksięskich rytuałów kompromituje jego rywala raz na zawsze. A dodatkową satysfakcję musiał czerpać z faktu, że Schumann nie dość, że nie posiadł hermetycznej wiedzy magicznej, to dał się okpić frantom. Co czyniło go w oczach świata nie tylko odstępcą od wiary, lecz również zwyczajnym idiotą.

Zamknąłem za sobą drzwi i zwolniłem na moment przy zdobionej szafie na korytarzu, jednak żaden tajemniczy głos już do mnie nie przemówił. I dobrze. Sprawa została rozwiązana, ja mogłem zainkasować sowite honorarium i, tak jak obiecałem, udać się do klasztoru, by aresztować Schumanna. Byłem niemal pewien, że mnisi szykują dla mnie jakąś niespodziankę, i zastanawiałem się, czy bardzo skomplikuje mi ona życie, choć oczywiście wiedziałem, że poradzę sobie z wszelkimi kłopotami, tak jak zwykłem to zawsze czynić.

Tym razem również nie podróżowałem samotnie. Co prawda otaczanie się zbrojną strażą można by uznać za dowód słabości wobec mnichów, jednak z drugiej strony miałem z klasztoru wydobyć człowieka z pewnością posiadającego wielu przyjaciół. A już na pewno miał służbę, która podjudzona przez kogoś mogłaby wszcząć tumult. Dlatego uznałem, że lepiej się zabezpieczyć. Towarzyszył mi Grieg z trzema swoimi chłopakami.

– Wiecie, mistrzu inkwizytorze, że zrobię to dla was – powiedział, kiedy wcześniej poprosiłem go o pomoc. – A także dla uciesznego widoku, jakim będzie Schumann wleczony w kajdanach. Lub równie uciesznego, jakim będziecie wy wychodzący za bramę z pustymi rękami i głupią miną.

Miałem nadzieję, że do drugiej ewentualności nie dojdzie, zdecydowanie uznałem również, że poczucie humoru Griega nie będzie na dłuższą metę męczące. Ono już było męczące.

Na szczęście nie okazałem się na tyle naiwny, by sądzić, że w klasztorze oczekiwano mnie z bojaźnią i drżeniem. Kiedy zakołatałem do furty, najpierw długo nikt nie raczył się odezwać, aż wreszcie otworzyła się klapka w drzwiach i zza niej wyjrzało czyjeś oko.

– Co tam? Kto tam? – usłyszałem znużony starczy głos.

– Mordimer Madderdin, inkwizytor – odparłem.

– A, tak, inkwizytor – zamruczał mnich. – Mówiono, że może przyjdziecie. Przejdźcie no kilkadziesiąt kroków w prawo, otworzę wam furtkę, bo z tymi wrotami to skaranie boskie. Nie na moje siły...

Było mi wszystko jedno, którędy wejdę na teren klasztoru. Jak dla mnie zakonnicy mogli nawet podstawić rydwan zaprzężony w żurawie, abym tylko dostał się za mury.

– Sami wejdziecie? – spytał niepewnie Grieg, kiedy furtian poradził sobie z otwarciem wąskich drzwiczek.

– Tak jak ustaliliśmy – odparłem.

– A jak już nie wyjdziecie, to też tak jak ustaliliśmy, co?

– Też.

Zsiadłem z konia i przeszedłem obok mnicha, który starannie zaryglował za mną furtkę.

– Chodźcie, chodźcie – odezwał się. – Czekają na was.

W refektarzu czekał nie tylko przeor w towarzystwie czterech starszych wiekiem zakonników. Obok nich stał wysoki, szczupły mężczyzna o jasnej twarzy okolonej starannie ułożonymi złotymi lokami. Uśmiechnął się życzliwie, kiedy mnie zobaczył. Skinąłem mu uprzejmie i pomyślałem, że powinien jeszcze nauczyć swoje oczy tej radosnej życzliwości. Bo one pozostały chłodne i taksujące, tak nieharmonizujące z niemal niewinnie dziewczęcym obliczem.

– Nazywam się Mordimer Madderdin i występuję w imieniu Świętego Officjum – ogłosiłem, choć z całą pewnością wszyscy obecni wiedzieli, kim jestem, kogo reprezentuję i w jakim celu się zjawiłem. – Zgodnie z wczoraj zawartym porozumieniem – wyciągnąłem sporządzony poprzedniego wieczoru dokument – żądam natychmiastowego wydania w moje ręce poszukiwanego przez Inkwizytorium zbrodniarza i heretyka Dietricha Schumanna, który znajduje się na terenie klasztoru.

Przeor przypatrywał mi się przez chwilę, a w jego wzroku widziałem wyniosłe lekceważenie zmieszane z niemaskowaną niczym niechęcią. Nie przejąłem się tym, gdyż byłem przyzwyczajony do podobnych spojrzeń.

– Mistrzu Toffler – przeor zignorował mnie i odwrócił się do jasnowłosego – wasza kolej...

Mężczyzna o chłodnych oczach wystąpił przed mnichów.

– Nazywam się Maksymilian Toffler i mam zaszczyt być inkwizytorem Jego Ekscelencji biskupa Hez-hezronu – powiedział uprzejmym głosem dobrze wykształconego człowieka. – Czy mogę z wami zamienić słówko na osobności, mistrzu Madderdin?

No to było po sprawie. Przynajmniej dla mnie. Skoro w całą rzecz wmieszały się takie persony jak inkwizytor z Hezu, nie miałem już czego tu szukać. Niestety, tak to się odbywało, że biskupi inkwizytorzy mogli przejąć komendę nad każdym innym funkcjonariuszem Świętego Officjum, choćby nawet był on zasłużonym szefem wielkiego lokalnego oddziału. A co tu mówić o mnie, który miałem jedynie tymczasową licencję obowiązującą na terenie Christianii i okolic. Ale postanowiłem nie poddać się tak łatwo i wykorzystać przysługujące mi prawa.

– Rozumiem, że dysponujecie stosownymi dokumentami – powiedziałem. – Jeśli tak, raczcie mi je okazać.

Przeor sapnął ze zniecierpliwieniem i spojrzał na mnie takim wzrokiem, jakbym był młodym zakonnikiem, który właśnie odmówił zakasania habitu i wypięcia tyłka.

– Bardzo słusznie. – Toffler obrócił się w stronę przeora. – Mój szanowny kolega ma rację, żądając okazania dokumentów. Bowiem, zapamiętajcie sobie, dostojni ojcowie, nigdy, ale to nigdy nie wiemy, którą bramą czy którym wyłomem w murze wnijdzie w nasze życie Szatan. Przezorność to godna pochwały – ostatnie zdanie wypowiedział, patrząc mi już prosto w oczy. – I nie ma w niej niczego, co mogłoby urazić twego pokornego i uniżonego sługę, gdyż tego właśnie wszystkich nas uczono w przesławnej Akademii Inkwizytorium.

Potem wyciągnął złożoną na czworo kartę i podał mi ją. Podszedłem do stołu, rozpostarłem dokument na blacie. Na pierwszy rzut oka widziałem, że wszystko jest w porządku (zresztą któż byłby na tyle szalony, by podrabiać pełnomocnictwa Jego Ekscelencji?), jednak postanowiłem odegrać moją rolę do końca.

– Proszę lampę.

Nikt nie ruszył się z miejsca.

– Proszę lampę – powtórzyłem ostrzejszym tonem i spojrzałem wprost na przeora.

Zakonnik poczerwieniał ze złości, lecz skinął dłonią, wydając w ten sposób rozkaz jednemu z braci. Lampę postawiono przede mną na stole. Pieczołowicie zbadałem pieczęcie, sprawdziłem podpisy oraz tajne sygnatury obecne w każdym dokumencie Świętego Officjum. Tak jak się spodziewałem, wszystko było w najlepszym porządku.

– Dziękuję. – Złożyłem dokument dokładnie według poprzednich zagięć i wręczyłem go inkwizytorowi z Hezu. – Jestem do twojej dyspozycji, Maksymilianie.

Spodziewałem się, że przejdziemy do innej komnaty, ale Toffler obrócił się w stronę przeora.

– Uniżenie upraszałbym, ojcze...

– Oczywiście, oczywiście – burknął zakonnik, a jego i tak już przedtem czerwona twarz stała się teraz sino-purpurowa.

Kiedy opuścili nas i kiedy zamknęły się za nimi drzwi, inkwizytor z Hezu grzecznym gestem wskazał mi krzesło.

– Usiądź, proszę, Mordimerze.

Sam nie spoczął obok, tylko przespacerował się w stronę okna. Wciągnął głęboko powietrze w płuca.

– Christiania – westchnął z zachwytem. – Tu się dopiero oddycha! Bez porównania z tym zawszonym, śmierdzącym Hezem. Mówię ci, Mordimerze, pełno tam szczurów. Zarówno w ludzkiej, jak i zwierzęcej postaci.

Nie odzywałem się i uprzejmie czekałem, co powie dalej, gdyż z całą pewnością nie poprosił mnie na rozmowę, byśmy wspólnie wychwalali walory christiańskiego powietrza i uskarżali się na fatalną kondycję Hez-hezronu. Zresztą nie musiał aż tak bardzo użalać się nad własnym losem, ponieważ los ten układał się o wiele pomyślniej niż mój! Czy można sobie bowiem wyobrazić inkwizytora szczęśliwszego niż ten, który ma zaszczyt posiadać licencję Hezu? Jakież wtedy malują się przed człowiekiem perspektywy! Jakież szanse! Ilu można spotkać wybitnych ludzi, z jakich wspaniałych korzystać dzieł zgromadzonych w heskiej bibliotece. Ba, ileż można nauczyć się od innych inkwizytorów, bo w końcu oni – z Hez-hezronu – to elita elit. My byliśmy zaledwie prostymi żołnierzami Pana, oni mieli zaszczyt być Jego pretorianami.

– Znakomicie się spisałeś – rzekł, spoglądając na rysujące się w przejrzystym porannym powietrzu ośnieżone szczyty gór. – Naprawdę znakomicie, jeśli wolno mi i jeśli pozwolisz, bym ośmielił się oceniać twe postępowanie. Winni zostaną aresztowani, przesłuchani i ukarani z najwyższą surowością. A tobie, Mordimerze, poświęcę wdzięczny fragment w raporcie dla Jego Ekscelencji.

– Miło mi to słyszeć – odparłem, wiedząc, że właśnie przestałem cokolwiek znaczyć w Christianii, a moją licencją mogę sobie podetrzeć tyłek. – Rozumiem, że niedługo zobaczymy Dietricha Schumanna na stosie – dodałem. – To na pewno będzie pocieszający widok dla wszystkich owieczek bożych, widok, który udowodni im i unaoczni, że w obliczu Pana wszyscy ludzie są równi. Że wobec każdego oskarżonego przeprowadzamy sumienny rachunek grzechów, nie zważając na jego sławę, pozycję czy też majątek.

– Tak właśnie jest, Mordimerze – skinął głową Toffler. – Zawsze prowadzimy sumienny rachunek zysków oraz strat. I Schumann zostanie ostrzeżony oraz zmusimy go do odbycia stosownej pokuty.

Takiej odpowiedzi, nie innej, właśnie się spodziewałem. Bo po cóż innego pojawiałby się inkwizytor z Hezu, wezwany przez zakonników, jak nie w celu ratowania słynnego architekta? Ale Toffler mógł sobie być pretorianinem i wybitną personą, co nie znaczyło, że mam tanio sprzedać mu skórę.

– Pokuty?! – rzuciłem drwiąco. – Od kiedy karzemy pokutą heretyków wzywających demony i składających w ofierze niewinnych ludzi?

– Wielu niewinnych ludzi jeszcze zginie, zanim wszyscy trafimy przed najsroższy Sąd Boży – odparł Toffler obojętnym tonem. – Poza tym dobrze wiesz, Mordimerze, że Schumann nie przyzywał żadnych demonów, gdyż trafił w ręce szalbierzy, nie prawdziwych czarowników.

– A czym różni się grzech od zajadłej chęci jego popełnienia? – zapytałem. – W czym, pozwolę sobie ci przypomnieć, przeszkodziły nie wyrzuty sumienia, lecz okoliczności zewnętrzne.

Toffler jeszcze raz odetchnął głęboko, pełną piersią i pokręcił z ukontentowaniem głową.

– Aż się wracać nie chce – mruknął.

Potem obrócił się w moją stronę.

– Masz rację, Mordimerze, mówiąc o chęci popełnienia grzechu i o samym grzesznym występku. Wyobraźmy sobie bowiem człowieka mordującego malutkie dziecko. Czyż nie nazwiemy tego czynem nikczemnym? Ale co powiemy, dowiadując się, że dziecko umrze tak czy inaczej, lecz grozi mu śmierć w mękach? Czy zabójstwo nie stanie się wtedy aktem miłosierdzia? A jeżeli wzmiankowany człowiek zabija dziecko, gdyż dostrzegł w nim inkarnację demona? Czyż nie jest to wtedy czyn chwalebny? A jeżeli okaże się, że tego demona zobaczył tylko dlatego, iż cierpiał na pomieszanie zmysłów? Czyż nie jest to wtedy czyn szalony?

– Twierdzisz, że nie jest ważny czyn, lecz myśl, jaka mu przyświeca. Zgoda! Lecz czy nie właśnie ja sam powiedziałem niemal to samo przed momentem?

– Dokładnie tak! Co prowadzi nas do konkluzji, że ludzi należy karać nie za grzeszne czyny, z uwagi na fakt, że ten sam czyn może być grzeszny, święty lub neutralny, lecz za grzeszne myśli.

– Wypowiadasz moje myśli i przekonujesz mnie do moich własnych racji. – Wzruszyłem ramionami. – Przyznam szczerze, że nie do końca rozumiem fakt, iż sens twych działań zdaje się zmierzać w zupełnie różnym kierunku niż sens twych wywodów.

– Zgadzamy się co do idei i teorii, przyjacielu. Jednak w praktyce nasze umysły muszą nabrać pewnej giętkości, pozwalającej poruszać się szlakiem niekoniecznie wytyczonym przez uniwersalną koncepcję.

– Rozumiem, że twój umysł jest na tyle giętki, by wypuścić na wolność zbrodniarza? – zadrwiłem, ponieważ chciałem mu pokazać, że bardzo się myli, jeśli myśli, iż można mnie omotać siecią zgrabnie złożonych słów.

Był mną wyraźnie rozczarowany, gdyż ostentacyjnie westchnął i pokręcił głową.

– Dobrze, Mordimerze – rzekł. – Załóżmy, że stałoby się po twojemu. Załóżmy, że przesłuchujemy Schumanna, publicznie go skazujemy i palimy. Wszyscy widzą, że sprawiedliwy miecz Inkwizytorium opada na kark każdego bezbożnika.

– Właśnie tak.

– Ale czy zdajesz sobie sprawę, ile Schumann zbudował wspaniałych kościołów, w których tysiące wiernych każdego dnia chwalą Pana? Co pomyślą ci prości, dobrzy ludzie, kiedy dowiedzą się, że ich święte budowle wzniósł heretyk? Co zrobią, kiedy zakiełkuje w nich podejrzenie, iż świątynia, w której wychwalają Pana, może służyć ciemnym mocom i zbudowana została w złej wierze?

– Należy oddzielić dzieło od jego twórcy, gdyż...

– Wytłumaczysz im to? Tak, by wszystko dobrze pojęli i by w ich sercach nie zagościło zwątpienie?

Toffler, niestety, miał rację. Nikt nie byłby w stanie wyjaśnić tego ludziom.

– Dlaczego więc nie skazać go w tajemnicy? Niech po prostu zniknie. Czy mało ludzi znika ze swych domów, z ulic i ginie po nich wszelki ślad?

– Wierz mi, że mało. – Wzruszył ramionami. – A w każdym razie, ściślej mówiąc, my przyczyniamy się do niewielkiej części tych zniknięć. Odpowiedz na jedno pytanie: zgadzasz się z opinią, że Dietrich Schumann jest wielkim artystą? Wizjonerem, który wyprzedził własną epokę?

– Nie mam pojęcia – odparłem szczerze. – Nie mam wystarczających przesłanek, by wyciągać takie czy inne wnioski. Z tego, co o projekcie opowiadał mi jego pracownik, katedra zapowiada się... – zastanowiłem się, jakiego użyć słowa – jako dzieło monumentalne – dokończyłem.

– Ja widziałem ukończone prace Schumanna i widziałem projekty jego dzieł. – Toffler uśmiechnął się do własnych myśli. – Między innymi widziałem maleńką kaplicę, którą wzniósł obok myśliwskiego pałacu cesarza. Kiedy wchodziłeś do jej wnętrza, do komnaty rozświetlonej promieniami słońca przenikającymi przez kryształową kopułę, do komnaty o ścianach z lśniącego różowego marmuru, w którym zatopiono okna witraży, wierz mi, Mordimerze, że wtedy miałeś tylko jedno pragnienie: jak najgoręcej wychwalać Pana, który pozwolił na stworzenie dzieła tak skończonego.

– Cóż z tego wynika?

– Otóż to, drogi towarzyszu, że zabijając Schumanna, odbierzesz ludziom radość podziwiania dzieł, które kiedyś powstaną za przyczyną jego wielkiego talentu. Kto wie ilu grzeszników nawróci się we wzniesionych przez niego świątyniach? Kto wie ilu ludziom drgnie jakaś utajona struna w sercach i postanowią chwalić Boga lepiej i szczerzej niż dotychczas? Wreszcie kto wie ilu niepokornych i zuchwałych wrogów naszego Kościoła powie sobie: „Jak mogę mierzyć się z ludźmi, którzy tworzą tak wielkie dzieła? Czyż nie lepiej przystać do tych, po których stronie jest potęga i chwała?”.

– Wzruszające – podsumowałem słowa Tofflera, chociaż nie powiem, by nie ukazały mi problemu w innym świetle.

– Wiem – skinął głową. – W końcu tego również uczono zarówno ciebie, jak i mnie, pozostającego twym pokornym sługą, prawda? Znajdowania przekonujących argumentów na poparcie głoszonych tez.

– Nawet jeśli owe tezy pozostawiają wiele do życzenia – dokończyłem.

– Nawet wtedy – zgodził się bez trudu. – Choć w obecnej chwili taka sytuacja nie zachodzi.

Domyślałem się, jakaż to sytuacja zachodzi, i postanowiłem podzielić się z heskim inkwizytorem moimi podejrzeniami.

– Wziąłeś łapówkę, prawda? – Zbliżyłem się do Tofflera tak, że gdyby ktoś dał nam jabłko, to moglibyśmy je przytrzymać nosami. – Wziąłeś łapówkę od zakonników! Ile kosztowało sumienie inkwizytora? Na ile cię wyceniono, Maksymilianie?

Toffler ku mojemu zdumieniu szczerze się roześmiał. Miał równe białe zęby, a z ust pachniało mu zgryzionym korzeniem lukrecji.

– Jakże nisko mnie oceniasz, Mordimerze. – Cofnął się o dwa kroki, cały czas z uśmiechem. – Jak możesz podejrzewać mnie o taką bezmyślność?

Usiadł na krześle i z rozmachem klepnął się w kolano.

– Wziąłem cztery łapówki, przyjacielu – powiedział wesoło. – Od zakonników, od rajców Christianii, od arcybiskupa oraz od tongów. Wszystkim obiecałem, że rozpatrzę sprawę zgodnie z moim sumieniem oraz zgodnie z interesem Kościoła. A wszyscy oni sądzili, że to jedynie fałszywe zapewnienia. W swoim zaślepieniu uważali, że właśnie kupili jeśli nie moje poglądy, to chociaż moją decyzję. A poglądów ani decyzji twego uniżonego sługi kupić się nie da, Mordimerze. – Nagle spoważniał. – Mnie kupił Bóg i zapłacił tak wiele, że żaden człowiek nie może z Nim konkurować.

W Akademii Inkwizytorium uczą nas, byśmy rozpoznawali prawdę w głosach ludzi i potrafili wychwycić w nich fałszywe nuty. Ale w Akademii uczą również, byśmy potrafili żeglować po mglistych morzach niedomówień, niedopowiedzeń i półprawd, a także byśmy z pełnym przekonaniem kłamali, jeśli tylko wymaga tego interes Kościoła. Jednak w tym wypadku byłem pewien, że Maksymilian Toffler szczerze podzielił się ze mną swymi przemyśleniami i uczuciami.

– Arcybiskup i rajcy nie będą zachwyceni twoją decyzją.

– A czemuż to? Przecież Schumann odjedzie ze mną. Narobiłeś zbyt wiele rabanu, Mordimerze, by mógł zostać w Christianii. Znajdziemy mu pracę w Italii, może w Hiszpanii, w każdym razie gdzieś daleko stąd. A de Vriijs niech sobie spokojnie buduje własną katedrę.

– W takim razie nie zadowolisz mnichów.

– Chcieli, bym ocalił Schumanna. I tak się stanie. Nie przyszło im do głowy, że co prawda ocalę go, lecz zabiorę ze sobą. Cóż zrobić, nasi zakonnicy będą musieli wynająć innego architekta. Nie zbiednieją od tego...

– Zdumiewające, lecz kiedy słyszę, co mówisz, dochodzę do wniosku, że postąpiłeś uczciwie nie tylko wobec Boga i Kościoła, ale również wobec arcybiskupa, mnichów, rady miejskiej, a nawet tongów. Nie mówiąc już o twoim własnym sumieniu. I jeszcze przy okazji zarobiłeś majątek z łapówek...

Znowu się roześmiał.

– Utrafiłeś w sedno, Mordimerze! Ale pomyśl również o tym, że postąpiłem uczciwie wobec ciebie. Otrzymasz honorarium, które obiecał ci de Vriijs, gdyż doprowadziłeś do tego, że Schumann zniknie z Christianii. W raporcie dla Jego Ekscelencji nie zawaham się podkreślić twoich zasług, jak również poproszę biskupa, by wystosował pismo do twego bezpośredniego przełożonego.

Pokręciłem głową na znak, że nie jest to potrzebne, lecz nie wiedziałem, czy dostrzegł ten gest.

– Tongi pragnęły spokoju i jak ognia bały się, że rozpoczniemy w Christianii szeroko zakrojone inkwizytorskie śledztwo. Dostaną więc ten spokój, gdyż żadnego śledztwa nie będzie. Może nie wszyscy, którzy zostaną w Christianii, i nie wszyscy, którzy ją opuszczą, będą do końca zadowoleni z decyzji podjętych przez twego pokornego sługę – kontynuował. – Jednak wszyscy będą doskonale zdawali sobie sprawę z faktu, że sprawy mogły się potoczyć i skończyć dużo gorzej. – Popatrzył mi prosto w oczy. – Czyż nie tak, Mordimerze?

Miał rację. Sprawy mogły potoczyć się dużo gorzej. Również dla mnie, jak Toffler raczył zasugerować. Przecież chcąc nie chcąc niemal wypowiedziałem wojnę jednemu z najpotężniejszych zakonów w Cesarstwie i tylko od interpretacji zależało, czy uznane mi to zostanie za zasługę, czy za przewinę. Zastanawiałem się, czy ujawnić Tofflerowi szczegóły rozmowy z przedstawicielem tongów. Wreszcie uznałem, że być może stanie się lepiej, jeśli wysoki przedstawiciel Świętego Officjum będzie wiedział o złożonej mi propozycji.

– Chciałbym ci coś wyznać, Maksymilianie, jeśli zechcesz mnie wysłuchać.

– Śmiało, Mordimerze.

– Pewnego wieczoru zjawił się u mnie wysłannik tongów. Zaproponował...

– ...że zapewnią ci dowodzenie oddziałem Inkwizytorium w Christianii w zamian za przychylność oraz bezczynność.

Otworzyłem szeroko oczy, a Toffler zaśmiał się, widząc moją minę.

– Czy znasz pewne powiedzenie dotyczące tongów, Mordimerze?

– Że wiedzą nawet, jak szczur pierdnie w dokach?

– Otóż to! Widzę, że znasz. I bardzo dobrze. Tyle że my wiemy, że szczur pierdnie, zanim jemu samemu przyjdzie na pierdnięcie ochota.

– Ha! – skwitowałem jego wypowiedź tylko tym jednym słowem, gdyż niewiele więcej było do dodania.

– Ale doceniam, że podzieliłeś się ze mną tą wiadomością – rzekł już poważnym tonem Toffler.

Przytaknąłem i aż zmroziło mnie na myśl, że mogłem okazać się tak głupi, by przyjąć propozycję tongów. Nie dość, że obietnica była palcem na wodzie pisana, to w dodatku o wszystkim wiedziało Święte Officjum! A więc po raz kolejny przekonywałem się, że najlepszą busolą w życiu jest poczucie przyzwoitości, a jedyną księgą, do której przepisów należy się stosować, jest wewnętrzny kodeks moralny. Tak, mogłem być z siebie dumny jako człowiek, który miał równie wysokie wymagania w stosunku do innych, jak i w stosunku do siebie samego.

– Tak, dobrze zrobiłeś, naprawdę dobrze. – Pokiwał głową. – Z tongami trzeba uważać...

– Dostałem od nich to. – Wyciągnąłem z kieszeni amulet przedstawiający złote jabłko.

– Och, mam takie samo – ucieszył się. – Skorzystałeś już z gościny?

– Nie i nie sądzę...

– W takim razie wybierzemy się tam razem – zdecydował, nie słuchając, co mam do powiedzenia. – W ten sposób naprawdę miło, mam nadzieję, zakończymy pobyt w Christianii.

– Ale...

– Jutro wieczorem. Przyjdę po ciebie. Przygotuj, proszę, rzetelny pisemny raport z zajść, których byłeś świadkiem, oraz odbiorę od ciebie ten falsyfikat. A teraz wybacz, Mordimerze, mam jeszcze pewne sprawy do omówienia z szanownymi braćmi – westchnął. – By upewnili się, że ich pieniądze nie poszły tak zupełnie na marne.

– Jeszcze tylko słowo, Maksymilianie.

– Proszę.

To był jednak dobrze wychowany człowiek, gdyż ani gestem, ani tonem głosu nie dał poznać, iż powinienem zastosować się do jego uprzejmej prośby i nie zabierać mu więcej czasu.

– Czy możesz mi łaskawie powiedzieć, co mam zrobić z Metzingerem, którego na razie kazałem trzymać pod strażą u de Vriijsa?

– Zrób z nim, co chcesz – odparł i widziałem, że jest zupełnie niezainteresowany losem pomocnika Schumanna.

– To znaczy mam go wypuścić?

– Sądzę, że udzieliłem ci jasnej odpowiedzi, Mordimerze. A teraz naprawdę wybacz.

Bez trudu stłumiłem złość, choć jego słowa nie mogły mi się przecież podobać. Przywołałem jednak na usta grzeczny uśmiech.

– Oczywiście. Do zobaczenia, Maksymilianie.

Skinął mi głową, lecz widziałem, że jest zajęty własnymi myślami. Zapewne zastanawiał się, czy zebrał już w Christianii wystarczająco obfity plon, czy też nadarzy się okazja, by oskubać kogoś jeszcze. Kiedy wychodziłem, pomyślałem sobie, że naprawdę dobrze być inkwizytorem z Hez-hezronu. Świat wtedy, można śmiało powiedzieć, stoi przed człowiekiem otworem.

Toffler był na tyle grzecznym człowiekiem, że kiedy już przybył do karczmy, w której miałem kwaterę, nie pojawił się pod moimi drzwiami niespodziewanie, lecz wysłał karczmarza, by ten uprzedził o jego przybyciu. Zresztą czekałem już na niego od pewnego czasu i dlatego niedługo mi zeszło, zanim byłem gotowy, by zejść do alkierza.

– Bardzo pocieszny ten twój karczmarz – powiedział Toffler, gdy mnie już zobaczył. – Choć nie zazdroszczę mu życia. – Pokręcił głową i zrobił współczującą minę.

– A to niby czemu? Karczma jak się patrzy, podobno jedna z najlepszych w Christianii.

– Może i najlepsza, nie w tym rzecz. Przecież wiesz, że nazywają go Ryjkiem?

– I co z tego? Przezwisko jak przezwisko, słyszałem gorsze.

– To nie wiesz dlaczego? Mieszkasz tu tyle dni i nie dopytałeś o to?

Zdziwiłem się.

– Maksymilianie, na gniew Pana, co może mnie obchodzić, w jaki sposób klienci wołają na oberżystę?

– Kiedy poznaje się ludzi, wtedy i świat, na którym żyją, staje się bardziej zrozumiały – odparł Toffler. – No, ale nie w tym rzecz, wyobraź sobie, że twój drogi gospodarz dawno temu, za młodu, popił sobie zbyt ostro i uznał, że z braku połowicy, bo nie miał jeszcze wtedy żony, zadowoli się najbliższą nierogacizną...

– Obrzydliwe – skrzywiłem się. – Choć, niestety, nieobce mojemu doświadczeniu. Na Boga! – zawołałem, widząc minę inkwizytora. – Teoretycznemu, rzecz jasna! W czasie procesów zetknąłem się z ludźmi hołdującymi podobnemu zwyrodnieniu – wyjaśniłem już spokojniej. – Ale zaraz... – Przymrużyłem oczy. – Niby dlaczego w takim razie Ryjek?

Toffler westchnął.

– Pomyśl, mój drogi.

Pomyślałem i skrzywiłem się jeszcze bardziej.

– Na Boga, to obrzydliwe – powtórzyłem.

– Ktoś go podejrzał i przezwisko wlecze się za nim przez lata. I tak ma szczęście, że tu, w Christianii, prócz żony nikt nie wie, skąd ono się właściwie wzięło.

– Ale ty wiesz.

– Rozmawiałem z jego żoną.

– Czy dobrze rozumiem, że w czasie wymiany kilku niezobowiązujących zdań zdradziła ci największą tajemnicę męża? Piękna pogoda, mistrzu inkwizytorze, miejmy nadzieję, że utrzyma się do końca tygodnia. A tak przy okazji, wiecie, że mój mąż kiedyś chędożył świniaka w ryj?

– Mniej więcej tak to się odbyło.

Pokręciłem głową.

– Pijana była czy co?

– Czy przyniosłeś księgę, tak jak prosiłem? – zmienił nagle temat.

– Oczywiście. Ale skoro nie będzie procesu, może ją po prostu spalmy?

– Nie, nie. To jednak dowód, chociaż bezwartościowy. Nie sądzisz, że dziwnie wyglądałyby bez niej nasze raporty? A właśnie, czy masz również raport?

– Tak jak prosiłeś – odparłem i chociaż wspomniałem o prośbie, to przecież żaden z nas nie miał wątpliwości, iż chodziło o żądanie czy rozkaz.

– Doskonale.

Przyjął ode mnie zawiniętą w płótno księgę oraz rulon z raportem. Skinął dłonią i wtedy z cienia wyszedł barczysty mężczyzna. Przyznam, że jak dla mnie pojawił się niczym duch, gdyż rozmawiając z Tofflerem, ani go nie słyszałem, ani nie widziałem, a przecież nie uskarżam się na słaby wzrok lub słuch.

– Zanieś to do mnie i pilnuj – rozkazał Toffler, a mężczyzna bez słowa zabrał od niego księgę i raport. Również bez słowa i bez jednego zbędnego gestu opuścił alkierz. – Zawsze należy mieć pod ręką dobrze wytresowanego służącego – inkwizytor z Hezu zwrócił się już do mnie.

– Mam nadzieję, że kiedyś będę mógł sobie pozwolić na taki komfort – odparłem.

Świetnie zdawałem sobie sprawę, że ten cichy mężczyzna jest czymś więcej niż tylko służącym. Bardziej niż na zwykłego rękodajnego wyglądał na człowieka do specjalnych zadań. Ot, takiego, który przydaje się, kiedy trzeba kogoś zmusić do mówienia, milczenia lub słuchania, a jegomość inkwizytor nie chce brudzić sobie rąk.

– No dobrze. – Toffler zatarł dłonie. – Czy nie zechcesz się przebrać, zanim odwiedzimy „Jabłko Hesperyd"?

– Mam się przebierać, kiedy idę do zamtuza? – spytałem z niedowierzaniem. – Poza tym, za przeproszeniem, czego chcesz od mojego stroju? Jestem inkwizytorem, nie paniczykiem z książęcego dworu.

– Więc chodźmy. – Wstał od stołu, nie próbując dłużej ze mną dyskutować.

Kiedy wyszliśmy z gospody, Toffler zerknął na szyld wiszący nad karczmą. Przedstawiał on ogromną rybę, być może suma, jeśli potrafiłem dobrze rozszyfrować zamiary artysty, który ten znak wymalował. A karczma nazywała się „Pod Widłami". Dziwne, prawda? Zastanawiałem się nad tym już wcześniej, ale jakoś zapomniałem zapytać gospodarza, jaki zamysł połączył nazwę z szyldem, gdyż mnie wydawało się to całkowicie niezrozumiałe.

– Skoro tak świetnie orientujesz się w miejscowym życiu, może wiesz, dlaczego oberża „Pod Widłami" chwali się sumem na tabliczce? – zapytałem, będąc złośliwie pewnym, iż Toffler nie zna odpowiedzi.

– Kilkadziesiąt lat temu Christiania przeżyła wielką powódź. Kiedy woda odeszła, w błocie znaleziono ogromnego suma. Miejscowi zakłuli go widłami – wyjaśnił spokojnie.

Przyznam, że mnie zamurowało. Toffler spędził w gospodzie zaledwie kilka chwil, a już namówił na intymne zwierzenia żonę oberżysty oraz rozwiązał zagadkę związaną z nazwą karczmy. No cóż, interesujący to był człowiek...

Kiedy szedłem za nim, jednocześnie starałem się trzeźwym wzrokiem ocenić mój wygląd i strój. Prawda, że nie opływałem aksamitami i nie brzęczałem od złotych guziczków, srebrnych szpileczek, diamentowych broszek oraz fikuśnych pierścionków, lecz ubierałem się czysto i schludnie. Nie rościłem sobie praw do tego, by wyglądać lepiej niż średnio zamożny, solidny, ale skromnych obyczajów mieszczanin. Po pierwsze, z uwagi na fakt, że w takim stroju najwygodniej i najlepiej się czułem, po drugie, dlatego że my, inkwizytorzy, powinniśmy raczej zlewać się z tłumem, niż z niego wyróżniać. Przynajmniej jeśli nie zakładamy oficjalnego czarnego stroju z wizerunkiem srebrnego połamanego krzyża. No, ale to zdarza się przecież nieczęsto. Mogłem się jednak bez trudu zgodzić, że Toffler wyglądał przy mnie niczym papużka przy kruku. Wystroiłeś się tak, pomyślałem złośliwie, jakbyś szedł w tym domu pracować, a nie się w nim zabawić.

– Nazwy zajazdów, szynków i oberży potrafią wiele nam powiedzieć o teraźniejszości i historii miejsca, któremu się przyglądamy – dodał jeszcze mój towarzysz.

Wyszliśmy na zatłoczoną i gwarną ulicę, a ja przecisnąłem się tak, by iść z Tofflerem ramię w ramię, nie za jego plecami, gdyż wtedy czułem się bez mała, jakbym był jego służącym, nie towarzyszem.

– Jesteś pewien, Maksymilianie, że chcemy odwiedzić ten przybytek? Może po prostu usiądźmy gdzieś przy kielichu wina?

– Drogi Mordimerze, skoro nas uprzejmie zaproszono, grzechem byłoby nie skorzystać – odparł Toffler z uśmiechem.

Zauważył, że się skrzywiłem, ponieważ zerknął na mnie badawczo.

– Czyżbyś nie korzystał z tego typu rozrywek? A może przedkładasz męskie towarzystwo nad rozkosze, jakich można zaznać u pięknych dam?

– Maksymilianie, wysuwasz nazbyt śmiałe wnioski. Poza tym, o ile się nie mylę, nasza wiara każe ścigać sodomitów.

– Wiara. – Wzruszył ramionami. – Raczej prawo. Ale tym niech zajmują się świeckie sądy, nam pozostawiając prawo wyboru, z kim chcemy dzielić łoże.

Jak widać, Maksymilian Toffler był człowiekiem niespecjalnie ciężkich obyczajów, ale przyznam, że nie robiło mi to szczególnej różnicy. Poznałem już różnych inkwizytorów: zarówno dziwkarzy i opojów, jak też ludzi prawdziwie pobożnych oraz skromnych. Widziałem takich, którzy przesłuchiwali i torturowali z kamiennym obliczem, i takich, którzy wylewali serdeczne łzy nad bólem każdego grzesznika, a każąc go dręczyć, lamentowali niemal jak sam przesłuchiwany. Było nas zbyt wielu, byśmy wyglądali albo zachowywali się jak wybici spod jednej sztancy. I bardzo dobrze, gdyż jednorodność jest estetyką głupców.

– Niemniej odpowiedź brzmi: nie – odparłem. – Nie gustuję w chłopięcych urokach. Natomiast odwiedzam czasem zamtuzy. Jeżeli człowiek chce splunąć, korzysta ze spluwaczki, jeśli chce dać upust chuci, korzysta z dziwki.

Toffler roześmiał się serdecznie.

– Mój drogi młody towarzyszu, pozwól, że jako twój uniżony i pokorny sługa oraz nieledwie przyjaciel objaśnię ci pewien sekret, choć aż dziwno mi, że nikt do tej pory z nim cię nie zapoznał.

– Bardzo proszę. – Nie interesowały mnie specjalnie wynurzenia inkwizytora z Hezu, lecz nie wypadało odmówić.

Spostrzegłem dziwną rzecz. Mianowicie Toffler szedł ulicą, jakby nie zauważając innych ludzi, a oni mimo to w jakiś zdumiewający sposób wciąż usuwali mu się z drogi, tak że nie musiał ani się przepychać, ani zwalniać. Ja tymczasem ciężko walczyłem o miejsce u jego boku, gdyż nurt tłumu co rusz próbował mnie zepchnąć ze szlaku, którym podążałem. Toteż łokcie i barki cały czas miałem w robocie, a i sam zaliczyłem już kilka kuksańców.

– Otóż jeśli przychodzisz do burdelu, zamtuza, domu uciech, lupanaru, czy jakkolwiek nazwiemy ten przybytek, musisz traktować pracujące tam damy z odpowiednią atencją – zaczął Toffler, który zdawał się nie widzieć mych wysiłków, by dotrzymać mu kroku. – Jeśli będziesz je postrzegać pogardliwie lub obojętnie, na podobieństwo dziur w materacu, odpłacą ci tym samym: pogardą lub obojętnością. Kiedy jednak zobaczysz w nich kobiety, którym warto poświęcić miłe słowo, sprawić drobny prezent, dopytać, co lubią, zażartować, pochwalić urodę, wtedy często okaże się, że masz przed sobą nie znudzoną dziwkę, lecz kobietę, która czułość odwzajemni czułością i wykaże się szczerą inwencją w sprawianiu ci przyjemności.

– Widzę, że mam przed sobą znawcę – zakpiłem. – Przecież to tylko dziwki, Maksymilianie. Jak można je traktować, jakby były zwyczajnymi kobietami?

– Chyba już wiem, czemu nie przepadasz za odwiedzinami w domach rozkoszy. – Zastanawiał się przez chwilę. – Pozwól więc, że zrobimy po mojemu. Pójdziemy do „Jabłka Hesperyd", a ty staraj się zachowywać, jakby dziewczyny tam pracujące były nie dziwkami, lecz kochankami. Mam nadzieję, że rychło dostrzeżesz różnicę pomiędzy tym, co oferowano ci dotychczas, a tym, co dostaniesz dzisiaj.

– Cóż... – nie bardzo wiedziałem, co odpowiedzieć, wreszcie rozłożyłem dłonie. – Przekonałeś mnie, Maksymilianie. Nie wiem, czemu ma służyć ten eksperyment, lecz jako człowiek o otwartym umyśle i szerokich horyzontach zgadzam się na twoją propozycję.

Miało to zabrzmieć z godnością, może nawet nieco podniośle, lecz efekt mych słów został popsuty przez czyjąś złośliwość. Oto bowiem, gdy kończyłem zdanie, ktoś podłożył mi nogę, a ja wyłożyłbym się jak długi, gdyby nie ramię Tofflera. Wysunął rękę tak błyskawicznym ruchem, że nie spostrzegłem, kiedy już trzymał mnie pod łokieć. No proszę, a ja sądziłem, że w ogóle nie zwraca na mnie uwagi...

Zamtuz kojarzył mi się zwykle z byle drewnianą budą, w której urzędowały znudzone dziwki i ich najczęściej pijani klienci. Owszem, widziałem i takie burdele, które mieściły się w porządnych na pierwszy rzut oka kamienicach, a w czasie figlów z ladacznicami można było skorzystać z łaźni czy kąpieli. Ale nic nie przygotowało mnie na widok, który zobaczyłem teraz. Bowiem, Jabłko

Hesperyd, było ni mniej, ni więcej, a urokliwym pałacykiem z jasnego kamienia, położonym pośrodku ogrodu, przez który przebiegała szeroka ścieżka wysypana żwirem z kamyczków białych niczym najczystszy śnieg. Kiedy szliśmy tą ścieżką, otulił nas upajający zapach kwiatów, a z marmurowych postumentów spoglądały na nas posągi przedstawiające antyczne bóstwa. No, powiedzmy, część antycznych bóstw, gdyż większość rzeźb była wariacjami na temat Afrodyty oraz Erosa. Do drzwi pałacu prowadziły szerokie marmurowe schody, a ich szczytu strzegły dwa posągi. Z prawej strony naga Afrodyta wdzięcznym gestem wskazywała wejście, natomiast z lewej czuwał przygarbiony i brodaty Hefajstos. Przytykał on wskazujący palec do ust, a srogie spojrzenie zdawało się podążać za każdym krokiem gości. Aluzja przekazywana przez obie te figury była aż nazbyt czytelna.

– Nie spodziewałem się czegoś podobnego – wyznałem. – Toż to wygląda na książęcy pałac. Albo choćby na siedzibę możnego kupca.

– To jest książęcy pałac, Mordimerze – wyjaśnił Toffler. – Podstawiony przez tongi człowiek dzierżawi go od księcia Werzberg.

– I książę wie, że zrobili mu tutaj zamtuz?!

– Ba, nie tylko wie, ale sądzę, że również by do niego uczęszczał, gdyby nie fakt, iż natura nie zezwoliła mu radować się dziewczęcymi wdziękami, gdyż ponad nie przedkłada szorstką męską przyjaźń.

– Chcesz powiedzieć, że jest sodomitą – powiedziałem po chwili namysłu.

– Nie, Mordimerze, chcę powiedzieć to, co powiedziałem. Sodomitą może sobie być byle żak, mnich, żebrak, chłop czy inny łazęga. O książętach oraz dostojnikach Kościoła mówimy natomiast, że w sprawach miłości cielesnej wznoszą się ponad zwyczajowe standardy kultywowane przez większość społeczności.

– Jak zwał, tak zwał – mruknąłem. – Możesz sobie nazywać to zwyrodnienie, jak chcesz, Maksymilianie, i opisywać je za pomocą aluzji, metafor lub nawet poetyckich strof. A i tak rzecz cała sprowadza się do tego, że jeden mężczyzna wierci swym kutasem w dupie drugiego. I nie ma co szukać w tym żadnej głębszej filozofii.

Toffler się roześmiał.

– Nazywanie rzeczy po imieniu nie zawsze popłaca – rzekł. – Jednak tego człowiek uczy się z biegiem lat i z każdą blizną na grzbiecie.

– Daj spokój, daj spokój...

– Zobaczysz, Mordimerze, że nadejdą jeszcze czasy, w których miłośnicy męskich kształtów nie tylko domagać się będą tolerancji dla swych poczynań, ale wręcz głośno i radośnie manifestowanej akceptacji. A tych, którzy akceptacji nie zechcą wyrażać lub wyrażać ją będą za cicho czy za mało wesoło, postawią pod pręgierzem. Bowiem pamiętaj, że nie ma ludzi bardziej odrażających niż fanatycy tolerancji. Zwykle tak jest, że właśnie popełnili wyjątkową podłość i szukają za nią rozgrzeszenia, wybaczenia, a może nawet pochwały, albo podłość taką zamierzają popełnić w najbliższej przyszłości.

Jak widać, Tofflerowi zebrało się na filozoficzne rozważania, musiałem jednak przyznać, że ciężko odmówić słuszności jego słowom.

– Na szczęście, Bóg łaskaw, ani ja, ani ty podobnego upadku obyczajów nie dożyjemy – podsumowałem.

Zastukałem w drzwi pałacu kołatką i dopiero w trakcie tego stukania zorientowałem się, iż jest ona ukształtowana na podobieństwo ogromnego fallusa. Westchnąłem, a Toffler zaśmiał się, widząc moją konsternację.

Drzwi uchyliły się i stanęła przed nami dziewczyna tak piękna i tak promienna, że mogłaby być ozdobą książęcych salonów.

– Dostojni panowie, serdecznie witamy w „Jabłku Hesperyd" – uśmiechnęła się, a jej głos zabrzmiał niczym najczystsze dzwoneczki.

– Mordimerze – Toffler szturchnął mnie w bok – nie zechcesz wejść?

Ocknąłem się z osłupienia, w jakie wprowadziła mnie uroda dziewczyny, i przekroczyłem próg.

– Proszę za mną. – Uśmiechnęła się znowu i ten uśmiech zdawał się rozświetlać nie tylko jej twarz, lecz wszystko wokół.

– Na Boga... – szepnąłem w ucho Tofflera. – To tu są takie kobiety?!

– To zaledwie służąca, Mordimerze – odszepnął. – Przyznam, że całkiem niebrzydka bestyjka, jeśli ktoś lubi ten rodzaj świeżego, wiejskiego wdzięku.

Spojrzałem na niego, sądząc, że ze mnie kpi, lecz Toffler jedynie uśmiechnął się nieznacznie i pokręcił głową, jakby w ten sposób wyrażał łagodne politowanie dla mojej naiwności i mojego niedoświadczenia.

Kiedy zobaczyłem lśniące od marmurów i kapiące od złota wnętrze, zrozumiałem, dlaczego Toffler pytał, czy

nie zechciałbym się przebrać. Otóż dlatego, że w swym żałobnie czarnym stroju wyglądałem niczym dostawca, który przypadkiem zawieruszył się na salony wielkich państwa. W dodatku aż nazbyt wyraźnie zdałem sobie sprawę z faktu, że rękawy mojego kaftana świecą się na łokciach, mankiety są przybrudzone i wystrzępione, a butom z całą pewnością nie zawadziłoby czyszczenie.

Kobieta, która wyszła na nasze powitanie, niczym nie dała poznać po sobie, że wyglądam jak zaniedbany służący Tofflera.

– Mistrzowie Inkwizytorium! – rozpromieniła się tak, jakby odwiedziny funkcjonariuszy Świętego Officjum były wymarzonym wydarzeniem jej życia. – Drogi Maksymilianie! – Serdecznie ucałowała Tofflera w oba policzki. – A to zapewne mistrz Mordimer Madderdin, o którym tak wiele mówi się w Christianii.

Pozwoliłem, by cmoknęła ustami najpierw obok mojego lewego ucha, a potem obok prawego. Owionął mnie niepokojący zapach piżma.

– Przyszliście akurat na czas. Piękna Katrina zagra dla nas na klawikordzie. Pozwólcie do salonu.

– Sądziłem, że to jest salon – tchnąłem wprost w ucho Tofflera.

– To tylko sień – odszepnął.

Salon był ogromny. Posadzka została ułożona z różowego i białego mozaikowego marmuru, a na ścianach pyszniły się obrazy, które doprowadziłyby do apopleksji nie tylko co bardziej gorliwych kaznodziejów, ale każdego, kto pragnął żyć w skromnej cnocie. Na płótnach przedstawiono sceny mitologiczne, lecz w wydaniu nienadającym się do prezentowania uczniom pragnącym poznać sztukę klasyczną. Jeden z tych obrazów przykuł moją uwagę.

– Malvini – powiedziałem na głos. – „Hefajstos i Afrodyta".

– Ależ tak! – potwierdziła zdumiona gospodyni. – Widzę, że jesteście znawcą sztuki, mistrzu Madderdin.

– Widziałem kiedyś to dzieło – odparłem. – Bardzo dawno temu.

Rozejrzałem się po pomieszczeniu, podziwiając przede wszystkim ogromny fresk na suficie, który przedstawiał jedną gigantyczną scenę wyobrażającą radujących się olimpijskich bogów. Natomiast za marmurowymi kolumnami znajdowało się szerokie na całą ścianę okno, z którego rozpościerał się widok na zakole rzeki i urokliwe christiańskie kamieniczki.

– Zaraz – zastanowiłem się. – Jak to możliwe? Przecież ten pałac stoi za wzgórzem, więc...

– Celna uwaga, mistrzu Madderdin – roześmiała się gospodyni. – A wielu naszych gości daje się złapać w pułapkę. Przyjrzyjcie się uważnie rzece i chmurom.

Uczyniłem, jak kazała, i zrozumiałem. Zarówno chmury, jak i woda zastygły znieruchomiałe. Z naturalnego zresztą powodu, gdyż przeciwległa ściana nie była oknem, lecz obrazem oddającym w każdym calu urok natury.

– A oto moje kochane podopieczne. – Kobieta odwróciła się w stronę drzwi. – Katrina, Eleonora, Sylwia oraz Irena.

Powiodłem wzrokiem w ślad za jej spojrzeniem i zobaczyłem cztery dziewczęta, które weszły dwuskrzydłowymi drzwiami otworzonymi bezszelestnie przez czarnoskórych służących przybranych w złoto-czerwone liberie. Właściwie nie wiem i do końca mego pobytu w „Jabłku Hesperyd" nie umiałbym powiedzieć, jak wyglądały trzy z tych dziewcząt. A to dlatego, że całą uwagę poświęciłem czwartej. Była to dziewczyna wysoka i smukła, odziana w czerwoną suknię z rękawami, które od ramion aż po łokcie przypominały pąki rozkwitających róż. Głęboki dekolt w znikomym stopniu odsłaniał jasną jak śnieg skórę, gdyż suknia aż po samą szyję zamieniała się w siateczkę ze złotych nici i nanizanych na nie pereł. Dziewczyna miała z pewnością długie i bujne włosy, lecz teraz zostały one zaczesane wokół głowy, tworząc na niej koronę jakby utworzoną z połyskliwej miedzi. I miała ogromne oczy. Zielone niczym najpiękniejszy kamień szmaragdu. Utonąłem w tych oczach.

– Specjalnie dla was, mistrzowie Inkwizytorium, piękne panie zagrają utwór naszego cudownego Christoffa Kassela.

Nie miałem pojęcia, kim był Christoff Kassel oraz dlaczego nazywano go cudownym, ale usiadłem w fotelu, cały czas wpatrzony w rudowłosą dziewczynę, która siadała właśnie przy klawikordzie. A więc to ona miała na imię Katrina. Nie wiem, na jakich instrumentach grały pozostałe dziewczęta, zdaje się, że przynajmniej jedna mistrzowsko posługiwała się wildamorą. Ja śledziłem tylko Katrinę. Widziałem ją z profilu. Wysokie czoło, wąski nosek, nieskażone śladami barwiczki usta, które mimo to były tak świeże i tak soczyste, jakby Katrina przed chwilą zrosiła je sokiem z malin.

Toffler pochylił się w moją stronę.

– Sztuka miłości, drogi Mordimerze, jest sztuką, która jak każda inna wymaga talentu otrzymanego od

Boga – zaszeptał mi do ucha. – Ale w przeciwieństwie do pozostałych brak przyrodzonego talentu da się nadrobić pasją, wytrwałością, cierpliwością oraz ogromną chęcią pogłębiania wiedzy. Nie od rzeczy też będzie powiedzieć, że ten rodzaj talentu, jakim jest sztuka miłości, niemal nigdy się nie rozwinie bez mistrza, który wprowadzi cię we wszelkie jej tajniki i ujawni przed tobą sekrety, których nie tylko nie znasz, lecz nie spodziewałbyś się nawet, że one istnieją.

Jego słowa dotarły do mnie na tyle, że byłem w stanie odpowiedzieć.

– Mam nadzieję, że nie ty chcesz być moim mistrzem – mruknąłem.

Parsknął śmiechem.

– Ja nie, lecz ta rudowłosa piękność, od której nie możesz oderwać spojrzenia, na pewno byłaby zadowolona, mogąc udzielić ci kilku lekcji.

Ośmieliłem się znowu spojrzeć w stronę dziewczyny, której uroda zapierała mi dech w piersiach. Patrząc na nią, odczuwałem zarówno coś w rodzaju estetycznej ekstazy, jak i niewytłumaczalnego bólu. Po prostu chyba ludzie nie powinni być aż tak piękni.

– Myślisz, że... zechciałaby?

– Mordimerze, przy całej swej urodzie i przy szacunku, jakim powinieneś ją obdarzać jako śliczną kobietę, ona jest, jak by nie spojrzeć, kurwą. A co za tym idzie, niewiele ma do powiedzenia, jeśli człowiek taki jak ja czy ty, a więc goście tongów, ma ochotę spędzić z nią kilka chwil. Rzecz jasna, możesz sprawić, by te chwile były dla niej przykrym obowiązkiem, a możesz też sprawić, że oboje znajdziecie w połączeniu rozkosz i wzajemną bliskość. Wszystko zależy od ciebie. Traktuj ją dobrze, a sam zostaniesz dobrze potraktowany.

Dziewczyna, jakby wyczuła, że rozmawiamy właśnie o niej, odwróciła się do nas i uśmiechnęła. Poczułem, że na widok jej uśmiechu coś topi mi się pod sercem.

– Jeśli zawsze marzyła o młodzieńcu z baranią miną, to właśnie nadszedł jej szczęśliwy dzień – burknął Toffler, najwyraźniej ze mnie niezadowolony.

Po zakończonym koncercie dziewczęta, uśmiechając się do nas, opuściły bawialnię, a w uśmiechu i spojrzeniu Katriny wyczytałem lub być może chciałem tylko wyczytać cień zalotności. Wtedy dopiero zrozumiałem, że ten muzyczny występ był w rzeczywistości sposobem na zaprezentowanie nam, jak mówiła gospodyni pałacu, „podopiecznych", abyśmy mogli następnie dokonać odpowiedniego wyboru.

– Czy zaszczycicie mnie, racząc spróbować, co przygotował nasz kucharz? Jestem pewna, że mężowie o tak wyrafinowanym guście mogliby mu przekazać kilka cennych rad.

O tak, pomyślałem, ja z całą pewnością byłbym pierwszy, by pouczać książęcego kucharza. A potem on wyuczyłby mnie trudnej sztuki prowadzenia przesłuchań.

– Później, później. – Toffler uniósł dłonie, jakby chciał powstrzymać naszą gospodynię. – Jeśli wolno mi zaproponować, posiłek spożyjemy już z damami. Ale... Ale! – Obrócił się do mnie z wyciągniętym wskazującym palcem. – Przed rozkoszami stołu oraz łoża czas zakosztować rozkoszy kąpieli – zadecydował.

Kobieta dygnęła.

– Cóż za znakomity wybór – powiedziała przymilnie. – Raczcie zaczekać, a ja każę, by przygotowano łaźnię.

Kiedy wyszła, Toffler zapytał:

– Byłeś kiedyś w łaźni, Mordimerze?

– Drogi Maksymilianie, rozumiem, że wyglądam w twoich oczach na prostaka, ale zapewniam cię, że w Akademii Inkwizytorium znajduje się łaźnia, a uczniowie są obowiązani korzystać z niej każdego wieczora.

– No proszę – zdumiał się. – Za moich czasów to było raz na tydzień. Ale co to za łaźnia. – Machnął ręką. – W tym względzie akurat nasza przesławna uczelnia nie ma się czym pochwalić. Dadzą ci letniej wody, lada jaką skrobaczkę, trochę mydła śmierdzącego tłuszczem i myślą, że zapoznali cię z rozkoszami ablucji.

– No cóż, kiedyś w Koblencji otworzono elegancki dom kąpielowy – przypomniałem sobie. – Który jednak niedługo potem zamknięto, uznając za siedlisko rozpusty. Wyobraź sobie, że kobiety i mężczyźni przebywali w jednym pomieszczeniu. I w dodatku całkiem nago albo w tak skąpych strojach, że wydawali się nadzy!

– Przerażające – pokręcił głową Toffler. – Dreszcz grozy przenika mnie na samą myśl o podobnym koszmarze.

– Żartuj sobie, żartuj. A tam przecież bywały kobiety z dobrych domów. Jak im było nie wstyd! Jak nie wstyd było ich mężom, którzy wystawiali je na wzrok obcych ludzi, jakby mieli do czynienia z ladacznicami.

– Och, Mordimerze, nie wiesz, co dobre! Cóż za wdzięcznym widokiem jest pluskająca się w wodzie kobieta świadoma w dodatku swych ponętnych kształtów.

– Wiesz co, Maksymilianie. – Spojrzałem na niego uważnie. – Masz, jeśli wolno mi powiedzieć, dość odważne poglądy jak na inkwizytora.

Skrzywił się.

– Nie, mój drogi. Różnimy się tylko tym, że ty oddajesz się przyjemnościom tak, jakby były przymusem, ja natomiast staram się czerpać z nich radośnie. Każdy z nas jest mieczem Pańskim, lecz ja lubię, by me ostrze hartować w wonnych olejkach. Tak naprawdę jednak nie mam wielkich potrzeb, Mordimerze. Nie muszę odziewać się w atłasy, obżerać truflami i szczupakiem w szafranie, pić najlepszych roczników alhamry. Pajdka suchego chleba i kubeczek wody to wszystko, czego twój uniżony sługa potrzebuje, by przeżyć. Moim bowiem pokarmem jest żarliwa wiara i ten pokarm wystarczy mi, aby przejść radośnie przez życie.

Doskonale zdawałem sobie sprawę, że kpi ze mnie, a jednocześnie równie dobrze wiedziałem, że to, co mówi, jest prawdą. Ponieważ Maksymilian Toffler chodził elegancko i bogato ubrany, miał na palcach pierścienie warte pewnie więcej niż moja roczna pensja i zapewne jadał lepiej, niż ja kiedykolwiek bym sobie to wymarzył. A jednocześnie byłem pewien, iż gdyby przyszła taka potrzeba, zrezygnowałby z wszelkich luksusów, by tylko móc pilnie służyć naszej wierze i naszemu Bogu. Istniała oczywiście również możliwość, że pojmując w taki właśnie sposób jego słowa, wykazywałem się naiwnością oraz łatwowiernością.

– No dobrze. – Toffler klasnął, nie dając mi dłużej zastanawiać się nad tym, co powiedział. – Dość tych jałowych rozważań. Do łaźni, przyjacielu, do łaźni!

Nie wiem, w jaki sposób trafił ze swoim ponaglającym okrzykiem akurat tuż przed momentem, kiedy otworzyły się drzwi, a gospodyni z pełnym wdzięku uśmiechem zaprosiła nas, byśmy „raczyli zaznać rozkoszy ablucji i masażu". Brzmiało nieźle...

– Dobrze, moje piękne panie. – Toffler żartobliwie klepnął jedną ze służących w jędrny tyłeczek. – Zmykajcie, a my sobie spokojnie pogawędzimy i wypocimy przy okazji wszystkie złe miazmaty.

Rozchichotane panieneczki, które Maksymilian przez ostatnie kilka minut obsypywał gradem żartobliwych komplementów, opuściły łaźnię, a ja spojrzałem na inkwizytora z Hezu.

– Myślałem, że wykąpią się z nami – powiedziałem z żalem, gdyż ich dziewczęca, naturalna świeżość i skąpe, mokre stroje oblepiające ciała spowodowały, iż moje zmysły płonęły niczym węgle w kuźni Hefajstosa.

– To byłoby nieeleganckie zadawać się ze służbą, kiedy w salonie czekają damy – stwierdził Maksymilian poważnym tonem.

– Ty tu jesteś przewodnikiem – zgodziłem się już bez trudu, ponieważ w tej samej chwili pomyślałem o pięknej rudowłosej dziewczynie i uznałem, że rzeczywiście warto poczekać właśnie na nią, a nie figlować z dziewkami służebnymi.

– Piękne są te dziewczęta, jak sądzisz, Mordimerze?

Zrozumiałem, że mówi już o „podopiecznych" gospodyni tego pałacu, a nie o służących.

– O, tak – odparłem z uczuciem. – Nie wiem, czy kiedyś widziałem bardziej słodką i podniecającą istotę... istoty, rzecz jasna – poprawiłem się natychmiast.

– Tak, tak – zdawał się nie dostrzegać mojego przejęzyczenia. – Są prawdziwie zachwycające. Pamiętaj tylko, byś nigdy nie dał się tak omotać, aby zobaczyć w kurwie towarzyszkę na resztę życia – dodał już zimno, bez śladu poprzedniego rozmarzenia w głosie.

– Nie szukam towarzyszki na resztę życia. Ale właściwie dlaczego? – pytaniem wróciłem do jego ostrzeżenia. – Przecież twierdzisz, że to są kobiety jak inne.

– To prawda. Ale skoro taka dziewczyna nie wahała się sprzedawać za pieniądze własnego ciała, a więc cennego daru otrzymanego od Boga, to jakie będzie miała skrupuły, by sprzedać ciebie, kiedy trafi się odpowiednio płacący kupiec?

– Ha! – odparłem tylko i przez chwilę zastanawiałem się nad jego słowami. – Tak czy inaczej, nie zamierzam się z nikim wiązać – dodałem. – A jeśli już, będzie to uczciwa dziewczyna. Nie za mądra i nie za piękna. Żeby dobrze gotowała, czysto sprzątała i chętnie dawała. Właśnie tak! – Roześmiałem się do własnych myśli.

– A dlaczego nie ma być piękna i mądra? – zainteresował się Toffler.

– Żeby jej pilnować na każdym kroku? Żeby gachów odganiać?

– Widzę więc, Mordimerze, że należysz do ludzi, którzy wolą mieć całą porcję łajna od połowy udziałów w torcie – zauważył inkwizytor z Hezu ze złośliwym uśmiechem.

Poczułem, że policzki mi płoną, ale ciężko powiedzieć, czy w związku z szyderstwem Tofflera, czy też z uwagi na to, że z zamontowanych w ścianach rur para buchała coraz obficiej, a co za tym idzie – w całej łaźni zrobiło się pioruńsko gorąco. Zanurzyłem twarz pod wodę, bo woda w basenie była co prawda mocno ciepła, ale jednak nie tak gorąca jak otaczające nas powietrze. Kiedy się wynurzyłem, Toffler pieczołowicie wcierał coś we włosy.

– Nie interesuje cię, któż nabrał Schumanna? – spytał, poklepując się jednocześnie po głowie.

– Nieszczególnie. – Skrzywiłem się. – Można by tym ludziom wytoczyć proces, gdybyśmy ich znaleźli, rzecz jasna. Ale czy Inkwizytorium nie ma przypadkiem lepszych rzeczy do roboty niż szukanie dwóch kutych na cztery nogi frantów, którzy zakpili sobie ze sławnego architekta i naciągnęli go na ogromne sumy?

Toffler palcami zaczesał sobie włosy do tyłu. Milczał i przyglądał mi się z zagadkowym uśmiechem. Jego wzrok i jego uśmiech zbiły mnie z tropu.

– Bo nie chcesz chyba powiedzieć, że ta księga ma rzeczywistą wartość, prawda?

Zaprzeczył gestem, nadal się nie odzywając.

– Chciałbyś, żebym ich odnalazł? – zapytałem, nie wiedząc, co innego powiedzieć, a zdając sobie sprawę, że Toffler czegoś ode mnie oczekuje. – Tylko w jaki sposób, skoro zabierasz mi Schumanna?

Inkwizytor z Hez-hezronu westchnął.

– Nie musisz ich szukać ani ja nie muszę ich szukać. Wiem, kim są ci oszuści.

– Czegoś tu... nie rozumiem.

Toffler wyciągnął się wygodnie i oparł głowę na krawędzi basenu. Przymknął oczy. Po omacku wybrał z patery dorodne winogrono i wsadził je sobie do ust.

– Schumann był zawsze znany z pomstowania na słabość naszego ludzkiego rodzaju. Drażniło go, że ludzie chorują i umierają. Uważał to za znaczącą przeszkodę w kreowaniu wielkich dzieł, które zamierzał tworzyć.

– Zdołałem to wywnioskować w czasie rozmowy z nim – przerwałem memu towarzyszowi. – Ale cóż z tego?

– Nasze pasje, nasze marzenia, nasze żądze... Czym one wszystkie są, Mordimerze?

Nieszczególnie podobała mi się ta rozmowa, a już na pewno nie to, że zamieniała się w coś na kształt egzaminu. Inkwizytorzy nie przepadają za pytaniami zadawanymi przez innych ludzi. To my jesteśmy od zadawania pytań. Cóż jednak zrobić. Toffler był wyższy funkcją i należało zachować w stosunku do niego nie tylko grzeczność, ale i ostrożność.

– Zarówno siłą napędową, jak i słabością – odparłem.

Otworzył oczy i uniósł głowę.

– Otóż to! Dokładnie!

– A więc?

– Skoro są słabością, kto mógł ją wykorzystać?

– Oszuści, którzy... – urwałem, a potem palnąłem się dłonią w czoło. – Chcesz powiedzieć, że za tymi szalbierzami stał ktoś inny! De Vriijs! Oczywiście!

– De Vriijs to pionek – rzekł Toffler lekceważącym tonem.

– Arcybiskup – szepnąłem.

– Ano właśnie. – Mój towarzysz radośnie chlapnął rękoma w wodzie. – Jego Ekscelencja arcybiskup Christianii. Rok temu dowiedzieliśmy się, że poszukuje przez zaufanych ludzi zakazanych ksiąg, których treść dotyczyłaby magicznego wzmacniania ludzkiego ciała lub też tworzenia golemów. Nie powiem, by nas to nie zainteresowało...

– Ja myślę!

– Arcybiskup jest człowiekiem pobożnym i, nie ukrywajmy tego, w swej pobożności prostym oraz szczerym. Tym bardziej sprawa była zdumiewająca. Ale zbierając ziarnko do ziarnka...

Znowu wygodnie się wyciągnął i otarł pot z twarzy. Rzeczywiście woda była coraz gorętsza, pracownicy musieli nieźle podkładać pod kotły.

– Podrzuciliśmy arcybiskupowi spreparowaną przez nas księgę, by zobaczyć, co stanie się dalej.

No tak, jak widać, ktoś w Inkwizytorium świetnie się bawił, szyjąc tę intrygę. Szkoda tylko, że nikt mnie nie raczył powiadomić, z czym mam do czynienia.

– Wydaje mi się dziwne, Maksymilianie, że nie zorientowali się, iż to falsyfikat. Ten Kiepłeń wyglądał mi na człowieka obytego, takiego, który trzy razy spróbuje monetę zębami, zanim włoży ją do sakiewki.

– Ludzie wierzą, w co chcą wierzyć – powiedział Toffler. – Ksiądz jest rzeczywiście całkiem bystry, ale nie ma za sobą przeszkolenia, które i ty, i ja przeszliśmy w naszej przesławnej Akademii.

– Sądzili więc, że Schumannowi naprawdę się uda? – zapytałem z niedowierzaniem.

– Nie wiem. Nie musiało mu się udać. Wiesz sam, że wystarcza jedynie próba skorzystania z czarnej magii.

I właśnie ty byłeś im potrzebny, by tę próbę wywlec na światło dzienne.

Zastanowiłem się przez chwilę.

– Nie pojmuję, dlaczego ciągnęliście rzecz tak długo. Czy nie lepiej było aresztować Schumanna, kiedy tylko wszedł w posiadanie księgi? Albo jeśli nie chciałeś go aresztować, to chociaż poważnie ostrzec przed zabawianiem się magią? Szczerze mówiąc, nadal nie rozumiem...

– Niewiele jest do rozumienia. Nie przypuszczaliśmy, iż arcybiskup pragnie podrzucić księgę Schumannowi. Ci dwaj rzekomi magicy wysłani do niego nie byli naszymi ludźmi. Dopiero gdy wezwano cię do Christianii, zaczęliśmy badać, czy oskarżenia de Vriijsa wiążą się jakoś z księgą. No i ku naszemu zadowoleniu okazało się, że i owszem.

– Jak to się wszystko skończy, Maksymilianie? Powiedziałeś mi już +co zamierzasz uczynić z Schumannem. A reszta? Arcybiskup? Kiepłeń? De Vriijs? Zakonnicy? Tongi?

Podniósł się, zręcznie wyskoczył z wody i owinął się lnianym ręcznikiem.

– Ugotować nas tu chcą czy co? – Pokręcił głową, widząc buchające coraz intensywniej kłęby pary. – Jakby nie wiedzieli, że przed miłosnymi zapasami najlepsza jest zimna kąpiel, gdyż właśnie ona orzeźwia ciało i umysł.

Postanowiłem również wyjść z basenu, ponieważ obawiałem się, że jeszcze chwila, a dowiem się, jak czuje się rak tuż przed zrobieniem zupy rakowej. Nie wyskoczyłem tak zgrabnie jak Maksymilian, nawet o mało nie poślizgnąłem się na mokrych kamieniach. Zakląłem i przytrzymałem się marmurowej ławeczki.

– A cóż my możemy, Mordimerze? – westchnął, wracając do naszej rozmowy. – Oskarżyć arcybiskupa? Owszem, czasami i kardynałów palimy na stosie, kiedy przyjdzie taka potrzeba, choć w dzisiejszych, łagodnych czasach nie zdarza się to już tak często, jak powinno.

Zrozumiałem, że arcybiskup wpadł w niezłe tarapaty dzięki swojemu nierozważnemu postępowaniu. Zapewne był potrzebny Inkwizytorium i teraz będzie musiał spłacać dług zaciągnięty intrygą, która wydawała mu się niewinna. Słusznie, bo pożytek z żywego hierarchy mógł być większy niż z martwego.

– Nie chcemy również upadku zakonu, Mordimerze, tak jak nie chcielibyśmy kompromitacji arcybiskupa Christianii. Bo kiedy te psy żrą się między sobą, zawsze w końcu zwracają się do nas, by ich rozdzielić.

Toffler usiadł, wziął buteleczkę z wonną oliwą i zaczął wmasowywać ją w ciało. Zastanawiałem się, z jakiego powodu zechciał mi wyjawić szczegóły dotyczące intrygi, choć przecież w żadnym wypadku nie musiał tego robić. Do czego mu byłem potrzebny? Bo wierzyć mi się nie chciało, że mówił to, co mówił, tylko i wyłącznie ze szczerej chęci podzielenia się tajemnicami śledztwa z kolegą inkwizytorem. A przecież nie byłem dla niego żadnym kolegą. Oni, inkwizytorzy z Hez-hezronu, uważali się przecież za lepszych od reszty funkcjonariuszy Świętego Officjum. Nie da się ukryć, że z tego, co wiedziałem, mieli w tej mierze sporo racji.

– Spytałeś jeszcze o tongi. Spotkałem się z jednym z ich naczelnych rzezimieszków.

– Z księciem?

– Nie, nie. – Parsknął śmieszkiem. – Tak między nami mówiąc, sądzę, że żaden książę tongów nie istnieje, tak samo jak nie ma jakiegoś niby ich cesarza, który miałby sprawować władzę nad wszystkimi tongami w całym Cesarstwie. No ale nieważne, to już inna sprawa, która nas na razie nie dotyczy... A tongi nie są do końca zadowolone i nie są do końca niezadowolone. Czyli po staremu. Jakoś przeżyją od wypłaty do wypłaty...

– Jestem prawdziwie wdzięczny, Maksymilianie, że zechciałeś mi wszystko wyjawić – rzekłem grzecznie. – Zawsze to miło ujrzeć rzeczywisty obraz świata, a nie tylko cienie tańczące na skale.

– Proszę bardzo. – Uśmiechnął się prawdziwie serdecznie. – Sądziłem, że będzie lepiej, jeśli zapoznam cię z faktami. Oczywiście zdajesz sobie sprawę z faktu, że wszystko, co zostało tu powiedziane, oraz wszystko, czego doświadczyłeś w Christianii, musi pozostać tajemnicą twoją, moją oraz tego, kto będzie czytał raport?

– Rzecz prosta, przecież... – przerwałem nagle. – Chwileczkę, a moi przełożeni? Patryk Bugdoff, który mnie tu wysłał? Przecież będzie żądał pisemnego sprawozdania.

– Nie ma mowy – stanowczo odparł Toffler. – Ani Bugdoff, ani nikt inny. Wystawię ci dokument zaświadczający, że zostałeś zobligowany do zachowania ścisłej tajemnicy. I dotyczy to wszystkiego, powtarzam, wszystkiego, co zaszło w Christianii. Rozumiesz chyba, że jeśli ktoś po przeczytaniu tego pisma ośmieli się zadawać pytania, popełni w ten sposób poważne wykroczenie?

– Rozumiem – odrzekłem smętnie. – Rozumiem też, że Bugdoff nie będzie zachwycony.

– To już, drogi Mordimerze, jest jego problem.

Byłem pewien, że Toffler podobną jak ze mną rozmowę odbędzie ze wszystkimi zaangażowanymi, czy choćby tylko lekko wmieszanymi w sprawę. I miałem wrażenie, że przynajmniej w niektórych przypadkach nie będzie tak grzeczny jak teraz.

– Ciężko będzie ci przekonać de Vriijsa, by trzymał gębę na kłódkę.

– De Vriijs dostanie, czego chciał. Schumanna publicznie oskarżymy o malwersację ogromnych kwot z majątku zakonników i dzięki temu skompromitujemy na całe życie. Nikt na świecie nigdy już go nie zatrudni nawet do postawienia stodoły.

– Oprócz nas...

– Oprócz nas – zgodził się bez trudu.

Weszliśmy do westybulu owinięci w białe lniane ręczniki, tak długie, że gdyby ich krawędzie otoczono czerwoną wstęgą, to zapewne przypominalibyśmy rzymskich senatorów.

– A gdzie nasze ubrania? – zaniepokoiłem się.

– Ubrania na razie nie będą nam potrzebne.

Toffler zrzucił ręcznik i ułożył się wygodnie na specjalnie przygotowanym podeście.

– Mmm, tak – wymruczał, kiedy dziewczyna zaczęła wmasowywać mu w skórę olejek pachnący płatkami róży. – Przed wizytą u dam należy pięknie pachnieć – pouczył mnie i przymknął oczy. – Nad ramionami, moja droga, tam, przy szyi...

Cóż zrobić... Szczerze mówiąc, sądziłem, że odwiedziny u najpiękniejszej nawet ladacznicy nie wymagają aż tyle zachodu, ale skoro oferowano mi fachowy masaż, grzechem byłoby odmówić. Zwłaszcza że w surowym życiu inkwizytora nie ma zbyt wiele miejsca na podobne luksusy. Zerknąłem kątem oka na pojękującego z zadowoleniem Tofflera, dla którego najwyraźniej podobne zabiegi nie były pierwszyzną. Ha, widać istnieli tacy inkwizytorzy, którzy znajdowali czas, by obok spraw ciała zajmować się również sprawami ducha!

Po skończonym masażu Toffler przyjął z rąk służącej haftowany szlafrok. Kiedy dziewczyna podeszła do mnie, dotknąłem palcem materii.

– Jedwab.

– Po gorącej kąpieli i masażu nie ma jak jedwab – zgodził się Maksymilian. – Dokąd teraz, ślicznotko? – zwrócił się do usługującej nam dziewki.

– Panie już czekają – powiedziała. – Zaprowadzę was, szlachetni panowie, bo pokoje są obok siebie.

Nachyliłem się do ucha Tofflera.

– Maksymilianie, ale ja chciałem... Wiesz... Ta ruda dziewczyna...

– Mordimerze, o nic się nie martw. Nietrudno było odgadnąć twe sympatie, więc pozwoliłem już sobie zarządzić wszystkimi sprawami i wydać stosowne polecenia.

– Ach tak. Dziękuję. – Byłem nie tylko zdumiony, ponieważ nie dostrzegłem, by wydawał jakiekolwiek polecenia, lecz również szczerze wdzięczny, iż wziął pod uwagę moje upodobania. – A jeśli wolno wiedzieć, którą z dam ty wybrałeś? – spytałem może niezbyt dyskretnie, ale nie mogłem się powstrzymać, by poznać gust Tofflera.

Odsłonił w uśmiechu śnieżnobiałe zęby.

– Pozostałe trzy – odparł.

Komnata pogrążona była w półmroku, ale ponieważ na stoliku stał świecznik, więc bez trudu dostrzegłem rudą dziewczynę, która w półleżącej pozie, oparta na poduszkach, czekała na mnie. Ubrana była jedynie w niemal przezroczystą tunikę, która więcej chyba ukazywała, niż zasłaniała. Zatrzymałem się oniemiały w progu, gdyż ciało kobiety, opromienione ciepłym blaskiem świec, wyglądało tak, jakby była nie istotą z krwi i kości, lecz Afrodytą, która zstąpiła właśnie z Olimpu. A wrażenie to potęgowały włosy, teraz już nie ułożone wokół głowy, lecz spływające połyskliwą falą na pościel.

– Witaj, piękny panie – odezwała się głębokim, miękkim głosem, patrząc mi prosto w oczy.

Nie mogłem przemówić. Wiedziałem, że z każdą uciekającą chwilą robię z siebie coraz większego durnia. Durnia, który nie potrafi ani się odezwać, ani uczynić najmniejszego gestu. Jedyne, co mogłem, to stać i przyglądać się jej.

– Jak masz na imię, mój drogi?

W mojej głowie panowała całkowita pustka. Usiłowałem sobie przypomnieć, jak mam na imię, i za nic w świecie, za żadne skarby, nie byłem w stanie znaleźć odpowiedniego słowa.

– Ja? – zapytałem w końcu, kiedy udało mi się już przemóc sztywność szczęk.

Roześmiała się, a potem zawstydzona tym śmiechem, przykryła usta dłonią. Widziałem jednak, że nie może się opanować.

– Chodź do mnie – powiedziała, ocierając z policzków łzy. – Porozmawiamy trochę później, gdy już ochłoniesz.

Posłuchałem.

Szczerze mówiąc, nie musiałem się zbytnio natężać, by wypełnić przykazania Tofflera dotyczące odpowiedniego traktowania dam. Katrina była tak piękna, tak urocza i tak zabawna, że czułem się, jakbym znał ją od wielu lat, bez mała od zawsze. Baraszkowaliśmy w łożnicy, rozmawialiśmy, pili wino i zajadali się specjałami przynoszonymi nam z kuchni przez służbę. Czasami zasypialiśmy na chwilę, tylko po to, by zaraz obudzić się gotowi do dalszych figli. Kiedy czułem ciepło jej ciała, kiedy widziałem jej oczy zamglone rozkoszą, kiedy słuchałem dzikiego łomotu jej serca, kiedy słyszałem jej krzyki kończące się zawsze jękliwym spazmem, wtedy wiedziałem, że tu, w „Jabłku Hesperyd", potrafiłbym znaleźć swoje miejsce na ziemi. Że Katrina i ja. Że to mogłoby trwać wiecznie. Rzecz jasna, nie mogło. Ja byłem inkwizytorem, ona dziwką. Ona udawała, że nie widzi we mnie oprawcy z Inkwizytorium (przecież wiemy, że tak właśnie postrzega nas większość ludzi), ja udawałem, że nie widzę w niej kurwy oddającej się bogaczom za pieniądze.

Przez ten czas, gdy byliśmy razem, stałem się dla niej po prostu trochę nieśmiałym, lecz bardzo zachłannym na jej wdzięki młodzieńcem, prawiącym komplementy oraz dusery. A ona dla mnie stała się uroczą dziewczyną, chcącą i potrafiącą dzielić się swym doświadczeniem w sztuce miłości. Czas się zatrzymał. Nie istniało Cesarstwo i nie istniało Święte Officjum. Nie istnieli ani Bóg, ani Aniołowie, ani demony, a raczej istnieli tylko w tym zakresie, w jakim zechcieliśmy wykrzesać ich z naszych ciał (a piękna Katrina przyzywała Boga często, choć ręczę, że w tych chwilach nie o Bogu myślała).

Moja wizyta w „Jabłku Hesperyd" musiała się skończyć, tak jak kończy się wszystko w świecie zawieszonym między piekłem a niebem. Co prawda nikt mnie nie poganiał, nikt nie dawał do zrozumienia, że czas, bym już opuścił gościnne progi tego pałacu, ale wiedziałem, że moje powołanie i moje obowiązki wzywają mnie z powrotem do oddziału Inkwizytorium, z którego zostałem wysłany do Christianii.

W samej Christianii nie miałem wiele więcej do roboty. Maksymilian Toffler dawno opuścił miasto, zabierając ze sobą Schumanna i zostawiając mi, zgodnie z obietnicą, pisemny rozkaz zachowania w tajemnicy niuansów sprawy, którą wspólnie rozwiązaliśmy. Na osobnej karcie skreślił też kilka słów, w których wyrażał nadzieję, że dobrze się bawiłem i że uznałem jego rady za użyteczne. *Pamiętaj, że twój pokorny i uniżony sługa pozostanie ci zawsze życzliwy*, zakończył, a ja uśmiechnąłem się, czytając te słowa i zastanawiając się nad szczególną manierą, która kazała mu tak, a nie inaczej tytułować samego siebie. Na dole znajdował się jeszcze dopisek: *Jeśli od-*

wiedzisz ponownie „Jabłko", namów Katrinę, żeby przećwiczyła z tobą to, co znajdziesz na dwudziestej drugiej stronie 300nsA. Zobaczysz, jak słodziutko przy tym jęczy! Znowu się uśmiechnąłem i pomyślałem, że Toffler niepotrzebnie obawiał się, by Katrina nie zawróciła mi w głowie. Przecież ten dopisek miał służyć sprowadzeniu mnie na ziemię, jeśli nieszczęśliwie zdarzyłoby się, że bujałbym w obłokach. Niemniej rada dotycząca księgi warta była wypróbowania. Ciekawe tylko, skąd Toffler wiedział, że zdecydowałem się skonfiskować „Trzysta nocy sułtana Alifa"?

Właściwie mogłem opuścić miasto i nie sądziłem, by ktokolwiek po mnie płakał, choć miałem nieśmiałą nadzieję, iż urocza Katrina wspomni mnie czasami, jeśli nie z gorącym uczuciem, to chociaż z sympatią. Przed kolejną, pożegnalną już wizytą w „Jabłku Hesperyd" musiałem odbyć jeszcze rozmowę z Kramerem i wydobyć go z więzienia (trzeba przyznać: więzienia o niezwykle łagodnym rygorze), do którego własnoręcznie go wsadziłem. Tak więc skierowałem się do strażnicy, a sierżant, kiedy tylko mnie zobaczył, zamachał przyjaźnie dłonią.

– I co tam, sierżancie? Jak się miewa wasz pacjent?

Strażnik uśmiechnął się z satysfakcją.

– Wszystko, jak żeście kazali. Kąpiel była, jeść mu daliśmy, izbę daliśmy, szatki jakie tam daliśmy, wina żeśmy nie dali...

– I bardzo dobrze. Jak to zniósł?

– Wiecie, że czegoś takiego jeszcze nie widziałem. Pierwszego dnia to prosił, to błagał, to groził. I na was się powoływał, że jest waszym przyjacielem i zabierzecie się za tych, co mu szczędzili wina...

Uśmiechnąłem się.

– No tak było, tak było – kontynuował strażnik. – Potem opowiadał, że ma pieniądze zakopane koło rzeki albo że dziwki zna ślicznutkie i młódki, po które dla nas pójdzie, jak tylko się pokrzepi. Wreszcie, za przeproszeniem waszym, nawet własną dupę nam do zabawy ofiarował, aby móc się napić.

– Skorzystaliście? – zapytałem z głupia frant, lecz kiedy spostrzegłem oburzoną minę sierżanta, klepnąłem go w ramię. – Żartuję przecież, nie gniewajcie się. I co dalej?

– Na drugi dzień to już tylko tak wył, tak wył, mistrzu, jak jaka strzyga na moczarach, wzywał nas na pomoc, że niby kto go napada, że robaki żrą mu ciało, że pod skórą łażą. – Strażnik się wzdrygnął. – Musieliśmy go związać, bo ramiona i uda do żywego mięsa pazurami sobie wydrapał i zębami poszarpał.

– Ale przeżył?

– Jak by miał nie przeżyć, skoro wasza miłość kazał, żeby żył – zapewnił sierżant przypochlebnie. – Trzeciego dnia to zaczął nawet jeść, a pije niczym smok. Wodę, wodę oczywiście – zastrzegł szybko, jakby w obawie, że mogę go źle zrozumieć.

– No cóż, dziękuję wam, sierżancie. Świetnie się spisaliście. Idźcie do skarbnika i powiedzcie, że kazałem wypłacić wam pięć koron gratyfikacji.

– Pokornie dziękuję waszej miłości.

– A teraz prowadźcie do niego.

Kramer siedział na sienniku z głową opuszczoną i schowaną pomiędzy wychudzonymi ramionami. Drgnął dopiero wtedy, kiedy usłyszał trzask zamykanych drzwi, ale nie poderwał się na nogi, a zaledwie uniósł twarz.

– Miło was widzieć, panie Kramer – rzekłem serdecznym tonem. – Jakże wam minął tydzień?

Obrzucił mnie posępnym spojrzeniem.

– Czemu mnie uwięziono? Co takiego zrobiłem?

– Ależ nikt was nie uwięził. – Rozłożyłem ramiona w geście zdumienia. – Jak mogliście nawet w ten sposób pomyśleć? Na moją osobistą prośbę byliście goszczeni przez sierżanta straży. Nie w smak wam poszła ta gościna? Nie dano wam jeść albo pić? Nie umyto was i nie odziano?

Przyglądał mi się nieruchomym wzrokiem, cały czas nachmurzony, chociaż zauważyłem, że na dźwięk słowa „pić" coś drgnęło w jego twarzy.

– Torturowali mnie – odezwał się w końcu. – Dręczyli jak psa.

– Co takiego?

To mi się nie spodobało. Nie dlatego, bym nadmiernie żałował samego Kramera, lecz dlatego, że nie wykonano ściśle moich poleceń. A przecież zakazałem torturować tego człowieka.

– Tak, żebyście wiedzieli! Myślałem, że z bólu sam sobie przegryzę żyły.

– Kto was bił?

– Bił?

– No mówiliście przecież, że was torturowano. Więc pytam: kto was bił?

– Nie bili mnie. – Nachmurzył się jeszcze bardziej.

– No to co się stało? Polewano was gorącą wodą? Przypalano? Głodzono? – Zerknąłem na miskę z resztkami jakiejś potrawy oraz kilka grubych pajd chleba. – Nie, widzę, że chyba was nie głodzono. Więc co?

Ukrył twarz w dłoniach i zaszlochał. Uznałem, że ciężko mi będzie dowiedzieć się czegokolwiek od Kramera, więc wyszedłem z izby, by wypytać sierżanta. Ten zasępił się, kiedy tylko mnie zobaczył.

– Poskarżył się – w zasadzie stwierdził, nie spytał.

– Ano poskarżył – przyznałem, spoglądając surowo. – Co żeście mu zrobili?

Sierżant nerwowo splótł palce.

– Mistrzu, wybaczcie, ale to dziwowisko takiego mieć. Jak tak żeśmy z chłopakami przyglądali się przez drzwi, jak toto wyje, jak prosi, jak błaga, jak złorzeczy, no każdy nie mógł się oderwać. To żeśmy wpadli na pomysł, żeby i inne ludziska mogły se popatrzyć...

– Braliście pieniądze za wstęp na widowisko! – odgadłem i pokręciłem głową. – Na gwoździe i ciernie! Obrotny z was człowiek.

Sierżant uśmiechnął się, najwyraźniej uspokojony moim zachowaniem i tym, że nie czynię mu wyrzutów.

– Pan Bóg dał krzynę rozumu – przyznał nieskromnie. – I wiecie, mistrzu, wzięliśmy go, Kramera znaczy się, na sznur taki sześciostopowy, a dwa kroki dalej stali ludzie i winko se popijali. Jak on ich błagał, jakie złote góry obiecywał, a jak przeklinał i groził, kiedy tylko się śmiali! Przysięgam wam, że takiego ubawu to nie ma, nawet jak aktorzy sztukę odgrywają.

– I co dalej?

– Na trzeci dzień widać zobaczył, że nic mu nie przyjdzie z próśb czy gróźb, i siedział już, nie patrzył nawet, nie drgnął, to i widowisko się skończyło. – Sierżant ciężko westchnął, najwyraźniej mocno rozczarowany faktem, że nie zarobił na swym pomyśle tyle, ile się spodziewał. –

Powiadam wam, mistrzu, na jarmarkach takiego pokazywać! Tylko ja tobym, wiecie, tak zrobił: dać mu popić, żeby się znowu przyzwyczaił, potem trunek zabrać i wtedy na ludzkie oczy wystawić. I tak w koło... A może – w jego oczach pojawił się chytry błysk – sprzedalibyście mi tego człeka? Dobrze zapłacę! Złożymy się z chłopakami i zbierzemy, ile trzeba!

Poklepałem go po ramieniu.

– Ten człowiek nie należy do mnie. Jak więc mógłbym go sprzedać? Ale przyznam, że macie głowę nie od parady – pochwaliłem jeszcze raz. – Zajmijcie się handlem, sierżancie. Tam potrzeba takich ludzi jak wy. Pomysłowych i bezwzględnych.

Aż pokraśniał z dumy, słysząc moje słowa.

– Wiecie, mistrzu, może to jest myśl?

Zostawiłem strażnika rozważającego różne warianty przyszłości i zapewne w swej imaginacji przymierzającego już kapelusz miejskiego rajcy. Zresztą kto wie, może i tak się stanie? Na razie wróciłem do nieszczęsnej ofiary żołnierskiej zabawy. Tyberiusz odjął już dłonie od twarzy i teraz pogryzał ze zbolałą miną kromkę chleba. Ha, gdyby mu ją nasączyć winem, pewnie nie nadążyłby z połykaniem!

– Nic złego wam się nie działo – zlekceważyłem jego wcześniejsze skargi. – I uczcie się, bo w ten sposób już do końca życia ludzie was będą traktować. Jeśli nie zmądrzejecie.

– A wy co? Jesteście szpitalnikiem w wolnych chwilach?

No proszę, jakie to było bezczelne i wyszczekane! Jednak nie zamierzałem się z nim sprzeczać ani go rugać. Rzecz całą należało załatwić po dobroci.

– Widzicie, panie Kramer. – Rozsiadłem się na krześle. – My, w Inkwizytorium, nie tylko jesteśmy przyjaciółmi ludzkości, jesteśmy też przyjaciółmi każdego człowieka, nawet tak podłego sortu jak wy. A przyjaźń nie polega na bezmyślnej akceptacji, lecz na stworzeniu szansy. Ja wam dam nowe życie, panie Kramer, a co z nim uczynicie, zależy już od was.

Coś tam z mojej przemowy musiało dotrzeć do jego zbolałej z braku trunków łepetyny, gdyż podniósł wzrok.

– Jak to nowe życie?

– Dam wam listy polecające do akwizgrańskiego oddziału Inkwizytorium oraz kilka groszy na podróż. Człowiek z waszym talentem przyda się Świętemu Officjum.

Wpatrywał się we mnie zdumiony.

– Jakim talentem?

– Sztuką odwzorowywania ludzkiej twarzy – wyjaśniłem. – Potrzebujemy takich ludzi jak wy, wykwalifikowanych rysowników. Będziecie mieli wiele pracy.

Mówiłem prawdę. Inkwizytorium często wysyłało listy gończe za ukrywającymi się wrogami naszej świętej wiary. Portrety trzeba było wysyłać do oddziałów Świętego Officjum na terenie całego Cesarstwa, przekazywaliśmy je również władzom miast czy cesarskim namiestnikom, a nawet, w szczególnych wypadkach, przedstawicielom tongów. Talent na miarę talentu Kramera na pewno przyda się w tym zbożnym dziele. Byłem przekonany, iż będzie miał ręce pełne roboty.

– Jakże to? Będą chcieli, żebym rysował? Zapłacą za to?

– Właśnie tak. A czy utopicie się za te pieniądze w kadzi z winem...

– Piłem, piję i będę pił – przerwał mi, kładąc nacisk na każde słowo i wpatrując się tak, jakby chciał spopielić mnie spojrzeniem.

– Ha, widzę, że nieźle poznaliście prawidła gramatyki! – odparłem żartobliwym tonem. – Oczywiście, że możecie to zrobić. Możecie zapić się na śmierć, a przecież wiele wam do wizyty kostuchy już nie brakuje. Ale może nie zmarnotrawicie zarobionych pieniędzy, tylko wyślecie je tatuńciowi, mamuńci i młodszym braciszkom, by polepszyć ich życie?

– To co? Niby wyjdę stąd? Mogę iść się napić?

– Jesteś wolnym człowiekiem, Tyberiuszu. Dam ci kilka koron i możesz poszaleć za nie przez wieczór lub dwa. Albo przeznaczyć je na podróż, zarobić w Akwizgranie krocie i sprawić, że twoja rodzina będzie uważała cię za dobroczyńcę. Że malutcy braciszkowie będą mówić mamuńci: „Jak dorosnę, chciałbym być taki jak Tyberiusz". A twój tatuńcio będzie się chwalił po całej okolicy, jakiego ma zdolnego i wdzięcznego syna. Syna, który potrafił godnie i z powodzeniem zastąpić dwóch tragicznie zmarłych braci – ostatnie zdanie wypowiedziałem ze szczególnym naciskiem.

Rzuciłem mu na kolana chudy mieszek oraz list polecający do akwizgrańskiego Inkwizytorium. Wstałem z krzesła i skinąłem głową na pożegnanie. W drzwiach zerknąłem jeszcze na niego. Siedział, obejmując kolana dłońmi i wpatrując się w pieniądze oraz list. Wyszedłem bez słowa, gdyż byłem pewien, że ma kilka spraw do przemyślenia.

Ktoś mógłby powiedzieć, że działając, jak zadziałałem, i pomagając Kramerowi w wyborze właściwej drogi życia, wykazałem się zbytnią wspaniałomyślnością oraz delikatnością uczuć. Może i tak, ale cóż było począć, skoro twarde inkwizytorskie szkolenie nie zaćmiło jeszcze do cna blasku mojej wrażliwej duszy.

Z Karlem Griegiem spotkałem się w jego kantorku. Siedział przy stole z naburmuszoną miną, a na moje serdeczne powitanie jedynie skinął głową i mruknął coś niewyraźnie pod nosem.

– Jesteście mi winni dziesięć koron, panie Grieg – powiedziałem z satysfakcją i przysunąłem sobie krzesło.

Nie chodziło o pieniądze, lecz o potwierdzenie faktu, że miałem rację i znowu, po raz kolejny, właściwie oceniłem ludzkie postępowanie. No cóż, mówiąc szczerze, charaktery bliźnich nie skrywały przede mną zbyt wielu tajemnic, a jeśli nawet taka tajemnica się przydarzała, potrafiłem ją przejrzeć niemal w mgnieniu oka.

– Wiem, wiem – burknął administrator. – Też kazałem śledzić tego łachudrę. Wsiadł na barkę trzeźwiutki niczym noworodek. Jak wyście tego, u diabła, dokonali?

– Przedstawiłem mu możliwości i wybrał właściwą.

– Eeee... – machnął ręką Grieg. – I tak to długo nie potrwa.

– Macie ochotę na następny zakład? – Uśmiechnąłem się.

– Co to, to nie. Zresztą jak byśmy sprawdzili? Szkoda zachodu.

Z wyraźnym żalem usiadł przy stole, wysupłał zza pasa sakiewkę i wyciągał z niej monetę po monecie. Każdą koronę kładł na blacie, ustawione w słupek. Przy dziewiątej spojrzał na mnie wyczekująco.

– Oj, kto was uczył rachowania. – Potrząsnąłem głową. – Jeszcze dwóch brakuje...

Zaniepokoił się, lecz zaraz potem zorientował się, że zażartowałem sobie z jego sknerstwa. No tak to jest, kiedy przegrywa się zakłady, o których człowiek sądzi z góry, że są wygrane. A przecież nic pewnego nie ma na tym naszym świecie oprócz świadomości, że wszyscy trafimy kiedyś przed najsurowszy Sąd Boży, gdzie kara zostanie dobrana stosownie do naszych win. Zgarnąłem pieniądze do kieszeni i podałem Karlowi rękę.

– Miło się z panem pracowało, panie Grieg – powiedziałem.

– Finał naszej znajomości jest co prawda nieszczęśliwy, ale resztę będę wspominał dobrze – odpowiedział mi uściskiem i uśmiechem.

Wyszedłem z kantorka i skierowałem się do sklepu pewnego złotnika, gdzie upatrzyłem nie nazbyt kosztowny, lecz gustowny drobiażdżek. Zamierzałem bowiem pożegnać Katrinę i chociaż w „Jabłku Hesperyd" przyjmowano mnie za darmo, to jednak wypadało przynieść prezent pięknej pani, by pozyskać jej niewymuszoną uwagę oraz względy. Zamierzałem z nią pogawędzić, gdyż interesowało mnie, czy w arkanach, w których była mistrzynią, pozostały jeszcze obszary mi nieznane. A jeśli tak, to jak długo potrwa nadrobienie tych strat, zważywszy na fakt, że uczniem byłem zdolnym, pilnym oraz rozmiłowanym w sztuce przez nią uprawianej. Aby nauka przebiegała sprawniej, niosłem w torbie skonfiskowaną Schumannowi księgę, opowiadającą o trzystu nocach sułtana Alifa. Miałem nadzieję, że nowa przyjaciółka zechce mi wytłumaczyć pewne jej rozdziały, które nadal wydawały mi się nie do końca zrozumiałe.

Epilog

Kilka miesięcy po wypadkach w Christianii, kiedy przytłoczony bieżącymi obowiązkami niemal zapomniałem o de Vriijsie, Schumannie oraz Tofflerze, oddział Inkwizytorium, w którym służyłem, odwiedził przejazdem inkwizytor z Hez-hezronu. Był to człowiek oschły, o z gruba ciosanej twarzy, tak różny od układnego Maksymiliana. Nazywał się Wilhelm Salz.

– Kiedy wrócicie już do Hezu, pozdrówcie ode mnie mistrza Tofflera – poprosiłem.

Wśród inkwizytorów jest przyjęte, by mówić sobie i o sobie po imieniu, ale jakoś nie mogłem się przemóc w stosunku do tego dużo starszego ode mnie, surowego mężczyzny. Obrócił na mnie obojętny wzrok.

– O kim mówisz?

– Mistrza Maksymiliana Tofflera, inkwizytora z Hez-hezronu. Pomógł mi w rozwiązaniu pewnej sprawy kilka miesięcy temu – wyjaśniłem.

– Nie znam żadnego Tofflera. – Jego spojrzenie nabrało czujności.

– Jak to? Wysoki, szczupły, o bladej twarzy i jasnych włosach. Zawsze widziałem go elegancko ubranego... Musicie go znać.

– Inkwizytorze Madderdin, doskonale wiem, kogo znam, a kogo nie. Znam też z nazwiska i wyglądu wszystkich inkwizytorów z Hezu. Ale nigdy w życiu nie widziałem inkwizytora, którego opisujecie.

– Wybaczcie – wycofałem się szybko. – Może był z Akwizgranu, nie z Hezu. W końcu i to stolica, i tamto stolica, widać źle zapamiętałem...

– Mówisz, że pracowaliście razem. W takim razie musiał pokazać ci dokumenty. I nie wiesz, czy były wystawione przez Akwizgran, czy przez Hez? – teraz Wilhelm Salz naprawdę zainteresował się mną i moją sprawą.

– Głowę dałbym, że przez Hez, ale wiecie, minęło już parę miesięcy...

– Nie przypominam sobie również nikogo takiego w Akwizgranie – przerwał mi bezceremonialnie. – Czy dokładnie sprawdziłeś jego pełnomocnictwa?

– Oczywiście, zawierały wszystkie właściwe pieczęcie i tajne sygnatury.

– Pamiętasz pieczęcie i sygnatury, a nie pamiętasz, kto je złożył? Te z Hezu i te z Akwizgranu zasadniczo się różnią.

Przekląłem się w myślach zarówno za to, że w ogóle rozpocząłem tę rozmowę, jak i za to, że później usiłowałem niezręcznie się z niej wycofać. Co za diabeł mnie podkusił?!

– Był z Hezu – odparłem ponuro.

– Podawał się za inkwizytora z Hezu – surowo sprostował Salz. – Uczono cię rozpoznawać falsyfikaty, chłopcze? Kiedy kończyłeś Akademię?

Oho, nie było już „mistrzu Madderdin", ani nawet „inkwizytorze Madderdin", tylko nagle zamieniłem się w chłopca. Plułem sobie w brodę coraz bardziej.

– Dwa i pół roku temu. I zapewniam was, że umiem rozpoznać oryginalne dokumenty. Te, które widziałem, miały wszystkie tajne sygnatury.

– A przynajmniej tak twierdzisz. Kto teraz udowodni, że jest inaczej?

Poczułem, że płoną mi policzki. Wilhelm Salz posuwał się stanowczo za daleko.

– Mam wystawiony przez Tofflera dokument, sporządzony na oficjalnym papierze z heskiej kancelarii. Jest w naszym archiwum. Jeśli chcecie, możecie go obejrzeć i sami stwierdzić, czy popełniłem błąd. Dam wam sto koron, jeśli znajdziecie coś, co przeoczyłem – dodałem, zdając sobie sprawę z własnej zuchwałości.

Ale Salz nie obruszył się ani nie zgniewał. Na jego twarzy nie drgnął nawet jeden mięsień. Patrzył na mnie spokojnym, nieco smutnym wzrokiem.

– Jeśli znajdę błąd, który przeoczyłeś, będziesz miał większe kłopoty niż utrata stu koron, chłopcze – rzekł w końcu.

Za pozwoleniem przełożonego oddziału, Patryka Bugdoffa, wspólnie odwiedziliśmy archiwum, a Patryk zajął się szukaniem dokumentu przedstawionego dla mnie kilka miesięcy temu.

Szczerze mówiąc, na początku spodziewałem się, że mój zwierzchnik będzie zadowolony, iż sprowadziłem na siebie nieoczekiwane kłopoty (bo nigdy nie byłem jego ulubieńcem). Potem jednak zorientowałem się, iż jeśli dokumenty są fałszywe, to sam Bugdoff będzie miał nieprzyjemności, gdyż zaakceptował je i bez oporów włączył do archiwum, tym samym wykazując się niekompetencją.

W końcu Patryk znalazł papiery wystawione przez Tofflera i obaj z Salzem pochylili się nad nimi. Czekałem na ich werdykt, czując, jak głośno bije mi serce, i z trudem opanowałem się, by nie zaglądać im przez ramię. Gdyby dokumenty okazały się fałszywe, czekałaby mnie nie tylko kompromitacja, lecz również ściągnąłbym na siebie gniew Bugdoffa, a także wytoczono by śledztwo prowadzone zapewne przez samego Salza. Oczywiście nie pozbawiono by mnie inkwizytorskich insygniów, lecz dla mojej przyszłej kariery mógł to być śmiertelny cios. Przynajmniej dopóki o sprawie by nie zapomniano.

W końcu Bugdoff się wyprostował.

– Dokumenty są oryginalne – zawyrokował z wyraźną ulgą i zerknął na mnie przychylnie. Porozumiewawczo skinął głową.

– No tak, oryginalne – niechętnie potwierdził Salz, który jak widać, z nieznanych mi powodów miał nadzieję, że okaże się inaczej.

Odsunął się od stołu ze stęknięciem.

– Niemniej chcę wiedzieć, co wydarzyło się w Christianii, Mordimerze. Zdasz mi dokładny raport dotyczący tego całego Tofflera oraz sprawy, w jaką obaj byliście zaangażowani.

Już miałem pokornie się zgodzić, kiedy nagle oświeciła mnie myśl, że wcale nie muszę poddawać się woli inkwizytora z Hezu.

– Skoro papiery nie zostały sfałszowane, mam obowiązek przestrzegać zawartych w nich rozkazów – odpowiedziałem.

Salz spojrzał na mnie, zdumiony tym nieposłuszeństwem.

– Co takiego? Przecież mówię ci, że nie istnieje nikt taki jak Maksymilian Toffler. Sprawa jest podejrzana.

– Przynajmniej ty tak twierdzisz. Kto teraz udowodni, że jest inaczej? – patrząc mu prosto w oczy, powtórzyłem zdania, których niedawno użył przeciwko mnie.

Policzki Wilhelma Salza zaróżowiły się. Już otwierał usta, kiedy...

– Mordimer ma rację – poparł mnie niespodziewanie Bugdoff. – Jeżeli dokumenty są autentyczne, a sam stwierdziłeś, Wilhelmie, że są, to polecenie w nich zawarte nadal obowiązuje.

– Ależ powtarzam wam, że w Hezie nie ma takiego inkwizytora! – Tym razem wspólnymi siłami udało nam się wyprowadzić Salza z równowagi.

– Może niedawno przeszedł do heskiego oddziału i nie zdążyłeś go jeszcze poznać? – zaryzykował przypuszczenie Bugdoff. – A może po prostu, wybacz szczerość, pamięć nie dopisuje ci jak dawniej. Bo wiesz, że wszyscy się przecież starzejemy, Wilhelmie – dodał z uśmiechem, który nawet ja uznałem za obłudny.

Salz poczerwieniał jeszcze bardziej.

– Widzę, że nic tu po mnie – wycedził i odwrócił się na pięcie.

Kiedy zamknęły się za nim drzwi, Bugdoff skierował wzrok w moją stronę.

– Dobrze się spisałeś, Mordimerze – powiedział. – Te gnojki z Hezu myślą, że zjadły wszystkie rozumy i każdy będzie tańczył, jak mu zagrają.

– Doniesie na nas...

– A niech donosi! Dokumenty są po naszej stronie. Może się wypchać, osioł jeden. Wiesz, że w Akademii nazywaliśmy go Baranim Łbem? – Uśmiechnął się, przywołując wspomnienia.

– Studiowaliście razem? Wygląda dużo starzej niż ty, Patryku.

Cmoknął przez zęby.

– Ty mi tu nie kadź, Mordimerze. I tak cię nie lubię i nie polubię. Ale w tym wypadku jestem z ciebie zadowolony.

Zostawił mnie w pokoju, a sam, wychodząc, mruczał jeszcze coś do siebie. Nie wiem dokładnie co, ale wyłowiłem słowa: „Dostało ci się wreszcie za swoje, Barani Łbie". Z właściwą sobie przenikliwością wywnioskowałem więc, że Bugdoff i Salz nie byli w czasie studiów w Akademii zaprzysiężonymi przyjaciółmi. I Patryk znalazł wreszcie okazję, by po latach dopiec komuś, kogo nie znosił. Słusznie, gdyż w pamięci należy przechowywać zarówno złe, jak i dobre uczynki bliźnich.

– Nie sądzisz, że Salz naprawdę zapomniał czy nie zauważył w Hezie Tofflera, prawda? – zagadnąłem, kiedy spotkaliśmy się wieczorem w jadalni.

– Jest Baranim Łbem, ale nawet w baranim łbie jest trochę mózgu – odparł Bugdoff.

– Więc kim był... kim jest Maksymilian Toffler?

Bugdoff spojrzał na mnie uważnie i zastanawiał się przez chwilę.

– Sądzę – rzekł w końcu – że jest kimś, kto nie pracuje w Hezie, ale komu wolno legitymować się dokumentami z Hezu. I komu wolno podawać nazwisko, jakie tylko sobie zażyczy.

– Ach, takie buty – mruknąłem.

– Ano takie buty.

– Nie wyglądał na kogoś z Wewnętrznego Kręgu... Chociaż prawdę mówiąc, nie wyglądał również na inkwizytora – dodałem.

– Zapomnij o nim i zapomnij o sprawie, jaką z nim miałeś, czymkolwiek ona była. A powiem szczerze, że dzisiaj nie chciałbym już wiedzieć, co cię z nim łączyło.

– Nic szczególnego. Tylko...

Szybko i stanowczo uniósł dłoń.

– Powiedziałem, Mordimerze: nie chcę nic wiedzieć.

– Nie rozumiem. Czy ich nie lubisz? Boisz się? Przecież są jednymi z nas.

Bugdoff nawet się nie skrzywił, kiedy usłyszał te pytania.

– Oczywiście, że się ich boję, tak jak bać się powinien każdy człowiek przy zdrowych zmysłach. Co nie zmienia faktu, że ich szanuję, gdyż są nie tylko jednymi z nas, ale wręcz najlepszymi z nas. Jesteśmy jednym stadem, Mordimerze. Tyle że jeśli zwykli ludzie są owcami, my psami pasterskimi, to oni, inkwizytorzy Wewnętrznego Kręgu, są pasterzami. Rozumiesz, co chcę powiedzieć?

Rozumiałem. I na tym zakończyliśmy rozmowę. Trudno jednak, bym nie zadawał sobie pytań dotyczących sprawy w Christianii. Czy Toffler naprawdę prowadził sprawę dotyczącą skompromitowania arcybiskupa i czy pragnął ocalić bawiącego się czarną magią Schumanna? A może... może wymyślił bajeczkę o intrydze arcybiskupa, wiedząc, że nie będę w stanie zweryfikować jego słów? Może tak naprawdę chodziło tylko o księgę? O czarnoksięski grimuar uczący kreowania golemów? Wydawało mi się, że księga jest fałszywa, a Toffler upewnił mnie w tym mniemaniu. Ale jeśli, tylko załóżmy, jeśli zawierała wiedzę o prawdziwych, a zapomnianych od dawna rytuałach, to czy nie była przedmiotem, którym powinien zainteresować się Wewnętrzny Krąg?

Nie miałem szans odpowiedzieć sobie na te pytania. Ani teraz, ani jak sądziłem, później. Wiedziałem jednak, że kimkolwiek był Maksymilian Toffler, pozostanie w mojej pamięci interesującym kompanem oraz człowiekiem, który do pewnego stopnia zmienił moje spojrzenie na świat. Powiedzmy dokładniej: na radości tego świata. A jeszcze dokładniej: na kobiety. Dzięki niemu nauczyłem się, że kobiety są wrażliwymi i delikatnymi instrumentami. A dzięki prześlicznej Katrinie zostałem wirtuozem, potrafiącym wygrać na tych instrumentach nawet najbardziej wyrafinowaną melodię. Wiedziałem już, że w przyszłości będę często koncertował, stosując różne techniki i próbując wielu instrumentów, gdyż byłem przecież artystą wszechstronnym oraz ciekawym świata.

O kolejnych śledztwach i perypetiach inkwizytora Mordimera Madderdina przeczytacie w tomach zatytułowanych „Ja, inkwizytor. Dotyk zła" oraz „Ja, inkwizytor. Bicz Boży".

VESTARIUS
PRZYODZIEWEK GODNY
NAJLEPSZYCH LEKTUR...

WWW.VESTARIUS.PL
JAKUB Y SEMEN HENDMEJD DESTYLAT KORPOREJSZYN
PERKELE
PAN Z WAMI

Spis rzeczy

WYDANIE III

ISBN 978-83-7574-945-8

PROJEKT I ADIUSTACJA AUTORSKA WYDANIA Eryk Górski, Robert Łakuta

GRAFIKA NA OKŁADCE Piotr Cieśliński

PROJEKT OKŁADKI Piotr Cieśliński, black gear Paweł Zaręba

ILUSTRACJE Dominik Broniek

REDAKCJA Karolina Kacprzak

KOREKTA Agnieszka Pawlikowska, Magdalena Byrska

SKŁAD Dariusz Nowakowski

SPRZEDAŻ INTERNETOWA
swiatksiazki.pl

ZAMÓWIENIA HURTOWE
Firma Księgarska Olesiejuk sp. z o.o. sp.j.
05-850 Ożarów Mazowiecki, ul. Poznańska 91
tel./faks: 22 721 30 00
www.olesiejuk.pl, e-mail: hurt@olesiejuk.pl

WYDAWCA
Fabryka Słów sp. z o.o.
20-834 Lublin, ul. Irysowa 25a
tel.: 81 524 08 88, faks: 81 524 08 91
www.fabrykaslow.com.pl
e-mail: biuro@fabrykaslow.com.pl
www.facebook.com/fabryka

DRUK I OPRAWA OPOLGRAF S.A. www.opolgraf.com.pl